本書由澳門基金會贊助部分出版經費

施議對論詞四種

施議對 著

# 詞學序跋書札

**圖書在版編目(CIP)數據**

詞學序跋書札 / 施議對著. —上海：上海古籍出版社，2020.8
（施議對論詞四種）
ISBN 978-7-5325-9699-7

Ⅰ.①詞… Ⅱ.①施… Ⅲ.①序跋—作品集—中國—當代②書信集—中國—當代 Ⅳ.①I267

中國版本圖書館 CIP 數據核字(2020)第 132674 號

施議對論詞四種
**詞學序跋書札**
施議對　著
上海古籍出版社出版發行
（上海瑞金二路 272 號　郵政編碼 200020）
（1）網址：www.guji.com.cn
（2）E-mail：guji1@guji.com.cn
（3）易文網網址：www.ewen.co
常熟人民印刷有限公司印刷
開本 850×1168　1/32　印張 19.875　插頁 15　字數 372,000
2020 年 8 月第 1 版　2020 年 8 月第 1 次印刷
ISBN 978-7-5325-9699-7
I·3499　定價：88.00 元
如有質量問題，請與承印公司聯繫

施議對

（二〇一八年四月，洛阳）

## 南柯子 · 詩聖杜甫與中華詩學

戊戌谷雨鞏義杜甫詩會，前往洛陽訪牡丹，不意車駕到時竟凋殘滿園，慘不忍睹。報以江合友兄，兄以“花有可人期不來”相慰藉，始稍寬解。因賦此曲以與與會諸君及騷壇吟友共品賞，並乞賜和。濠上詞隱施議對於南旋客機之上。

詩乃我家事，故鄉月獨明。騷壇千載話曾經。回望山頭幾朵白雲生。
來共牡丹會，猶思兒女情。凋傷摇落暗心驚。花有可人人却誤歸程。

甘松與施議對

（二〇〇九年夏，澳門大學）

江合友與施議對

（二〇一六年夏，石家庄）

路成文與施議對

（二〇一六年秋，武漢）

沈家莊與施議對
（二〇〇八年夏，桂林）

杭州大學校友
（二〇〇三年八月，三峽）

朱惠國與施議對

（二〇一六年八月，保定）

宋湘綺（左）莫真寶（右）與施議對

（二〇一四年七月，桂平）

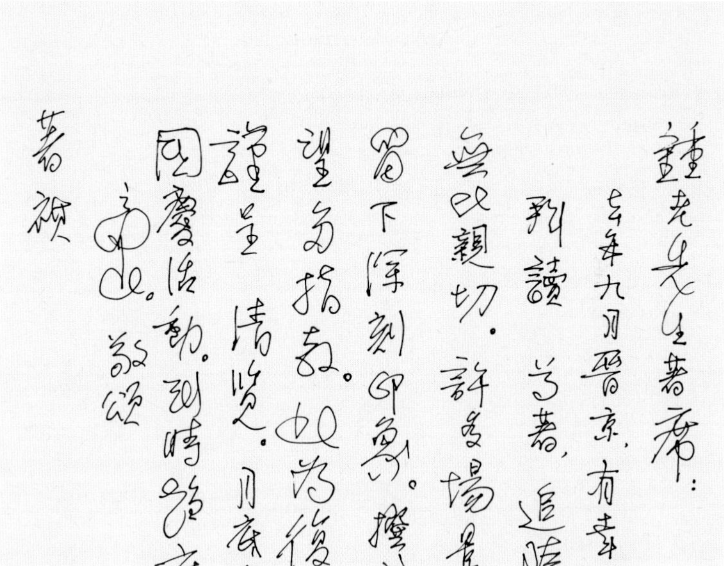
鍾老先生著席：
去年九月晉京，有幸拜晤請益甚欣喜。
拜讀 大著，追隨往迹 杖履春風，
無比親切。許多場景與片段，十分感人，
留下深刻印象。撰成一文，以報心得。
望多指教。此為復印件，錯字已更正，
謹呈 清覽。月底將再度晉京參加
國慶活動，到時趨府拜訪。
專此。敬頌
著祺
晚 [illegible] 敬上
九、四

與鍾敬文書

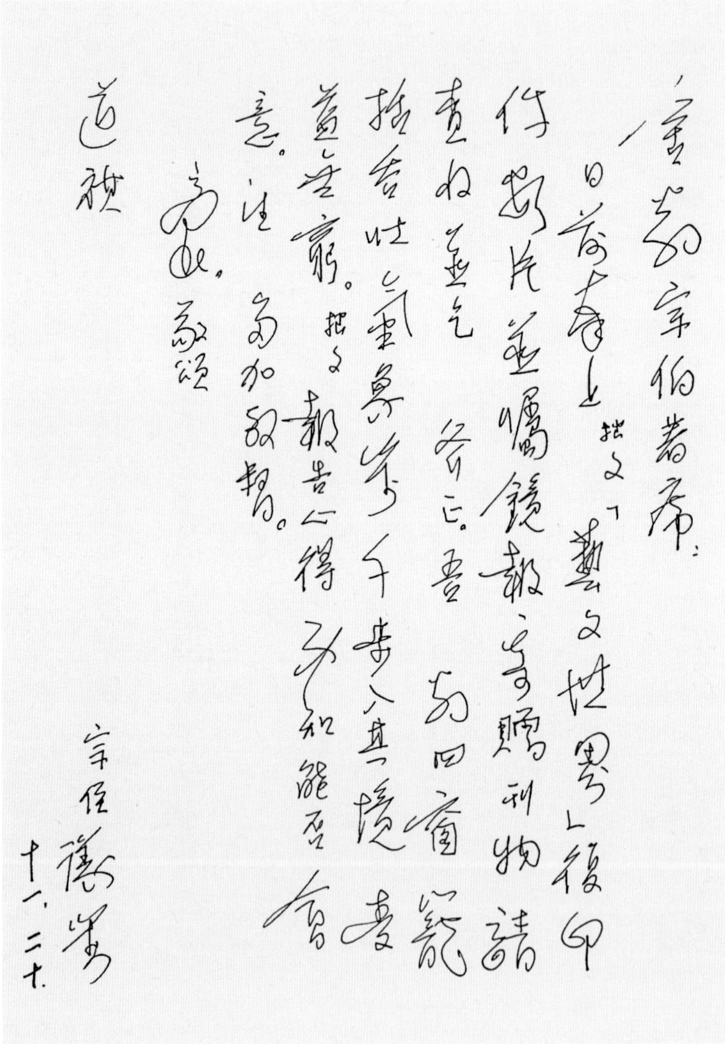

蟄存宗伯著席：
日前奉上拙文「藝文世界」後，即
得寄片並囑鏡報寄贈刊物，請
查收並乞 斧正。書為回憶錄，
描寫壯之氣勢豪放，令人入其境者，
蓋亦無窮。拙文報告心得，不知能否合
意。請多加教督。
專此 敬頌
道祺
宗侄 饒宗頤
十一．二十

與施蟄存書

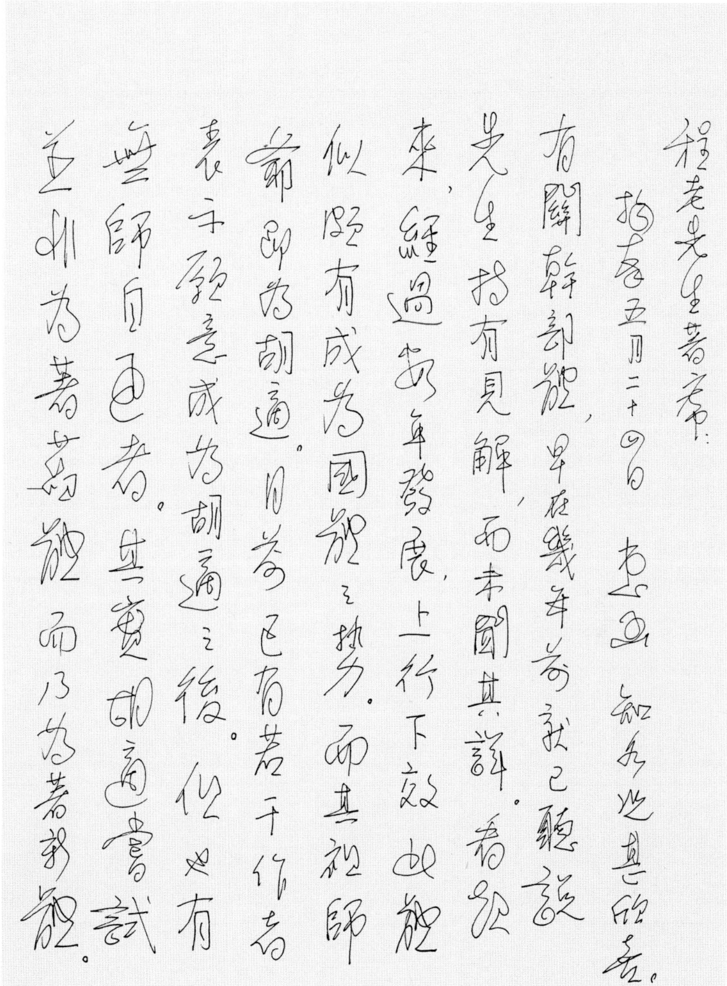
程老先生著席：
指示五月二十四日 大函 知兄近甚留意。
有關辭部說，早在幾年前就已聽說
先生於有見解，而未聞其詳。看了
來，經過幾年發展，上行下效，此說
似頗有成為國說之勢。而其祖師
爺即為胡適。胡適自己有若干作者
表示頗意成為胡適之後。似也有
無師自通者。其實胡適嘗試
並非為著著說而乃為著新說。

與程千帆書

二十世紀詞壇文壇真有點莫名其妙。謹奉上拙文三篇乞
哂正。獲悉
尊編已付印，十分高興。此事亦甚不易。拙編《當代詞綜》已四五校，仍未付印。倒是此間順利一些。拙著二卷《今詞達變》即付印，到時奉上乞
正。澳門回歸撥出版專款，敬希
惠賜
佳作以光篇幅。專此。

敬頌

著祺

晚 議對 上

七．十五．

（接上頁）

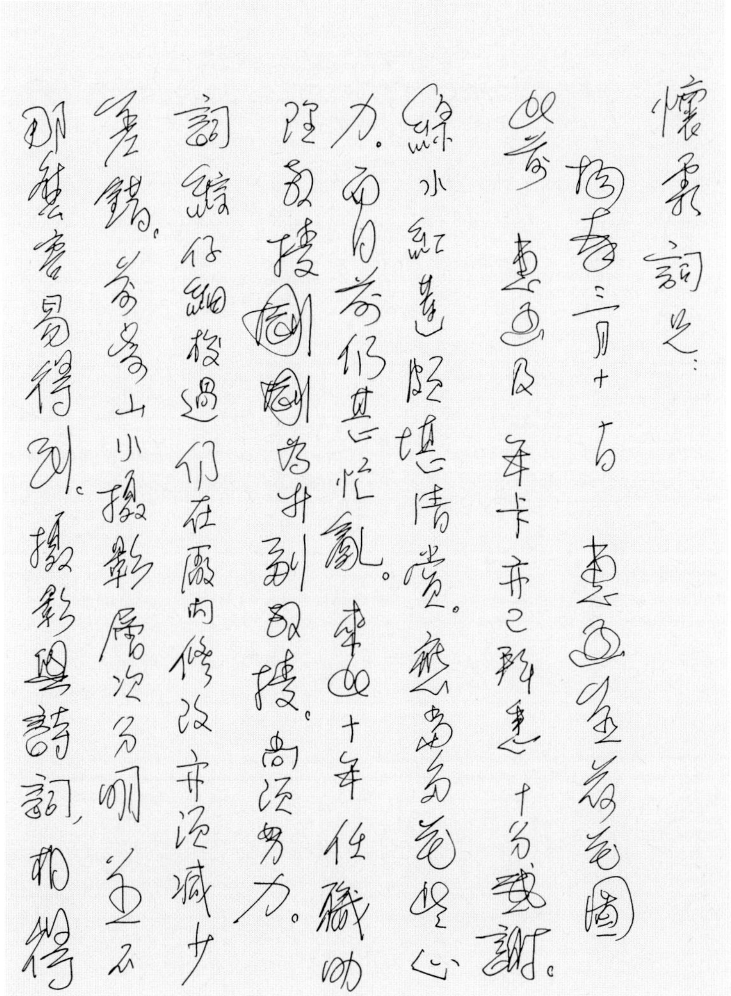
懷霜詞兄：
接奉三月十六日惠函並荷花圖
片、此前惠函及年卡，亦已拜悉，十分感謝。
綠水紅蓮，頗堪情賞。您常為花盡心
力。而目前仍甚忙亂。來此十年任職助
理教授，為升副教授。尚須努力。
詞綜仔細校過，仍在廠內修改，亦須減少
差錯。前寄山水攝影層次分明，並不
那麼容易得到。攝影與詩詞，相得

與懷霜書

益彰，允为佳作。此间学刊四期已在编
集稿中，请赐稿，新著作品均所欢迎。
由于鲁迅纪念馆林同接长久未联
络，并甚挂念，请向二位仰常来往。
或特得便往访一次。
专此，即颂
时安
谦甫
二·二十五

（接上页）

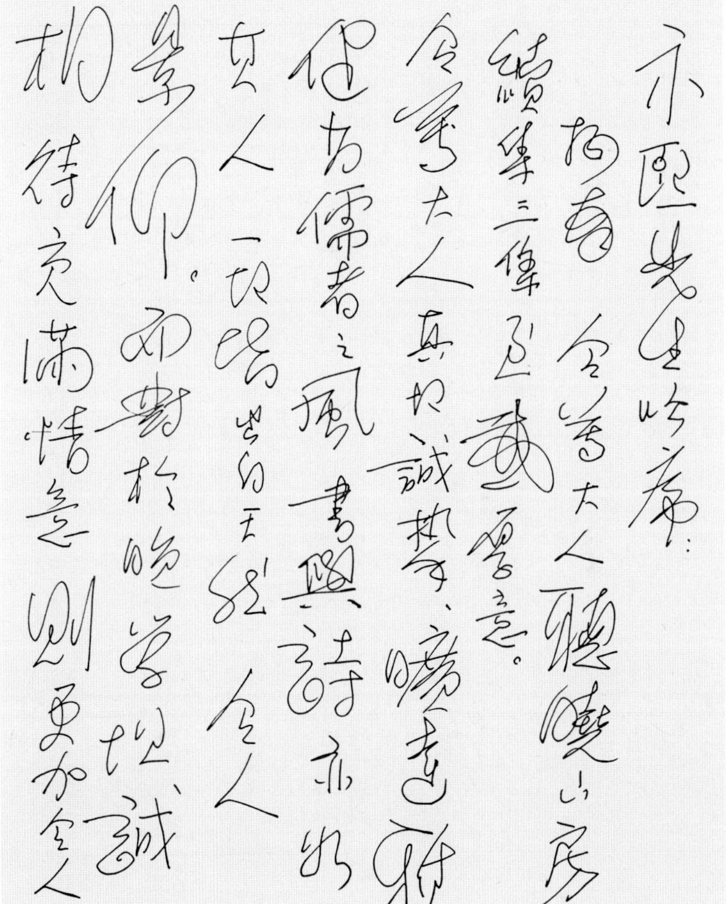

永熙先生吟席：
拜奉令尊大人穗雙山房續集三集，足感盛意。令尊大人真切誠摯，曠達雅健，有儒者之風，書與詩亦如其人，一切皆出自然，令人景仰。而對於晚學坦誠相待，充滿情意，則更令人

與梁永熙書

感佩。今月初方詩文多賜讀
於油十分謹慎，否則恐見本色。
有一段時間未見電復音訊
消息十分掛念。又念吾
兄竟患絕症仙逝，十分痛惜。當時
在南京之時蘇校友至開學未
能與存道兩念舊。請代聯絡。
誼。即頌
刻安
［簽名］
九.一八.

（接上頁）

守中先生吟席：

陽春一月得　惠書

尊作詩詞回首子葉……

攤讀日诵……

作修訂……

十分感謝。

記苦雲、冷雨、衰草忽闌，足以概括……

女心境及滄桑……

能解作夜來之夢歸隔之恨情泡……

小詞……片云……

即頌

筆健

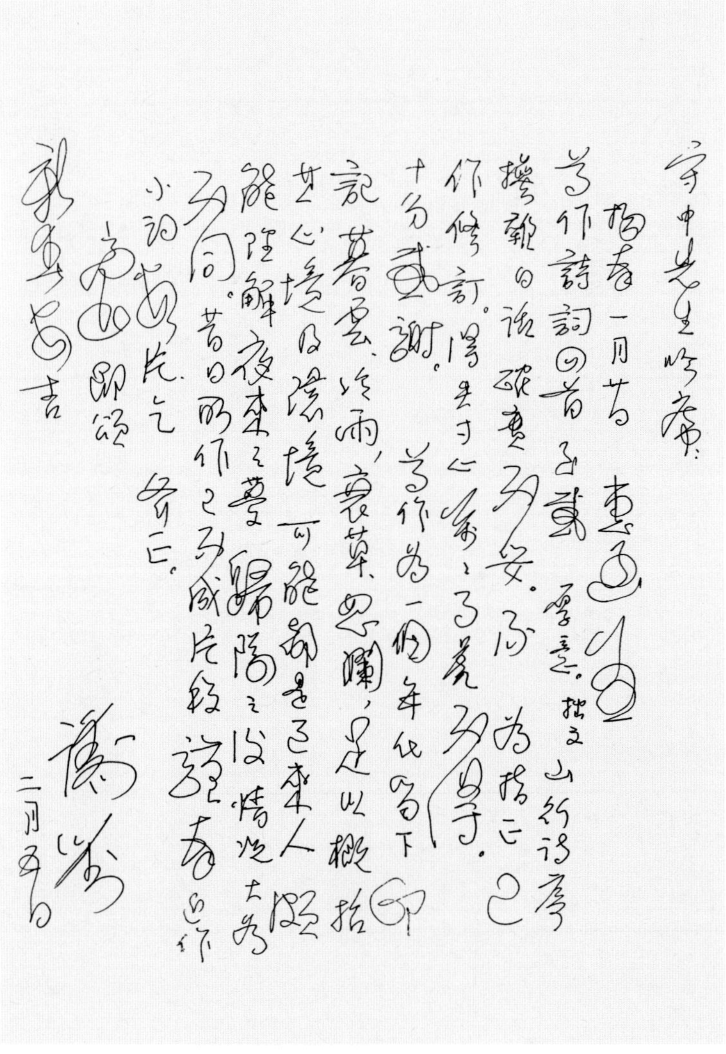

志剛先生：

惠書、年卡均經收稿

……

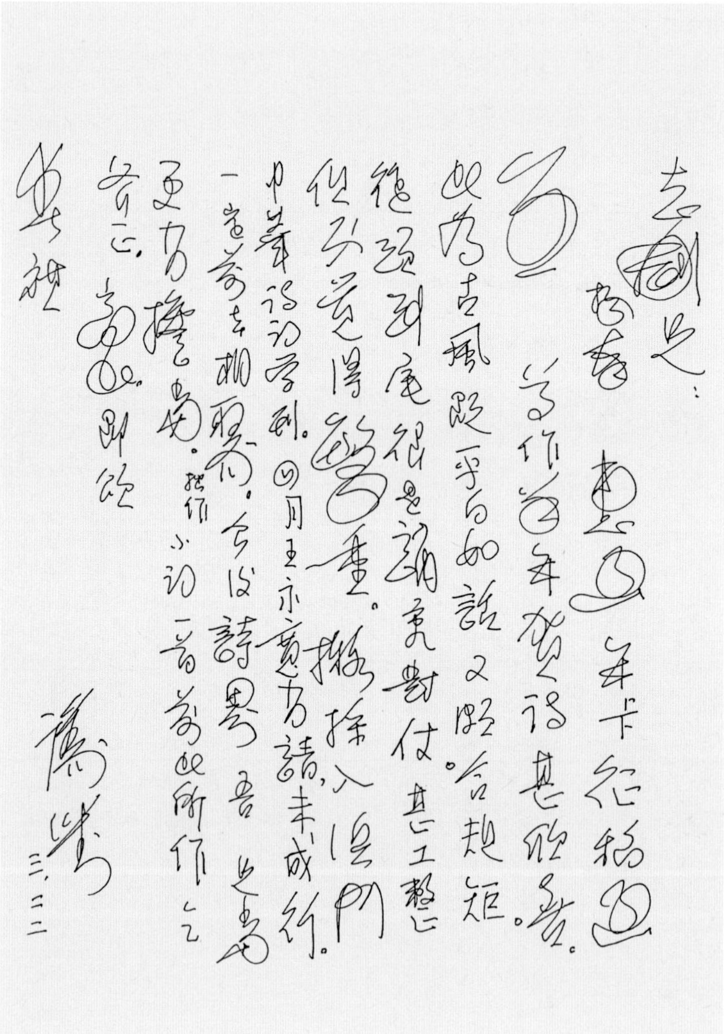

與徐志剛書

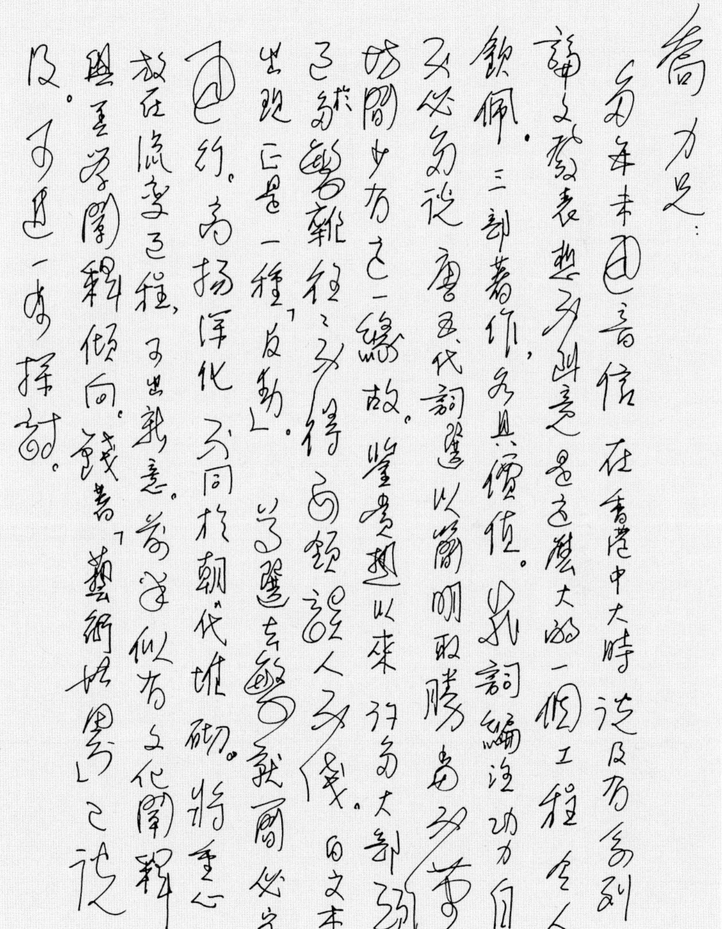

喬力兄：

前年來函音信，在香港中大時，談及有關系列詞學發表想法，此意是這樣大的一個工程，令人欽佩。三部著作，各具價值。我詞編注功力自不必多說。唐五代詞選，以簡明取勝，當為其坊間少有之一綫故。鑒賞熱以來，許多大部頭已於繁雜注之所得而頗讓人厭倦。白文本出現，正是一種「反動」。詞選去繁就簡，必定風行。而揚洋化，不同於朝代推動。將重心放在流派之程，可出新意。前者似有文化闡釋與美學闡釋傾向。錢書「藝術構思」之說及。可進一步探討。

與喬力書

尚未仔細翻讀，隨便談談。奉函。八年教學以外有些著述屬於學科性質。與內地出版界無有太多聯絡。出了幾本書。「宋詞正體」為舊作，黑龍江擬翻印新版。「今詞達變」涉及研究之研究，為旅居港澳時所作。擔任澳門中華詩詞學會會務工作之餘，「中華詩詞學刊」內有小文「人讀與學詩要以言」對現狀說了點意見，順便於此提及。該書另日奉上。此間再有會，將敬邀參與，請一聚。

專此。即頌

著祺

議對上

三．二十二

（接上頁）

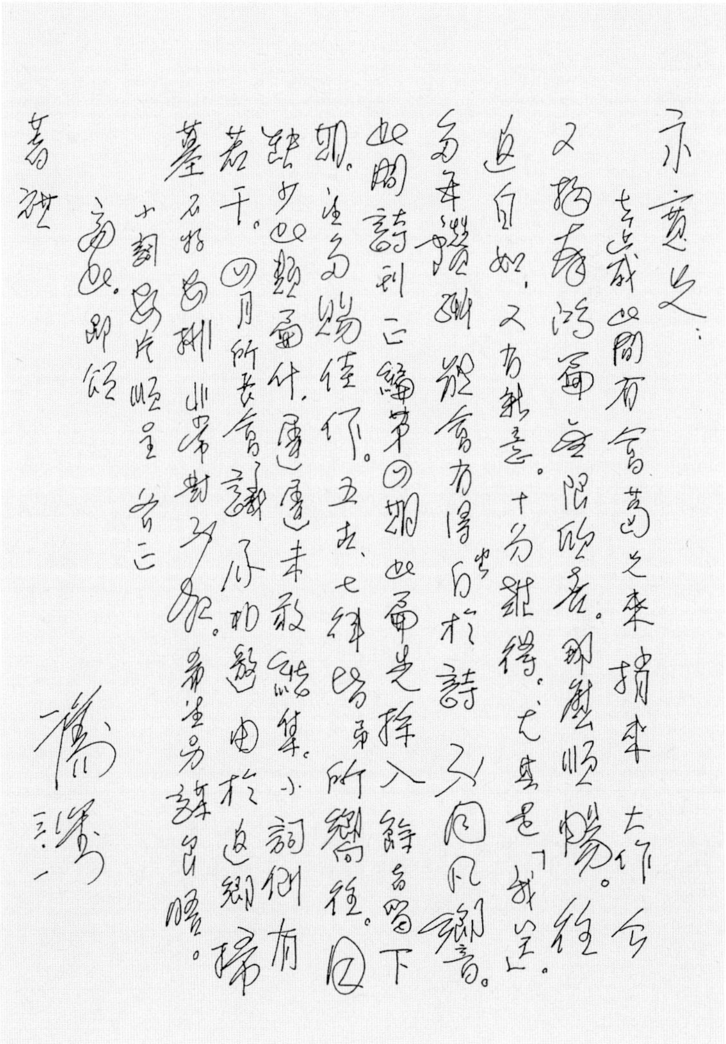
永寬兄：
去歲在開封會晤之後，接來 大作，今
又拜讀詩篇，無限欣喜。詞意順暢，徑
達自然，又有新意，十分難得。尤其是「我說」。
每年讀樂府詩後，會方得些自於詩，又具風韻。
此期詩刊已編第四期，此篇先擇入錄，留下
期。注意如端佳作。五古、七律皆弟所嚮往。但
然少此類篇什，屢屢未能結集。小詞倒有
若干。四月所發會議，承相邀，由於道遠難歸。
墓石拓出撫此常對了然。弟生另謀合唱。
小詞另片順呈 台正
即頌
著祺
三、一

與王永寬書

胡明之：

承上把之说开群
问题为题目难明之二张目小敢
遠意作为尤其是五代伟人經己用
三色考而使碩色下來細音
之大法眠加以鉴色才方希生
得以雅庤、深門十哥意便未晚
畫興。吟另为機會。意e即须

夏祺

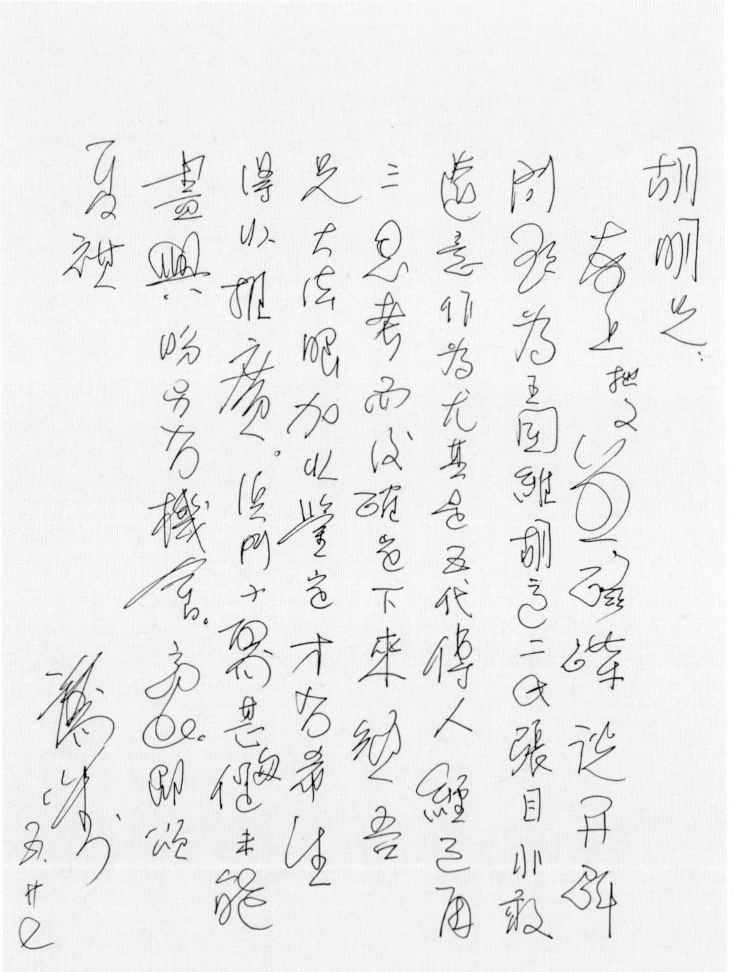

與胡明書

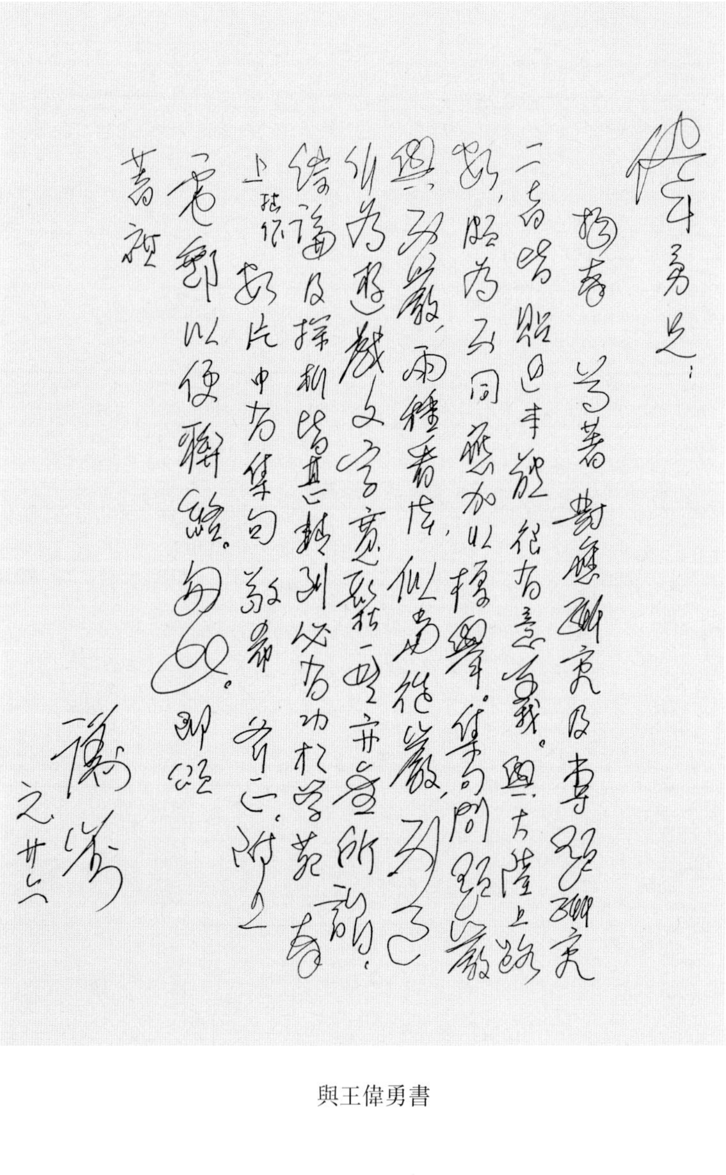

偉勇兄：

惠書 及大著 對偶研究及專題研究
二書，均照已收到，很有意義。與大陸上路
數，頗為不同，想加以擇選。集句問題近嚴
與詩嚴，兩種看法，似乎很嚴，可以
作為遊戲文字，意思放鬆一些，亦無所謂。
結論及採擷，皆甚精到，必有功於學苑。奉
上拙作數片，中有集句數首，請正。附上
電郵以便聯繫。匆匆。即頌
著祺

饒[illegible]
之廿六

與王偉勇書

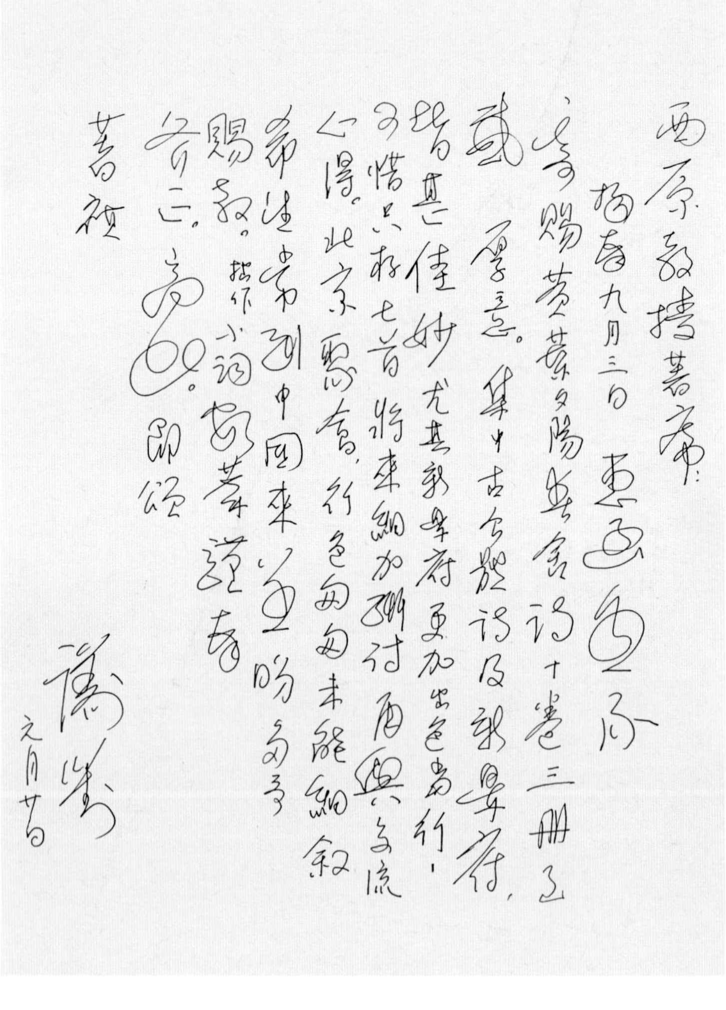
西原教授著席：
接奉九月三日　惠函，承賜黃葉夕陽村舍詩十卷三冊，至感厚意。集中古今體詩及新樂府，皆甚佳妙，尤其新樂府更加出色當行，可惜只存七首，將來細加研討，再與交流心得。北京聚會，行色匆匆，未能細敘，希望常到中國來，至盼為幸。
賜教。拙作小詞[illegible]斧正。專此，即頌
著祺
[illegible]
元月廿日

與西原千代書

# 弁言

書札之作爲一種文體，由來已久。較早時也許只作書信用途，諸如「客從遠方來，遺我雙鯉魚」，鯉魚形的木函當中就藏有書札。説得時髦一點，書札就是用以傳遞信息的一種載體。但書札之行世，除了實用，仍講究美觀。既具文學價值，又具書法藝術價值。

余之二位詞學導師夏承燾先生與吴世昌先生，均有書札存世。夏先生於書札外，並有日記。某夕，余問吴先生，平時寫不寫日記？答曰：不寫，書札就是我的日記。吴先生廣交海内外名士，書札自不可少。怎麽令其作爲日記而得以保存呢？原來，和古人一樣，吴先生也有一套録副的辦法。吴先生大概不怎麽使用一般信箋，而用一種可以分拆開來的筆記本，書寫時墊上複寫紙，一式二份，一份寄出去，一份留底。留底的書札，據聞都好幾册，而尚未刊行。學界其他前輩，不知有無録副。繆鉞先生有家藏「原信底稿」，其餘則未知。不過，余之所藏前輩書札，甚多均以信箋書寫。禮儀規範，文辭典雅。應當未必録副。

隨著社會發展變化以及交通工具的不斷更新，書札亦以多種方式流轉。早些時，坐冷板凳，爬方格子，一個字、一個字，既傳情寫意，又有一手好字，好的書法，讓人分享書寫的愉悦。新媒體出現，鍵盤敲打替代紙上書寫，一個小指頭，氣象萬千，只是書札的另一功能不見了，甚麼事情都「騙騙他」（PPT），讓人既信之，又不能深信之，不無困擾。閒談之間，饒宗頤先生有言：陶淵明慨嘆「誤落塵網中，一去三十年」，想不到今時，人人都趕著上網。新舊世紀之交，與時俱進，九九歸原，余於大學副院長任上，學步邯鄲，誤落其中，先是依妹兒，再是微微的信，竟然亦已到達難分難捨地步。

書札往來，訂交之始。切磋、琢磨，常有恨晚之嘆，謂悔不當初；亦曾擔心於陌路相逢，擦肩而過，但願有朝一日，相識、相逢，執手相望。當年，因編纂《當代詞綜》，與諸前輩結文字交，四方音問不絶，「八行書，千里夢，雁南飛」（温庭筠《酒泉子》），每日之所企望，代表著多少情意與期待。余曾賦小詞一闋，叙説觀感。其曰：「閲盡人間十二峰。等閒籬角待花紅。清歌一曲記匆匆。　細雨華堂飛乳燕，雷風廣野逐雲龍。與公相識未相逢。」調寄《浣溪沙》，詞題：「懷友人」。乃因一前輩歌詠麻雀而作。題下有序。曰：「自古以來，麻雀形象並不高大。上海九十三歲詩人周景韓（宗琦）翁有《西江月》詞，一掃舊習，寓以新意，甚可翫味。讀其詞，益信填詞此道，不在轟轟烈烈，只須真言語，真情性。即便題材平淡，亦足動人。因步所贈原韻並呈郢正。」其時京滬二地，尚無高鐵，亦無視訊，相識而未相逢，每多感慨，而書札則可以彌補其缺陷。小詞步其《浣溪沙》原韻，和其《西江月》詞意，於遊戲規則，似略有變通，而諸前輩，隨聲應和，亦自樂其樂也。蟄居濠上，心遠地偏，子非魚，未必能知魚之樂，但得閒之時，憑藉書札，以道言詩之樂，亦曾於方格子間與鍵盤之上，流連忘返。

網絡世界，無遠弗届，如春夢、如朝雲，無多時、無覓處，一點幽思，不可斷絶； 方格書寫，如見其人，如入其境，雖不能至，心嚮往之。綫上、綫下，登入、登出。人腦、電腦，各居其位，各司其職。優哉遊哉，聊復爾耳。今番之所輯録，以電子文檔（Word）爲主，文字排印本爲輔。非自以爲珍貴而珍貴之，亦非故以爲不珍貴而珍貴之； 而乃爲著記録當時切磋、琢磨的心得及心境。致函與復函，我方與對方，皆有所感而發，有所爲而作，非一般應酬而已。「呦呦鹿鳴，食野之蘋」；「人之好我，示我周行」。雙方所言，亦皆有一定語境依據。大致偏重於濠上，而收録若干作於香江的信函。至微信討論區，仍暫付闕如。「詞綜」書札，亦僅採摘一、二，尚待另行刊佈。

丙申冬至前六日濠上詞隱於濠上之赤豹書屋

——原載《濠上論詞書札》，澳門詩杜，二〇一六年十二月。

**附言：**

上列數語，乃丙申所刊《濠上論詞書札》（澳門版）「弁言」。由「言詩之樂」，聯想起濠梁觀魚之樂。不過附庸風雅而已。「炎炎長日夏，我自海天居。有客遠方至，戲觀濠上魚」（《客至》）。「凡我同盟鷗鷺，今日既盟之後，來往莫相猜」。今復添加數語，以冠《詞學序跋書札》卷首。

己亥小滿後六日濠上詞隱於濠上之赤豹書屋

# 目録

## 總集叙略



## 别集序跋

## 詩文作品題跋

## 文集序跋

## 下編　書札

# 上编　序跋

# 翰苑題詞

## 中華詩教當代傳承與創新工程題詞

中華詩教當代傳承與創新，這是新時代振興中華文化、踐行社會主義核心價值、構築中國夢的一項富有當代意義及長遠價值的詩教工程。這一工程的踐行者，既有明確的詩教宗旨，又有堅實的詩學基礎。多年來，取得豐碩成果，其影響已從一開始的粵港澳推廣至粵港澳臺乃至於全球多個院校，已成爲一衆莘莘學子所追尋的目標。

這一工程的踐行者爲共和國培養的新一代大學教授、新一代文化傳人，對於弘揚中華優秀傳統文化，具有一定憂患意識和時代的使命感。既注重以詩設教，亦注重以詩立學。以詩設教，「詩」指《詩三百》，「教」則在於思、在於容，在於去邪以歸正；以詩立學，「詩」指詩六義，「學」則在於賦、在於比，在於興發而感動。一爲立場、觀點問題；一爲文風、學風問題。以此培養詩才，傳承詩藝，培育詩心，增强民族復興時代的文化自信。兩個方面，踐行者都做得很好。

我在大陸接受教育，也是共和國培養的新一代文化傳人。在澳門大學擔任中國古代詩學教授，講演中國傳統文化和古代詩歌。據我所知，大陸及臺港澳以外，凡華人居住的國家和地區，許多高校詩詞的研習及寫作都不曾間斷。有段時間，對於内地高校不設詩詞課程、弦歌之地聽不到弦歌之聲頗感憂慮，深恐「禮失而求諸野」。

近幾年，我和我的學生參與中山大學所創辦「中華詩教的當代傳承與創新」這一工程有關教學、賽事等一系列活動，深爲感動，深受教育。深深感到嶺南詩風之正、嶺南詩學之盛，必將爲大中華的詩教傳承與創新做出成功的示範。

戊戌清明後六日於濠上之赤豹書屋

# 饒宗頤學藝館開館祝文

子曰：志於道，據於德，依於仁，游於藝。此四端者，孔門推行全人教育之綱領也。宗頤饒公，廣東潮安人氏。中國當今學界一位百科全書式人物。幼秉庭訓，書皆如此不復怠；志學游藝，朝搴木蘭夕宿莽。年甫十二，畫圖巨幅抵壁作；未及弱冠，詠優曇花驚老宿。平生之學，探索人類精神史；終身之藝，體現萬古不磨意。因枝振葉，沿波討源。反顧游目，往觀四荒。路漫漫其修遠兮，吾將上下而求索。和諧社會，科學發展，可贊天地之化育；經國大業，不朽盛事，有賴文章之無窮。饒宗頤學藝館開張，匯集中華文化精粹。翰墨、篇籍，寄身、見意，聲名自傳於後。當前之務，千載之功。此仁人志士之大任也。

贊曰：

百科饒學，開編細探。朱藍焕采，誠明包涵。筆下雲煙，花外神仙。塵緣洗卻，俯覽秦川。靜觀萬竅，老禪會心。清風明月，不古不今。逝者如斯，而未嘗往。盈虛如彼，卒莫消長。學以致用，藝方通神。優哉游哉，當下一人。吾生亦晚，吾學尤遲。志斯道者，其共勉之。

濠上詞隱施議對
癸巳秋八月吉日

——原載施議對編纂《饒宗頤：志學游藝人生》，澳門特別行政區政府文化局，二〇一五年七月

# 題《倦月樓論話》

倦月樓論話，倦月樓主彭玉平教授爲諸生講述論文撰著諸事之話也。因其依遵前人詩話、詞話之例而作，故曰論話。論也者，其與詩詞歌賦，同爲文學衆體中之一體也。劉勰《文心雕龍》第十八篇之論説，早已論定。其曰：「聖哲彝訓曰經，述經叙理曰論。論者，倫也。倫理無爽，則聖意不墜。昔仲尼微言，門人追記，故抑其經目，稱爲『論語』。蓋群論立名，始於兹矣。」倦月論話，徵之信矣。讀而喜之，乃爲之贊。丙申立夏前四日濠上詞隱於濠上之赤豹書屋。

詩有詩話，詞有詞話。凡百千年，如是我話。曰贊曰評，幾多佳話。未聞之曰，論亦有話。

證之彥和，知有論體。二事包涵，述經叙理。仲尼微言，門人追記。群論立名，始於兹矣。

論有所作，話有所作。倦月樓主，示我佳作。謂爲諸生，撰論而作。興之所至，於是乎作。

由來已久，論之爲體。贊者評者，明意平理。倦月論話，潛神默記。其可然乎，徵之信矣。

# 詩教與詩學

——北京《詩詞中國》二〇一八年第三期卷首語

詩的國度，禮儀之邦。不學詩，無以言。不學禮，無以立。百千年來，詩與禮，已成爲國人立言、立身之本。作爲一名中國人，無不以此爲驕傲。

當今之世，詩之盛與衰，詩人之幸與不幸，國人之熱與不熱，既關乎時運，亦關乎文運。時運者，在於教；文運者，在於學。詩教與詩學，兩個概念，一指以詩設教，一指以詩立學。以詩設教，詩指詩三百，教則在於思、在於容，在於去邪以歸正；以詩立學，詩指詩六義，學則在於賦、在於比，在於興發而感動。一爲立場、觀點，一爲文風、學風。代表兩種不同的批評標準。功利標準及審美標準。以詩教論詩，通過邪與正論優劣，看其對於某個集團或階層究竟有益或者無益；以詩學論詩，通過賦比興論其高下，看其對於詩自身藝術手段究竟掌握到何種程度。一個重在功利，一個重在審美。重功利者，必先考慮大政事、小政事，考慮集團與集團、階層與階層之間的種種「關係與限制之處」；重審美者，將寫之於文學及美術，則必遺其「關係與限制之處」(王國維語)。前者每域於一人一事，不一定放諸四海而皆準，不一定能够長長久久；後者則更少限制，因而也可能更加長遠一些。

朱子曰：「古人詩中有句，今人詩更無句，只是一直說將去。這般詩，一日作百首也得。」有句與無句，若以功利論，未必有者爲優；一直說將去，一日百首，若以好壞論，亦未必多者爲劣。朱子之言，是耶？非耶？如若不計功利，就詩論詩，即可獲知，一直說將去，乃指學詩的功夫並不到家；一日百首雲者，說明不能只是追求數量。朱子所言，對於古今之操觚賦詩者，應當都是一種忠告。

聶紺弩詩云：一擔乾坤肩上下，雙懸日月臂東西。以小喻大，屬對工麗，絶非一日百首者之所能及。鍾敬文贊其有句，是否有篇，以爲不及老杜。鍾評聶詩，在於審美，而非功利。周谷城曰：暴露黑暗易好，歌頌光明難工。論好與工，既重功利，亦重審美。於教之外，尤重於學。雖未必針對紺弩，但對於紺弩的崇拜者，似仍具警示作用。今之詩界，無論在臺閣、在學院，或者在山林，於教、於學，都需要下一番功夫。

丁酉夏至前四日濠上詞隱於濠上之赤豹書屋

# 【澳門文史研究】主持人語

——中國人民大學《國學學刊》二〇一四年第四期

自一五五三年（明嘉靖三十二年）葡萄牙（佛朗機）入居濠鏡，至今已四百六十一年；而自一七四四年（清乾隆九年）設立澳門海防同知（全稱廣州府澳門海防軍民同知），至今已二百七十年。兩任海防軍民同知印光任和張汝霖文韜武略，所撰《澳門記略》，已成爲世界上第一部系統介紹澳門的古籍著作。在澳門回歸祖國十五週年之際，本刊特闢「國學視域下的澳門文化」專欄，推出澳門學者施議對、姚京明、莊文永的文章，對於澳門歷史文化以及澳門文學藝術的發生、發展及演變進行深入探討。相關文章説明，所謂國學視域，實際上就是大中華的學術視域。澳門在回歸之前，雖屬於「化外之地」，卻仍然保留著華夏文明。回歸之後，實施「一國兩制」，澳門的文化活動，並未曾遠離大中華的文化背景。尤其值得注視的是，施議對通過對於地脉、人脉、文脉的綜合考察，於文章中提出並論證，澳門文學淵源於文天祥的《過零丁洋》。

## 【詞學研究】主持人語

——《浙江大學學報》二〇一七年第二期

一代詞宗夏承燾教授於二十世紀三四十年代，坐鎮之江，爲中國倚聲填詞創造一代基業。五六十年代，夏承燾教授又於西溪學舍，培育新一代詞學傳人。改革開放以來，新一代詞學傳人，發明師説，再創輝煌。之江一脉，後繼有人。本期刊發沈松勤、陶然及周密二文，作者爲夏氏二傳、三傳弟子。文章或於詞史發展角度，探討明清之際詞的「體格性分」問題，或借道家步虛韻的創作經驗，探討道樂與詞樂、步虛韻與曲子詞以及步虛詞與詞調等一系列問題，對於夏氏詞學均有所增添，有所開拓，具一定參考價值，頗值一讀。

二〇一七年二月二十三日

# 總集叙略

## 貂裘换酒

——楊雨女史《楊雨説詞》序

沈祖棻女史，二十世紀本色詞傳人。吴子臧（世昌）謂其作品出色當行，不可多得。其以深知此中甘苦之慧業詞人自己來「賞析」宋詞，自必有他人所不及之獨到之見。楊雨女史，二十一世紀第二代詞學傳人。既以精進詞説榮登學府講壇，又以超魅力之説詞鳴天下。贊曰：讓美好古典詩詞重新棲息在平凡生活裏，療愈忙碌繁瑣之日常。楊雨説詞，乃百家之幸，亦詩詞之幸。换我心，爲你心，始知相憶深。願世界之每一角落，都能爲中華古典詩詞所感動。因集《涉江》詞句賦得《貂裘换酒》一闋以寄其意，並爲之序。己亥谷雨後六日濠上詞隱於濠上之赤豹書屋。

歸路江南遠。曲遊春柳煙斜、臨風幾度，羅衣塵涴。菩薩蠻永日描花新様學，尚覺銀屏春淺。拜星月慢 十幅寫，吟邊繾綣。踏莎行 猶有眼前山河舊，只相逢、休記閒恩怨。踏莎行 鴛鴦夢，易驚散。天香 夜窗秋雨燈重剪。玲瓏四犯 算誰知、薔薇再到，琴心先變。拜星月慢 乍捲高簾紅闌候，不比當初雙燕。蝶戀花 一任過，楊花別院。謁金門 辛苦朱簾防鸚鵡，倒金壺、緑樹鷓鴣喚。鷓鴣天 歡事數，漸成繭。拜星月慢

**附注：**

世紀詞學傳人世代劃分，以生年爲依據。二十世紀詞學傳人，劃分爲五代：第一代，自一八五五至一八七五年間出生；第二代，自一八七五至一八九五年間出生；第三代，自一八九五至一九一五年間出生；第四代，自一九一五至一九三五年間出生；第五代，自一九三五至一九五五年間出生。二十一世紀詞學傳人，亦依五個世代進行劃分。第一代，自一九五五至一九七五年間出生；第二代，自一九七五至一九九五年間出生；第三代，自一九九五至二〇一五年間出生。之後類推。楊雨界於二十一世紀詞學傳人第一代及第二代之間，今特爲劃歸第二代。

——原載楊雨《楊雨説詞》，上海教育出版社，二〇一九年七月。

## 「換我心，爲你心。始知相憶深」
### ——彭玉平《唐宋名家詞導讀》序

唐以詩名宋以詞，此所謂一代有一代之勝也。唐詩與宋詞，共同爲中國詩歌創造了兩大輝煌。

中國素有詩國之稱。「不學詩，無以言」。古時候，作爲樂歌的詩已爲各諸侯國之公卿、大夫所廣泛引用。不僅於祭祀、宴會、典禮，用作儀式中之一項重要程序，而且於社交場合，用作交際工具。據統計，顧棟高《春秋大事表》所載有關借賦詩以達致社交目的之事件，即有二十八例。學詩與立言，在詩國早已形成風氣。

當今社會，文明、進步，學詩立言的傳統，更加得以發揚光大。不僅詩國賢俊，大多雅好諷詠，即使是外國友人，對此亦未遑多讓。香港回歸，中英爭拗。一方引用唐人李白詩句——「兩岸猿聲啼不住，輕舟已過萬重山」，比喻談判前景；一方面以美國傑克·倫敦(Jack London)詩句——「寧化飛灰，不作浮塵」，表達最後觀感。前者係原著，標準國貨；後者乃譯作，亦已經中國化。可見詩國魅力。

詩的世界，舞之、蹈之，友之、樂之，在於「正得失、動天地、感鬼神」；詞之與詩，有一定區別，其所創造，卻同樣具有一種「能自立於天地之間」的感動力量。「昨夜西風凋碧樹。獨上高樓，望斷天涯路」；「衣帶漸寬終不悔。爲伊消得人憔悴」；「衆裏尋她千百度。驀然回首，那人卻在燈火闌珊處」。——三個階段，一樣可將人生引領至最高境界。

「在心爲志，發言爲詩。」詞之與詩相比較，志爲其共通之處，而言則各異，説明乃兩種不同的樂歌樣式。王國維説：「詞之爲體，要眇宜修。能言詩之所不能言，而不能盡言詩之所能言。詩之境濶，詞之言長。」謂濶與長，或者能與不能，這是就境界創造的角度所進行的論斷，側重於志，而言之自身以及發言的方法及方式，仍須進一步加以體認。

《詩大序》云：「發乎情，止乎禮義。」發之與止，顯示出一種過程與結果。在這一意義上講，詞之與詩相比，其發言方式之不同處，主要體現在對於禮義與情相互關係的處理上。就宋人經驗看，戴上面具作載道之文、言志之詩，卸下面具作言情之詞，其於發與止的控制與調節，非常注意分寸，用現代的話講，就是很有個度。這是種尺度，也是量度。既一定又不一定。當中一段斜坡，角度較大，就看如何把握。籠統地講，有宋一代，對待禮義與情，亦即天理與人欲，衛道與衛才，大致兩種傾向：或者將禮義（天理）擺在第一位，將情（人欲）擺在第二位；或者縱容人欲，不怕下犁舌地獄，將情擺在第一位。兩種傾向，各有各的抉擇，而詞則偏重於後者。因而，其發言方式，與詩相比，也就有不同的取向。即，主要憑藉著感情及感覺以相感動，而不僅僅是精神及意志。「記得緑羅裙，處處憐芳草。」如果説，那裏有中國人，那裏就有誦讀樂歌的聲音，那麼，似乎還應當説，凡是有情感的地方，就有詞的蹤迹。誦讀名篇，追尋往迹，這應是十分美好的一種藝術享受。

彭教授玉平爲名家導讀，這是很有意義的一件事。玉平教授出身科班，根底深厚。既已有廣闊的文學理論基礎，又潛心詞業，作專門研究。言傳意會，頗能得其佳處。與論詩詞，每多卓見。乃當今一位具有多方面發展潛能的學者。所撰《唐宋名家詞導讀》，去取得當，精粹匯集；導向明晰，有鏡可借。尤其在發言方式上，有關解説，更是下了一番功夫。這是目前所見一部較爲完善的讀本。

發言方式，也就是言傳形式，這是作者與讀者溝通的一種手段。不同作者，不同樂歌樣式，具有不同的言傳形式。比如柳永，其所謂「變舊聲，作新聲，出《樂章集》，大得聲稱於世」（李清照語），所謂「寫情用賦筆，純是屯田家法」（蔡嵩雲語），就是一種重要的形式或手段，乃柳永之所獨有，亦探測其藝術殿堂的一種重要途徑，歷來爲聲家之所樂道。但詞界對此，因爲習慣於從詞話到詞話，從本本到本本，陳陳相因，人云亦云，至今仍然少見有人顧及於此，不知究竟。這是令人遺憾的一件事。玉平教授「導讀」，就若干慢詞入手，對於今、昔、今結構方式以及「從對面寫來」的獨特表現手法，作了精闢分析。謂：「筆法從現在到過去，又從過去折回現在，最後從現在宕想將來，時序錯綜，而情感一脉貫穿。」（評《浪淘沙慢》語）謂：「『想佳人』兩句，宕開前情，用假想之詞，從對面寫來，反襯遊子思歸的殷切心理。」（評《八聲甘州》語）以時間順序推移及空間位置變换説柳詞，既成功地揭示其奥秘，將「家法」清楚呈現，就像曾經與作者共同經歷過一般，又爲今日之讀詞、品詞，樹立了一個很好的典型，説明必須認真地「讀原料書」（吴世昌語），方纔有所收獲。這一導向，實實在在，中規中矩，令知所進退，亦便於操作，有别於時下多數選本、讀本之所作泛泛之談，十分難得。

這是柳永，「導讀」録詞十一篇，於編中居第三，可見乃特别標榜。至於其餘作家，除李煜、蘇軾、辛棄疾以外，儘管録詞較少，或者僅有一篇，其所解説，亦多體會有得之言，頗堪把玩。

「换我心，爲你心。始知相憶深。」手此一編，不時誦讀，細加品賞，對於詞的藝術世界、詞學真傳，必將有所領悟，入室登堂，相信也並非一件難事。因爲之序，並與讀者諸君共勉。

乙酉大雪後五日於濠上之赤豹書屋

# 不可忽視的文化回饋

## ——張珍懷《日本三家詞箋注》序

日本三家，即森槐南，高野竹隱，森川竹磎，這是日本填詞史上傑出的三詞人。三詞人生活於日本明治時代，爲日本填詞的黄金時代，與中國清末四詞人——王鵬運、鄭文焯、朱祖謀、況周頤，堪稱爲並世詞家。

據當代日本著名漢學家神田喜一郎考，日本填詞開山祖嵯峨天皇於弘仁十四年（八二三）所作《漁歌子》五闋，乃張志和於唐代宗（李豫）大曆九年（七七四）所作《漁父》五闋的仿效之作；前後相距不過四十九年。可見日本填詞至今也已經有了一千多年的歷史。神田喜一郎著《日本における中國文學》，其中第一、二卷爲《日本填詞史話》（上下二册），即爲目前所見第一部有關日本人填詞歷史的專著。神田喜一郎稱：日本人的祖先喜歡中國文學，特别喜歡唐宋文學，自然就把中國填詞接受過來。並稱：中國文學在日本具有悠久的歷史。在日本的中國文學，即日本漢文學，既是中國文學的一個支流，又是日本的第二國文學。這説明，日本與中國文學，包括中國填詞，其淵源是十分深遠的。

當然，填詞此道，畢竟是中國人的拿手好戲，作爲外國人的仿效，要能獲得成功，並不太容易。正如神田喜一郎所説：因爲填詞必須特别注重聲調音律，並運用特殊的表現手段，這一些，對於民族、環境全異的日本人來説，當是增加了一層困難，所以，如果站在純粹的中國文學的立場上來看日本人填詞，那就不值得給予很高的評價。神田喜一郎説：日本人填詞，除了平安朝的嵯峨天皇和兼明親王之外，從江户時代到明治大正，不過寥寥百人。日本人填詞，多數僅是出自一時的好奇心而進行的嘗試。神田喜一郎的話説得很謙虚，實情當亦如此。但是，就《日本填詞史話》所展示的史料看，日本人的填詞及其所獲得的成就，卻是不可忽視的。别的且不説，只説其中所附作品，前幾年，有人據以採摘編輯，便成爲一部相當可觀的《日本詞選》。至於日本人在填詞上所體現的精益求精的態度，則更加值得稱贊。尤其對字聲問題，這是入門的一道難關，日本人填詞，一開始就十分注重這一問題，並表現得非常出色。例如：張志和原作《漁父》五闋，每闋都以結句之第五字用「不」字爲其奇處，嵯峨天皇仿效之作，每闋結句之第五字用「帶」字，二者都爲去聲。這是詞調的關鍵部位，亦即音律喫緊之處，作者對此一點也不含糊。所以神田喜一郎指出：「並讀二作，只覺得一種高雅沖澹之意趣見於其中；天皇不只是仿效原作的形式，還深入原作的神髓中去。這境界使人爲之傾倒。」嵯峨天皇以後，一代傳一代，以至森槐南，高野竹隱、森川竹磎等，都是填詞的當行作家。

因此，我認爲作爲填詞祖家的一份子，無論如何，不能小看日本人的填詞成就。

目前，由於缺少必要的第一手材料，中國本土對日本填詞，仍未引起足够的重視，業師夏承燾先生生前出版《域外詞選》，收録日本日下部夢香等八家詞，森槐南三家也包括在内。夏先生曾命我將《日本填詞史話》中的一節《填詞的濫觴》譯爲中文，以爲該選本的附録，一起刊行。夏先生並有論詞絶句若干首，評判日本填詞家的成就。夏先生希望以此推動國人對於域外填詞，包括日本填詞的探討與研究，而響應者仍甚寥寥。這就是説，近十幾年來，中國本土的詞業活動儘管進行得轟轟烈烈，但對於域外填詞，尤其是日本填詞，卻仍然所知甚少。如果從文化回饋的角度看，這對於中國本土的詞業發展，不能不説是一件遺憾的事。

滬上詞家張珍懷女史即將推出《日本三家詞箋注》一書，這是很有意義的。張先生早歲從夏承燾先生治詞業，爲其入室弟子。夏氏《域外詞選》中的日本詞，張先生即爲箋注。張先生並著專文《日本的詞學》（載《詞學》第二輯），對日本的填詞業進行全面的評介。張先生對日本填詞做了大量的工作。這部「三家詞箋注」，就是遵循夏氏囑托而完成的一部大作。三家中，惟森槐南有全集問世，四十卷中最後一卷爲詞，高野竹隱和森川竹磎均無專集，亦無人爲之輯印。而神田喜一郎《日本填詞史話》所録作品，均由雜誌中得來，不盡爲第一手材料。張先生編輯三家詞，並爲箋注，是下過一番苦功的。這部書將爲研究日本填詞提供可靠的例證和必要的參考，並爲中國填詞，在文化回饋的角度上，提供别開生面的反借鑒，相信是很有價值的。但是，這部書的出版經歷了很多波折：十年前，這部書曾交由北京某出版社出版，並已排出清樣，但遲遲未付印，再三詢問，也無回覆；直至五年前，即以清樣一册並三分之一稿酬，了結此事，但這部書仍無法問世。張先生很焦急，學界前輩顧廷龍、周振甫諸先生對此也十分關注。只是出版業不景氣，四處訪求，亦無濟於事。近一、二年，張先生旅美，仍記掛着此事。今年夏天，張先生由美寄來一信，告知有友人願意幫助尋找出版社，推薦出版，並希望能爲這部書作序。我很高興地答應了，並説了以上一番話，但願這部書能够盡快地與讀者見面。

一九九三年八月十五日於香江之敏求居

——原載香港《大公報》一九九四年七月十五日《藝林》副刊第九四九期。

# 李遇春《中國現代舊體詩詞編年史》序

中華詩國，言志永歌，八音克諧，神人以和。昔自周楚已下，飆流所始，同祖風騷；唐宋金元，及至於清，詩詞歌賦，身份猶明。謂之爲舊，原自於新。蓋因胡適之出，提倡白話，兩隻蝴蝶，雙雙上天；舊體新體，各逞異途。新體之興，已逾百載；舊體之製，亦近二甲子矣。事緣民國五年，公元一九一六年八月二十三日，胡適寫下中國第一首白話新詩，迄至一九七六年四月五日，詩歌活動由地下轉向地面，是即舊體詩詞之一甲子也。六十年間，新體誕生，舊體被裁定爲半死之詩詞；新體尋覓不到合適形式，舊體死而復生。進入第二甲子，一九七六至二〇三六，新體舊體，異途而不同歸。艾青有云：大路朝天，各走一邊。新體運程，詩界先進，自有評説；舊體之會否由死而復生，變而爲生而復死，讀者諸君，則當拭目以待焉。新詩今日，經已標榜史册，而舊詩則未也。若問：新詩入史，舊詩何以未能入史。或曰：名不正，則言不順。舊詩至今，尚無一正當合理之名謂，無從入史。據聞此事，既爲舊詩作者，深感費解，亦令新文學史家，頗受困擾。當此之際，李遇春教授主編《中國現代舊體詩詞編年史》，以詳明之史實，通達之識見，爲舊體詩詞正名，適可補此空缺。是編凡二十卷。以編年形式，叙録自中華民國肇建至中華人民共和國成立，中國舊體詩詞之演進軌迹。始條理，終條理，集成一大型編年體詩歌通史。謂之爲編年體通史，既與紀傳體之體例有別，亦與斷代史之體例各異。紀傳體以人物爲主，事件次之；斷代史以事件爲主，人物次之。是編以時間爲中心，將舊體詩詞作品及與之相關之人物及事件，依年、月、日逐一記述在編。名之曰現代，既依時間推移，表示其與此前詩或者詞之編年史相對應，又依事件之起始與終結，表示自一九一二年一月一日至一九四九年九月三十日，中華民國之作爲一個朝代，事件已告終結，民國而後，新詩及舊詩之作爲一種文學體裁，事件尚非終結。其所謂現代云者，既斷且連，乃一可持續延伸之時間概念，並未爲朝代所局限。名之曰舊體詩詞，則與新體白話詩相對而言，既表示舊體因新體之出現而出現，亦表示舊體詩詞之作爲一種文類，仍然有賴於作爲獨立文體之詩以及詞之存在而存在。合而言之，謂之舊體詩詞；分而言之，詩仍其爲詩，詞仍其爲詞。他日修史，作爲獨立文體之詩以及詞，或須另當別論，而作爲文類之一種，舊體詩詞則可與詩歌、散文、小說、戲劇四大文學體裁，同登中國現代之文學殿堂。是即今日爲其正名意義之所在也。凡此乃依題中固有之旨，小叙觀感，至若全編，其所謂網羅宏富、體大思精者也，尚待高明之士，評其得失，以爲鑒戒。是爲序。

庚子驚蟄前二日濠上詞隱施議對於香江之敏求居

# 别集序跋

## 湖山有約頻回首，争忍閒閒説不歸

——李祁《李祁詩詞全集》序

海外三位女作家李祁、葉嘉瑩、闞家蓂，均於全國解放前夕離開大陸，然後由臺灣赴美或者直接赴美從事教育文化工作，並曾在臺灣大學任教授。三人中，李祁爲前輩，學識最淵博，成就最卓著，只因三十幾年來未曾歸國，未曾在大陸發表文章，李祁其人一直鮮爲人知。一九八〇—一九八一年間，美國作家梅儀慈來華，拜訪業師夏瞿禪（承燾）教授並爲代贈《李祁詩詞集》，方纔从瞿禪師處得知李祁的一些情況。由於編輯《當代詞綜》，向李祁徵稿，六、七年間，書信往來頻繁，對於李祁其人及其詩詞作品，逐漸有所了解。在此謹就所知，稍作一番介紹。

### 天分絶高，文華秀發——二十年代文壇新秀

李祁字稚愚，湖南長沙人。一九〇二年（清光緒二十八年）生。自幼頗好古典詩歌。中

學時受業於湖南散文名家李肖聃（李淑一之父）門下，在金陵女子大學肄業時，又從文學史家劉麟生學詞。一九二三年夏，由金陵女子大學轉北京大學西洋文學系，詩人徐志摩待之甚厚。徐志摩命學生譯李白詩爲英文，經常將李祁所譯抄於黑板爲班上同學講談一番；徐志摩熱心地爲同學郵購英名人詩文集，並幾次要李祁譯白朗寧夫人的詩。李祁自一九二二年起，即在《晨報》詩刊、《新月》雜誌以及《宇宙風》、《人間世》諸刊物發表詩歌、小説、散文及翻譯作品，但均用筆名。如「示子」和「寄」，等等。徐志摩發現這一「秘密」時，曾有書云：

真想不到「示子」和「寄」都是你！狠不錯，希望你陸續寄稿來，小説更歡迎。

其時，徐志摩正在《晨報》社擔任詩鎸主編。

一九二八年三月，《新月》雜誌創刊，李祁寄去《X光室》及譯文一篇，徐志摩一齊送登卷一之二期，而梁實秋及胡適持反對意見，並因此引起一場論辯。梁秋实説：「創作不見其佳，譯文恐有錯處。」徐志摩説：「我意不然，此二文決不委屈《新月》標準，並早已通知作者。」並説：「梁君如必堅持盡可退回，無妨也。」胡適也説：「《X光室》莫名其妙。」但徐志摩不與爭辯，仍將二文分别於二期及三期刊出。

李祁作品登出，反應甚好。一九二八年七月二十一日，徐志摩與李祁書云：

上月陳通伯夫婦來，説及《X光室》，皆交口讚美，我頗覺抒氣，継雪林女士及袁昌英亦都説好，我説如此看來，我眼睛不定是瞎的，但始終未向梁、胡諸前輩一道短長，因無可喻也。

同時，在此書中，徐志摩還曾提及「另組幾個朋友，出一純文藝月刊」事，希望李祁寄稿。並説：「我爲中華撰新文藝叢書，正缺佳稿，女士一本創作，一本譯作，我已預定，盼及早整理給我，办法賣稿或版税均可。Byare Lagoon 我所最喜，譯文盼立即寄我，短文一併寄來。Youth 何不一試？再加一篇，即可成一 Conrad 短篇集，有暇盼即著手如何。」

在二十年代中國文壇，李祁已是稍露頭角。對其成就，其業師李肖聃甚爲欣喜，曾有書云：

吾弟天分絶高，文采秀發，福湘十載，未見其儔。吾性愛才，屬望尤厚，邇來所詣，想益精深。

## 祇今世味都嘗遍，解説傷心是費時——抗戰八年的亂離生涯

一九三三年，李祁參加中英庚款招考第一屆留英學生考試，獲得文學科獎學金赴牛津大學當研究生，攻讀英國文學。一九三六年秋提交論文《李白與雪萊的比較》，經口試，由學校通過授予 B. Litt 學位。一九三七年三月，學成歸國。接著，抗戰事發，李祁曾赴長沙國立湖南大學、藍田國立師範大學及福建三元（今三明市）之江蘇學院任教。在亂離中度過八年艱辛之詩書生涯。所謂「只今世味都嘗遍，解説傷心是費時」（《鷓鴣天》語），在敵機轟炸中，四處奔波，李祁創作了不少詩詞作品，抒發其倦客思返之愁思及對於和平生活之熱烈期望。

一九三七年三月底，李祁應聘赴長沙國立湖南大學教授英文課程。抗日戰爭爆發，湖南大學於一九三八年遷往湘西辰溪。後來，廖世承在藍田創辦國立師範學院，設英文系，堅聘李祁前去教授英國文學。一九四二年，李祁由湖南大學轉藍田任教。由於敵军逐漸逼近，學校停課疏散，李祁曾回鄉小住，並赴桂林就醫，閒居姨母家。在桂林時，江蘇學院院長戴克光力招前往任教。江蘇學院在福建三元（今三明市），戴克光乃庚款同屆留英同學。因交通阻隔，大約於一九四三——一九四四年間，纔展轉到達三元。

抗戰八年，李祁在亂戰中，生活甚不安定，但她寫下了大量詩詞作品，用以抒發熱愛祖國

山川的情感並寄寓對於民族命運的憂思。

一九四三年八月，在藍田往湘潭舟中，寫下《水調歌頭》：

碧水清如許，明淨洗吾眸。好趁灘頭雪湧，快意馳扁舟。迎得滿江月影，盪我胸中芥蒂，天際任沉浮。冷眼看人久，憑喚馬和牛。　珠露冷，晨光動，曙風柔。寂寞霧籠沙渚，恍記玉京遊。冉冉星河將轉，片片銀帆欲舞，去去莫淹留。仙景渺難即，惆悵聽江流。

這首詞寫作者於晨光方動、曙風輕起之時，在滿江月影中，快意馳扁舟的情景。當時，作者彷彿置身於人間仙境。但是，她又馬上覺悟，這一人間仙境是很難到達的，即可望不可即，因而便產生了一種淡淡的憂愁。聯繫作者當時所處的社會環境，應該説，這種對於飄渺仙境的思慕當是有所寄托的。

同年，李祁遊南嶽，有《南鄉子》：

生處海天寬。新樣眉痕嫵媚彎。待得團圞添桂影，心歡。萬里清輝望月圓。　十六玉光寒。説是還圞一綫殘。星欲争明雲又上，辛酸。不忍更闌仔細看。

這首詞詠月，抒寫了「萬里清輝望月圓」的情懷，但當時作者所望之月，卻是殘缺的，而且，「星欲争明雲又上」，令人不堪細心觀賞。「人有悲歡離合，月有陰晴圓缺。」自古以來，人們總是喜歡將自然現象與人事聯繫在一起。因此，作者在南嶽望月的心情，也應該與戰亂中家人離散的背景密切相關。「驚世變，憫時光」（《鷓鴣天》）。在亂離中，四處奔波，李祁同時留下了若干篇章，抒寫這種哀怨情感。

例如《鷓鴣天》：

長憶孤舟去國時。每聞畫角總生悲。只今世味都嚐遍，解説傷心是費時。驚客夢，欲愁眉。無端清淚浣征衣。何當化作楊枝露，灑向人間没個知。

又例如《雁影》：

莫羨雲端雁影微，應知倦翮總難飛。海嶠自古傷心地，逐客紛紛向不歸。
江南詞客作幽囚，玉砌雕欄念舊遊。我亦淚痕常被面，難將綺句寫深愁。
碧海量愁未覺深，死生猶欲覓初心。蕭疏落葉吹看盡，淚灑空林何處尋。

以上詩詞，抒寫倦客思返的愁思及對於和平生活的熱烈期望，甚真切動人。

## 贏得詞人羨慕多，六橋閒淡少人過——杭州三年的詩書生涯

抗戰勝利，李祁無比興奮，覺得只有今歲重阳，纔可堪紀念。因有《重陽口占》三絕句，表達當時心情。詩曰：

丹桂飄香烏桕紅，登山長嘯向長空。重陽今歲纔堪記，寰宇秋光處處同。
八年涕淚滿邦畿，回首荒煙事事非。遥想故園今日裏，斜陽冉冉映征衣。
天涯惆悵不勝思，顧影還欣有舊知。忽聽西風成獨語，青山紅樹我歸遲。

一九四六年一月至一九四八年底，李祁在浙江大學講授英國詩文。李祁在三元江蘇學院教書時，已允浙江大學之聘，説定抗戰完畢，浙大復員，即前去任課。其唯一條件，乃住西湖羅苑（俗名哈同花園）。到浙大時，李祁在羅苑得有風景最好的臨湖房間。在此三年，李祁渡過了一生中最爲難忘之詩書生涯。她也爲此寫下了心底的讚歌，其中，有一組《浣溪沙》詞，序稱：「觀音誕日，夜雨，其後數日小雨。時，行涼，可衣夾裏。西湖一帶，日隱雲青，冷風

吹绿，風景氣候，非夏非秋，頗疑仙境，暫現人寰」。詞云：

盛夏生寒亦一奇。人間隔夕换仙衣。湖山朝見是耶非。泠泠雲明山水绿，離離葉動露珠滋。疑遊閬院曉風吹。

愛看風荷最绿時。飄零雨碎欲無絲。半湖青玉望風欹。山樹倒涵愁绿重，蓮衣墜影露紅垂。不同秋色作寒姿。

雙槳無聲入曲溪。壓湖千樹碧楊枝。冷香暗逐月痕篩。蓮子玲瓏圓自護，藕花荏弱斷還垂。采蓮遺藕不同歸。

小立长堤月滿時。西樓曾記蹙如眉。辛勤夜夜有誰知。星斗迢遥山莫接，樓臺明滅水中窺。此心此月共盈虧。

這四首詞作於西湖羅苑。詞作圍繞著「半湖青玉」，狀寫風荷「離離葉動」、「蓮衣墜影」各種美好姿態以及作者内心感受，體貼入微，清新雋永，構成了一幅奇麗的西湖盛夏圖。

其時，瞿禪師亦在浙江大學任教，同住西湖羅苑，但瞿禪師的房間不臨湖。李祁曾以所作《浣溪沙》諸詞録示瞿禪師。當讀至「半湖青玉望風欹」一句時，瞿禪師即大聲稱賞，並曰：

「以三分之一的西湖換此一句何如？」。李祁答：「否」。瞿禪師即謂：「那就半個西湖」。可見其傾慕之情。

在西湖羅苑，李祁與瞿禪師過從甚密。如今，《天風閣詞集》中存有《風入松》一詞，副題稱：「棄蘭爲李祁作」；《李祁詩詞集》中《憶西湖雜詠》所謂「贏得詞人羨慕多，六橋閒淡少人過」，亦記述了當時與瞿禪師論詞之情景。瞿禪師曾爲李祁題扇並贈送手書《鷓鴣天》（九溪十八澗）詞。幾十年間，瞿禪師真迹隨行海外，至今仍珍藏完好。

杭州三年，李祁過得很愉快。三年中，不僅創作一批歌詠美好湖山之詩詞佳篇，而且還出版了兩部名著：《華茨華斯及其序曲》（上海商務印書館，一九四七年版）及《英國文學概述》（杭州書店，一九四八年版）。

## 東風倘識來時路，問春深，可放歸船——展轉去國之無窮煩惱

一九四七年冬，廣州嶺南大學以「講座」名義邀請李祁前去教授英國文學。爲期一年。浙大不同意，到一九四八年秋纔答應前去一個學期。李祁於一九四八年冬抵嶺南，一九四九年夏滿期，因粵滬交通斷絕，無法返杭。李祁想取道香港，由港乘輪船回滬，再設法返杭。但在港候船之時，適值「紫石晶」軍艦事件爆發，港督令與中國斷絕關通，故不得成行。此後，李

祁回到廣州，因臺灣大學傅斯年校長函電相邀，並寄來航空費用，即赴臺執教。赴臺後，李祁曾於一九五〇年設法返港，到港時與浙大同事及學生通信，回信時一致告以教授會已不存在，與浙大所定一九四九年暑假返校之約早已無效。因此，直至一九五一年夏始得美國國務院贈助逗留海外中國學者之經費赴美。二、三年間，由杭州到廣州，由廣州到臺灣，並由香港到美國。這是李祁一生中的另一個轉折點。然而，也正因爲這一轉折，李祁心中對於故土的眷戀之情便越來越深沉。

一九四九年岁暮，初抵嶺南，李祁有《臨江仙》二首：

十載歸來仍故我，戰墟滿目塵埃。可能劫外認餘灰。堂深留夢永，寒重撥弦哀。

初日園林桃杏淺，有人曾共徘徊。春風入鬢寸眉開。而今成往事，嗚咽逐秦淮。

北去南來多少路，嶺雲黯黯長橫。山温地暖且消停。幽花堪自摘，薄醉最宜醒。天末微波分海色，潮來頃刻都青。莫從過去問來程。湖山驚昨夢，風雨感蒼生。

李祁親眼看到，戰爭給祖國留下的創傷，經過十年，仍未恢復元氣，對於國家民族的前途命運充滿著憂慮。

一九五〇年除夕，在臺北作《高陽臺》：

蓬海翻瀾，浮螺掩霧，憑欄頓失遥天。徑滑泥深，故鄉一樣殘年。經時忘卻抒愁筆，驀回首，思落誰邊。幾多時，雲外婆娑，一晌無言。　春花已有人相送，春紅融絳頰，向我嫣然。莫道天涯，殷勤同惜羈連。東風尚識來時路，問春深，可放歸船。但人间，月幾番圓，事幾番全。

這首詞寫作者在異鄉過除夕，念及故鄉，希望「殘年」過後，於深春時節，乘著東風歸還故里，只可惜世間事與天上月一樣，難以周全。果然，她的這一願望，三十幾年來一直没有機會實現。

縱有滄波供浩汗，但憑一勺取芳醇——爲中西文化交流貢獻力量

到達美國，李祁在洛杉磯南加州大學以訪問學者身份從事短期研究工作。其時，加州大學以新中國成立後，報章雜誌時有新詞匯及語法出現，因被聘爲研究中國報章雜誌上詞彙及語法之專家，撰文印行。一九五一——一九六〇年，李祁關於詞彙和語法的報導及分析文章

共八册，分期由加州大學印行並出售。文章銷路甚好，時有學者及學校部门致函稱譽，日本及海外對其他地區也有讀者來函。因爲李祁素來愛書，而且歡喜教書，即於一九六〇年應聘赴密歇根大學教中文。任期一年，名義爲「訪問講師」(visiting lecturer)，加大方面，允請假一年。一九六一年續假。一九六三年，密大決定聘爲 Associate 教授，纔辭去加大已虛懸三年之職位。一九六四年，加拿大温哥華(Vancouver)之 University of British Columbia 中國語文系主任(加拿大人)到安城，堅邀前往，即辭去密大職務，前去教授中國文學。一九六四—一九六六年爲 Associate 教授，一九六六—一九七一年爲正教授。一九七一年退休，爲 Professor Emerita(榮譽教授)。一九七二年請得研究金，到密歇根大學中文研究中心，研究朱熹之文藝批評。

旅居海外，除出版《中國詞彙和語法的新發展》(英文版，加州大學出版社)以外，李祁還出版學術著作近十種。其中，《徐霞客的黃山遊記》、《徐霞客遊記選譯》、《詩人朱熹》等，均爲英文版。所著《李祁詩詞集》也於一九七五年由臺灣藝文書局影印刊行。此外，尚有《(英譯)近代中國詞選》及《朱熹研究》兩部著作即將由加州大學出版社出版。

李祁平日用英文寫文章或翻譯，如《徐霞客遊記》選譯本，均未請人潤飾，但翻譯古代詩詞，牽涉到傳統涵養及人生稟性等問題，則採取非常謹慎態度。李祁與歐邁愷(Michael

Patrick O'Connor）博士合作翻譯《近代中國詞選》，工作做得十分細緻。歐邁愷不識中文，但在大學時專修文學，根基深厚。在密歇根大學，歐邁愷專攻近東文典，近東各民族古代語言文字及其詩歌體系等問題，綜計其所通文字，不在十種以下。讀詩作詩，亦爲其日常生活之一部分，與之談論中國詩詞，無有隔閡之感。歐邁愷對於翻譯《近代中國詞選》甚感興趣。因此，他們即制定計劃，自一九七三年至一九七七年，譯稿已完成。

李祁退休後，身體衰弱，而且，自一九七五年起，眼内漸生白内障，視覺漸昏花，給平常工作帶來極大困難。但她以頑强的毅力堅持閲讀與寫作，並從中得到了精神上的欣慰與滿足。一九七六年六月，李祁七十四誕辰有《浣溪沙》詞二首，記述了自己的這種心境。詞云：

七十餘年過眼新。去程回溯自分明。小溪蜿曲失青冥。　縱有碧波供浩汗，但憑一句取芳醇。生生無悔是今生。（醇、生二字借韻）

只道隨緣百事安。紅梅偶見悵無端。孤山曾與共春寒。　欲理陳箋濃淡改，關心畫筆淺深難。只宜隨處賞雲山。

漂泊異域，心繫中華。自從離開故鄉故土，李祁日夜盼望歸來，與湖山共踐舊約。

一九五七年，在加州大學，有《蝶戀花》：

歲暮神飛天水際。千里瀟湘，千古銷魂地。憶吊湘君風雨裏。深篁紫暈無窮淚。

惆悵十年心上事。樹蕙滋蘭，未盡平生意。莫道餘生今有幾。此情不斷如流水。

在《憶西湖雜味》中寫道：

積日成年事早非，雲移影逝與心違。湖山有約頻回首，爭忍閒閒說不歸。

一九五九年春作《眼病中遣悶》二十首，其一曰：

棲遲海國十年居，萬事浮雲任卷舒。若問鄉關何處是，宵宵合眼到西湖。

李祁在許多詩詞作品中，念念不忘瀟湘及西湖，她的許多作品就是一支支撼動遊子魂魄的思鄉曲。

最近幾年，李祁身體更加衰弱，但「此身未死，此意仍狂」（《八聲甘州》）其思鄉情緒依舊十分强烈。一九八五年六月，李祁在華盛頓，特地到動物園，乘坐輪椅，由邁愷、丽笙交替推之，前去訪玲玲與興興，但未得見，即寫成《減兰》一詞，發抒自己的思鄉情緒。詞云：

獸中高士。素食深居甘避世。悵我緣慳。似覺聞聲未識顔。　应隨我去。萬里瀟湘清絶處。竹茂山温。朝夕陶然樂爾真。

萬里瀟湘是詩人的家鄉，同樣也是玲玲、興興的家鄉，詩人多麼盼望回歸故里。

李祁是一位具有多方面文學天才的女作家。幾十年來，一方面從事教育文化工作，勤奮著述，一方面堅持創作活動。除了寫作新體詩歌以及散文、小説，尤其擅長古體詩詞。

集中所收古近體詩七十四首，詞七十五首，爲數雖然不多，佳作仍不甚少。集中作品，不僅爲半個多世紀以來風雲變幻時代提供了若干生動畫面，真切地展示一代知識分子「驚世變，憫時危」（《鷓鴣天》語）之思想情感及海外遊子眷戀故土之赤膽忠心，而且善以尋常言語創造詩境，體現性靈，其藝術手法也甚爲高明。

在當代中國詞壇，李祁堪稱大家。早在四十年代，瞿禪師對於李祁作品就極爲讚許，並曾對其得意門生任銘善大爲推舉，謂當在《詞學季刊》近代詞録中刊登。詩壇前輩陳聲聰、施蟄存久聞李祁詩名，曾四處訪求其作品。陈兼與（声聰）著《兼于閣詩話》（續編），特別稱賞李祁作品。最近幾年，李祁將其所作輯爲此集，將在國内出版，周谷城、陳聲聰欣然爲其題簽。

今年端午節，中華詩詞學會在北京成立，李祁受聘爲顧問，《詩刊》、《岷峨詩稿》、《中華詩詞年鑒》等詩詞刊物，紛紛選登其作品。國内詩詞界同仁熱烈盼望詩人李祁早日归來，實現其與湖山共踐舊約的意願。美刊 *Rolling Stock* 介紹近百年來中國著名詞人，曾將李祁與朱祖謀、王國維、廖仲愷、柳亚子、夏承燾相提並論。

希望此集刊行，能爲詩詞界同仁所歡迎。

一九八七年十一月四日初稿
一九八九年二月二十七日二稿

——原載《李祁詩詞全集》，中國民間文藝出版社，一九八九年七月北京第一版。

**附記：**

李祁，一九〇二年（清光緒二十八年）六月六日生於湖南長沙，一九八九年七月二十五日病逝於美國密歇根州。享年八十又七。《李祁詩詞全集》於一九八九年七月，由北京中國民間文藝出版社出版。本文曾作爲《李祁詩詞全集》「書後」，附録刊行。此爲增訂本。

# 包謙六《吉庵詩賸輯録》弁言

二十世紀八十年代初，滬上拜訪舍翁施蟄存大宗伯，承爲引薦，結識學界多位老前輩。其中，有關吉庵包謙六先生，我在當時的日記中記載：

包謙六，一九〇六年生，七十九歲。蓄著小鬍子。他是舊社會的書寫科出身的，曾從夏敬觀先生學詞。

吉庵先生比舍翁小一歲，腿脚尚有勁，幾回愚園路造訪，我都先到一一五五弄看望吉庵先生，再由吉庵先生陪同前去一〇一八號拜見舍翁。有一回，舍翁吟唱温庭筠《菩薩蠻》（「水晶簾裏頗黎枕」），吴儂軟語，别有情趣。我帶了録音機，邀請吉庵先生也來一曲。吉庵先生表示，自己不填詞，也不擅吟詠。不過，吉庵先生對於倚聲及倚聲之學，依然充滿熱忱。每回求教，都曾賜以嘉言。記得當時，因編纂《當代詞綜》，詢及於吉庵先生，吉庵先生既幫忙徵求作品，又題詩見贈。其曰：

惟我中國，奕世昌明。勤勞勇敢，發爲心聲。西極崑崙，東則海瀛。衆庶物富，德教骫骫。今日民主，四化兢兢。鼓之舞之，科藝蒸蒸。百花文學，月恒日升。達言歌事，倚聲可稱。旗亭飲水，及各階層。唱和多矣，利世爲能。何以甄聚，一代之英。別裁會美，嶽峙淵渟。後有作者，繼繼繩繩。以歌以賡，鼓吹承平。

自詩之興，至詞之盛，以及於一代之英。謂當別裁會美，以歌以賡，以體現一個時代的奕世昌明。之後，拙著《詞與音樂關係研究》出版，吉庵先生亦題詩云：

文字與天通，群士類能説。人天固兩籟，才人力能詣。研析入精微，而後成其藝。細絲及牛毛，長年苦作計。詞既名倚聲，聲又如何製。我友有施君，求之將一世。詞音關係明，今日得深契。匡鼎詩能貴，議對詞及第。博士有新冠，野老欣其麗。閉門一卷温，樂以卒我歲。

謂人籟、天籟，才人造詣。倚聲之學，精微其藝。一卷温存，樂以卒歲。既表示對於一個學科的深入體驗，亦表示對於後生晚輩的殷切期待。讀其書，閱其人，深契於心。非一般泛泛之談也。

吉庵先生以詩書名世，不雕砌、不媚俗，人所稱道。曾自叙其習文、作書的經歷。謂：「余幼從塾師讀，長而涉獵載籍，好雜覽。年十二，讀四子書及古文，《孟子》能成誦。年十七，家居數年，雜閲經史文集。家有《通鑒》、《韓昌黎集》、《龔定庵集》、《涵芬樓古今文鈔》、《張南通詩文鈔》、《飲冰室文集》、林譯小説，儘讀之，尤喜張、梁之文，略識學術門徑。」並謂：「余年十一，始學作書。家無藏帖，唯日臨薔翁《通海定界後記》、《嬰寧居士蔣君墓誌》，並以油紙摩之。次年秋季，猶學通校，購得有正書局印行之趙甌波《蕭山大成殿記》及《蘭亭十三跋》學之，如是者三年。」吉庵先生早歲，已爲自己的詩書生涯確定路綫。但至而立之年，由於環境所迫，仍未能辭去銀行的小小職務。吉庵先生清醒地告誡自己：生在二十世紀資本主義極度發達的時代，一切的一切，非錢不行。假使生在西漢時代是能够像公孫弘半工半讀取得宰相的地位以政治家的風度露面的，但是摩登時代決計産生不出公孫弘式的政治家。時代的激蕩，個人環境和思想的推演，吉庵先生明白：只能走文學一條路。將來拿文學的些微力量改造社會上一切惡習慣，想教他不要像現在一樣的醜陋。這是民國二十七年(一九三八年)吉庵先生在《粤遊回憶録》第八章「我的希望」中所講的話。之後，吉庵先生一生就這麽度過。

吉庵先生一生，到底有多少詩篇存世，有哪些書法作品流傳，已頗難查考。綱上所言，有

《包吉庵詩詞》、《吉庵詞話》二種，至於書，則僅僅道其篆隸楷行無不如意，而以行書成就最高，未及其餘。二十世紀九十年代初，自港旅滬，一度於愚園路，尋訪未逢。直至新世紀之初，自安亭路拜訪周退密先生，方纔獲知，吉庵先生已往南京住在女公子包雪松家中。周先生告知地址及聯絡方法。二〇一一年十一月，南京出席「唐圭璋先生誕辰一一〇週年紀念暨詞學研究國際研討會」，一日，率諸生驅車前往翠屏國際城探訪包雪松女士。叙説緣由，包女士即將吉庵先生一袋手稿交付於我。接與不接呢？陪同前往探訪的有我的太太，還有胡善兵、金春媛以及王昊諸弟子。此刻，都將注意力集中到我身上。我知道責任之重大。但還是將吉庵先生的手稿接了過來。

我所結識的老前輩，吉庵先生而外，還有徐行恭、周宗琦、沈軼劉、陳兼與、陳九思、吕貞白、何之碩、陳禪心、萬雲駿、戴維璞、羅忼烈以及盛配諸先生。與結忘年交好，始自二十世紀七十年代末、八十年代初，經歷九十年代，有的延續至新世紀。諸多前輩，生前皆勤懇耕耘，不問收穫，其個人述作，大多未及整理出版。數十年間，我保存一定數量的往來書札。既體驗問學之樂，亦領會其中甘苦。我深深地意識到，接續前輩的未竟之業，是後來者不可推卸的責任。

今個年度，由澳門詩社主辦，我所主編「澳門民國詩學文獻叢刊」，獲得澳門特別行政區政府文化局贊助，包謙六《吉庵詩賸輯録》及陳祥耀《喆盦詩餘存稿》二書即將出版。《吉庵詩賸輯録》將刊發於《九歌》第五期及第六期的詩作品輯爲詩賸三卷，並將刊發於《中華詩詞》第一、二輯以及刊發於《九歌》二、三合集及第四期的詩話、詞話輯爲詩話五卷，二者合一，輯爲是編。

澳門詩社主辦「澳門民國詩學文獻叢刊」的刊行，旨在接續前輩未竟之業，爲承傳薪火，盡其些微力量，亦表示對於前輩的敬意。歡迎批評、指正。

戊戌冬至前六日濠上詞隱於濠上之赤豹書屋

——原載《吉庵詩賸輯録》，澳門詩社，二〇一八年十二月。

# 周采泉《金縷百詠》序

壬戌夏，余因學術採訪，南遊滬杭，有幸拜見學術界前輩郭紹虞、朱東潤、姜亮夫、施蟄存、萬雲駿、周采泉諸先生，得聞緒論，獲益匪淺。周采泉先生告余：初學填詞宜於金縷入手。蓋此調格式特殊，最能體現詞體本色也。又告余：年來尚有《金縷百詠》之製。采老經驗，乃其親身實踐，體會有得之言。采老對於後生小輩，一向熱心扶植，不遺餘力，甲子年間，遂將《金縷百咏》郵至京都，囑爲序。余自知學識淺薄，遲遲未敢下筆，耽擱許多時日，乃將學習心得，録呈斧正。

周采泉，原名湜，浙江鄞縣人，一九一一年（宣統三年）生。祖若父皆有詩名。采老承家學，益自刻苦潛研，工詩、古文辭，並擅駢文。早歲即蜚聲藝苑，詞則至晚始偶一爲之，故自稱「老去填詞」。然其以文才詩情轉而製作長短句，亦時見佳篇，甚得詞界贊許。《金縷百詠》中其自作近百餘首，和作亦數十首，因曰《百詠》。舉凡時序、抒情、酬唱、投贈、題識、題畫、祝壽、慶賀、傷逝、詠物、單題，計十一門類，均爲近年之所作。各類所詠，題材甚爲宏富，或自述家世，直抒胸臆；或追憶往事，懷念舊雨；或題識投贈，論時談藝，等等，皆能如實體現一代知識分子之詩書生涯及藝術情趣。若干篇章與國事相關聯，如「沉冤十載終昭雪」及「名公隻手回天地」，聲討四凶，謳歌四化，俱見赤子肝腸。兼于老人贊之曰：「文字交遊，湖山供養，卻無攜酒花鈿之作，而品顯贈與，揚榷風雅，獨見清韻。」此非虛譽，乃《百詠》之一佳處也。再則，因所詠之題，關係社會生活的各個側面，相與酬唱者亦甚夥，有如黄君坦首倡爲張伯駒八十壽辰所作之塏韻詞，采老四疊其韻，夏承燾、徐行恭、陳兼于、劉海粟、徐映璞、趙樸初、胡邵諸輩，並有繼聲，一時名家，身手大顯，多藉祝壽爲題，高歌慷慨，共抒「與群公掃徹文壇債」（徐映璞之語）之豪情壯志。卷内所集，當於詞壇留下一段佳話，此又《百詠》之一佳處也。至若各詞所附小序，紀人紀事，存録許多寶貴資料，將來修詞史，不能不讀，此亦《百詠》之一佳處也。以上數端，乃就其思想内容而言，有關藝術創造，仍甚多可取之處，此卷以一調而詠數題，紀叙事，其中有連詠八、九疊者，如塏韻詞，既先爲四疊壽張伯駒，又爲一疊寫西湖雪後之景，一疊懷東社舊侣，一疊寄陳器成，一疊記陸游《老學庵筆記》，一疊調千印長，層出不窮，頗極能事。如酒韻詞，連詠十疊，同樣自强不息，無有止境。周汝昌評曰：「凡步原韻處，咸如土委地，了無痕迹，且各具巧思，匠心獨運，不勝欽佩。」又曰：「拙韻四疊，愈出愈奇，無一韻不新，無一韻不穩，若由己出，貼切自然，是何大才，不勝怖服之至矣。」

采老疊韻，何以獨臻此境，才情以外，若細心吟繹，其中似仍有可循之迹：一、《金縷》此調，格式甚不整齊又極爲整齊，表面上句式參差，三言、四言、五言、六言、七言、八言，應有盡有，實際上除第一句外，上下兩片各句之平仄、韻位、字數則完全相同，格律相當嚴謹，上下兩片構成對立統一之藝術整體。這種格式，最富表情力，宜於陶寫繁複多變之情感活動。或大聲鞺鞳，或小聲鏗鎗，皆不受所限。采老以一調而百詠之，可謂善擇腔也。二、《金縷》此調變化無窮，各種筆法皆宜所用。或以賦爲詞，以詩爲詞，以文爲詞，或寫景、抒情、發議論，均能各得其所。采老以一調而涉衆法，可謂技不窮也。三、《金縷》此調，於變中有不變者，如上下之第六句，單句用韻，處居中位置，要其承上啓下，方爲合作。梁啓超曰：「此句爲全詞筋節，最爲可學。」采老百詠其調，於此句獨多講究，可謂正當行也。此數端，製《金縷》、學《金縷》者，不可不知，然金縷之特色及采老之經驗，當遠遠不止於此。余不才，難以盡其萬一，懇請方家有以教之。

乙丑年立秋後學錢江詞客施議對謹識於京門之未容膝齋

——原載《金縷百詠》，澳門九九學社，一九九七年十二月。

# 陳葆經《三餘軒詩詞》序

昌黎子曰：「歡愉之辭難工，窮苦之言易好。」此古今詩人難以逾越之一大法則也。歌詞創作亦然。近百年來之作者，數歷滄桑，飽嘗世味，每多動人篇什。解放以後，舊瓶裝新酒，曾出現過另一矛盾現象，抒寫新內容、新思想者難好，表達舊思想，舊內容者易工。凡可登大雅而適時之作，未必盡如人意；若干未肯輕易示人之作，往往透徹玲瓏，可見性靈，但多隔世之感。改革開放期間，詩社、學會遍地開花，風流文雅，盛況空前；然則各種公開發行或內部交流之詩詞刊物，連篇累頁，少見佳作。

全椒陳葆經麗子先生之《三餘軒詩詞》，展示新時代生活畫卷，將古典與新詞彙融於一爐，無論歡愉之辭或窮苦之言，均極工巧，令人一新耳目。尤以若干酬答友朋之作，滿腔熱忱，更見其赤忱之心。「三餘」之集，打破了古今有關難工與易好之法則，並且説明瓶無新舊，只要有上等原料，上等釀造技術，自能釀出好酒。

余因主編《當代詞綜》，結識先生。乙丑仲冬，赴南京祝賀唐圭璋先生八五大壽，席間幸得歡晤。讀其書，見其人，甚感平易近人，所謂「書生幸未失真」（《塵沙集·自序》）此一「真」

字，當是其人詩詞所以感人可與親近之原因所在。但願「三餘」之集，能爲當代吟壇舊瓶裝新酒，開一代新聲，提供有益借鑒。

戊辰秋後學錢江詞客施議對敬識於京門之能遲軒

# 宋亦英《宋亦英白話詞鈔》弁言

宋亦英，安徽歙縣人。一九一九年十二月生。一九三六年畢業於國立北平藝術專科學校西畫系。一九四五年參加新四軍。安徽省文化局藝術科科員。一九九八年加入中國作家協會。二〇〇五年二月在合肥逝世，享年八十六歲。酷愛詩詞、繪事。擅長以白話入詞。喜胡適之體而又多所改造與增添。所作既注重以題材取勝，即注重以大題材、大感慨增强古典詩詞的體質，又注重表現方法，在釀造上下功夫。爲時、爲事而著，爲時、爲事而作，甚具時代精神與生活氣息。爲幹部體注入一股清新活力。有《宋亦英詩詞選》及《春草堂吟稿》等著作行世。時人譽爲今代李易安。曰：非也。謂時代不同，處境不同，無法可比。並謂我素來主張，功夫在詩内，亦在詩外。如本人宇宙觀、人生觀以及切身經歷，合此等等，發爲聲詩，方能取得個人精神安慰，亦使得他人受其教益與鼓舞。詩詞進入現代，必須做出嘗試性改革。效胡適之，作白話詞，不妨請自嗆始。譽之、貶之，悉聽尊便。余與亦英相識多年。頌其詩，讀其書，深爲其作爲詩人之使命感所感動。二十世紀九十年代，曾以「一幟新張，收拾煙雲入錦囊」爲題，將其當作詩壇幹部體一例，發文標榜。文載香港《大公報》及拙撰《胡適詞點評》附録(北京中華書局出版)。以天下爲己任,復興大雅,重振正聲,詩壇幹部體之一共同目標。亦英亦然。亦英所傳詩詞别集多種,作品以千計。今由安徽詩人鄭虹霓教授從中選輯百首,以饗同好。

己亥大雪後三日濠上詞隱施議對於濠上之赤豹書屋

——原載《宋亦英白話詞鈔》,澳門詩社,二〇一九年十二月。

# 陳朗《西海集》序

近百年來，中國詞業幾經周折，自五十年代直至「文革」期間，似已銷聲匿迹。翻開某些正式出版或非正式出版之詞集，即可發現，多數集子皆於一九六六年丙午至一九七六年丙辰之間十年告缺。八百多年前蘇氏兄弟曾相告誡，西湖雖好莫題詩。八百多年後，詩人們仍不約而同，相繼擱筆。不知道是否因爲中國知識分子怕下文字獄之遺傳基因，至今仍起作用。這不能不爲中國詞業之一大損失。然則亦不可一概而論。温嶺陳朗先生，所著《西海詞》二卷，就曾爲此十年留下篇什。陳朗自號墨癡。出身於詩書世家，自小與詞章翰墨結下不解之緣。解放後，雖長期流放於大通河畔牧豬，但墨癡畢竟有一股癡勁，在十年中間，盡管屢遭貶斥却仍然念念不忘報國二字。當然，在當時具體社會環境中，朗公也並非癡得糊塗，也曾自己告誡自己，「新詞雖好莫寫，但著腹中書」（《水調歌頭》語），有話不能説、有書不能著，一切只能藏於腹中。但朗公還是寫了。朗公繼承了古代作者其他方面之遺傳基因，寫作寄内詞，將報國之思及身世之感一併打入其中。不僅見其伉儷情篤，更可見其赤子情真，可謂一癡到底。至其十年後所作，或以自然山水爲題材之題詠篇什，或以友朋交誼爲題材之應酬篇什，同樣能見性靈，即同樣有一個癡情之我在。雖與十年間那種「誰念我隴西頭，鬖鬖垂白頭」（《阮郎歸》語）之情緒有所不同，却仍帶有濃重憂患意識，仍然與社會人生密切相關。例如近年所作之《慶春宫》（泰山索道）就非一般模山範水之作。余初識朗公於乙丑年夏，時朗公偕周素子夫人與盛山帶翁同至余之未容膝齋，談詩論詞，一見如故。齋小人擠，豪興未減。此後朗公伉儷不斷有詩詞作品見賜。朗公伉儷，才情超群，於詩詞此道，甚是當行出色，仍不耻下問，求序於余，余亦直來直去，不講客套，不計工拙，講了以上一番話。敬希朗公伉儷並學界大方之家，有以教之。

一九八八年大雪後五日後學錢江詞客施議對謹識於京門之未容膝齋

## 《能遲軒集句詞》自叙

集句之作，由來已久。集句佳什，不勝枚舉。今集所録金縷之曲，凡五十又一闋，乃詞隱濠上之所集成也。詞隱早歲自霞浦黄六庵（壽祺）、温陵陳喆盦（祥耀）夫子門下，得從永嘉夏瞿禪（承燾）教授，習爲倚聲，初窺門徑。中歲以還，又得親炙海寧吴子臧（世昌）教授，於詞體結構之法，略知一二。居京十餘載，朝搴夕攬，未敢稍怠；名家海内外，與卜詩鄰，爲結詩緣，不亦樂乎。嘗記某年，訪學滬杭，周采泉先生有以教之，謂填詞宜自「金縷」起。先生撰有「金縷百詠」，予不敏，亦以效顰。移居港澳，遊於濠上隱於詞，每有所思，或有所感，輒賦以金縷。歌之、詠之，舞之、蹈之，不知不覺，竟亦有百篇之數，而集句則過半矣。古人有云：集句者，雜集古今人句以成詩也。今所采擷，能否成其爲詩，尚待高明批评指正。

己亥寒露前六日濠上詞隱於濠上之赤豹書屋

——原載《能遲軒集句詞》，澳門詩社，二〇一九年十二月。

# 童家賢《仰鵬居詞稿》序

童家賢先生，福建長汀人。福建師範學院中文系畢業。和我一樣，同在長安山上，承受陽光、雨露，爲共和國培養的新一代學人。童家賢兄比我高一級，畢業後即往漳州福建第二師範學院任教。我則於一年後，考上研究生，到杭州大學繼續學業。這期間，彼此還不怎麼相熟。「文革」中，一個偶然的機會，我和家賢兄，各自從山村和工廠，走到一起來了。在福建李贄著作注釋組，我和家賢兄都是其中一位成員。入住福建省委黨校六號樓。注釋組下設理論和注釋兩個小組，我和家賢同在注釋小組，組長黃壽祺教授，長安山時期的黃主任。那時大家稱他黃老。「文革」下放勞動，改稱老黃。在六號樓，我和家賢兄仍然稱他黃主任。黃主任是一名循規蹈矩的讀書人，一代易學宗師，評法批儒，當時亦有當時的想法。到達六號樓，我發覺主事者明祖凡先生原來也是一位儒者，共產黨内的一位有識之士。他知道，「文革」結束，各個方面都需要人才。便利用這一機會，將下放在工廠、農村的幹部和知識分子，網羅到評法批儒小組來。所以，大家一見面，也就非常投合。三年多時間，黃主任和我們朝夕相處，共同度過一段很有意義的日子，也是很開心的日子。

用一句很老套的話講，光陰似箭，轉眼間，四十餘年過去，我和家賢兄，各自寫詩填詞，也各有一定積累。我較偏向於理論研究，家賢兄則專注創作。家賢兄有《仰鵬居詞稿》，録存長短句歌詞三百三十餘闋。今囑爲序。只因最近三十餘年，每爲詩詞界狀況所困擾，遲遲未敢下筆。家賢兄出身於革命家庭，在紅軍的故鄉長大。論學歷，曾經過嚴格的科班訓練；論閱歷，亦經過全面的人才造就。「文革」結束，擔任過縣委領導，亦曾手執教鞭，度過幾十年粉筆生涯。其所作，風、雅、頌，兼而有之；賦、比、興，各盡其用。既有别於詩詞界廣泛流行的「老幹體」，又不同於並未十分被看好的學院派。是不是也帶有點山林氣，則未可知。不過，就詞論詞，家賢兄的仰鵬詞，卻爲我展開了一個嶄新的世界。我在福建長大，也曾在靠近閩西的山區生活多年。毛詩中有句「紅旗躍過汀江，直下龍巖上杭」，説的就是紅軍當年的故事。但體會不深，不知道分田分地，究竟是怎麽個忙法。仰鵬編中《南歌子》（才溪雙詠），爲此呈現出一幅生動圖景。其曰：

秋水如冬酒，他鄉似故鄉。堆紅掛紫溢金黄。到處歡歌笑語，採收忙。　　老丈亭邊坐，捋鬚論短長。小兒吹火烤檳榔。吃個唇烏臉黑，扮新娘。

仰望光榮匾，停車問老鄉。回頭笑指獎旗黃。旁有石碑林立，倚斜陽。　多少英雄血，幾家盼斷腸。將軍村外路揚長。試問洞房今夜，納鞋忙。

歌詞二首，以上杭才溪的光榮匾爲歌詠對象。光榮匾，即光榮亭上的匾。一九三三年七月，由福建省蘇維埃政府撥款興建。「光榮亭」三個字，爲毛澤東所書寫。這是中央蘇區的一個模範區。男子踴躍參軍，婦女送糧納鞋，積極支前。建國後才溪籍軍人被授予將軍軍銜者甚衆。歌詞屬於風、雅、頌當中的頌。所謂「美聖德之形容」，一般多以比、興，加以讚頌。但此二詞則以賦，憑藉白描手段，就其場景進行一番敷衍與陳列。諸如「小兒吹火烤檳榔。吃個唇烏臉黑，扮新娘」，一個活生生的人物，就出現在眼前。

這是紅軍故事。而紅軍首領，又是怎麽個模樣呢？比如瞿秋白（一八九九—一九三五年），江蘇常州人。曾兩度擔任中國共産黨最高領導人。自一九三五年五月九日至六月十八日，被囚於長汀。他的囚室，就在福建省蘇維埃政府舊址内。仰鵬詞以囚室榴花爲題，賦《卜算子》云：

寂寂鐵窗前，萬朵榴花吐。淚浥鮫綃蠟炬紅，曾送征人去。　長夜路漫漫，求索何曾住。喜看驊騮卷地來，化做霞千樹。

據説，秋白囚室外小院，有榴花一株，每年盛開於五、六月間。秋白被囚，既曾撰寫《多餘的話》以自我解剖，又曾賦《卜算子》詞以明志。一九三六年三月十八日，高唱國際歌，步行到長汀縣城西門外羅漢嶺，慷慨就義。歌詞就地取材，用比的手段，加以描繪。彼物、此物，榴花、征人，將霞千樹與驊騮卷地，聯繫在一起，讓人展開遐想。寂寂鐵窗，萬朵榴花，也就鮮明地存留於讀者的記憶當中。

詞集題稱仰鵬，其歌詠人物，集中在作者的叔父童小鵬身上。這是一名老紅軍。福建長汀童坊鎮人。一九一四年九月二十日出生在一個貧苦農民家庭。一九三〇年六月參加紅軍。在紅四軍、紅一軍團政治部、政治保衛局任秘書。長征到達陝北，曾任毛澤東秘書。此後，在周恩來直接領導下工作近四十年。一九五八年到一九六六年，擔任周恩來總理辦公室主任。一九八七年離休。二〇〇四年，九十壽辰。作者以《鳳凰臺上憶吹簫》爲賀。詞云：

中秋近也，正萬株金粟，漫天香徹。祖國山河金浪湧，丹鶴飛來仙窟。壩濺珠璣，舟巡牛女，喜訊紛如雪。舉杯擎斝，争看彭祖風骨。最憶萬里長征，花廳歲月，遺憾金甌缺。幸喜斑斑脚印在，一望嫣紅姹白。筆底英靈，鏡頭人傑，輝映江南北。但期清健，年年共仰皎潔。

歌詞爲賀壽。上片佈景，下片説情。以萬株金粟，漫天香徹，展現其大背景。以萬里長征，花廳歲月，概括其畢生功業。歌詞中的「花廳」，指中南海西花廳，爲周恩來總理辦公室所在地。建國後，童小鵬一直在這裏工作。山河金浪，丹鶴仙窟；壩濺珠璣，舟巡牛女。大背景的進一步描述，爲賀壽營造氣氛。筆底英靈，鏡頭人傑，謂其曾有回憶録《風雨四十年》《少小離家老大回》以及攝影集《第二次國共合作》《歷史的脚印》問世。作爲賀壽之詞，屬於頌的一體。和上述所列歌詞相比，這首歌詞儘管有所不及，但所佈置及陳述，皆具體的物象及事相，並且皆爲主人公之所專有，並非一般概念和術語的堆砌，亦堪稱合作。

自從於六樓别後，四十餘年，我和家賢兄少有聯絡。記得當時，李贄著作注釋組，爲縮減編制，我和家賢兄提前結束工作，各赴前程。家賢兄早抱定主意，返歸家鄉謀職。而我仍四處奔走，直到「文革」結束，改革開放開始，纔由中國科學院的物質結構研究所，輾轉至中國社會科學院文學研究所。之後，又從北京移居港澳。時過境遷，物非人亦非。拜讀仰鵬詞，纔得與家賢兄一起，返回他的故鄉汀州。

汀州，明清時稱汀州府。長汀、連城、寧化、清流、歸化、上杭、武平、永定八縣屬之。這是客家人主要聚居地和發祥地。歌詞所歌詠，是曾經作爲福建省蘇維埃政府舊址的長汀縣。以下是仰鵬詞中的《雙調憶江南》，題稱「汀州雜詠」。其曰：

汀州憶，最憶是龍門。噴雪轟雷森趾爪，揚鰭舞鬣鬧晨昏。歲月杳無痕。　長思忖，斧鑿倩誰掄。開闢洪蒙觀日出，洞穿巉屼任鯤奔。肝膽掛雲根。

汀州憶，惆悵古城牆。南宋脊樑没白草，大唐門洞泣殘陽。誰與話淒涼。　今相盼，崛起復昂昂。張臂笑迎車萬乘，擎珠徹照雁千行。磅礴共雲驤。

汀州憶，獨倚古城頭。傑閣龍潭烏石嶺，黄雞紅酒謝公樓。燈火漫江流。　渾如夢，彈指已千秋。紙舫鹽船隨浪逝，琪花玉洞剩煙浮。往事思悠悠。

汀州憶，懊惱九龍山。霧繞雲纏如繭縛，風狂雨驟恁蠶眠。磅礴待何年。　聲聲喚，勝似蜜兒甜。乍見蜿蜒穿閩贛，忽傳馳騁奔幽燕。歌笑譜新篇。

汀州憶，暢想倍妖嬈。叫賣街邊人似畫，擊甌巷口氣如醪。皓腕小蠻腰。　還鄉夢，偏上水東橋。燈盞糕兒胖胖起，簸箕板子白條條。香脆雪薯包。

汀州憶，朝鬥樂逍遥。古寺孤懸千仞上，晴巒高擁萬霞朝。甚處鼓琴操。　凝眸望，百尺瀉瓊瑶。銀漢誰人偷剪取，何年繫向半山腰。借我滌塵囂。

汀州憶，長憶少年時。熱搗蛛絲粘知了，生擒蟆仔釣田雞。牛角掛書歸。　描紅罷，門外水澌澌。墨潑潺湲鋪白紙，圖成岩壑裊青絲。似我鯉魚磯。

汀州憶，把盞誦名篇。煙鎖青岩千丈石，碧沉緑野一湖天。争不想臨淵。　攀崖上，借問是何年。宴罷瑶池分半勺，玉壺長此嵌峰巔。斟酌任群仙。

汀州憶，噔嗒破冥蒙。都道六丁驅霹靂，遥看仙斧削芙蓉。星火濺長空。　高人去，翠壁倒懸龍。玉洞煙消丹灶冷，使君臺圮白雲封。誰復上青峰。

汀州憶，雲頂望梅林。霜月一江摇倩影，裙裾十萬下仙岑。能不動歸心。予來也，呵凍問青禽。香殞蓬蒿堪鶴唳，玉埋沼澤奈龍吟。愁向夢中尋。

汀州憶，畫裏是家山。萬疊嶒田梯天末，一繩涼笠下雲間。縹緲似群仙。哎呀咧，妹唱倩誰連。風卷彩綢綢卷絮，蓮花並蒂貼胸前。怎不叫人憐。

汀州憶，螺髻綴明珠。輝燿雲天摛翰藻，逢迎風雨壯雄圖。相對足歡娱。西閩路，勿復嘆愁予。肝膽照人知有己，溪山待客豈無魚。馳騁任龍駒。

歌詞十一首，構成聯章。凡所歌詠，包括自然風物、社會習俗以及名勝古迹。既是本地風光的呈現，亦包含著歷史文化的積澱。非同一般模山範水的泛泛之作。

白居易提倡，「文章合爲時而著，歌詩合爲事而作」。爲時、爲事，已成爲詩人所肩負的一種歷史使命。詩詞界的老幹部，以天下爲己任，大多將白居易的話，看作自己的目標。但是，同樣爲歌德派，仰鵬詞的不同之處，不在於時和事，而在於詩中有無真我的存在。這就是説，爲時、爲事，也得爲自己。這樣的作品，纔是有生命的創造。

以下是仰鵬詞中的《南鄉子》(耕讀居)三首:

瑰寶久傳家。舊硯殘編與鐵耙。回首千年風更雨,横斜。不斷池邊幾樹花。
老姆剥胡麻。叔叔搓糖煮麥芽。自放紙鳶三兩隻,如槎。飄向蓮塘蕩綺霞。

耕讀本吾家。放學歸來學掌耙。只恨小牛偏撒野,斜斜。濺我渾身污水花。
倦聽話桑麻。夢向蒼冥摘月芽。恍惚小河春水漲,飛槎。笑共鯤鵬戲海霞。

父殁母當家。雨腳雲頭犁復耙。謾道山田如我瘦,欹斜。不盡禾花與菜花。
往事竟如麻。試檢一枚豌豆芽。贈與娘親簪短髻,浮槎。萬里雲天浴彩霞。

歌詞疊韻聯章,叙説家世。從傳家瑰寶説起,經過放學掌耙,到一枚豌豆芽,展現其雲天彩霞。始終圍繞耕讀二字。説明自己的根原。爲自己,而並非局限於自己。

最後,叙説故鄉情。仰鵬詞中的《虞美人》有云:

思君恰似天邊月。我是深山雪。深山雪化水長流。一輪明月，總總在心頭。
見君卻是春江水。送我行千里。我行千里半暝暝。波淘浪洗，三五更分明。

歌詞所叙説，已從具體的物象和事相，進一步得以昇華。這時候，故鄉和我，已經是天邊月和深山的雪。深山的雪，化作長流的水，天上的月，永遠在我的心頭。這是上片，用一組比喻，天邊月和深山的雪，叙説故鄉和我的關係。下片仍然説故鄉和我，但彼物與此物，則爲對方與我方（君與我）。一個是澄澈如春江水的君，一個是離不開春江水淘洗的我。行走千里，有著春江水的陪伴，纔不至於看不清楚自己的前程。那麽，我的故鄉情，也就不僅僅是我自己的故鄉情，而是讀仰鵬詞者，所有人的故鄉情。

我與家賢兄，多年未通音問，彼此間有許多信息，未得共用。今日拜讀其詞，如見其人。四十年前，六號樓一段，頓時湧上心頭。你心、我心，相憶、相知。信手拈來，已是四、五千言。只是意猶未盡，謹集仰鵬句爲《賀新郎》一闋，對於仰鵬詞的刊行表示祝賀，並作爲序文的小結。其曰：

獨倚城頭古。雙調憶江南送春詩、搓酥滴粉，落花風雨。虞美人我擬憑欄覓鷗問，高閣雲驤江渚。木蘭花令彩燈轉，龍吟鳳翥。蘭陵王一葉扁舟南湖對，念蒼黄、極目神州路。賀新郎編殘舊，鐵耙與。南鄉子　山下井岡千門曙。念奴嬌看吾曹、腰肢長健，故鄉來去。賀新郎豪氣將軍天狼射，霞旆雲旗笙鼓。江神子崖倒映，瓊葩萬樹。採桑子青鳥翠禽新聲競，共駸駸、相約心潮賦。八聲甘州龍臺畔，瑶姬舞。桂枝香

壬辰立夏前四日於濠上之赤豹書屋

——原載《仰鵬居詞稿》，廈門大學出版社，二〇一三年二月。

# 記否榕城三月暮

——陳忠義《斅學半齋稿》序

陳忠義兄，我在大學時期的同窗好友。榕城三月，保留著許多共同記憶。大半個世紀以來，相去日遠，衣帶日緩，但藉助於詩詞，我和我的同窗好友，仍然行走在同一條路上。記得當時，一個年級，三百多人，畢業分配，各奔前程。陳忠義、郭勳安、黄世連等同學留省内，阮衍章、陳瓊芳、周兴铭等同學到省外。我因報考研究生被録取，也到省外。當我與分配到省外的同學乘搭火車即將離開榕城之時，許多同學前來送行。而忠義兄則幫我整頓行裝，並爲我在行李箱上寫下七個大字：杭州大學施議對。

拜别長安山，課讀生涯中最可懷念的日子，許多熟悉面容，经常於夢中覓得，但影像一瞬即逝，都留存不下來。接奉忠義兄《斅學半齋稿》，隨著倒流的時光，許多片段，却清晰呈現。母校百歲華誕，其詩有云：「上庠黌宇起倉山，百載光陰俯仰間。處處蕙蘭皆馥鬱，年年雨露未偏慳。薰陶有德逢時泰，化育無聲耐歲艱。師表摇籃功奕世，老榕歡忭我開顔。」説學府的位置及業績。幾個關鍵詞，倉山、百載、蕙蘭、雨露以及有德、無聲、奕世、開顔，昔時弦歌之地，就在眼前。本屆（中文系一九六〇級）二班同學聚會泉州，其詩又云：「温陵首聚樂秋妍，宋塔唐桑亦黯然。一别悠悠思夢後，重逢侃侃話樽前。高歌水調邀明月，低唱山行酌醴泉。見説瞿髯詩句好，人生七十是中年。」説重逢，謂秋妍聚首，高歌、低唱，虽年届古稀，卻仍覺得還只是花甲平頭。並有注云：結句改夏瞿髯先生「丈夫六十是中年」句。始終未忘我的詞學導師瞿髯翁，未忘當年送我到杭州的深情寄望。

半個多世紀以來，由於經歷不同，遭遇不一樣，當中的區分，既增添彼此間的隔閡，亦形成一種思念。而且，正因爲這一緣故，我和忠義都喜歡《金縷曲》。我有一曲題稱：「寄懷大學學友」；忠義一曲題稱：「酬施議對學長」。我詞有云：「能不爾思矣。甚年年、峰回路轉，帛書難繫。憶昔榕城三月暮，柳緑花紅堪醉。費多少，青春歌吹。一自臨岐揮手去，便天涯浪迹歸誰計。功與業，付萍碎。　而今碌碌知何是。但雞窗、清吟廿載，未曾空費。瀝血文章三兩塊，换取些些名氣。怎敵得、米珠薪桂。聞道千間分廣廈，料歡顔寒士終當庇。君共我，巨觥備。」忠義詞曰：「久苦懷思矣。偶然間、故人消息，得何容易。無奈别來參商闊，心緒嬋娟知未。卻怪底、清寒千里。離合悲歡從今古，恰眼前光景牽情意。方解悟，此真諦。　昔予年少書生氣。況閒抛、春花秋月，漫多翻悔。潘鬢蕭疏精神減，學業曾經荒廢。更那有、文章三二。戛玉敲金非凡響，築詞壇劫後將衰起。君筆健，正韶繼。」二詞同一韻部，同説一種久久的懷思。那是「文革」中斷消息而又恢復聯繫的情景。那時候，我已從杭州大學到解放軍農場、到鋼鐵廠，到中國科學院的下屬的一個研究機構，並已輾轉到中國社會科學院的另一個下屬研究機構，繼續以往的詩書生涯。但所處環境，仍然不如理想。米珠薪桂，居大不易。故於報告消息之時，亦叙説牢騷和幽怨。忠義有感於此，和詞給以一種親切的寬慰和勉勵。

忠義兄《斆學半齋稿》，記録同窗之誼，真摯而永恒，頗能增添信心和信念。例如，上文所説《福建師大中文系一九六〇級二班同學聚會泉州》一詩，懷念以往，珍重眼前，始终充滿青春活力，讀之令人鼓舞。又如，《郭勳安仁兄贈所書施議對學長〈金縷曲〉詞，覽後賦此以謝》一詩，説郭體法書，有如怒猊抉石、渴驥奔泉一般，遒勁奔放，其勝藍之处，早在當年，就已露其鋒芒。於贊許之中，亦讓人感到自豪。又如，《寄重印同學》六首，回思年少，寄語情深，希望山色湖光中的舊相識，於榕樹成陰之中認得舊巢，從長安山上的咬咬鳥鳴，認得來時的路，互通款曲，時相叩問，積極面對人生中的遭際窮通。雖多感慨，亦不無向上的推動。此外，諸如《喜晤大學學長黄世連、謝逢雲賢伉儷並謝其惠贈大著》《致遠學兄以〈萍蹤〉畫見贈，書此以謝》以及《邂逅淑峰學兄》等篇章，叙説同窗之誼，亦甚真誠、懇切，頗能感人。至於《小重山》之悼先師黄壽祺教授及《壽星明》之壽喆盦夫子九十華誕，其懷思與讚頌，則更加體現其恪守師道、感念師恩的熱切情懷。

詩可以興，可以觀，可以群，可以怨。捧讀忠義兄《斅學半齋稿》，深信孔門詩教四個「可以」中的一個「可以」——詩可以群，能於此中得以驗證。但忠義兄的歌詩與歌詞，其爲時、爲事、爲己之作，於另外三個可以，同樣有其精彩的呈現。今之爲序，只説其一，不説其二，既有點討巧，似亦有舉一反三之意也。願讀者諸君，有酒之時，共斟酌之。

丙申小寒後七日濠上詞隱謹識於濠上之赤豹書屋

# 江合友《白石簃詞稿》序

子臧先生有云：填詞之道，不必千言萬語，只二句足以盡之。曰：說真話；說得明白自然，切實誠懇。謂此二語，一指内容本質，一指表達藝術。論古今人詞，亦不必千言萬語，只此二句足以衡之。

鄱陽江合友，既以己丑歲暮第二届中華詞學國際研討會結識於濠上，又以甲午臘尾暨南大學文學院舉辦中國詞學研究年會重逢。暨南年會，應主事者之邀，曾借南柯一曲，用添雅興。並時俊侶狂朋，塤篪相和，而合友則先成。乙未新正，風調雨順，國泰民安，忽以微信見告，願與綫上問詞。相隔久遠，相見非遥。無論春秋佳日，登高賦詩，或乃風雨故人，山水重疊，凡乘興之作，每乘興付微。雖隨機捧誦，咫尺千里，未及轉頭，已無踪影，亦未敢因信之微而微之也。師之教，信而活。待三思，語已出。某夕，自私微傳來《錦堂春慢》（醉酒）歌詞一闋，以足軟行遲狀寫醉態，並於下片叙說醉意，上下有所分别，頗便將題旨推開，是則言近旨遠之謂也。余告以此事，並爲指出：結處尚未能揚起，恐醉酒未醒之故也。合友見之，遂將原作「歲月催人老去，辛苦遭逢，涕淚瀟瀟」改爲「且喜新醅緑蟻，吟卧書叢，翰墨逍遥」。並問：如此未知能振起否？余曰：不明説爲佳。比如逍遥，讓人獲知想振起，似稍顯露。宜另用一景語代之。合友將最後四字「翰墨逍遥」改爲「杳杳翛翛」，其餘照舊。余曰：結四字乾脆走遠些，到屋外找個物景來抵擋。意即嘗試離開題面到酒外去尋找高遠意旨。謂當再改改試試。其後，改作「且喜新醅緑蟻，門外偏逢，素雪妖嬈」。余曰：結尾跳躍，常稱其爲宕起，讓覺得有些連不在一起，似乎更有想像空間。不錯。經過幾個往返，從屋内到屋外，從此物（緑蟻）到彼物（素雪），浮想聯翩，終將錦堂一詞編輯入集。曰《白石簃詞稿》。詞稿都四卷，輯録長短句歌詞三百三十首。詞題既豐富多樣，詞調亦不計生熟。謂廣譜諸曲，親嘗甘苦，蓋有意於倚聲填詞之全面實驗也。至若狀寫物景，叙説情思，小詞與大詞，亦各有姿彩。余喜《醉太平》（乙未春分寄内）：「紅桃滿城。雲櫻乍縈。小亭春半香盈。正湖邊踏青。　思卿盼卿。沉吟自驚。去年共把闌憑。怕黄鶯又鳴。」亦喜《眉嫵》（乙未元宵寄内）：「正垂燈驚目，疊鼓驅寒，金鏡掛孤館。卻照晶瑩淚，團圓夜，如今羹菜誰管。比肩已慣，戀戀時、風冷光燦。總難忘、萬點流星閃，漫天放花傘。　曾許雙棲癡願。又夢遊海角，魂遶山半。洗月湖仍碧，傷情處、姮娥皎潔清淺。石門繾綣，舉酒聽、絲竹哀怨。念哇島樓高，空對素暉滿院。」二詞題材一樣，景與情之佈置卻不一樣。或謂紅桃、雲櫻，小亭、湖邊，正是踏青時節，獨自沉吟，最怕被黄鶯驚起；或謂垂燈、疊鼓，金鏡、孤館，夢遊海角、魂遶山半，洗月、傷情，姮娥、清淺，石門繾綣、絲竹哀怨，哇島樓高、素暉滿院。前者説相思，以時間次序之推移，將去年與今年加以對照；後者説相思，以空間位置之變换，將我方（石門）與對方（哇島）連結一起。其景與情之配搭，遠近、深淺，皆頗能見其匠心。所謂孤詣獨造，集中此等篇章，應不甚少。固然，正如合友於自序中所云，其所作皆雪泥鴻爪、淺痕淡迹而已，未必盡是這般苦心經營者也。不過，誦其詩，知其人，對其於歌詞中所體現景與情之表達藝術，似亦未可輕易放過。

丙申夏初，余與合友有石門之約。臨行之時，憶及先師教誨及微信論學，捧誦其集，至實至誠，而言未能盡，因將「錦堂」數語引而申之用以共勉並爲之序。

丙申小滿後二日濠上詞隱謹識於濠上之赤豹書屋

——原載《白石簃詞稿》，河北教育出版社，二〇一六年十一月。

# 《貂裘换酒》三首

## ——江合友《萸軒詞存》序

鄱陽江合友君，余填詞之忘年交也。有《白石簃詞稿》四卷，輯録長短句歌詞三百餘篇。描摹物態，依聲填詞，頗欲極其能事。或謂詞要清空，不要質實。今屬事遣詞，何以清空出之。余以況蕙風沉思一語相告。越明年，又有《萸軒詞存》四卷付梓，囑爲序。捧讀再四，果如況氏所言：識得沉思，便識得填詞矣。因集其句，賦得《貂裘换酒》三闋，以寄其意，與共勉之。己亥谷雨後五日濠上詞隱於濠上之赤豹書屋。

### 其一

銜雪梅開似。點絳唇 指憑闌、大江遥瞰，峭壁龍起。菩薩蠻 殿院青檐藤中樹，文物衣冠空翠。踏莎行 山四面，一潭碧水。鳳棲梧 獨自微吟星眸入，點鵝黄、最洽斜枝尾。菩薩蠻 春好處，馬馱至。西吴曲 案頭晴日螢窗對。滿庭芳 舊碑多、頗經爍破，剩箋餘字。鷓鴣天 萬頃風吹清圓舉，嫩藕綻香摇蕊。賞松菊 孳斗室，滇紅形味。點絳唇 斑駁苔痕書漫漶，聳

高崖、摩刻生祥瑞。卜算子周柳較，蘇辛比。水龍吟

其二

打葉穿林晝。如夢令忽祥雲、清涼得此，夏蟬高柳。菩薩蠻淡水滹沱津渡遠，論罷文章呼酒。臨江仙彩箋試，麥青如韭。菩薩蠻風景堪圖清姿萬，總相宜、小令餘香久。菩薩蠻沉静漸，海棠否。花心動　殷勤含咀新來瘦。菩薩蠻付珍叢、幽容枝底，眉心洗透。雪梅香初掛彩燈樓頭聚，辭舊迎新時候。上林春令願歲歲、硯書懷袖。賀新郎屈賦光懸仙人待，笑詩成、不過浮雲有。明月逐人來莊生訝，庖厨手。水龍吟

其三

靈秀依山滿。玉樓春競暄妍、絮翻蝶舞，故家庭院。水龍吟翠柏半空泉流細，棖觸歲華飛電。木蘭花埋宫闕，都曾留戀。探春慢　客地斜陽心頭照，算應無、片片蘆花亂。蝶戀花津渡夢，倚闌倦。臨江仙華嚴寺鼓悠然遠。鳳棲梧好江天、飛烟栩栩，玉清波岸。水調歌頭翠錦綴花城墻近，興廢一場碑畔。鷓鴣天翔淺底，霜鱗點點。蝶戀花待把長歌青霓舉，入雲端、隱處豈相伴。踏莎行峰並峙，佛光見。玉樓春

# 黄偉豪《活水彙草》序

黄君偉豪，廣東潮州人士。一九八一年出生於香港。南京大學文學博士、復旦大學博士後。曾任教於香港浸會大學、香港科技大學、香港理工大學，並曾訪學美國威斯康辛大學、英國劍橋大學、新加坡南洋理工大學以及臺灣中研院。融會中外，根基紮實。年前渡海濠上，往澳門科技大學任職。某夕，由伊妹惠賜大函及詩作，拜讀甚佩高明。二十世紀詞學傳人，劃歸五代，於詩亦然。五代傳人之於古典詩詞，其傳與未傳，傳之得當或不得當，各有承擔。進入二十一世紀，新一代、新二代傳人登場，其傳舊與創始，亦大顯神通。君爲新世紀之第二代。既有專著《文學師承與詩歌推演——南宋中興詩壇的師門與師法》問世，又有詩詞作品製作。研習及創造，得而兼之。所謂佼佼者也，於兹可見。至若古近體詩，式樣及作法，多般變化，得之於心，應之於手，可讀篇章，已甚不少。諸如七絶三首《入秋聞内子哮喘甚急入院，病榻休養，予自澳火速返港，既，回澳賦此，詩用轆轤體》云：「欲催黄帽急飛船，秋水關山望眼穿。身外諸般都拚卻，整衣端飲伺床邊。床邊執手叙離情，逐客白衣催予行。門罅但窺頻遠望，夜深路寂想柔聲。柔聲小女稚顏開，笑問阿孃何日回。只道歸期猶可待，無端語噎肺肝摧。」轆轤體，或作轆轤格，如連作律詩五首，以第一首起韻之第一句全句，分别置於其他四首押韻之四個位置者；但亦有其他變通辦法。此爲三絶句。第一首伺床邊，説整衣端飲情景；第二首因床邊承接，叙離情並及門罅遠望情景；第三首自柔聲帶出小女，説歸期可待憂思。三首以床邊、柔聲互相連接，既在字面上取轆轤旋轉之意作轆轤體，又與當時欲催飛船之火速心情相應合。再如七律一首《内子剖腹生小女蕊翹，多日扶傷，卧榻休養。予嘗手抱小女睡之，寒夜坐至朝暾。回首内子孕字至今，真如轉瞬。用偷春格賦詩記之》云：「回首楚腰輕似羽，轉睛圓月大於城。天涯望斷知何日，振聵終傳落地聲。三沐三薰祈爾汝，無災無難渡平生。露窗但透微微白，懷裏酣眠已五更。」偷春格，指律詩對仗用法。謂原於第二聯對仗，改作第一聯對仗，第二聯不對仗。有如冬日梅花將春色提前開放。小女降生，詩以詠之。最難忘一幕，在寒夜手抱小女，至早晨太陽升起，回首、轉睛那一刻所見楚腰及圓月之情景。因以偷春一格，將此對句置之於篇首。以上二例，皆有關詩法之實證。然其所以可堪稱道者也，詩法而外，乃在於心中之真景物、真感情。若此之謂也，王國維曰有境界，朱熹曰源頭活水，而君則以之名集，稱《活水彙草》，皆甚得吾心，因略叙如上，以爲之序，並與共勉。

丁酉立夏後三日濠上詞隱於濠上之赤豹書屋

——原載《活水彙草》，臺北：萬卷樓，二〇二〇年六月。

# 程祥徽《程遠詩詞二編》序

結識程公祥徽教授時間並不長，但對於其人、其詩都有一種美好印象。記得第一次拜讀程教授作品，即在去歲舉行之「全球漢詩詩友聯盟澳門年會」上。有一巨幅詩軸，令到滿屋生輝，甚是引人注目。詩篇起句云：「詩家最忌十三元，戒律無端鎖藝魂。」出手不凡。接著，敷演陳列將詩韻改革之必要性及未來取向，説得明白透徹而又生動感人。五十六個字，勝似一篇煌煌大論。不知何方高明，來此比試？待看落款，方纔得知：詩之作者程祥徽，而飛舞龍蛇者，即爲我兄陳頌聲教授也。我在心裏暗暗佩服。自然，我也知道，所謂「詩家最忌」者，絶非夫子自道，作爲當代語言學大師王力教授之高足弟子，再有難纏韻部，也都不在話下。此爲我讀程教授作品之第一印象。

此後，程教授新作陸續見諸報端，小城詩界頗有些回響。課餘相遇，三句不離本行，我也常與論説觀感。我對《步韻奉呈九盈學長》一篇尤爲偏愛。我感到，「得意人生在一毛，黄花不減舊情豪」，此等言語，似乎只有蘇東坡一類人物纔道得。但東坡於豪曠、達觀當中又往往帶有某種消極意識，對於「水擊三千」，其信心似稍嫌不足。程教授詠「三蘇祠」有云：「冷眼熱腸教我似，文章千古世間留。」其門生鄭煒明兄也指出：教授許多方面「很像東坡」。看來，無論坡公「教我似」，或者我似坡公，姜白石所謂「不求與古人合而不能不合，不求與古人異而不能不異」，大概可於此求得印證。程教授少年得意，負笈京師，頗有蘇氏兄弟「初來」之時那般豪情與壯志，但也遭遇歷來知識分子之所謂不幸與幸。以其性情、才華，加上不平常經歷，爲詩，爲詞，自當妙趣横生，另有建樹。此爲我讀程教授作品之第二印象。

「程遠詩詞初編」及「二編」，以七律占多數，七絶次之，詞較少，並皆附有新詩作品。以學者之思與詩人之感，專攻七律，程教授之律法已越來越精細，越來越純熟，因而其所作也越來越得心應手。例如去冬遊海南及今夏遊大西南諸篇章，帶著歡愉心境，頗能見其高超技藝。古人曾謂：窮苦之言易工，歡娛之言難好。我讀「初編」以爲有一定道理，但讀「二編」，則感到未必盡然。此爲我讀程教授作品之整體印象。

去歲今時，程教授詩詞「初編」刊行，今歲今時，「二編」出版。此爲小城詩壇予詩人之大幸，亦爲詩人辛勤耕耘之碩果。我爲此感到歡欣鼓舞。程教授曠達、豪爽，而又十分謙虚，邀爲「二編」撰序，我也痛快地接受了。以上一番話，如有不妥之處，敬請大方之家教正。

甲戌年重陽香江詞隱施議對謹識於濠上之文貍書房

# 林宣揚《林宣揚詩詞集》序

禮儀之邦，娛樂之都。和平崛起，天保九如。躬逢其盛，載欣載奔。寓形宇內，任之去留。富貴非吾願，帝鄉不可期。胡爲乎遑遑欲何之？

史載：堯時有壤父五十人，擊壤於康衢。或有觀者曰：大哉！堯之爲君也。壤父作色。曰：「吾日出而作，日入而息。鑿井而飲，耕田而食。帝何力於我哉？」

此古之擊壤歌也。擊壤者何？或謂野老之戲，蓋擊塊壤之具，因此爲戲也。壤，木製而成。前寬後窄，其形如履。長一尺餘，闊約三寸。乃置一壤於地，後退三、四十步，以手中之壤擊地上之壤，擊中爲勝。亦博彩運動之一項目，有如今之打滾球也。雅稱保齡球，西文Bowling。

孔子曰：「小子何莫學夫《詩》？《詩》可以興，可以觀，可以群，可以怨。」何休《春秋公羊傳·宣公十五年》解詁云：「男女有所怨恨，相從而歌。饑者歌其食，勞者歌其事。」在心爲志，發言爲詩。古往今來，詩與歌之發生、發展，都並非無有因由。

林子宣揚，福建南安人士。出身華僑世家。早年登科學府，研習機電專業；中歲移居濠鏡，任職醫療設備。榮休而後，迎旭日，數晨星（《鷓鴣天》〔征雁〕）；江城形勝處，品茶聽鳥語（《謁金門》〔知足富〕）。縱目青山，依約登樓（七律《秋日登高》）；不吝筆墨，廣結詩緣。數年之間，歲月無聲夢有聲（《鷓鴣天》〔征雁〕）。得詩詞一卷，計長短句歌詞七十餘闋，五、七言律絶五十餘首，聯語若干副。其爲人也，乃謙謙君子，卑以自牧；其爲詩也，亦恬淡若蘭，温潤如玉。集中《浣溪沙》（春天茶話）：「一縷清香遺夢魂。攜來佳句扣天門。呢喃燕子話東君。　人海茫茫知路遠，夕陽淡淡未黃昏。吟風小醉滿壺春。」謂清香一縷，小醉吟風。攜來佳句，與扣天門。人海茫茫，夕陽淡淡。路途還十分遥遠。《鷓鴣天》（春緒）：「疑是春來百草知。江風落月夢深時。陰晴圓缺尋常事，潮落潮平總是詩。　緣未了，鬢先絲。人生路上莫嗟遲。明天依舊花如海，未必春風笑我痴。」謂人生路上，且莫嗟遲。陰晴圓缺，本尋常事。春風笑我，明天依舊。一切一切，都能够譜爲美好樂章。《臨江仙》（燈夜聽雨）：「最愛晚風吹鏡海，幾多往事消融。綿綿細雨洗長空。更深尋好句，别久寄遥蹤。　憶昔年年春漲緑，歸巢燕子情鍾。傾心舊宿倚簾櫳。孤燈明滅處，人在雨聲中。」謂鏡海晚風，往事消融。年年春漲，燕子歸巢。傾心舊宿，簾櫳雙棲。而人呢？卻只能於雨聲中，與孤燈相陪伴。《臨江仙》（現金分享、養老金發放年齡下調感賦）：「夏雨潺潺風送爽，路人行色匆匆。炎蒸一去寂無蹤。世間多少事，冷暖感身同。　通脹年來如市虎，爲官擇善由衷。現金分享此情鍾。茶樓知己聚，每在笑談中。」謂爲官擇善，現金分享。茶樓知己，在笑談中。世間冷暖，身受感同。頗多篇章，自近而遠，由己及彼，對於人生社會，表達觀感。工敏清新，可見性情。「默默濠江結海流，歸船兩岸泊悠悠。滄桑幾度迎風雨，路轉灣回下一洲。」（《西望濠江》）登高放眼，鏡海泱泱。自在人生，飲茶三道。林子居澳，見證滾滾波濤，霧海歸航（《八聲甘州》（回歸十年賦））；亦見證美酒金杯，閃閃霓虹（《鷓鴣天》（嘆風塵））。忽然禪悟（七古）：「春有百花秋有月，夏有清風冬有雪。若是心頭無憾事，便是人間好時節。」頌其詩，讀其書，論其人。行文至此，不由得會心一笑。因用以結束全篇，以與讀者諸君共勉之。是爲序。

庚寅立冬前五日（二〇一〇年十月二日）謹識於濠上之赤豹書屋

# 劉家璧《山行詩》序

絶句之難，難以天籟，而非人工。四句二十八字，或二十字，合轍歸韻，何難之有。不過服帖穩妥而已。假以時日，必將有成。至於天籟，則未敢强求。尤其是五絶。古人有云：五絶純乎天籟，七絶可參人工。已可見其難。簡言之，乃一自然狀態。天地與我並生，萬物與我爲一。唐賢神品，所以窮幽極玄，超凡入聖者，此之謂也。後昆追步，能於似與非似間，得窺門徑，豈易事哉？劉兄家璧，留連濠上二十餘載。養浩然氣，作小神仙。山深林静，俯看坐聽。知魚之樂，約湖海盟。維太白以爾我，相對敬亭；登蓮峰三百級，若有所思。出長名鎮休閒服裝製造廠，合昌合德，應無限量；從遊梁公雪廬披雲老先生，水清心清，得大自在。去歲今春，總山行詩三百篇，索序於余。或曰：「敢有匡時志，原無出世心。金風隨處好，獨對菊花吟。」或曰：「高山呼日出，海上澹煙開。噴薄彤輪湧，霞光射浪來。」或曰：「石上苔痕緑，煙中樹色深。鳥聲愁斷續，隱約苦春陰。」或曰：「浸日秋衣濕，立冬思浴寒。睡蓮花吐火，紅透水中天。」或曰：「赤白黄藍紫，花開五色雲。莫言秋色淺，爛漫不輸春。」皆有意無意中得之，於向上一路，相去未遠。而三百篇，四卷卷八一，亦有一定之數，乃無意中之有意者也。天籟人工，其消息或可從中探知一二。惟若干篇章，煙火味似稍濃，如予適當調整，則更加可見其精粹矣。因爲之序，並以共勉。

甲申詩人節前六日於濠上之赤豹書屋

——原載劉家壁《山行》，嶽麓書社，二〇〇九年一月。

# 盛配《雙瓦當硯室詞稿》跋

盛配字山帶，自號盛盛陵，浙江温嶺人。一九〇九年（清宣統元年）生，二〇〇一年卒，年九十三。十七歲負笈遊閩。魯迅先生執教廈門大學之時，曾追隨左右。「九・一八」事變，日寇侵占東三省，領導廈門大學學生會，北上請願受阻，號召罷課，被開除出校。長期從事中學語文教學工作。一九五八年被遣送至蕭山盛陵灣，參加農業勞動。一九八〇年始得落實政策，以中學原職退休。平生愛好填詞，並自署爲屯田走卒。謂：「屯田者，寄食北里。以能托於音，作美聽之老調新腔，多改變令爲慢，先奪人之耳，能切音言情，作嫵媚淺顯之辭，進奪美人之心。而其後也，仙人掌路，爲作弔柳會。以其能以四聲通變解決遺辭與協律之矛盾，而求得協律成功，爲詞創調。」所作嚴協音律，並善以文爲詞，毫端鹵莽而自然湊泊。沈軼劉驚爲天下畸人。有雙瓦當硯室詩稿詞稿各若干卷，存詩詞各二千餘首，並有《詞調詞律大典》五十卷行世。《大典》於一九九八年出版，已九十一，仍再接再厲，肩負起重任，著手編纂《曲調曲律大典》。甚是令人欽敬。身後書稿山積。經與其婿于渤教授商議，兹將一九七八年七十歲所作詞七十二首附録二十四首，整理刊行，以廣流傳。其中，某些篇章個別字詞，筆迹較難辨認，暫以□替代，用備增補，敬請留意。

乙酉小雪後六日錢江後學施議對謹按於濠上之赤豹書屋

# 詩可以删

——黄壽祺《蕉窗詞選》跋

霞浦之六先生黄壽祺教授，余大學本科時之授業導師也。先生質仁聰慧，早有才子之稱。負笈京都，師事尚秉和、吴承仕。潛研群經，精苦刻銘。不到而立之年，名登文化界人物之列（據橋川時雄《中國文化界人物總鑒》）。中歲返閩，先在福建省立師範專科學校任教，繼轉國立海疆學校，後又重返師專，擔任教授兼國文科主任。建國後，師專改爲師範學院，國文科改爲中國語言文學系。擔任系主任。「文革」期間，下放周寧農村。師院改名師範大學，擔任教授兼中文系主任，後升任副校長。先生畢生從教，有餘而學文，以大易聞於世。倚聲填詞乃餘事之餘事。二十世紀八十年代初，先生於北京師範大學小紅樓以《蕉窗詞稿》及手訂《蕉窗詞選》二稿見貽，並於稿本注明：「以上共四十九首，選留二十二首，删去二十七首。」孔夫子曰：「《詩》可以興，可以觀，可以群，可以怨。」四個可以，而未及於删。然《詩三百》之所傳世，乃删之結果也。李白詩云：「我志在删述，垂輝映千春。」將删與述對舉，可見皆不朽之功業。秉承古訓，先生既親自遴選所作各體歌詩五百八十首成《六庵詩選》，又對其所倚聲作一番檢討，成《蕉窗詞選》。就稿本所作記號看，先生删詞，至少經過三道工序，三次删汰，而後確定去留。自戊寅（一九三八年）至戊子（一九四八年）十年期間，存詞九首，删六首，留三首；自戊戌（一九五八年）至癸亥（一九八三年）二十五年間，存詞四十首，删二十一首，留十九首。第一個時間段所删作品，除《夢江南》外，皆爲壽詞；第二個時間段所删作品，皆爲慶賀之作。今番所刊布，計五十四首。較原有多出五首，爲手訂後之所作。先生平生，謹遵師道，恪守本分。凡所述作，於可傳與不可傳，乃至詩家之所禁忌，諸多問題，均有嚴格把握。所删減部分，比如《夢江南》（「香被冷」）一首，出色生香，真正本位。不作保留，可能將其當少作看待。此外，大多屬於應命之作，爲時、爲事，高唱入雲。相關篇章，並不難辨别。但是，某些篇章亦未必不可取。比如《浣溪沙》（「燕市春來日影長」）四首，歌頌人大、政協會議召開。所謂美盛德之形容，乃時代風氣使然也。雖頗難體現其個人特色，但與時下同類作品相比，卻仍然有其高明之處。不過别人不捨得删減先生删減罷了。至其所留存，或許只是呈現一種感覺和印象，一種狀態，諸如「記得香車曾此會。緑羅裙染春衫翠」（《蝶戀花》），「深鎖雙眉。消瘦新來曉鏡知」（《采桑子》）以及「峰似蓮花開地脉，水如玉帶繞城腰。溪山風物信多嬌」（《浣溪沙》），等等，並非大時代、大題材的書寫，但「語語都在目前」，卻在藝術創造，尤其是本色歌詞創造上，能够給以啓示。今將删與未删諸篇，依據作年次序，都爲一編。一則在於求其全，爲留下時代印記；二則在於存其真，讓後來者有所借鏡。雖因不能爲尊者諱而心感愧疚，但亦爲全稿刊布，有助於分清可爲與不可爲之界限而感到欣慰。小子學而未成，先生於泉下有知，望勿過多責怪。

——原載《澳門日報》二〇一二年十一月二十九日《新園地》副刊。

# 陳禪心《陳禪心白話詞鈔》跋

陳禪心字畏佗，晚署南山居士，福建莆田人。一九一二年農曆九月二十四日出生，二〇〇四年四月二十五日逝世。享年九十三。幼入私塾，後進高中，素嗜詩詞，兼及集句。抗日戰爭期間，服務於原國民黨中國空軍第四大隊，轉戰大江南北。撤退入川後，得與當代詩壇前輩作文字交，如柳亞子、于右任、陳樹人、林庚白及董必武、郭沫若、黄炎培、沈鈞儒、章士釗等，皆與之有詩詞唱和。所著集句詩《抗倭集》，頗得諸前輩贊許。在四十年代重慶，被詩壇諸前輩稱爲空軍詩人（抗日期間三軍詩人：空軍詩人陳禪心、陸軍詩人馮玉祥、海軍詩人薩鎮冰）。中華人民共和國成立，曾集《詩經》之句創作《十月集》，歌頌建國十週年新人新事新面貌。晚歲居莆田，擔任《蒲公英》編輯，爲福建省文史研究館館員。治詞喜高亢豪邁一路。運用新詞彙，譜寫新内容。平白如口語，通俗易懂。有《抗倭集》《滄桑集》《十月集》及《江漢詞鈔》《闌倚詞選》《歸鴻詞鈔》《湄潮詞鈔》等多種著作行世。作爲一名空軍詩人，不平凡的經歷，可歌可泣，惜長期隱居鄉里，上述所存詩詞各集，多只是自印本，行之未遠，因借《九歌》之一角，輯録《闌倚詞鈔》若干首，以饗讀者。

戊戌大雪前六日濠上詞隱於濠上之赤豹書屋

**附記：**

「用白話寫詩，幾十年來，迄無成功」。世紀詩壇，已證實這一論斷。而以白話寫詞，又將如何？寫詩不成功，寫詞呢？不一定就不成功。在語言運用上，詞比詩有不少優勝之處。因爲應歌合樂，詞本來就用白話書寫。胡適當時倡導新體白話詩，即曾以古之白話詞爲其張目。其實，無論作詩，或者填詞，如果言之有物，包括此物與彼物，並且懂得聯想，做到言近而旨遠，應當都有成功機會。余喜好白話詞，亦以白話寫詞，既曾將禪心先生「闌倚詞鈔」之部分作品於澳門詩社《九歌》刊行，今再稍加增廣，輯爲此集，列歸「澳門民國詩學文獻叢刊」出版。禪心先生哲嗣季衡醫師爲此集出版提供許多寶貴意見並相關述作，彌足珍重。因篇幅所限，未能盡加採擷。特此奉布，以俟來者。

己亥小寒前二日濠上詞隱於濠上之赤豹書屋

——原載《陳禪心白話詞鈔》，澳門詩社，二〇一九年十二月。

## 田玉琪《雅韻南柯》跋

——關於和韻以及操字的讀音與韻部劃分問題

丙申仲秋，保定舉辦「二〇一六·詞學國際學術研討會」。會議伊始，爲添雅興，曾以「南柯」一曲，徵求和作。其曰：

冀北詩聲遠，風光入望遥。乾坤保定起層霄。相約九秋來共醉翁操。　薄媚歌西子，輕盈舞綠腰。障泥未解玉驄驕。水調誰家更放木蘭橈。

徵上傳播，應和踴躍。或曰：「操」字出律。不過覺得，「操」字作琴曲，當名詞用，讀去聲，固然不乏其例，但表鼓琴義，當動詞用，應讀平聲。因此，曾爲拙作加一附注，以表達己見。其曰：

詩詞酬唱，文人雅士之筆墨遊戲也。始作俑者每故弄玄虚，莫測高深，應和者亦因難見巧，步步爲營，其騷壇之一樂事也。丙申秋八月，予以南柯一闋，爲詞會首唱。既將詞牌化入，又用前人成句，頗有些討巧者也。一時間，應和者幾近四十之衆。不意爲識者所道破，謂「操」字作琴曲或鼓琴義時，讀去聲，出律了。經過查證，知錯必改。「操」用作名詞，如《琴操》所載十二曲名，皆讀去聲，「醉翁操」原爲琴曲，亦讀去聲，首唱以之入詞，於律未諧。而用作動詞，讀平聲，表示把持、掌握，如杜甫「舟子廢寢食，飄風争所操」及白居易「鰥惸心所念，簡牘手自操」，則無誤矣。聲音之道，平即是平，仄即是仄。未可强詞奪理，自以爲是。因將用作名詞之「醉翁操」，改爲歌詠良工之「斧斤操」，並向大兄之不吝賜教深表謝意。丙申白露前四日於濠上之赤豹書屋。

這段話的意思是，拙作以「醉翁操」入詞，「操」字當名詞用，於律未諧，故改爲「斧斤操」，乃操斧斤，表示動作，以協調韻部。以爲，經過名改動，名詞動用，「操」字運用應獲認可。

但是，微上討論，仍有不同意見。例如，陶原珂有云：「廣州話保留的古音調較全，故有九個調之多。『操』爲陰平，又確實可以有兩讀，一讀五五調，一讀五三調，但是並沒有區別語義的作用。」並云：「我感覺施先生可能有點自律太過了。『争所操』與『手自操』之『操』，都是動詞義呀。古漢語中多是名詞動用時念去聲，但施先生的解釋卻認爲『操』的名詞性念去聲，動詞性念平聲。此説就不合古漢語一般規律了。」意即：「操」字有兩讀，但都屬於陰平，而且没有語義區别。並指出，古漢語多是名詞動用時念去聲。説明，名詞非動用，依舊念平聲。這是就「操」字本義及讀音所作解釋及論斷。

那麽，拙作以「醉翁操」入詞，「操」字讀音及其韻部歸屬，應當如何辨别，其出律與未出律，又當如何斷定。兩種意見，應當細加斟酌。以上所説，大致偏向於讀音，至於韻部，「操」字則既屬於四豪，又屬於二十號。一爲平聲韻部，一仄聲韻部。其韻部之歸屬，大致都有語義上的區别。就平聲韻部看，其韻字之語義皆屬於動詞一類，諸如手操、瓢操、學操以及哀弦操、彩筆操、版築操等；而仄聲韻部之韻字則屬於名詞一類，如志操、高操、奇操以及堅貞操、霜雪操、水仙操等。兩個韻部，前一個韻部，「操」字讀音爲平聲，與上文所説相合；後一個韻部，「操」字讀音爲仄聲，與上文所説未盡相合。至此，其出律或者未出律，暫時仍無法斷定。

不過，如將「操」字讀音及其韻部歸屬結合一起進行綜合考察，對其出律或者未出律問題，似乎並不難分辨。

首先，如將「操」字當名詞看，並令其名動化，則須重讀，如節操、琴操，皆去聲（《説文解字注》），而拙作將其歸平韻一部，謂爲出律，當無法辯駁。如「琅然醉翁操，發自玉澗翁」（程俱《送崔閒歸廬山》），「操」字讀去聲。這是一個方面的考慮。

其次，如從「操」字讀音看，「操」字音值既在平聲區域以内，其讀作平，古今似皆無有異議，如《説文解字》所云，操，把持也，從手喿聲（七刀切），自然不能謂之出律。這是另一方面的考慮。

總而言之，「操」字讀音及歸韻以及「醉翁操」入詞，其出律與不出律問題，儘管尚未能斷然得出結論，但居於以上兩個方面的考慮，目前還是以保留現狀爲宜，先不作任何改動。希望通過南柯唱和，掌握歌詞寫作的相關知識與技巧，推動學詞與詞學的開展。不妥之處，有待進一步探研與商榷。

丙申秋分後七日於濠上之赤豹書屋

——原載二〇一六年十一月十四日北京《人民政協報》。

# 詩文作品題跋

## 吴世昌《題〈紅樓世界〉》跋

吴世昌《題〈紅樓世界〉——仿子夜歌》：

紅樓一世界，世界一紅樓。不讀紅樓夢，安知世界愁。
紅樓一夢耳，能使萬家愁。只緣作者淚，與儂淚共流。
説部千百種，此是情之尤。不獨女兒情，亦見世態憂。
古今情何限，離恨幾時休。所以百年内，常抱千載憂。
紅樓復紅樓，世上原無有。可憐癡兒女，只在夢中遊。

八月二十二日晚，子臧師約學生明日陪同前往協和醫院看病，但精神尚佳，留學生説詩，興致甚濃。當時口授新製仿子夜歌五解，戲曰：「不知道這會不會是我最後一首詩。」深夜發燒入院，告以肺感染，並不在意，病情稍有好轉，急欲出院參加全國人大常委會議，不料胰腺炎發作，經過五天五夜多方搶救，竟無濟於事。八月三十一日七時十三分，子臧師遽然長逝，這首詩果真成爲絶筆。憮憮病榻，相隨相守，恨未能免吾師於一死。嗚呼哀哉，至深痛悔。日來捧讀遺章，子臧師之笑貌音容即見眼前，學生內心亦久久未能平静。受業八載，學知識，亦學其爲人。相知相得，實非易事。子臧師曾曰：「不會挑剔，就不配當導師。」對學生要求極爲嚴格，亦將一切無私地交予學生。七月間，子臧師抱病爲學生組織學位論文答辯，全票通過，十分興奮。曰：「這是歸國後爲祖國培養之第一名文學博士」。「金榜題名，應隆重慶賀」。而今，當有關部門即將正式授予學位之時，子臧師卻走了。子臧師爲學生留下了永久懷念。《光明日報》刊登子臧師遺作，謹借此機會記此以寄哀思。

施議對於一九八六年九月十六日

——原載北京《光明日報》一九八六年九月二十一日第四版。

# 《天份與學力——詩詞欣賞及寫作》重刊補述

這是一篇演講稿，原載中山大學中國語言文學系網頁（http://chinese.sysu.edu.cn/2012/Item/2048.aspx）。據講座録音整理而成。講題：《天份與學力——詩詞欣賞及寫作》。天份與學力，先天的稟賦以及後天的努力，乃詩詞欣賞與寫作之所必備，亦詩詞涵養及潛力之所憑藉。歌詩創作，爲時、爲事；陳詩、用詩，知人論世。時與事以及人與世，詩人活動的環境；先天及後天，詩人創造的心境與詩境。環境變化，心境與詩境隨之而變化；天賦詩人，爲時、爲事，爲世、爲人，仍須爲自己。考慮先天及後天的因素。十二年前話此事，謂之「既決定於天，亦決定於人」，試圖以先天的稟賦以及後天的努力，糾正詩界所出現的問題；十二年來，詩界的事，似乎没大進展，問題大多仍然是問題。生當其時，親歷其事，回想當日，與莘莘學子所説的一句話，「把握自己的位置，明確重負，知道如何面對」，仍然感覺得到一種推動的力量。因重刊此文，以與共勉。

——原載北京《詩詞中國》二〇一八年第三期。

# 文集序跋

## 不學詩，無以言

### ——《經典一百：二十一世紀古典詩歌讀本叢刊》總序

一

古代韻文，從較大範圍上看，所指當爲古代一切有韻之文，無論詩或者非詩，都包括在內，此乃與無韻之文——散文相對而言；而從較小範圍上看，所指則爲韻文中之詩歌，並不包括非詩之韻文，具體地説，就是詩、詞、曲或者歌賦。因此，一般將其當作古代詩歌(Classical Poetry)看待。

古代韻文之作爲一門必修科目而被列入大學教程，這在具有古老傳統之中國，雖並非絕無僅有，但就當前狀況看，卻甚爲難得。因爲自從一九四九年以後，内地各高等院校均不開設古代韻文這門課，原有詩選、詞選或者詩詞選，亦被併入有關古典文學科目，作爲文學史進行講授。半個世紀以來，所謂教授不教，學生不學，古代韻文一直未能走上大學講臺。前幾年，在全國政協八屆二次會議上，孫軼青、范靜宜、傅璇琮、張常海、張西洛、沈鵬聯合發言，曾提出建議：「大學中文系應設詩詞必修課，中文系畢業的學生應該學會創作符合格律的詩詞。」這建議至今尚未實現。臺港二地，個别院校據説仍然堅持韻文教學，並要求學生進行寫作訓練，亦尚未全面推廣。面對這一狀況，澳門大學開設古代韻文這門課，確實值得重視。

半個世紀以來，海峽兩岸——大陸、香港、澳門、臺灣，由於不學詩所造成後果，已是明顯可見。在寫詩填詞方面有關問題，兩年前，拙文《新聲與絶響——從澳門看詩詞創作狀況及前景》曾加披露。這裏著重説品詩論詞問題。這一問題可以從出版狀況得到反映。但整個出版界，包括所有圖書市場，真不知從何説起，只能粗枝大葉，説點觀感。我以爲，從時間推移看，自二十世紀五十年代至今，有關古代韻文之出版，如以具體出版物爲標誌，似依照下列程式進行：

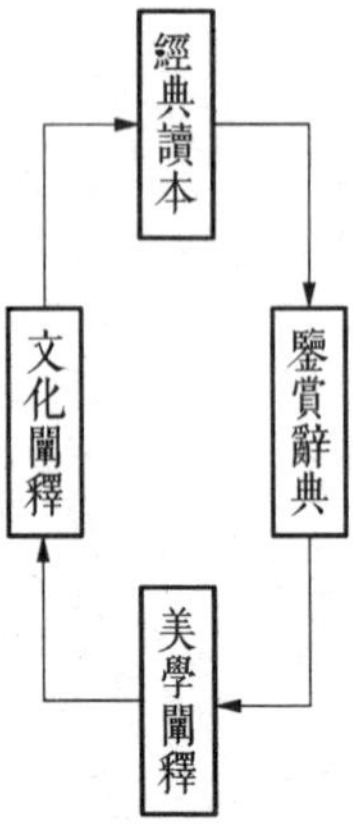

出版界這一程式之推進，既因應社會需求，亦體現古代韻文讀與寫之實際水準。五十年代及六十年代初期，經過「反右」以及教學改革，古代韻文逐漸喪失地盤，而有關專門家並未退下陣來，出版界仍以刊發各種經典讀本爲主。例如人民文學出版社所推出一套古典文學讀本叢書，包括余冠英《詩經選注》《漢魏六朝詩選注》，馮至、浦江清等《杜甫詩選》，錢鍾書《宋詩選注》等，皆堪稱典範。有一位從事研究及出版工作四十餘年之學者謂，該叢書「對我們一代人是起了培育、輔導作用的」（傅璇琮語）。這當是實情。但是，七十年代末及八十年代之後，鑒賞熱興起，「馬二先生」領導出版新潮流，情況即發生較大變化。一方面，連炒帶抄，原有作品之解讀，被變成詩學辭典；另一方面，立異標新，本來詩學之發明，被換上玄學包裝。這一變化，不僅將一片薄瓦變巨磚，令人不勝負荷，而且詩詞本身也不知道被變到哪裏去了。這當也是實情。這一狀況之出現，除了社會環境影響以外，相信與高校教學有關。因爲韻文被當作文學史講授，儘管亦提及作品，卻比較注重時代背景及作者生平，往往以史代詩，將文學課變成歷史課或一般政治常識課。加上老成凋零，新一代接不上，自然另找出路。這就是我所說的後果。

## 二

出版狀況，反映出不學詩的後果。從時間推移看，五十年狀況，大致有如上述。從空間轉換看，海峽兩岸之大陸、臺灣，再加上日本，有關狀況似乎亦可以爲這一後果提供借鏡。這主要體現在讀與寫之方法、步驟上。如用一種不很恰當之比喻加以描述，我以爲，古代韻文之讀與寫，其具體方法與步驟，在目前之中國大陸、臺灣，以及日本，通常以下列三種方式出現，即：地上爬、空中走、天上飛。三種方式，一種是爬格子，著眼於考據；一種是創高論，偏重於義理；一種則爲二者之折衷，考據、義理都來得。三種方式，各有所長，不必多予評判；至其所短，主要是偏廢詞章，則須加以探討。所謂提供借鏡，其用意即在於此。

先説考據。這是讀與寫之基本功，亦産生經典讀本基礎，未可忽視。以爲地上爬，相信並無惡意。而且，就目前趨勢看，人腦與電腦結合，其前景當無法估量。但是，有些考據是否有用，卻值得懷疑。我看過一份碩士論文摘要，有人比較研究五代詩詞，從語言入手分析歸納。爲比較總體風格，將五代詩詞語言分爲天文、時令、地理篇；人事篇；形體、服飾篇；稼穡、農桑、草、木、花、果篇；禽、獸、蟲、魚篇；宫室篇；樂律、器用、法寶篇及采色篇。爲比較個人風格，再將韋莊、張泌、和凝、李後主、歐陽炯、孫光憲、牛嶠、牛希濟、李珣、顧敻等人詩詞語言加以規劃。研究結果，謂詩詞之間語言，可分爲詩用詞不用、詞用詩不用及詩詞皆用三部分。並通過表達方式及出現次數，説明詩詞皆用，亦有異同。以爲可證實「詩莊詞媚」以及「詩之境闊，詞之言長」這一論斷。實際上，此乃將韻文當語文，進行一般分類、統計，而不將韻文當韻文，此分類、統計，未必有助於讀與寫。這就是對於詞章之偏廢。

再說義理。一九八五，所謂「方法年」，學界門户大開，新學科、新方法，天下風行。在古代韻文方面，美學闡釋、文化闡釋一類著述相繼出現。就總體目標看，此類著述之走向，大致有二：或藉助美學理論、文化學理論及方法嘗試解釋韻文中問題；或利用韻文中材料嘗試印證美學理論、文化學理論及方法。各有各精彩。由此所建造之架構、體系，看起來也比傳統義理顯赫得多。但二者似乎都欺騙了韻文。例如：有一本書説宋代詞學，將詞學主張提升爲審美理想。乍一看很美學，似有點石破天驚，仔細看卻發現所説都是一些老話題，諸如豪放、婉約以及高雅、低俗等等，不知何謂新意。另有一本書説《詩經》，將「三百篇」放在人類思維及符號功能歷史發生之宏觀背景下，進行人類學之現代闡釋與破譯。古今中外，融會貫通，頗能體現其學問、膽略及氣概。作爲人類學著述，甚爲可觀。但作爲《詩經》讀本，究竟合適與不合適，就當細加斟酌。如説《卷耳》，既斷定二章以下爲咒術幻相，又提出疑問，謂征人之妻何故有僕、有馬，言必稱金罍、兕觥。顯然只是注重於咒術這一文化話題，而忽略構造幻相之另一詩藝話題。兩種走向，均努力向上，只可惜腳不著地。這當也是一種偏廢。

以上有關讀與寫之兩種方式，兩岸學者大多樂意爲之，而稍微有所側重。最近幾年，互相交流，互通有無。此岸某些學者，跟著玩資料，彼岸則將高唱「義理」之博士論文引進。彼此熱鬧一番，但偏廢詞章之狀況，並無改善。至於第三種方式，所謂折衷，則在日本出現另一狀況。

三

日本人將中國文學看作第二國文學（神田喜一郎語）。對於古代韻文之讀與寫，一向特別用功。我見過若干頗具水準之專門著述，頗多獲益。但是，有一部關於柳永之專著，卻令我產生疑慮。即：所謂大陸、臺灣兩種讀寫方法之折衷，究竟是並取其長，還是兼收其短，看來很難説得清楚。這部專著於第一章研究序説，論柳詞構築法，似乎想論證這麽一個問題——古典主義手法與詞的文體結合問題，頗有些新意；而落到實處，卻貨不對辦。例如：構架法之一，乃以《雨霖鈴》爲例，將援引、借鑒前代作品之詞句，諸如「寒蟬淒切」、「對長亭晚」、「都門帳飲無緒」、「蘭舟」、「執手相看淚眼」、「竟無語凝噎」、「念去去」、「千里煙波」、「楚天闊」、「多情自古傷離別」、「更那堪、冷落清秋節」、「今宵酒醒何處」、「楊柳岸」、「曉風殘月」以及「應是良辰好景虛設」等，一一列出，並詳細考訂。而後得出結論：「中國文學史中形成的種種『離別』意象，的確被大量地使用，而且詞的意境全然是由這些傳統意象構建的。」看似有文有理，十分切近——論者以爲，「這是理解詞作内容最爲切近的方法」；實則只是説明所使用材料以及材料之來源，至於這些材料之如何變成詞，卻均未涉及，亦即既無構與架，又無所謂法。而構架法之二，以《鶴沖天》爲例，檢索語彙出處，同樣也不見其法。這就是東洋狀況。

由於見聞所限，以上描述，難免以偏概全。但我相信，作爲一面鏡子，對於出版界、詩界之自我檢討，當有所助益。而且，就某些迹象看，我所揭示的問題，實際上似乎也已經逐漸得到糾正。例如：白文本之推行以及舊讀本之重印，我看就是對於「炒風」、「抄風」以及腳不著地作風之反動。白文本，不加任何注釋、品評之讀本。一般依據專門家選擇、校正之善本翻印。近年由上海古籍出版社刊行有關《詩經》、《楚辭》、《樂府詩集》以及陶淵明、謝靈運、王維、李白、韓愈、杜牧等作品全集，即爲其中精品。編者以爲，這是爲滿足不同層面讀者需要所作嘗試。我想，必將受到歡迎。舊讀本範圍較廣，主要是經得起時間考驗之讀本。有清代或清代以前之所傳，亦有近人製作。多數於五十年代及六十年代初曾刊行，少數爲三四十年代舊本。每集發行多在萬册以上，可見有一定市場。此等迹象説明：古代韻文出版之由經典讀本到鑒賞辭典，由鑒賞辭典到美學闡釋以及文化闡釋，最後又返回經典讀本，可能是一種必然進程。

當然，這一進程，其中應包含著探索與反思。出版界需檢討，詩界也當檢討。幾回與詩界朋友見面，都曾提及這一問題。本人亦專注於理論研究，但經常提醒自己，不能有所偏廢。否則，幾十年所做功夫就將白費。而且，既以此爲職業，教書、教人，如不得法，亦將誤人、誤世。因此，願借此機會，將自己讀與寫之粗淺體會以及所知有關專門家之讀寫經驗，加以推廣，以便取長補短，學好古代韻文這門課。

——原載《澳門日報》一九九九年四月十八日、五月二日、五月十七日《新園地》副刊。又載北京《文史知識》二〇〇五年第二期。

# 臺灣版《文心雕龍》《鍾嶸詩品》《人間詞話》三書譯注本合序

南北朝齊梁時期劉勰的《文心雕龍》、鍾嶸的《詩品》以及清朝末年王國維的《人間詞話》，這是中國文學批評史上三部具有劃時代意義的文學理論名著。

劉勰的《文心雕龍》，「籠罩群言」「體大而慮周」，代表著齊梁時期文學理論思維的最高成就。鍾嶸的《詩品》，「歷溯淵源」、「思深而意遠」，向來被尊爲「品詩之祖」、「詩話之源」。在規模、體制上，王國維的《人間詞話》，儘管不及《文心雕龍》、《詩品》那樣周全、嚴謹，但著者將西方思想精粹引入詞論，卻同樣引人注目。如果說《文心雕龍》和《詩品》，其主要功績在於「集論文之大成」和「集論詩之大成」（劉師培語），那麼應該說，王國維的《人間詞話》則在於另闢蹊徑。前者側重於繼承，而後者則側重於創新。三部名著立論的文化背景以及批評標準和思維模式是有較大區別的。經過長期摸索，對其得失利弊，學界已有定論。但是，將三部名著擺在一起，將它們看作是全部中國文學批評史系列的三個重要環節，進行比較研究，卻仍有許多問題需要探討。廣西教育出版社將這三部名著的譯注本作爲《中國古典文學理論名著譯注叢書》之一，推向學界，這是很有益處的。

據我所知，廣西的這一工作是從七十年代末、八十年代初開始的。《文心雕龍》《詩品》和

《人間詞話》三書譯注，得到了學界前輩的熱情支持和幫助。就近代研究情況看，這三部名著雖然已有多種注本或校釋本行世，評論文章不可計數，但是將這三部名著逐篇逐條（則）加以注釋、翻譯，並以題解形式進行評判，這在學界可能還是個首倡之舉。兩岸隔絶已久，不明對岸情景，也許失言，而内地情況即如此。三書譯注，既傾注了老一輩學者的心血，也體現了新一代研究者的理解與思考。當然，這其中難免較多地包含著内地學者獨特的思維習慣，但兩岸的「根」是連在一起的，這種不同的習慣，也許更加能够啓發思智。

承蒙「貫雅文化事業有限公司」主人林惠珍先生之雅意，劉勰《文心雕龍》、鍾嶸《詩品》、王國維《人間詞話》，這三部文學理論名著的譯注本即將與對岸讀者見面，作爲這三部名著的譯注者之一，我感到十分高興，因不揣譾陋，說了以上這些話，希望與對岸讀者，在更加頻繁的交流中，獲得更多的「共識」。

錢江施議對

一九九〇年四月四日於北京中國社會科學院文學研究所

（錢江爲海峽兩岸施氏之一近源）

——原載施議對《人間詞話譯注》，臺北：貫雅文化事業有限公司，一九九一年五月。

# 宋詞合樂應歌的現場及語境

## ——楊曉靄《宋詞歌唱史論稿》序

楊曉靄《宋詞歌唱史論稿》即將面世，囑爲之序，因想起有關詞的學習與研究，應當從何入手的問題。詞也者，清代人稱之爲聲學，翻譯成現代的話，就是音樂文學。如若再加以包裝，可以説，詞是唐宋時代興起的一種可以合樂歌唱的新的詩歌樣式。總之，無論怎麽説，詞都離不開音樂。但這只是問題的一個方面，對於整體的詞，似乎尚未得以全面的認識與把握。這就是説，今之所謂詞者，除了其作爲聲學的一面，還有作爲豔科的另一面。聲學與豔科，這是詞體的組成及其特質的體現。唐宋以來都這麽爲之定性。大致而言，聲學所指，側重於聲；豔科所指，側重於情。當然，聲與情是不能分隔的。無論是學詞，或者詞學。北宋之時，沈括有云：「詩之外又有和聲，則所謂曲也。古樂府皆有聲有詞，連屬書之，如曰『賀賀賀』，『何何何』之類，皆和聲也。」(《夢溪筆談》卷五)其所謂詞也，有聲有詞，聲爲歌曲，詞爲歌詞，包括表示和聲的文辭。南宋之時，朱熹有云：「古樂府只是詩，中間卻添許多泛聲，後來人怕失了那泛聲，逐一聲添個實字，遂成長短句。今曲子便是。」(《朱子語類·論文下》其所謂詞也，同樣有聲有詞，有歌曲，也有歌詞，包括用以表示泛聲的文辭。表示聲音的歌曲與表示情思的歌詞，二者並重，這是千百年來對於詞這一詩歌樣式所達成的共識。從唐、宋，一直到元、明、清，無不如此。

一九〇八年，王國維撰著《人間詞話》，倡導境界說，開創中國今詞學。之後，一直到一九九五年，中國今詞學經歷了開拓期、創造期、蜕變期三個發展時期。倚聲家對於詞體組成及其特質的認識，時有變化，亦不斷進行調整。王國維提出「詞以境界爲最上」，主立意與造境，爲詞的製作另闢康莊，亦於以本色論詞之外，提供另一批評模式。這是中國填詞步入現代化進程的一個標誌。但其於聲學與豔科兩個方面，只是注重一面，而忽略另一面，卻爲後來的詞學蜕變埋下伏筆。胡適、胡雲翼，重意境而輕格式，將「詞以境界爲最上」演變爲「詞以豪放爲最上」，王國維的境界說被推演爲風格論。不過，在今詞學的創造期，風格論仍未通行，倚聲家對於境界說亦持有不同意見。對於聲學與豔科，雖有所偏重，卻無所偏廢。其所發明與創造，聲學與豔科，二者並重，仍然是完整的詞學。一九四九年，中國今詞學進入蜕變期，便出現較大變異。尤其是大陸詞界，其變異則更加明顯。在詞的創作、詞學考訂、詞學論述三個方面，對於詞的研習與傳承，都有誤人、誤己之處。這裏，創作與考訂暫且勿論，只説詞學論述，諸如鑒賞與研究，其誤人、誤己之處，主要體現在對於聲學的忽略上。五十年間，所見作家、作品的鑒賞文章和研究著作，大多採用「批判繼承三段論」，以「時代背景、生平事迹＋思想内容、藝術特點＝地位與影響」這一公式進行書寫。對於思想内容，居高臨下，作精華與糟粕的分析與批判；對於藝術特點，輕描淡寫，作無關痛癢的描述與套用；而有關詞體本身問題，諸如詞調、詞律等等，則皆暫付闕如。由於觀念上的變異以及認識上的忽略，一時間，豔科被追捧爲顯學，聲學則淪落爲絶學。所見鑒賞與研究，或者從本本到本本，即從詞話到詞話，陳陳相因，人云亦云，但説了老半天，没有一句是自己的話；或者從一座小山到另一座小山，感發聯想，以「美」、「特美」、「特特美」一類形容詞，反反復復，加以堆砌，但皆不著邊際，不能解決一個半個實際問題。所謂詞學的蜕變，大致如此。

一九九五年，二十世紀五代詞學傳人的歷史使命已經結束；新一代詞學傳人登場。中國今詞學於變異中重生。新的開拓、新的創造，由變到正的回歸，仍然需要端正立場，調整觀念，對於作爲聲學和豔科的中國填詞，全面地認識與把握。這就是説，新世紀詞學，必須是完整的詞學，聲學與豔科，兩個方面，皆未能忽略。尤其是聲學，更加需要深入而細緻的探索與研究。這是建立詞學本體學科——中國詞學學的根本。楊曉靄新著之北宋卷，計八章。既將宋初三朝、神哲二代以至於政宣年間，詞的歌唱與傳播進行全方位的展示，又對歌唱傳播過程中歌詞演繹者及製作者圍繞著合樂問題所展開的一系列活動，包括歌曲名稱、器樂品種乃至表演場景等逐項加以記録。其間，對於若干典型案例，例如柳永之變舊聲作新聲、李師師之歌《六醜》以及賀鑄之寓聲樂府，所作展示與記録，更加深入本體。所謂歌唱史，從詞的歌唱入手，切入合樂應歌的現場及語境，既是一種史的回顧與還原，又爲探知聲學與豔科之如何體現詞的組成與特質指示方法與途徑。讀者循其聲而入，對於作爲聲學的詞，必定能有更加真切的了解，因特別加以推薦。

丙申小雪後七日於濠上之赤豹書屋

# 登岸舍筏：宋詞文體的内與外

## ——馬里揚《内美的鑲邊：宋詞的文本形態與歷史考證》序

馬里揚君，我在詞界的一名畏友。一九八三年生，河南新鄉人氏。若將時間往上推移一百年，馬里揚的輩分即與王國維、吳梅相當，皆世紀詞學傳人之第二代。王、吳爲二十世紀詞學傳人之第二代，里揚爲二十一世紀詞學傳人之第二代。在世紀詞學發展、演變過程中，王、吳及里揚，同爲世紀詞學由變到正過渡的一代。正如黑格爾和馬克思所説，巨大的歷史事變和人物，經常兩度出現。我曾兩次説過這樣的題目，一爲《二十一世紀詞學的前世與今生》，另一爲《中國倚聲填詞的前世與今生》，以爲歷史的重演，既是一種巧合，也是文化上的身份認同。記得第一回見面，在一個學術研討會上。提起我的一個講演視頻，謂其中一段話或有所指，知乃同道中人也。之後，數度相遇，雖未曾進一步交換意見，但約略能知，彼此當下正在做些甚麽。近日與某刊編者討論詞學聲學問題，亦曾特别推舉這位小兄。經歷過二十世紀後半葉的詞學蜕變，感覺到誤區中詞學的困惑，總盼望新世紀詞學傳人，能够擔當起歷史使命，令得詞學之變返歸於正。因此，接奉里揚惠函及大著，即時被帶入他所營造的語境當中。

馬里揚大著題稱：《内美的鑲邊：宋詞的文本形態與歷史考證》。演説宋詞文體，謂通過文本形態及形態的歷史構成，進入文體自身，瞭解其主題、内容與修辭，掌握其内在特質，體驗其内在的美；而圍繞著宋詞文體的種種因素，乃爲其外緣，即因之而進入文體内部，體現其内在特質及内在美的周邊因素。

全書二編：上編，文本形態；下編，歷史考證。每編各三章。就著作者的立場看，宋詞文體的内在特質，内在的美，乃其追尋的目標。而文本的形態及其歷史構成，即其達至目標的方法與路徑。前者稱之曰内美，後者爲其所鑲的邊。形態及考證，皆處於邊的位置，但諸多因素，由外到内，卻通過一個「鑲」字，將周邊種種與詞體的内美聯繫在一起。思索精確，表述到位。全書構成一套自具特色的語彙及語彙系統，有如銅牆鐵壁一般，堅實而嚴密。

讀其書，誦其文，知其人。以下借用目標與路徑兩個關鍵字，嘗試對宋詞文體内在特質及内在美進行一番追尋。

本書「導論」將推尊蘇軾，看作宋人對詞體理解的第一度的開掘。謂於臨鏡笑春之外，感悟到出神入化以及天風海雨的逼人之勢，已非「表象上的從閨房轉移至山川所能涵括」。比如《賀新涼》，胡仔謂其托意高遠，「已經是有意識地去透過歌詞的外在呈象來碰觸其内在的本質」。不過,「導論」指出：宋人對於《賀新涼》的理解,「沒有脱離開傳統的興寄説,也不免留下比附的痕迹」;「這首詞實際所具備有的獨來獨往、深沉闊大之處,是當時人還不能夢到的」。以爲宋人讀詞,仍處於詞學的拓荒期。至於明人,因其閲讀範圍集中於花草(《花間集》與《草堂詩餘》)二編,詞格不高,對詞體的理解,偏向源頭及本色,亦仍未在真正意義上觸及詞之本質。入清之後,「導論」特别提及朱彝尊,謂其「從『詩』、『詞』比較出發,擺脱了明人簡單地將詩歸於理、歸於實而將詞視爲情、視爲虚的區分;提出詞不但可以補充詩的不及,即所謂『詩所難言者』,而且在一定條件下,即『尤不得志於時者』,詞所担負者又是詩所未及的」。「導論」稱：朱彝尊的論斷,「距離歌詞本質的最終發掘,只差一步」。這是達至目標的一大推進。其後,「導論」指出：張惠言將低徊要眇,看作歌詞的言外之致,詞之本質得以完全掘發;而王國維之要眇宜修,則令詞之爲詞這一詞學根本性問題得到最終解決。從宋人説詞之第一度開掘,到明人説詞之中間過渡,再到清人説詞之終極論定。這就是千百年來對於詞體本質特性的理解,也就是千百年來對於詞體内美的發掘。

以上展現目標及目標追尋的過程。以下説路徑,包括形態與歷史,本書謂之爲外緣研究。上編、下編,涉及内容十分廣泛。既有文獻學、歷史學方面的内容,又有音樂方面的内容。但作爲周邊因素,都並非孤立的存在,亦非研究的對象或者目的,而是作爲一種方法或者進路的存在。所謂路徑問題，依舊服從於目標的追尋。比如，第一章說宋詞文本，對於姜夔《白石道人歌曲》所留存的詞集形態、演唱形態及手書形態，曾作周詳而嚴密的查考。但始終認爲：「宋詞與它所依托的不同形態之間的關係，無疑會影響到文辭的組織方式與意義構成。」並且意識到：「外在形態對内在文辭的影響，有可能成爲作品深層意蕴的批評路徑。」因此，本章用了大量篇幅爲白石詞樂中的犯曲作通解，但最終還是回到文辭與樂譜的關係上來。就宋詞文體的内與外看，内容與形式，文辭與樂譜，其於内與外的性質與特徵固然並不一樣，但其作爲詞體内美的體現，相對於其他周邊因素，卻同樣包括在詞體之内；本書借助文本形態及形態的歷史構成，由外到内，追尋其内美之所在。

馬里揚的這部著作，如從目標的確立和路徑的指引看，應是教人如何走進宋詞文體内美殿堂的指南。當然，也可以説，這是教人怎麽讀宋詞的一部著作。而其指引，如依清人的經驗，應可概括成這麽一個公式：由東坡之臨鏡笑春、出神入天，歷「花草」（《花間集》與《草堂詩餘》）之呈象、寄意，以還詞之爲詞之個性特徵及終極之美。

一百年前，正當目下這一時段，王國維倡導境界説，以「要眇宜修」四個字體現詞的個性及内在美，爲詞體定格；吴梅以「音律不傳，字格俱在」八個字揭示詞學真傳，爲學詞與詞學指示路徑。作爲二十世紀詞學的第二代傳人，王國維、吴梅爲世紀詞學之由變到正的過渡提供登岸的筏。當今之世，二十一世紀詞學，歷經新的開拓期，步入新的創造期，馬里揚之作爲新世紀第二代詞學傳人，不辱使命。他的這部著作，將紮實的外緣研究以與脱離本體的外部研究嚴格區分開來，從多個角度，多種因素，爲新世紀詞學之由變到正之過渡進行新的創造，提供登岸的筏。歷史的經驗，值得珍重。

或曰：捨筏登岸，詩家化境。但願有一天，既已到達彼岸，能够不再執著於筏。謹爲之序。

戊戌驚蟄後七日濠上詞隱於濠上之赤豹書屋

——原載馬里揚《内美的鑲邊：宋詞的文本形態與歷史考證》，上海古籍出版社，二〇一八年四月。

# 詞學研究的風向標

## ——曾大興《柳永研究及其他》序

人間四月天。一夕，大興到訪。自前年暑期於中山大學詩詞班別後，只是在電視熒幕上見面。剛剛就座，説及「天下名樓」，我最喜「蓬萊閣之海市蜃樓」一集。「嵯峨丹閣倚丹崖，俯瞰瀛洲仙子家。萬里夜看暘谷日，一簾晴卷海天霞。」（徐人鳳詩）説及唐宋歌詞，則最喜其成名之作《柳永和他的詞》。記得世紀之初，柳永國際學術研討會在武夷山召開，李鋭自論其人，有云「平生文字難成獄，自我批評總過頭」；而對於柳永則以「獨立之精神，自由之思想」相與許。可謂知音者矣。周濟標榜宋詞四家，謂「問途碧山，歷夢窗、稼軒，以還清真之渾化」，柳附其後，處於從屬地位。吴子臧不信止庵那一套。我與大興，亦未曾信。那是一九九〇年間，我在一篇文章中寫道：「從美國參加詞學會議回來，收到一位青年朋友寄來的一部專著——《柳永和他的詞》，其中有一章題爲『柳永以賦爲詞論』，讀後令我十分興奮。」當時之所以特别贊賞大興這部著作，是因爲其中説及以賦爲詞，並將其賦法歸納爲四：横向鋪敘，縱向鋪敘，逆向鋪敘，交叉鋪敘。這無疑爲蜕變期詞學帶來一股清新空氣。由於二十世紀五十年代之後，詞學蜕變，王國維「詞以境界爲最上」被推演爲「詞以豪放爲最上」；除了創作及考訂，凡所謂論述者也，則大多在豪放、婉約「二分法」之牢籠當中。故之，我曾一再聲言：「這是一部已經入了門的專著。」今者，大興告我，有新著編集出版，題稱：《柳永研究及其他》。乃於「詞學的星空」下，另一以柳永爲中心之詞學論著。全編計三輯：第一輯，柳永研究；第二輯，南宋詞人研究；第三輯，詞學研究。以柳永爲入門途徑，歷經濟南二安，以進入詞之藝術世界。步入新世紀，詞學研究由新的開拓期進入新的創造期，「柳永和他的詞」，包括「屯田家法」、屯田體，皆爲詞學入門之所必知。但願大興之新、舊柳永論著，能爲新時代詞學研究帶來温暖和希望。是爲序，並與共勉。

己亥芒種前六日濠上詞隱於濠上之赤豹書屋

# 孫克强《清代詞學批評史論》序

**賀新郎** 孫克强教授新著《清代詞學批評史論》出版，謹集清人論詞絶句以賀

亭畔垂虹老。宋翔鳳説王朱、苦心孤詣，居然樂笑。譚瑩香草美人離騷本，鬼語世間不少。厲鶚風吹散，巫山夢曉。陸錫熊片玉真傳異才得，豈裁雲、縫月手推妙。華長卿搜遺外，須梨棗。汪仲鈖　空群冀北原同道。沈道寬見天然、只今音節，候蟲時鳥。陳聶恒文陣縱横雄師逞，倚得新聲絶調。馮浩張壁壘，香粉戈倒。鄭方坤繡綫金針留家法，勝於詩、諫果甘回好。吴蔚光兼鐵撥，過縹緲。馮煦

清代詞學，號稱中興。其間，僅就填詞而言，二十世紀兩位大學問家——王國維與胡適，實際上並未給予很高的評價。王國維關於「一代有一代之文學」的論斷，未將填詞看作清代文學的代表；胡適説清初到一九〇〇年這段時間的填詞，以爲「模仿填詞的時期」，謂其乃「詞的『鬼』的歷史」。至於詞學，二十世紀五代傳人，從第一代的王鵬運、鄭文焯、朱祖謀、況周頤，到第四代的葉嘉瑩、邱世友、嚴迪昌、吴熊和、謝桃坊，一直到第五代，大多將注意力集

中在唐宋兩朝，有關清代詞學的專著或概論，亦不多見。不過，其中兩部著作，卻值得一提。一部是《清代詞學概論》，出自第一代傳人徐珂之手；一部《詞論史論稿》，出自第四代傳人邱世友。徐珂，浙江杭縣（今杭州市）人。前清舉人，譚獻詞弟子。所撰《清代詞學概論》，民國十五年（一九二六年），上海大東書局印行。全書計七章。第一章「總論」。謂：「詞之學，剥於明。至清而復之，直接南北兩宋，可謂盛矣。」第二章「派别」。論浙派與常州派。謂：「浙派之詞，竹垞開其端，樊榭振其緒，頻伽暢其風，皆奉白石、玉田爲圭臬，不肯進入北宋人一步，况唐人乎！世之詬病浙派者，謂其以白石、玉田爲止境，而又不能如白石之澀，玉田之潤也。」謂：「浙派至乾嘉間而益敝。張皋文起而改革之，其弟翰風和之。振北宋名家之緒，闡意内言外之旨，而常州派成。别裁僞體，上接《風》《騷》，賦手文心，開倚聲家未有之境。襟抱學問，噴薄而出，以沉著醇厚爲宗旨，而斯道始昌。」第三章以下，分論選本、評語、詞譜、詞韻及詞話。邱世友，廣東連縣人。曾從黄海章、詹安泰問詞。所撰《詞論史論稿》，北京人民文學出版社，二〇〇二年一月出版。其所論列，計十四家。名爲「論稿」，實際上已概括整整一部詞論史。即從李清照，歷經張炎、陳霆、陳子龍、朱彝尊、張惠言，直到况周頤、王國維。詞史上的「别是一家」説之如何發展演變爲傳統詞學本色論，在這一部著作當中，一以貫之，已具備清晰輪廓。這是對於全部詞論史的歸納與總結，而側重點，則在有清一代。《詞論史論稿》之結集、出版，爲時較晚，而單篇刊行則甚早。當今詞界，有如邱世友這般，舊學新知、相得益彰的行家裏手，爲數並不太多。徐珂、邱世友的兩部著作，一個是面的展示，一個乃點的發掘；面對這兩座小山峰，後來之操觚爲詞者，應不能繞道而過。

新舊世紀之交，我在有關文章中指出：二十世紀是著書立説的一個世紀。一百年當中，人人著書，人人立説，但有點急功近利。大家都朝著一個目標，哪裏熱門，就往哪裏奔。尤其是詞學，當其進入蜕變期之後，這一問題即表現得十分突出。比如辛棄疾，愛國詞人加上豪放派首領，評論、研究文章之多，居宋詞人之冠，這是可以理解的。至李清照，論者謂其在兩宋詞壇地位，不僅遠遠落在宋詞四大家之後，也比不上柳永、張先、晏殊、歐陽修、晏幾道、秦觀、賀鑄、張炎等（羅忼烈語），而有關評論、研究文章，卻居第二，僅次於辛棄疾。這就有點異常。蜕變期之四、五十年間，若干熱門話題，不斷掀起高潮，而對於清代填詞與詞學的探討，則有所忽略。二十世紀七十年代末，業師夏承燾先生主持編校清人别集，刊行《天風閣叢書》。曾慨嘆：清詞整理及研究，仍然處於墾荒階段。這一狀況，相繼延續，直到九十年代中後期，詞學蜕變期結束，二十一世紀第一代傳人登場，方纔有所改變。於是，以清代爲標榜的專著或概論，一部接著一部，相繼推出，令有清一代詞學，迅即由附庸蔚爲大國。這是中國詞學史上所出現的一大奇觀。

二十一世紀的第一代傳人，出生於一九五五年之後，相當於一百年前的王、鄭、朱、況。

他們當中，有即將湧現的新的「律博士」和新的「廣大教主」。而孫克强君，即爲這一代傳人中的一位佼佼者。孫克强，河南開封人。二十世紀第四代詞學傳人顧易生弟子。攻讀博士課程，即以《清代詞學理論研究》爲題，撰寫學位論文。十幾年來，專注清代詞學文獻的整理和清代詞學理論的研究。在二十一世紀的第一代傳人中，是最早涉足清代詞學研究領域並且成果顯著的一位學者。繼《蕙風詞話·廣蕙風詞話》《清代詞學》之後，今又推出《清代詞學批評史論》。我對於清代詞學，並未曾下功夫，做過專門研究。克强君函告，新著竣工，囑爲之序。二〇〇一年四月，與克强君相識於武夷柳永國際學術研討會。當時正輯録蕙風論詞著述。没想到，幾年當中，論文及專書，接連不斷。目前，克强君的《清代詞學》，網上已出現閲讀筆記。所謂開卷有益，非常希望自己能够借此機會，得到一次有益的閲讀經驗。

最近一、兩個月，由克强君新著《清代詞學批評史論》，聯想到一百年間詞界種種，發現有些事情，其相互間的聯繫，儘管已頗難割斷，但因時代久遠，或者其他甚麽緣故，這種聯繫，卻逐漸被忘卻。如上文所説徐珂的《清代詞學概論》。這是一本小册子。序文二頁，正文八十二頁。目前，在内地，仍未見新版印行。不過，我以爲：這本小册子之所論列，除了總論，尚有派别、選本、評語、詞譜、詞韻、詞話六個項目；其所牽涉問題，實際上已涵蓋後來所説詞學所包括的範圍。可謂麻雀雖小，五臟俱全，應當看作是一部名副其實的清代詞學概論。三十年代，龍榆生發表《研究詞學之商榷》一文，爲詞學研究開列八事，曰：圖譜之學、音律之學、詞韻之學、詞史之學、校勘之學以及聲調之學、批評之學、目録之學。前五項爲清代所創立，後三項尚待進一步開拓。文章開宗明義，爲填詞和詞學，確定義界。曰：「取唐、宋以來之燕樂雜曲，依其節拍而實之以文字，謂之『填詞』。推求各曲調表情之緩急悲歡，與詞體之淵源流變，乃至各作者利病得失之所由，謂之『詞學』。」龍榆生由徐珂六項，增添至八項，爲龍氏八事。五十年代，趙尊嶽爲饒宗頤《詞籍考》撰序，提出詞中六藝，又將八項，減爲六項。曰：詞集、詞譜、詞韻、詞樂、詞評、詞史。龍榆生、趙尊嶽二氏，似皆有意爲二十世紀的詞學研究作出規範，尤其是龍氏。於我之見，比起徐珂，龍榆生之所增添，是一種詞學的自覺，也就是學科創立的自覺。這一增添，既與清代傳統詞學有一定關聯，又是向上層面的提升，即由詞學向詞學學的提升。從第一代，到第四代。而邱世友的《詞論史論稿》，因其著眼於論，也就是批評，即著重於詞學本體理論的辯析及判斷。所謂「原委清晰，系統分明」（黄海章語），除了就「詞學背景」對每一詞學要義的來龍去脉作透闢論證，並從方法論的角度，對於各家之所論列，進行由「多」到「一」的歸納與概括以及由「一」到「多」的分析與演繹。其謂：「詩莊詞靡（媚）。柔曼其情，綺靡其文，而言近旨遠，托興深微，惝恍纏綿隱然有沉摯之思，這對詩而言，是詞的一般的特徵，即所謂本色當行。」就是借助對於謝章鋌《我聞室詞序》的辯析及判斷所總結出來的「一」。憑藉著這一個「一」，即被抽象出來的「詞的一般的特徵」，所謂「本色當行」，以李清照「别是一家」説爲標誌的傳統詞學本色論，在有清一代之發展、集成，亦即種種的「多」，也就有所依歸。這就是上文所説「一以貫之」的意思。二十世紀五代傳人徐珂與邱世友，兩部著作，一先、一後，遥相呼應，爲詞界提供一參照系。進入新世紀，這一參照系，對於新的開拓，相信仍具座標作用。

作爲二十一世紀第一代傳人孫克强君，於新著《清代詞學批評史論》推出之前，在文獻及理論兩個方面，已有充分準備。所撰《蕙風詞話·廣蕙風詞話》及《清代詞學》，皇皇巨著，已爲奠定堅實的基礎。新著名爲「詞學批評史論」，將研究範圍限定在批評史，而且並非一般史的列述，而乃論證。這就爲自己確立了一個目標。於是，安排章節，佈置開合，爲清代詞學結撰另一巨構。全編凡十章，章各若干小節。編後附録有二：一、清代佚失詞話輯考；二、清代論詞絶句組詩。第一至第三章，從南北宋之争、雅俗之辨、詩詞之辨三個方面，剖析清人詞學觀念。謂：「清代詞學家們以『中興』爲己任，勢必把宋詞作爲學習、研究的對象。」一語道破南北之争的目的。謂：「提倡雅正的創作思想、嚴肅的創作態度，以糾正『邪俗』的弊端。」明確劃分明清兩代的界綫。謂：「清初人探討詩詞之辨態度之認真，分析之深入，都是前所未有的。」以爲，這是清詞「中興」的信號。三個方面之所論列，由外部漸次引向内部，由小道漸次引向康莊；後之操觚爲詞者，可望得窺門徑。第四章，清代詞學正變論。由外部到内部，就其風格、價值幾個方面，對於詞體之正或者變，進行判斷。謂：「以婉麗爲正、豪放爲變的認識是詞學史上的主流認識，在清代詞學史上也有廣泛的認同者，直到清代後期，許多論者仍持婉麗爲正聲的觀念。」謂：「張惠言把符合『意内言外』之旨，藴含比興寄托的作品視爲正聲，第一次提出了以思想性而不是風格作爲正聲的標準，一改判别『正』的方法和標準。」謂：「譚獻的正變論上承張惠言的正聲説，以體現儒家的風雅詩教爲『正』的標準，是最能體現常州派特點的正變論。」三段論述，已將清人對於詞體的認識及認識的變化勾畫出來。第五章，清代詞學範疇論。著重説詞學批評。謂：「清代詞學代表了詞學理論的最高水準，理論的系統性、深刻性是重要的表現。而詞學範疇是理論的核心，無論是詞學流派中還是在某個詞學家的理論體系中，均起著極爲重要的作用。」以爲：範疇是流派的標誌。一部清代詞學史就是一部詞學流派史。第六、第七二章，清代詞學與禪學以及清代詞學與畫論。謂：「對佛禪義理由排斥到接受，進而將其用之於詞學現象的概括和詞學思想的闡釋，這些構成了清代詞學理論和批評的特殊景觀。」謂：「詞論較畫論晚出，受詩論的影響亦從繪畫理論中吸取了不少營養，借鑒了許多畫學範疇以論詞，深化了詞學的内涵，對詞學理論的建構起到了重要作用。」不同學科、不同藝術品種，交叉研究，並追尋發展軌迹，令一代詞學更加深刻地打上清代的印記。第八章，清代詞學流派論。謂：「清代的詞派則是成熟的文學流派，不僅在創作中表現出相近的藝術情趣和審美傾向，而且具有鮮明而一致的理論主張，如雲間派的婉麗，浙西派的清雅，常州派的意内言外，桂派的重、拙、大等皆成爲一時樹立於詞壇的旗幟，成爲本流派的審美理想和批評理論標誌，並具有很强的號召力。」謂：「清代詞學流派不僅促進了詞學批評的繁榮和詞學理論的發展，而且也開闊了詞學家的視野，促進了詞學觀念的改善。如清代以前的詞論家很少有以流派論詞者，清代詞家處於流派的氛圍之中，自然習慣於以流派的眼光審視、分析、研究詞史和現實詞壇現象。」此所謂流派論，既著眼流派，又注重於論。不僅爲清人劃分宗派，而且以宗派的眼光，爲唐宋詞劃分宗派。詞學史上，種種争與辯，統統被歸結在具體的人和事上面。既是範疇論的延伸，也是史的論列。第九、第十二章，詞選及論詞詩詞。謂：「唐宋詞是清人學習的典範，對唐宋詞選本的批評是清代詞學最熱衷的話題之一。清代詞學史上，不同的流派爲了闡揚本派的理論主張，往往採用借古鑒今的方法，對唐宋詞選本展開討論，或貶抑抨擊，或推舉張揚，將本派理論主張托付於對某種唐宋詞選的褒貶之中，於是該詞選則成爲清代詞學流派的重要標誌之一。」謂：「一些著名的論詞詩和論詞詞還成爲詞論家的代表性的詞論文獻，成爲詞學理論的載體，具有很高的價值，對當時乃至後世産生了巨大的影響。」將詞選及論詞詩詞作爲批評模式及方法的補充，一代填詞與詞學因此顯得更加充滿姿彩。十個篇章，各自以專題立論。各個專題各有自己的發展演變歷程；而且，有的專題還牽涉到不同的學科和不同的藝術品種。

各個篇章，於前後左右，互相關照；以多角度，多層面，進行全方位的考察。亦論、亦史，自有格局，自成體系。相比於徐珂、邱世友二氏，孫君新著，既兼具其所長，於義理的論辯上見功力，又能够突破其局限，將批評一事，放在全部詞學發展的大背景之下，別異綜同，弄清其複雜的歷史聯繫，從而，將有清一代詞學推向更加廣闊的天地，洵爲難得之佳構。

孫克强君以亦論、亦史的形式結撰巨構。就大的範圍看，所謂「清代詞學批評史論」，新著首先作出自我限定，明確告訴讀者，其所論列，只是詞學諸事中的批評一事。這是非常恰當的。而對於批評一事，諸多範疇，亦儘量求其周全，逐一加以列述。這也是相當成功的。由於前期工作做得足够，克强君對於清代詞學之無窮擁有，接下來，相信有《清代詞學批評史》及《清代詞學史》之作。克强君穩紮穩打，必有所成。作爲新著的最先讀者，熱切地期待著。同時，由於特别喜歡新著所附論詞絶句，我也藉此機會，集清人句，以表達觀感。

戊子谷雨後六日（二〇〇八年四月二十六日）於濠上之赤豹書屋

——原載孫克强《清代詞學批評史論》，上海古籍出版社，二〇〇八年十一月。

# 彭玉平《況周頤與晚清民國詞學》序

晚清民國，中國社會處於易代之際的一個特殊歷史時段。這一時段，大多以一八九五年（清光緒二十一年），或一八九八年（清光緒二十四年）爲上限，至其下限則尚無確指。這是中國社會從古代向現代過渡的一個歷史時段，也是中國文學現代化進程的一個歷史時段。在思想、文化方面，這是各種思潮、各種流派，風雲湧起的時代，也是出大師、出經典的時代。中國倚聲填詞，經過千年以來的發展、演進，至此曾出現巨大變化。一方面，以清季五大詞人王鵬運、文廷式、鄭文焯、朱祖謀、況周頤爲代表的倚聲家，在倚聲填詞的三大版塊，詞學考訂、詞學論述以及詞的創作，其相關述作均曾出現集大成的趨勢；另一方面，王國維引入西人哲思，擯棄興趣、神韻二説，別立境界一門，爲創新説，開闢中國今詞學，對於千年詞學由古到今的轉型，亦産生積極推進作用。況周頤、王國維兩部詞學著作《蕙風詞話》及《人間詞話》，兩大理論建樹，成爲千年詞學傳舊、創始的最高成就。況周頤標舉重、拙、大之旨，爲李清照協音律、主情致之詞論組合，於情致一項之内在品格，作概括描述並加以充實與提高，遂將傳統詞學本色論的理論建造，推向最後完成階段。王國維標舉境界説，於闊大與修長兩個維度把握要眇宜修的詞體特徵，追尋「言有盡而意無窮」的境外之境，於傳統詞學本色論之外，建造現代詞學境界説。兩大理論建樹，承先啓後，爲晚清民國詞學、乃至今後千百年詞學奠定堅實的基礎。

詞學史上，作爲一種理論創造，其倡導以至於確立之從不自覺到自覺，需要經歷一個長過程。初時或許只是一種經驗之談，例如歌詞創作、研究以及閱讀、鑒賞所獲經驗。但多數只是個别倚聲家的感覺和印象，其用以立説的依據，也只是一些模糊的概念，諸如清空、騷雅，柔厚、沉鬱以及重、拙、大等等，均尚待經過綜合分析，加以抽象昇華。其内涵及外延既不易加以界定，其構成原理及方法運用亦未能給予確定。這是對於舊説的困惑。王國維晚出，其人儘管已有自覺著書立説的意識，其所創新説對於舊與新，古與今乃至中與外的銜接更替及其題外之旨，目前亦尚需進一步爲作深入探討。這是況周頤之外的另一話題。至於況周頤自身，其重、拙、大之旨，三個字，論詞的一種説法，究竟是舊還是新，是古還是今？如何構成理論，成爲詞學中的一個範疇？同樣讓人造成困惑，同樣需作理論上的説明並用哲學的語言將其固定下來。這是當下的情狀。

吾友彭玉平教授，强識敏學，通於理要，既以十年功夫，撰爲《王國維詞學與學緣研究》二巨册，闡幽發微，要終原始，將讀者帶往王國維創立境界説的本緣及學緣當中，今又推出《況周頤與晚清民國詞學》一書，通過環境、心境及語境，將讀者帶往況周頤創立重拙大説的話語現場。爲走近晚清民國詞壇，開啓無數方便法門。

《況周頤與晚清民國詞學》全書七章，兩大部分：理論説明及事迹考論。前三章包括，況周頤重拙大説及鬆秀説的闡釋與論證以及況周頤、王國維相通審美範式的揭示與評判；後四章包括，新發現況周頤《歷代詞人考略》與《聯益之友》所刊況周頤「詞話」以及夏承燾《天風閣學詞日記》所記況周頤事迹及滬上名流與況周頤相關事迹考論。有關説明及考論，除了依據詞話文本，還通過日記、書札等多種媒介，摘葉尋枝，直截根本，爲況周頤學説的創立作正面的論述並對況周頤其人其學作近距離的觀察與呈現。

相比之下，全書兩大部分，應以前三章的理論説明最見功力。這就是況周頤重拙大説及鬆秀説的闡釋與論證。前者爲況周頤所建造詞學理論的主説，後者爲副説，爲況周頤詞學的一個特別組合。晚清民國以來，一百年間，詞界知道王國維的境界説，而不知或罕有人知況周頤的重拙大説。王國維以境界論詞，「詞以境界爲最上」，體現其詞學觀念，但境界與境界説並不一樣。境界只是個概念，不加個説字，可以看作一種主張，還不能説是理論，加上個説字並給予理論説明，纔稱得上一種理論。境界與境界説如此，重拙大與重拙大説亦當如此。這就需要抽象，需要昇華。如提升到哲學層面上看，這種抽象，或者昇華，就是從一到多的演繹與推理以及從多到一的概括與歸納。因此，本書前三章爲況周頤重拙大作理論説明，即著重於一與多兩個方向的分、合與提升以及重拙大三者的分列與綜述，以體現出自覺的理論探索精神與學科創建意識。

本書第一章，重拙大説的闡釋與論證。先是由遠而近，總説以重拙大論詞的來歷，交代其淵源之所自，再是展開對於重拙大的討論。即從一八八九年（清光緒十五年）況周頤於半塘（王鵬運）座上受教時説起，經過長期冷漠甚至有意淡化，至一九二四年（民國十三年），況氏刊行《蕙風詞話》，重拙大於詞學上的位置纔被確定下來。這一經歷，著者將其概括爲自警、轉换、引入、强化、確立五個過程。而後，對於重、拙、大，既以不同方式進行分别列述，細緻而精確地揭示其内在意藴及所呈現的多種形態，又以高度的抽象加以綜述，用一個字，或者兩個字，概括所有，把握其確實的存在。即自一與多以及多與一兩個不同方向，一步一步導入本體。相關闡釋與論證，對於重、拙、大三個字，原本只是有關倚聲填詞的一種看法，或者主張，究竟如何變而成爲一種理論範疇，一種可與王國維境界説平起平坐的重拙大説，提供充實的事例，並作透徹的論述。這是有關重拙大説的闡釋與論證，著者稱之爲主説。經此分列與綜述，對於重、拙、大的抽象與昇華，目標已達至。這是重拙大理論説明的第一個步驟。

本書第二章，鬆秀説的闡釋與論證。是爲副説。主説與副説，一顯、一隱，共同展開一個話題。重拙大和鬆秀，二者都是詞體品格所體現的一種狀態。就詞體自身的品格看，持重拙大論者，其正與反的觀念相當明確。故曰：「輕者，重之反；巧者，拙之反；纖者，大之反。當知所戒。」而就表現方法看，重拙大和鬆秀，二者之間所體現的對立統一關係，通過追琢與自然仍可得以調整。正如況周頤所云，「吾聞倚聲家言，詞貴自然從追琢中出」，謂致力於追琢，乃爲著妙造自然。本章説筆法。著者稱：「鬆秀以自然爲底蕴，側重筆法張弛有度，强調傳達清勁之氣，主要體現在字面音節和結構脉絡中。」謂其承以「寬」論詞而來，同時關合風度説。「在簡潔從容中透出曠達的意趣和悠遠的神韻，展現出弘大的氣象和開闊的胸襟」，如用況周頤的話講，就是「信手拈來，自成妙諦」。著者稱：鬆秀是一個被冷落的詞學範疇，與重拙大構成重要互補關係。就理論構成而言，況周頤於主説之下設有副説，可堪稱道，著者既致力於彰顯主説，亦用心闡釋副説，以見其理論的豐富性並釐清其理論格局中的諸種關係，亦甚是值得推崇。這是重拙大理論説明的第二個步驟。

本書第三章，況周頤、王國維相通審美範式的揭示與評判。著者將重拙大説與境界説作比較，論證其差異性及會通之處。其稱：「二十世紀前半葉的詞學，況周頤與王國維乃當然之兩大宗」，「但實質而言，況周頤詞學乃專門之學，而王國維詞學則爲通人之學。這種詞學性質的差異導致了他們的詞學著作在經典化過程中，經歷了明顯不同的路徑」。這是況周頤、王國維二人詞學之異。著者指出，歷來論者，大多矚目於此。並指出：況周頤詞學實際上存在著明流與暗流之分。而這種區分，實際上觸及詞學本體與表象之分。説明：況周頤天賦詞心，處於前輩教導與內心信奉的矛盾之中。其對於重拙大的標榜，乃出之於不得已。因此，回歸本位，也就和王國維一起，同歸於清豔疏朗一路。這就是況周頤詞學的會通之處。著者指出：在《歷代詞人考略》中，「況周頤的詞學主流已經不再推崇以『重拙大』爲理論旨歸的南宋詞，而是明显回归到以『清疏』爲特色的『北宋風格』之中」。著者在明流與暗流、理論與實踐之矛盾對立當中，探測其詞心，精確把握其差異性及會通之處。並且由此生發開去，展現一個世紀之大勢。既深刻而細微，亦獨家之所倡導，頗能體現其識見。這是重拙大理論説明的第三個步驟。

上述篇章之説重拙大，從一般概念到審美範式，相關闡釋與論證，經過三個步驟，分列綜述與抽象昇華，主副相合與正反辯證以及差異會通與本位回歸，所謂重拙大者也，其所追求之「萬不得已」詞心及「煙水迷離」詞境，面目已漸清晰。乃步步爲營，節節進取，其功力可謂大矣。然著者之用意似乎並不局限於此。行文過程中，著者既將其高高提起，又將其輕輕放下。謂乃有違初心，並非聲家本色，因將其當作一面旗幟，令於高處赫赫飄揚。

至其底下之另一景象，既指況周頤於實踐中爲詞學分流另闢新境，亦指全書七章所展現晚清民國詞學的大視野、大佈局。讀者諸君，如細加尋繹，定將有所獲益。余不敏，謹爲數語，以弁其端。

戊戌夏至後六日濠上詞隱於濠上之赤豹書屋

# 化外的詩城：陳永盛《茶館詩話》序

旅居港澳，不覺竟四分之一世紀矣。有幸經歷過兩起重大事件：一九九七年和一九九九年，香港與澳門，分别回歸中華人民共和國。親臨其境，見證歷史。同時，有幸結識梁披雲與饒宗頤二位國寶級詩人，也結交兩地衆多詩友。梁披雲與饒宗頤，讓我知道何謂「雪廬詩」、何謂「形上詞」；衆多詩友，讓我知道詩國當中，别有詩城。對於前者，余已有專文論説；對於後者，除了已曾發表《詩國與詩城》一文進行整體描述外，詩友中的切磋、琢磨，仍需進一步加以推廣。

衣冠上國，禮義之邦。偉大祖國，向有詩國之美譽。香港、澳門，號稱東方之珠、娱樂之都，同樣皆詩書繼世，禮樂傳家。香港有「香港學」，澳門亦有「澳門學」。尤其是澳門，「學」之外，更别有「詩」在。澳門的詩人，多數已有詩集行世。某些詩人業已進入港澳臺文學研究者之視野，某些尚未。劉家璧與陳永盛，就是尚未當中之二位。劉家璧能詩，濠上唯梁披雲能知之；陳永盛能詩，知之者仍未多見。劉家璧精於五言絶句，二十個字之所書寫，皆大自然中日月星辰以及山和大海之運行及變化。詩集《山行》，梁披雲親爲題簽。陳永盛執教濠上，教書育人之餘，曾以《茶館詩話》爲題，於澳門電臺講解古今詩詞，十五分鐘一段，每週一講，亦持續了兩年之久。蓮花三島，弦歌未輟，韶武雅頌之聲不絶，亦卧虎藏龍之地也。

劉家璧其人其詩，余已有序文及專論，略作紹介。至於陳永盛，則只説其文，未及於詩。今番所刊詩話，乃其多年學詩、用詩之所得，亦余所拜服者也。大致而言，其可稱道者有三。詩話以茶館命名，明確爲之定位，謂其所話，乃普羅大衆於茶餘飯後之一種談資，用今天的話語講，説明這是一部雅俗共賞的詩詞讀本。此其一。詩話全編僅數十篇目，而取材範圍，卻十分寬廣，既有古、有今，有神州故國之江山人物，亦有體現本地風光之自然景觀及人文景觀。至其鑒賞取向，亦不爲所限，凡所話者，詩教與詩學並重，功利與審美同尊，充分體現其對於詩之認識與把握。此其二。詩話話詩，以簡馭繁，用最簡短之篇幅、最經濟之時間，就每一篇章之内容要旨及材料組合，爲提供最爲簡易之説明與提示，而非從一座小山到另一座小山，没完没了地感發與聯想。此其三。諸如編中當代詩人秦咢生之《澳門遊》四首，詩話開講，直破其題，直入其境，以詩篇「媽閣開山四百年」之句，揭示媽閣之於澳門之歷史地位。隨之依據詩篇所述，辨句法、備古今，引介典故，評析觀感，並帶出昔日粵澳船航之景況，以及詩人鄉土之思。僅僅六百餘言，即將澳門四百年歷史以及歌詠者之遊蹤心迹交代清楚，令讀者彷彿跟隨著詩人穿越時空，遊了一趟澳門。又有分析詩中妙喻之篇章者，拾綴古人善用比喻之佳句，指出其所謂巧者，既追求創意，不能拾人牙慧，亦須明其根底，纔不致弄巧反拙。比如《詩經》「有匪君子，如切如磋，如琢如磨」，其切磋、琢磨，原是用作比喻。謂彼君子，如同象牙、玉石一般，經過切磋、琢磨，終於成爲一位美男子。後來的切磋、琢磨，被引申爲常用詞彙，許多人反而不知這兩個詞彙的出處。說明某些用以比喻的詞語及意象，雖極平常，卻須切實理解，方能正確運用。又評賞清代詩人陳恭尹所作古風《木棉花歌》，既著眼其火般紅的花朵、蒼勁的枝杈、攝人的氣勢，又十分留意詩人的寄喻，物形與物理，互相映照，倍添姿彩。又評賞隋代詩人薛道衡之《人日思歸》：「入春纔七日，離家已二年。人歸落雁後，思發在花前。」謂：「纔七日」是言其短；「已二年」是言其長。一短一長，凸顯對於離家二年而思歸心切的感受。而雁與花，一個比人先，一個比人後，其反襯之妙，亦將心與身的不協調透徹表達出來。其短與長的對比以及先與後的反襯，令得人物情思顯得更加深長。統而觀之，編中之所講述，有篇有句，語語都能落到實處，而非泛泛之談。所謂開卷有益，永盛的詩話，讀者不僅獲得知識，亦獲得一種閱讀的愉悦、美的享受。相比於圖書市場上許多論詩説詞的大塊頭著述，閱讀永盛詩話，相信要輕鬆得多。因特別加以推舉。

有道是：「禮失而求諸野。」自二十世紀八十年代以來，由於「鑒賞熱」之過度闡釋以及商業大潮的衝擊，傳統詩詞的文化基因受到扭曲，進入新世紀、新世代，清源正本，但願詩城的詩書禮樂，能爲詩國增添光彩。

丙申大雪後一日濠上詞隱於濠上之赤豹書屋

——原載二〇一七年五月九日《澳門日報》。

# 吴世昌《羅音室學術論著》書後

著名學者吴世昌先生，不僅精於紅學與詞學，而且在文史研究工作的其他方面也頗多著述。《羅音室學術論著》是他五十多年學術研究成果的初步結集（不包括紅學論著及其他已經結集的專著）全書共四卷，即《文史雜著》、《詞學論叢》、《序跋之屬》、《時論雜文》，約一百萬字。

《文史雜著》收入學術論文二十六篇，依類劃歸八組。這卷論文，内容豐富，研究範圍十分廣泛，幾乎包括了文史領域的各個方面：有古代經籍的訓詁發明，甲骨文和金文的考釋，古代社會風俗以及古今文學的比較研究，古典詩歌、樂府中問題以及宗教學問題的探討，敦煌學中有關資料的考訂以及舊中國喪失文物的調查報告，並有關於生物學中「條件反射」的專論。這些論文，無論是最近幾年的新著，還是五十年前的舊作，都得到了國内外學人的注視。例如開卷第一篇釋《〈書〉〈詩〉之「誕」》，此文作於一九二九年，時作者正在燕京大學英文系二年級讀書。胡適見到此文，曾在《我們今日還不配讀經》中加以引述，説：《詩》《書》裏常用的「誕」字，前人解釋都「不能叫人明白」，燕京大學的吴世昌先生釋「誕」

爲「當」，「纔可以算是認得了這個字了」。胡適將吴先生與當時的經學權威王國維、楊樹達相提並論，認爲是當代研究古代經書之有成就者（見《胡適論學近著》第一集下册，頁五四六）。吴先生此説，在當時是個創見，現在已成爲定論。又如《略論中國古代俯身葬問題》，此文解決了李濟、梁思永等在半個世紀以前已經發現而未能解決的問題——連李濟在美國的老師、考古學權威某氏也無法解決的問題；另一篇考古學論文《殷墟卜辭「多介父」考释》，用古音學的證據證明「多介父」即後世之「諸父」，並用人類學的觀點解釋「多介父」與奴隸制社會婚姻制度的關係，爲《周易》中的《歸妹》卦辭做了科學的詁解，從而訂正了許多專家對這一問題的誤説。最後一篇關於生物學中「條件反射」的論文，從中國古代文獻中發掘出大量事例，證明遠在巴甫洛夫之前一千多年，中國早已發現了動物的「條件反射」現象，並在實際生活中加以運用。此外，作者近幾年發表的《〈秦女休行〉本事探源——兼批胡適對此詩的錯誤推測》以及《重新評價歷史人物——試論韓愈其人》，前者探尋秦女休故事的來源，解決了文學史上一大疑案，後者重新評價韓愈，推翻了所謂「文起八代之衰，而道濟天下之溺」的千年定論，學術界儘管有人對此持有異議，但都未能從正面將此二文的立論駁倒。

吴世昌先生的《文史雜著》在學術觀點上獨樹一幟，在論述方法和語言風格上也頗見特色，即：既有嚴肅的科學性，又帶有濃厚的文學色彩，不同於一般枯燥乏味的考據文字。此書出版將在文史研究領域産生一定的影響，而且，在方法論上，也將給讀者予有益的啓示。

——原載香港《大公報》一九八四年九月二十三日《藝林》副刊。

# 吴世昌《詞學論叢》編後語

依據子臧師的遺願，《羅音室學術論著》第二卷《詞學論叢》（包括詩論），其規模應與第一卷《文史雜著》相當。子臧師生前曾多次談及《詞學論叢》的整理及編輯問題，我也曾按照子臧師的意圖就其論著進行初步編排，並將目録提請審訂。但是，子臧師似乎不大願意太早結集。他説：「詞學研究領域裏還有許多問題需要解決，還要寫許多文章。例如，宋人筆記小説隨意附會詞作家的各種『本事』，害人不淺，就當徹底清算。」他想寫一系列文章解決這一問題，在他逝世之後發表的《周邦彦及其被錯解的詞》就是其中一篇，可惜竟是最後一篇。此外，《詞學導論》及《羅音室詞話》也尚未完稿。子臧師很想在有生之年將此三部著作寫成。子臧師逝世後，我和吴令華同志即著手《詞學論叢》（包括詩論）的整理及編輯工作。子臧師已發表的論詞文章仍不太多，但他讀了大量詞書，並將心得體會批在書上，隨看隨批，總共批了二十餘種，這卻是很可觀的。子臧師曾經告訴我，他的《草堂詩餘》跋，原是在牛津時的批語，後來整理成篇。子臧師並準備將一部分批語編爲《羅音室詞話》。我們就子臧師的全部詞學著述作了統一安排，將三部未完著作合併爲二部：一爲《詞學論叢》（包括詩論），一爲

《讀詞講話》（子臧師應《文史知識》之約所作，爲《詞學導論》的一部分）。部分批語編爲《羅音室詞札》及《羅音室詩札》，部分批語分别另立篇目，一併采入《詞學論叢》（包括詩論）。全部批語及未完稿由吴令華同志負責整理謄録，大約二十餘萬字，編中不另加説明。其他文稿由嚴伯玉同志收集、謄録。我負責審核全稿，並按子臧師生前設想，在忠於原作的前提下，進行適當調整及編排。

今年三月，彙集全稿，並將各篇所論述的内容，逐一加以核實。比較難辦的是批語，因爲基本上是零章片段，又有一些引文未注明出處，有的字迹已模糊，需要過細地加以辨識與校正。這項工作進行了幾個月。九、十月間，再次對全稿進行一次審核，部分篇章重新編排，然後定稿。

本書内容大致分爲五部分：

第一部分，説學詞經歷及詞學觀，這是全書的綱。子臧師論詞，一主率真，二主探本溯源，三主獨立思考。本書所論之所以獨多新創之見，似當於此探其究竟。

第二部分，論詞的讀法，這是《詞學導論》的第一卷。這部分的四篇文章，教人怎樣讀詞，多爲自身治詞體會有得之言，而且深入淺出，無論是尚未入門的初學者，或者是已有一定功底的研究者，均能從中得到啓發。這四篇文章曾於四十年代在《中央日報》文史週刊上連載，當時，子臧師想以此爲基礎，編纂一部《詞學導論》，因爲赴英講學而中止。歸國後，子臧師曾將這四篇文章，加上引言及餘論，合爲《詞學導論》第一卷，作詞學講座教材，列印分發學員及研究生。八十年代初，應《文史知識》之請，重刊其中三篇。此次采入編中，據油印本及《文史知識》重刊稿。

第三部分，總論，從「史」的角度論詞。這部分有六篇文章。《唐宋詞概説》原題《宋詞》，曾刊《中國文學》（英、法文版），多所删節，此據中文原稿。這篇文章從詞的起源説起，著重論述唐宋兩代的詞，對於詞的産生、發展及其藝術特性，甚多精闢論述。《花間詞簡論》追溯宋詞淵源，謂：「北宋的詞人主要繼承了《花間》、《尊前》和南唐作品的傳統。南唐詞以哀豔勝，西蜀詞以婉約勝，這兩者的融合發展，造成了北宋幾個大家的光輝成就。」文章充分肯定花間詞在詞史上的地位。《宋詞中的「豪放派」與「婉約派」》，力破豪放、婉約「二分法」，爲實事求是研究全宋詞掃清道路。《草堂詩餘》跋及《知聖道齋燼餘詞》跋，評述詞總集，考證辨析，解決詞史上出現的一些問題，如毛晉所刻詞爲何有六十一家之奇數及《草堂詩餘》選詞目的等問題，都是歷來詞論家所忽視的。《清人詞目録》，乃各家詞集提要，其中評語，頗見其識力。這雖是一篇未完稿，卻反映了子臧師對清詞的總印象。

第四部分，分論，集中於宋代幾名主要詞家，評毛澤東詩詞一篇也附於此。《宋詞作家論》六則，這是爲《中國大百科全書》（中國文學卷）所寫辭條，有所删節，此爲原稿。文章評柳永、晏殊、晏幾道、史浩、史達祖、沈瀛六家詞。辭條中還有周邦彦一則，已擴寫爲《周邦彦及其被錯解的詞》。《小山詞用成句及其他》，是五十年讀詞筆記的進一步發揮，其中言及自己的治詞門徑。謂：「我平生爲詞，亦經小山以入清真、稼軒，而不聽止庵之『問塗碧山』。」可見其對於小山詞的酷愛程度。《有關蘇詞的若干問題》，原是一九八二年九、十月間訪日時的演講稿，其中明確提出：「北宋根本没有豪放派。」在日本學術界頗爲轟動。日報《朝日新聞》稱：「吴世昌創立新説，向傳統詞論觀挑戰！」這篇講演稿在國内刊出後，也曾引起較大的反響。《辛棄疾論略》原是一篇人物傳記，爲子臧師早年所作。整理文稿時，他不準備收入此書，曾提議由我編選一部《稼軒詞萃》，用此文爲前言。後來我説此文有許多好見解，如説：辛棄疾功名熱度高到萬分，醉中醒後，直嚷著要做官，然而我們看他的人格，卻並不因此有所增損；説：這是因爲辛棄疾他真想做官，血管裏翻騰著的每一個白細胞都想吞噬金兵，所以他想做大官，而且是越大越好。這些看法，對於認識辛棄疾其人其作品都很有幫助。我建議收此文，子臧師也就同意了。至於周邦彦，子臧師的研究也是很有心得的。在《周邦彦及其被錯解的詞》中，衝破筆記小説所設置的迷魂陣，辨析詞中故事，頗得其真髓。《〈片玉集〉中誤字校記》謂，「珠玉」必爲「宋玉」之誤，「紅雨」當作「江雨」等等，既可以證此集之刊誤，又可觸類旁通，於詞籍校勘在方法上有所效法，不同於一般的校勘記。此外，子臧師還有《片玉詞箋注》，一九三八年寫於城固，自注「初稿」。此文對《瑞龍吟》等二十首詞進行精確的箋注，有的還附上自己的評語，很有見地。因考慮這是未完稿，而且香港羅忼烈先生《周邦彦清真集箋》已刊行，便未采入編中，但此稿所箋若干條目仍羅箋所未有，個別篇章所附評語也甚精當，似亦難以割愛，即將《瑞龍吟》評語移録於此，以備參考。子臧師曰：

近代短篇小説作法，大抵先叙目前情事，次追述過去，求與現在上下銜接，然後承接當下情事，繼叙爾後發展。歐美大家作品殆無不守此義例。清真先生九百年前已能運用自如。第一段叙目前景況，次段追叙過去，三段再回到本題。雜叙情景故事，又能整篇渾成，毫無堆砌痕迹。又，後人填長調，往往但寫情景，而無故事結構貫穿其間，不失之堆砌，即流爲空洞。《花間》小令多具故事，後之擅長調者，柳、周皆有故事，故語語真切實在。白石景多於情，梅溪情多於景，此王國維所以譏姜爲隔，詆史爲鄉願也。又按：詞中寫景使事，曰「章臺」、曰「乍窺門户」、曰「劉郎重到」、曰「舊家秋娘」、曰「燕臺句」，凡所暗指韓翃、崔護、劉晨、杜秋、柳枝諸事，俱是傷離怨别、前歡後悲之情。

第五部分，讀詞札記。對於陳廷焯《白雨齋詞話》、況周頤《蕙風詞話》及王國維《人間詞話》，基本上逐條批閲，針對性很强，即將原文録下，附以批語，以便對照。《唐宋詞選》原係内部刊本，後公開發行。批語見内部刊本。批語中所發議論多有一定針對性，因此，也儘量將選注者的話引入編中。黄昇《花庵詞選》、無名氏《草堂詩餘》及龍榆生《近三百年名家詞選》，其中批語，有的針對編者的錯誤，有的則就其中所録詞作發議論，各説各的，與編者毫不相干，即採用札記形式，將全部批語依次録下，彙集成編。《羅音室詞札》輯録批語較爲分散，所批詞書包括：一、明清詞話五種——陳霆《渚山堂詞話》、楊慎《詞品》、周濟《介存齋論詞雜著》、馮煦《蒿庵詞話》、譚獻《復堂詞話》；二、詞别集六種——向迪琮校《韋莊集》、《陽春集》(附《東山寓聲樂府》《東山寓聲樂府補鈔》)、龍榆生箋《東坡樂府箋》、龍榆生校《淮海居士長短句》、中華書局校輯《李清照集》、陳允吉校《稼軒長短句》；三、詞總集三種——夏承燾著《唐宋詞欣賞》、劉永濟編《唐五代兩宋詞簡析》、沈祖棻著《宋詞賞析》；四、今人詞論四種——龍榆生著《詞曲概論》、張伯駒著《叢碧詞話》、葉嘉瑩著《迦陵論詞叢稿》、吴丈蜀著《詞學概説》。《羅音室詞札》重新編排，將以上十八種詞書中的批語依次輯爲三卷：卷之一，評唐宋八家詞，包括韋莊、馮延巳、蘇軾、秦觀、賀鑄、周邦彦、李清照、辛棄疾諸家；卷之二，評歷代詞論家詞説，包括陳霆、楊慎、周濟、馮煦、譚獻、劉永濟、張伯駒、夏承燾、龍榆生、沈祖菜、葉嘉瑩諸家；卷之三，補録，將卷一、卷二及其他篇章未能包括的批語，合爲一卷。這部分讀詞札記，内容非常豐富，子臧師論詞精要之語，基本上已包括在内。

全書五個部分，涉及詞學研究領域的各個方面，有綱、有目，有總論、有分論，並有對於歷代研究之研究，而全部論述，緊緊圍繞著三個字——真、深、新，這是子臧師詞學觀的集中體會，自成一家之言。

以上是詞論，此外，還有論詩文章四篇及《羅音室詩札》，列爲外編。子臧師論詩，同樣具有真知灼見。《新詩與舊詩》作於一九三六年，論述新詩與舊詩各自的優點和困難，既公允又很中肯。文章認爲，新詩的發展，「只有一條無可也無須避免的路：就是向自己的遺産入手。凡是遺傳下來的，不論是個人的或民族的，先天的或後得的，精神的或物質的，人都無法或無須拒絶或躲避（因爲這差不多就等於人的命運）。只有勇敢的承認下來，再從這裏找出路。我們只有一塊田地，經祖先耕得濫了瘠了，增加肥料選擇新種都可以，但若果要根本背棄這片土地事實上是不可能的」。並認爲，舊詩雖然在音節、風韻、形式名方面有種種優點，卻有許多困難，使現在的人不易或不願接近。但是，要解決這些問題，不能靠提倡讀經尊孔先生們來研究，還是要靠新的作者，至少對新詩有透徹的了解與深厚的同情者來努力。《略談詩詞用韻》作於一九六四年，文章談用韻，並非羅列事例，而是從日常口語和詩歌語言的發展、變化，探尋用韻規則。兩篇文章所論，對於今日新詩、舊詩作者仍然具有重要參考價值。《論五言詩起源於婦女文學》，這是一九八三年八月赴日本參加第三十一屆亞洲北非人文社會科學會議的講演稿。這篇文章引用大量材料，證明五言詩並非起源於東漢，而是起源於西漢甚至西漢以前。《晉楊方〈合歡詩〉發微》指出《玉臺新詠》卷三、《樂府詩集》卷七六以爲所録楊方五言詩均爲「合歡詩」，乃「妄人誤題」，證實前二首爲「合歡詩」，後三首應依馮惟訥之説歸爲「雜詩」，並且對前二首的性質與體裁，進行了一番周密的考察，證實這二首「合歡詩」爲傳統之「對詩」，乃楊方夫婦即興之作，未加雕琢。兩篇文章解決了中國詩歌史上的兩個重要問題。《羅音室詩札》是依據徐陵輯《玉臺新詠》、向迪琮校《韋莊集》及王若虛《滹南詩話》、謝榛《四溟詩話》、王夫之《薑齋詩話》、蔡正孫《詩林廣記》等書上的批語整理而成的。這篇札記論説歷代詩歌，同樣提出了許多前人未能道及的問題，頗能啓發思考。

編輯過程中，一再細心研讀，並且聯繫子臧師平日教誨，不斷有所領悟。現在看全稿，我覺得，子臧師不僅識力超人，其詞學觀（包括詩學觀）不同流俗，其所論述，善於言前人之所未能言，發前人之所未敢發，讓人一新耳目，而且他做學問，嚴肅、認真，每講一句話都是有充分依據的。他的某些言論，儘管讓人感到不舒服，不同意見者卻很難從正面將其立論駁倒。本書刊行，必將在學術界引起注視。但是，子臧師治學，目標遠大，他的追求是無有止境的。如果子臧師在世，將有更多新的著述，本書不少篇章將論述得更加充分，他的詞學觀（包括詩學觀）及治學之道也將體現得更加完整。他的過早去世是學術界的一個重大損失。限於水準，現在的這本書不知能否符合子臧師的意願，尚待方家有以教之。

及門施議對一九八七年十一月十二日於北京

——原載吴世昌《羅音室學術論著》第二卷《詞學論叢》，中國文聯出版公司，一九九一年十一月。

# 《中華詞學論叢》後記

中華詞學是中華文化的一個重要分支。與詩學、曲學一起，其產生年代，雖然各有先後，但是，從現在看，詞學、詩學、曲學，都已成爲一門古老的學科。過去一個世紀，自從一九〇八年，王國維發表《人間詞話》，提出境界説，中華詞學這一古老學科，因此换上了新的包裝。此後，經過兩代人的努力，從夏承燾、唐圭璋、龍榆生、詹安泰，一直到饒宗頤、葉嘉瑩，詞學的各個門類，已逐步建設完善。二十世紀七十年代末及八十年代初所湧現的詞學新秀，承襲舊業，繼續開創。三代人的才華與思智及其所創造的業績，已經廣泛傳播於世界各地。

本書輯録「中華詞學國際學術研討會」所提交論文。研討會於二〇〇〇年由澳門大學原中文學院舉辦。研討會規模不大，但意義十分重大。就組織者而言，這是回歸以後，在中國文學方面，澳門所舉辦第一次專家級國際會議。澳門回歸祖國，實現一國兩制。從政治上看，這是一個國家兩種制度，社會主義與資本主義，顯得一清二楚。從文化上看，卻似乎不太清楚。比如，主流文化與非主流文化，或者華夏文化與胡夷文化，等等，類似提法，恐怕都很不十分恰當。但是，如果從具體事例看，問題似乎容易理解得多。比如，研討中華詞學，弘揚中華文化，認祖歸宗，並且提倡與國際接軌，雖不能説，這就是「一國兩制」，但起碼可以説，這是「一國兩制」在文化上的具體實施。這是我的一種理解。我以爲，澳門大學作爲澳門特區唯一一所綜合性高等學府，在文化、學術上推行「一國兩制」，肩負重任，並且占據有利位置。這就是一般所説「窗口」與「橋梁」。在這裏舉辦研討會，增强文化氣氛，必將有利於回歸後的澳門，這一舉世聞名的東方蒙地卡羅（Monte Carlo），從娛樂之都轉變成爲文化之都。這是一種意義上的意義。再就詞學自身而言，這是步入新世紀所舉辦的第一次國際性詞學專門會議。各位應當記得，以「國際」爲標榜的詞學會議，到現在爲止，似乎只舉辦過兩次。一次是一九九〇年六月，美國緬因所舉辦的「國際詞學研討會」；一次是一九九三年四月，中國臺北所舉辦的「第一届國際詞學研討會」。包括這一次，通共三次。這一次研討會，於二〇〇〇年，在這被稱作「窗口」與「橋梁」的地方舉辦。既可以使得中華詞學這一華夏瑰寶更加引起世界注視，相信也將使得中華詞學這一華夏瑰寶的研究者認真思考些問題。這是另一種意義上的意義。

過去一個世紀，一百年當中，如果將最初二十年，看作是世紀詞學的開拓期，那麽，世紀詞學的創造期與蜕變期，就有八十年。這是三代人所活動的時期。八十年當中，如果再以一九四九年，中華人民共和國成立這一年爲分界綫劃分，在這之前是創造期，之後即爲蜕變期。

以夏承燾爲代表的一代詞學宗師，從民國走向共和，主要活動於創造期，號稱「民國四大詞人」。蛻變期詞學，反覆多變，整整變了五十年。究竟變得好與不好，有待評説。在這裏，只説兩位學者，饒宗頤與葉嘉瑩。蛻變期間，有一段時間，兩位學者暫時避開了變化。一位在香港，與趙尊嶽合辨《詞樂叢刊》；一位在臺北，後來到加拿大，於各高等學府，傳習詩詞。三十年不見，最近二十年，常來常往，爲詞界開拓帶來了助力。步入新世紀，相信將有新的開拓。

本集輯録論文三十篇，就所涉及的範圍看，其對於包括詞集、詞譜、詞韻、詞樂、詞評、詞史在内的所謂詞中六藝（趙尊嶽語），盡管尚未能較爲全面地進行檢閲或檢討，但對於研討會所確立詞學理論、詞史、詞學史三個議題之所提供，某些見解包括各自的發明、創造，在當時卻曾激起興趣，展開過熱烈論辯，爲與會者留下一段美好的記憶。自此學術研討會的召開，至論文結集出版，將近十年時間。有道是「十年人事一番新」，二十世紀的中華詞學，已經歷好幾個十年，新了又新。本集出版，未敢奢望將爲中華詞學發展歷史增添點甚麽；而衹是想，因此結集，進一步發揚「詩可以群」的傳統，以營造切磋語境。願詞界同仁，與共勉之。

二〇〇八年四月十日於澳門大學

——原載施議對編纂《中華詞學論叢》，澳門大學出版中心，二〇〇八年十月。

# 「太平基金文庫・詩詞論叢」後語

中國古典詩歌，中華文化的精萃。五千年歷史，源遠流長。二十世紀詩界，舊體、新體，古典、現代，曾經有過生死存亡的陣地爭奪戰。一九一六年，新體白話詩出現，舊體被宣判爲「半死的詩詞」。舊詩向新詩流動，古典向現代轉型。很長一段時間，舊體由地面轉入地下，而新體找不到合適的形式。毛澤東説：「用白話寫詩，幾十年來，迄無成功。」一九七六年，一個甲子過去，另一個甲子開始。舊體死而復生，新詩向舊詩流動，現代回歸古典。新舊世紀之交，「大路朝天，各走一邊」（艾青《馬萬祺詩詞選・序》）。舊體與新體，古典與現代，各自朝著各自的路徑前進，各自亦有各自的憂慮。

步入新世紀，大路兩邊，新詩與舊詩，各自精彩。寫作舊詩的人，已經比寫作新詩的人多，舊詩的刊物也比新詩的刊物多。舊詩百萬大軍，近乎漫捲詩壇。不過，在舊詩這一邊，評論跟不上創作，學院裏研究詩詞的專家，也還顧不上舊詩創作這一塊。近年來，有人提出，應當讓舊詩進入中國現代文學史。一批年輕學子，於大路兩邊各有關注，以其目光與心力，對於百年舊詩包括相關作家、作品進行研究，已初見成效。爲使在野散珠貫穿成串，詩界兩名素心人宋湘綺和莫真實，進行多方聯絡，精心籌備，促成首届「當代詩詞創作批評與理論研究青年論壇」的舉辦。

二〇一四年七月，《文學評論》編輯部和廣西桂平市委市政府聯合舉辦首届「當代詩詞創作批評與理論研究青年論壇」。五十餘名新詩和舊詩作者以及研究者，匯集桂平，就新世紀詩詞創作批評與理論研究如何把握詩詞的藝術特質以及如何體現作者、評論家的社會責任感和時代的使命感進行了對話。這是本世紀百年中國詩歌（主要是舊詩）研究新生代的一次集體亮相。七月二十八日《人民日報》以《拉開詩的理想之維》爲題作了報導。十一月十五日《文學評論》發表了是次論壇的綜述。當代詩詞研究的重要性、論壇的社會影響，得到彰顯。

爲了有效整合各方研究力量，令學術研究與藝術創作有效互動，促進詩詞書畫等民間藝術「活態傳承」使大衆享有更有意義更有價值的詩意生活。二〇一四年廣西桂平市委、市政府依據「文創造市」發展戰略，在桂平規劃建設全國第一個詩書畫影、佛教藝術園區，與創意農業、健康旅游業等共同打造城鄉一體化的新田園。爲此，在宋湘綺、莫真實的倡議下，桂平市委、市政府設立太平文化發展研究基金。基金設立伊始，即贊助首届「當代詩詞創作批評與理論研究青年論壇」，並資助出版是次論壇學術交流成果——太平詩詞研究博士文叢。

這套叢書，計八種。除了《新聲與絶響——施議對當代詩詞論集》外，均爲年輕一代的最新著作。其中既有關於二十世紀新、舊體詩歌發展和演變的概括描述，又有對於詩詞創作以及研究的個案探研。有史迹的考察，亦有理論的提升。這是「五四」以來深度梳理現當代詩詞創作的第一套叢書。傳統詩詞正在轉型，需要研究方法、研究理論、研究模式和語匯系統的創新。這裏小荷已露尖尖角。

二十世紀之初，中國古典詩歌所出現的變革，新詩、舊詩兩大分支的形成，已在歷史上留下了足迹。步入新世紀，新詩與舊詩，各奔康莊，但歸根結底，二者的相輔相成或者專家獨造，均離不開古代的經典。正如習近平先生所説：我很不贊成把古代經典詩詞和散文從課本中去掉。「去中國化」是很悲哀的。應該把這些經典嵌在學生腦子裏，成爲中華民族文化的基因。願新世紀新、舊體詩的創作者和研究者，共同努力，讓經典成爲中華民族文化的基因。

濠上詞隱施議對二〇一五年元旦於豪上之赤豹書屋

——原載《新聲與絶響——施議對當代詩詞論集》，華中師範大學出版社，二〇一五年十一月。

# 《人間詞話譯注》後記三

我的這本小册子，題稱：《人間詞話譯注》。一九九〇年四月，廣西教育出版社刊行初版。一九九一年五月，臺北貫雅文化事業有限公司刊行繁體字版。一九九三年，香港學津出版社擬予刊行增訂本而未成事。二〇〇三年九月，增訂本由嶽麓書社刊行。嶽麓書社並於二〇〇八年十二月刊行增訂本新版。最近，因應所需，嶽麓書社擬在原有增訂本以外，另行出版閱讀無障礙本。與增訂本比較，增訂本原有題解及引用書目，今番所出新版均予以删減。但其餘則未作改動。

從一九九〇年初版刊行，至今二十餘年。我的這本小册子，於兩岸四地輾轉流播，可見學界對於王國維學説的關注程度。同樣，在這二十年間，學習、思考，亦不斷加深理解。因借此機會，略述自己的體驗，以與讀者共分享。

「譯注」的寫作，自一九八三年春至一九八八年秋。在北京。全稿竣工，撰成《王國維治詞業績平議》，作爲前言。那段時間，詞界即將進入反思、探索階段，而豪放、婉約「二分法」仍甚流行。解讀王國維，認識到：王國維的貢獻，主要在於提供批評模式。王國維之前一千年，以本色與非本色看待詞與詞學，王國維之後，境界説出現，有了另一選擇。因而也認識到：所謂詞學研究，關鍵是對於批評模式的掌握，而非豪放與婉約的評賞。

一九九三年，在港澳。準備刊行「譯注」的增訂本。曾以「導讀」爲標榜，撰寫《王國維與中國當代詞學》一文。文中提出：王國維著《人間詞話》，倡導境界説，標志著中國新詞學的開始。並且論定：王國維堪稱爲中國當代詞學之父，他的《人間詞話》堪稱中國當代詞學的奠基作品。文章就王國維之後，兩個四十餘年，《人間詞話》在詞界所遭到的境遇，揭示境界説被推演爲風格論的事實及其在大陸詞界所出現的「奇迹」。指出：王國維的境界説既有其先天的缺陷，於後天亦曾産生誤人、誤世的負面影響。但責任不能完全歸咎於王國維和他的境界説。

增訂本尚未刊行，「導讀」則於一九九四年八月十九日及二十六日，在香港《大公報》《藝林》副刊發表。一九九五年，撰寫《以批評模式看中國當代詞學——兼説史才三長中的「識」》一文，於澳門《文化雜誌》發表。文章依據王國維、胡適的劃分與判斷，將百年詞學劃分爲三個時期：開拓期、創造期、蜕變期。並將蜕變期詞學劃分爲三個階段：批判繼承階段、再評價階段、反思探索階段。提出：一九〇八年，爲新舊詞學，亦即古今詞學的分界綫。這是對於王國維學説的歷史論定。

步入新世紀，增訂本刊行。曾撰一小文，列述三個問題，以爲書稿「前論」。三個問題，一説三個里程標誌。將王國維的境界説與李清照的本色論和吴世昌的詞體結構論，看作中國詞學史上的三座里程碑，三大理論建樹。二説文化闡釋問題。提出：王國維的學説，貫通古今之變，洞察人天之際，真正是文化闡釋。三説詞學誤區問題。指出：境界説之被推衍，就是被異化，由「詞以境界爲最上」，變成詞以豪放爲最上。這是蜕變期詞學之所以出現誤區的重要原因。文章表示：過去一百年，從境界説之被推衍、被異化，到回歸與再造，走了一大圈，終於返回本位。王氏於地下有知，當感到欣慰。

自從增訂本的刊行，至今又過去將近十年。圍繞王國維的《人間詞話》，對於古今詞學的思考及檢討，越來越受到關注。我的這本小册子，希望有助詞界的思考及檢討。錯漏之處，也希望得到廣大讀者的批評與指正。

壬辰立夏（二〇一二年五月五日）於濠上之赤豹書屋

——原載施議對《人間詞話譯注》（閱讀無障礙本），嶽麓書社，二〇一二年八月。

# 中國今詞學的開闢與創造

## ——彭玉平《王國維詞學與學緣研究》書後

一九〇八年，王國維發表《人間詞話》，倡導境界說，開闢了一個新世代。中國今詞、今詞學的歷史從此開始，中國文學的現代化進程，亦從此開始。一百年來，王國維研究一直是學界所熟悉的話題。彭玉平以十年之功，撰爲《王國維詞學與學緣研究》一書，對於王國維其人、其學以及一百年來對於王國維其人、其學所作探尋，追根究底，作總清算。既爲過去一百年詞學的開闢與創造尋找出一個個踏實的腳印來，又爲未來一百年詞學的開闢與創造樹立起一座座明確的路標，堪稱新世紀的王國維。

本文所說今詞、今詞學，就是現在所通行的當代詞、當代詞學，或者現代詞、現代詞學。這是由王國維所開闢並以之爲標誌的一個新的詩歌品種及新的文學學科。這一新的品種和學科，其對立面是古代詞、古代詞學。自王國維而至於今，一百年來，這種新與舊的劃分與確立，並不十分明晰。百年之間，學界對於王國維的研究未曾間歇。王國維既成爲一個大家所熟悉的話題，又是一個很難說出新意的話題。進入二十一世紀，新的一百年開始，對於王國維這一話題，是接著説，還是換個角度另外説呢？這對於所有關注這一話題的學者，無疑都是一個巨大的挑戰。看看能不能就這一老話題説出點新的意思來。這就是通常所説的創新。

作爲中國二十一世紀第一代詞學傳人彭玉平，以十年之功，對於王國維其人、其學以及一百年來對於王國維其人、其學所作探尋，追根究底，作總清算，撰爲《王國維詞學與學緣研究》一書，令人眼前一亮。此書以詞學與學緣兩條綫索，將王國維以及對於王國維的研究清楚呈現，頗堪把玩。

## 一　最善之本的呈獻

文本的確定，立論的基礎。二十世紀下半葉，蜕變期詞學之所以處在誤區當中，就在於脱離文本。許多學術文章，只是唱高調、發高論，而没有實際内容。這種高頭講章，無根無蒂，不能解決一個半個具體的學術問題，只是爲著教授、副教授的職銜，甚不足取。

彭玉平的王國維研究，著重從文本入手。包括《静庵藏書目》、《詞録》以及「人間詞」和「人間詞話」各種文本，都曾細加辨析、細加刊定。尤其是「人間詞話」，則更加下足功夫，爲作疏證，力圖呈現一部最善之本。照理説，王國維的「人間詞話」就一百多則，本身並不怎麽繁瑣，但幾經周折，在短短一百年當中，竟變得繁瑣起來。爲洞察王國維「最初一念之本真」，了解「初始狀態」，彭玉平首先追尋「人間詞話」的手稿蹤迹①。他將二〇〇五年浙江古籍出版社影印《王國維〈人間詞〉〈人間詞話〉手稿》所載《人間詞話》一百二十五則作爲文本考察的依據和出發點。不僅察看模擬複製的影印件，還特地前往北京國家圖書館訪讀手稿原件。所謂文本細讀，真正讀到王國維的案頭。因將親眼所見，告訴讀者。王國維的這份手稿，書寫於「養正書塾札記簿」上，此簿以毛邊紙裝訂而成。長24厘米，寬16厘米。封面右上書「光緒壬寅歲」。左上大書「奇文」二字。「奇文」右下小字「人間詞話」。「人間詞話」右行下書「王静安」三字。「王静安」字旁有大書「國華」二字。封面所書大小不同，字體亦異。據彭玉平推測，此乃出自二人手筆。其中，「人間詞話」、「王静安」七字當爲王國維所書，而「光緒壬寅歲」、「奇文」、「國華」九字則爲王國維之弟王國華所書。彭玉平並推測：此本或爲王國維之弟國華用以摘録「奇文」之本，但並未抄録任何文字。大概王國維擬撰述詞話時，手邊無其他紙簿，故隨手取以撰寫《人間詞話》②。經過以上一番描述，讀者不知不覺，仿佛跟隨著作者來到王國維的書桌旁。彭玉平設身處境，將他親眼所見這一文本確定爲王國維《人間詞話》的手稿本。這是讀書閱人的第一步。其次，依據「人間詞話」刊佈情形，彭玉平將一九〇八年及一九〇九年王國維於上海《國粹學報》所刊《人間詞話》六十四則確定爲初刊本;並將一九一五年初王國維發表於瀋陽《盛京時報》的《人間詞話》三十一則確定爲重編本。這是第二步。讀書閱人,既有了書,包括手稿本、初刊本和重編本,與王國維其人也逐漸靠近。

以上兩個步驟,從手稿本、初刊本到重編本,名稱的確定,爲王國維研究一一樹立標記。接著,研讀文本。彭玉平的功夫亦用得其所。不僅僅是對於各則詞話字面上的理解,還通過字面塗改痕迹以及條目的合併與增減,察看文本的變化。尤其是對於手稿本,彭玉平的理解與察看則更爲精細。在《王國維詞學與學緣研究》中,曾專闢一章,對於手稿基本情況、手稿撰述時間、手稿流傳與保存以及手稿本的標序和圈識等一系列問題逐一加以考訂,以弄清其本來面目。

經過確定與研讀,奠定堅實文獻基礎,彭玉平隨即著手最善之本的構建。這是王國維《人間詞話》文本經典化之一重大工序。用彭玉平的話講,就是最善之本的呈獻。十年之間,處於新世紀詞學的開拓期,彭玉平探本溯源、綜合百家,既撰爲《人間詞話疏證》一書,又在這基礎上,據以探尋其源與流的發展、演變,撰爲《王國維詞學與學緣研究》一書。兩項重大工程,兩部最善之本,爲新世紀詞學之由開拓期步入創造期奠定基石。

就王國維《人間詞話》的刊佈及流傳看,一百年間所出現的文本無數,但傳世之作可能只有兩部。一部是一九六〇年出版的通行本，一部是二〇一一年出版的疏證本。通行本由徐調孚、周振甫注，王幼安校訂；疏證本，爲彭玉平獨家編纂。通行本輯録詞話一百四十二則。包括《人間詞話》、《人間詞話删稿》、《人間詞話附録》三個部分。《人間詞話》部分，輯録王國維刊發於《國粹學報》之詞話六十四則。《删稿》及《附録》，爲編纂者據王國維相關著述所添加。這是以初刊本爲底本的一個文本，出版後被認定爲通行本。彭玉平的疏證，以手稿本爲底本。計上中下三卷，輯録詞話一百二十五則。上卷起第一則，迄第三十則；中卷起第三十一則，迄第八十一則；下卷起第八十二則，迄第一百二十五則。其順序及文字一依手稿原貌。簡稱疏證本。兩相比較，通行本和疏證本，或者在於呈現結果，或者在於揭示過程，各有所本，各有效用。通行本的刊行，爲王國維《人間詞話》的經典化樹立典型。半個世紀以來，凡所述作，大多不出其規範。這應是過去一百年所出現無數文本中的一個最善之本。疏證本的刊行，爲王國維境界説的醖釀、闡發及補證，劃分時期，以探討王國維詞學思想的形成與發展③。這是另一種經典化的表述。

大致而言，通行本和疏證本，於今詞、今詞學的發展史上，各自均占居重要位置。兩部著作，兩個文本，前者通行半個世紀，至今仍然通行；後者於新世紀出現，爲新世紀王國維研究的第一部最善之本，承先啓後，相信一切纔剛剛開始。

## 二　新舊界限的劃分

彭玉平有關王國維研究的兩項重大工程，兩部最善之本，一部承接一部，相輔相成，逐次將閱讀與研習的層面提升。如果説他對於王國維《人間詞話》所作疏證，是一種奠定地基的工程，那麽，他對於王國維詞學與學緣的研究，就是在疏證這一地基之上所構建的巨大建築群體。這是對於王國維詞學思想發展史、中國學術思想發展史以及王國維詞學理論體系的重大構建。十年磨一劍，兩項工程，眼下皆已完成。面對這一巨大的建築群體，究竟能够獲得怎樣的啓示呢？就彭玉平這一巨大建築群體兩大主題建築詞學與學緣的構成看，其中一樣啓示，就是對於史觀、史識的把握與驗證。史觀與史識，體現在對於一種事物源和流的追尋與判斷。例如：詩詞同源，這是一種史觀的表述；而詩詞分流，究竟怎麽個判斷，就看有没有史的見識。同樣，對於王國維的境界和境界説，也有個源與流的追尋與判斷問題。在這一點上，我以爲，彭玉平的把握與驗證，甚是值得留意。

彭玉平《王國維詞學與學緣研究》第一編「文學觀念論」立有專門章節，論述王國維的文藝思想。彭玉平首先提出：「王國維究竟是出於怎樣的原因開始撰寫《人間詞話》？其文藝思想的形成究竟經歷了怎樣的過程？」而後，自己作答。謂「毫無疑問，應該與他多年填詞、論詞經歷以及沉潛中西哲學、美學等的經歷有關」。爲著證實這一推測，彭玉平從王國維自一九〇三至一九〇七年五年間有關論述中西哲學、美學、教育學等方面著述尋找事證，一一加以落實。例如，關於《人間詞話》的撰寫，彭玉平曾有這麽一段描述：

就詞學背景而言，在一九〇八年之前，王國維已有數年的讀詞、填詞、論詞經歷。王國維代筆的《人間詞甲稿序》曾云：「比年以來，君頗以詞自娱。余雖不能詞，然喜讀詞。每夜漏始下，一燈熒然，玩古人之作，未嘗不與君共。君成一闋，易一字，未嘗不以訊余。既而睽離，苟有所作，未嘗不郵以示余也。」讀詞、填詞實際上成爲一段時間王國維深感愉快的生活内容。「以詞自娱」，可以見出詞與王國維天性天賦的契合之深。《人間詞乙稿序》在論述了有關意境的理論及梳理了詞史發展後也説：「余與静安，均夙持此論。」這些雖然都是借用同學友人樊志厚的口吻，但至少可以説明王國維在一九〇七年之時，詞學觀念其實已經初具格局了。

以讀詞、填詞、論詞經歷，印證詞學觀念的形成，雖非親口所言，卻有出處，能爲見證。但是，彭玉平並不停留於此。除了從手稿的編排及塗抹，以尋找其蛛絲馬迹，還從其他著作考察其内在理路④。

記住,這裏所説,一九〇三、一九〇七以及一九〇八,三個年份,究竟説明甚麽問題呢?彭玉平指出,「一九〇三——一九〇七年這五年是考量王國維學術思想形成的關鍵時期,而其中美學、文學、詞學觀念尤其值得關注」⑤。並指出:「王國維具體撰述《人間詞話》的時間並無明確的記載,但一九〇八年堪稱是王國維一生中的『詞學之年』。」⑥可見,三個年份是重要的時間標誌。説明:自一九〇三至一九〇七年,這是王國維詞學觀念醖釀、準備階段;而一九〇八年,則爲王國維詞學觀念形成的年份。三個年份的提示,意義重大。尤其是一九〇八的提示,更富歷史意義。一九〇八這一年,就王國維自身而言,這是他的「詞學之年」,而就中國詞史、詞學發展史而言,這一年,王國維《人間詞話》首次公開刊佈。這是古與今,也就是舊與新的一個重要分界綫。也是中國今詞、今詞學産生的標誌。

新舊界限的劃分,看起來好像很平常,不過分期分類而已。實際上,這是對於中國詞史、詞學發展史的一種砍伐與開闢。這種砍伐與開闢,陸機《文賦》稱之爲「操斧伐柯」。王國維的這一砍伐與開闢,關鍵在於一九〇八的確立。一九〇八,板斧一揮,纔有舊與新、古與今的區别與劃分。作爲二十世紀的大學問家王國維,他標榜「詞以境界爲最上」,既是一種分類,又是分期,已爲舊與新、古與今的區别與劃分樹立典型;生當二十一世紀的後來者,彭玉平認同王國維的這一砍伐與開闢，並且通過嚴格的把握與驗證，將一九〇八確立爲固定座標，令其典型更加光彩奪目。

最近，在一個電視節目中，彭玉平説，王國維這部《人間詞話》，相當於詞壇的一部革命宣言。作爲大清皇室的一名遺老，他革的是甚麼命呢？電視節目中，指針砭時弊以及責任感和使命感⑦。如聯繫到當時具體的社會文化背景及詞學背景，應可獲知，這是革舊圖新的宣言。當其時，在王國維自身，在整個詞壇，都充滿著舊與新的矛盾與衝突。王國維的革命宣言，就是爲著革晚清詞壇復古守舊的命，圖世紀詞壇内容意境的新。所謂革舊圖新，以回天意，這是二十世紀第二代詞學傳人共同的歷史使命。作爲世紀詞學第二代傳人的領軍人物王國維，善於觀其會通，窺其奧窔（借用王國維《宋元戲曲史·序》語），對於源與流、新與舊之微旨有著深刻的認識，其登高一呼，號召天下，儘管未見及時效應，卻爲世紀詞學樹立一面旗幟。對於王國維的識見，彭玉平表示頗極讚賞⑧。所以，在考察自一九〇三至一九〇七年王國維五年學術活動之後，彭玉平曾説：「那個在晚年以一襲長衫馬褂、帶著瓜皮小帽的形象而定格在學術史上的王國維，在其青春的時光，倒真有一番指點江山、激揚文字的激情人生的。」⑨這是體現在王國維身上的一種對立統一體，也是王國維其人、其學的友情寫真。静庵公有知，當會心一笑。

## 三　理論體系的創造

以上説新舊界限的劃分，著重體現王國維的史觀、史識及其對於中國詞史、詞學史，乃至整體學術發展史的一種開闢之功。以下説理論體系的創造問題。所謂開闢與創造，兩個方面，合而觀之，方纔真正了解王國維。但是，體現出體系的理論，究竟是個甚麽物事，卻頗難斷定。因而，對其所謂創造，相信也就更加難於把握。彭玉平《王國維詞學與學緣研究》第二編以「詞學本原論」立項，著重於境界以及境界説的理解與運用，探尋王國維的理論體系及其創造過程，頗能得其要領。

在《王國維詞學與學緣研究》第二編第五章「境界論」中「境界説與《人間詞話》之語境」一節，彭玉平對於王國維的理論創造，首先有個整體描述。其曰：

> 《人間詞話》的理論價值主要表現在其「境界」説，同時以「境界」爲核心，王國維構建了一個境界説的範疇體系：有我之境與無我之境、造境與寫境、隔與不隔、大境與小境、常人之境界與詩人之境界，等等。王國維以境界説及其範疇體系梳理詞史，裁斷詞人詞作優劣，所以全書的體系性頗强。⑩

這段話爲展示結果。指出：王國維的理論創造是「境界」説的創立。直截了當，回答了王國維的詞學理論究竟是個甚麽物事這一問題。至其理論的體系，即以有我之境與無我之境、造境與寫境、隔與不隔、大境與小境、常人之境界與詩人之境界等一個範疇體系加以概括。説明理論及其體系，接著，説明理論的運用，諸如梳理詞史，裁斷詞人詞作優劣，等等。這是彭玉平對於王國維理論創造的總體把握。

經過以上一番描述，結果呈現，獲知何謂王國維的理論及理論體系。但此時，回過頭來，彭玉平仍然將自己的思路集中到王國維理論創造的過程中來。其曰：

「境界」是王國維文學理論的核心觀念，但這一理論是遲至一九〇八年纔最終成型。一種理論的形成往往有一個初萌、發展的過程，忽略了這個過程，要探究其理論的內涵，便不免會有所流失。⑪

把握理論創造的過程，有助探究作爲王國維理論核心觀念「境界」的內涵。忽略過程，可能流失內涵。故此，彭玉平經由三個步驟，一步一步探究其內涵。

第一步，從王國維早期著譯中有關「境界」一詞的使用及其內涵的變化，以明其自身的理論淵源和語境嬗變。

彭玉平説，王國維早年著述或譯文，曾多次使用過「境界」一詞，但並無嚴格的内涵限定。他對於「境界」一詞的認識，大致經歷了一個從地理學的概念到普通的知識範疇，從「審美之境界」到「詩之境界」的變化過程。具體點説就是，先將境界理解爲地理學的境之界，再將境界理解爲知識上的領域，或者範圍，又或再將境界理解爲人生的階段、等級及狀態。如此往復推演，直至一九〇七年，王國維對「境界」一詞的使用便十分「接近」次年所提出的境界説。這裏所説「接近」，就是「潛入」的意思。即謂此時，王國維對於「境界」在詩學範圍的使用，已有所認知。彭玉平指出，這一點可從次年《人間詞話》在詩學範圍對於「境界」説的彰顯，得以印證。這就是説，隨著一九〇八年的臨近，王國維對境界説的藝術感覺顯然越來越强烈了⑫。

第二步，從王國維散存詞話有關論述境界説條目的觀點整合及其對於傳統詩學的吸取，把握境界説的内涵及理路。

彭玉平説：「一種理論，理論家本身的語境纔是最重要的，其他外緣的考察至多只是具備輔助的意義而已。」⑬本身的語境，就王國維而言，似當包括兩個方面的條目創造。一爲《人間詞話》中有關論述境界説的條目創造，另一爲對於傳統詩學採取否定，或者否定中有肯定的姿態所進行的條目創造。兩個方面，一個是詞學的語境，一個是詩學的語境。由此二境，可望探知其本原。例如：

詞以境界爲最上。有境界則自成高格，自有名句。五代北宋之詞所以獨絶者在此。

這是初刊本的第一則。王國維對於境界的標榜。彭玉平既據以提煉出三點要義，又將其置之於四組十則論詞條目的語境中加以綜合考察，從而對其内涵，作一概括性的説明，謂：

約而言之，所謂境界，是指詞人在擁有真率樸素、超越利害之心的基礎上，通過寄興的方式，用自然明晰的語言，表達出外物的真切神韻和作者的深沉感慨，從而體現出廣闊的感發空間和深長的藝術韻味。格調是其精神底蘊，名句是其表現形式。自然、真切、深沉、韻味則堪稱是境界説的「四要素」。從以上的分析來看，境界説其實是以「無我之境」爲終極目標的。⑭

這是就詞學語境對於境界一詞的内涵所進行的探尋。既有點的深入，又有面的展現，相信較爲契合原旨。

又如：初刊本的第九則。説滄浪的興趣和阮亭的神韻並以之與自己所拈出境界二字相比較；而後，點明自己所説境界的高明之處。對此，彭玉平指出，王國維曾以「否定」的姿態於詞話中提及上述二説。因爲在王國維看來，滄浪和阮亭二説所探討的所謂興趣和神韻都不過是詩歌藝術形諸表面技藝的東西，而境界則因爲有格調作爲底蘊，又重視觀物而得其神韻、抒情而感慨深沉，從而形成作品中比較廣闊的感發空間和藝術韻味。所以，王國維纔將境界視作「本」，而將興趣、神韻視爲「面目」。但是，王國維對於二説的「否定」，實際並非排斥，因爲他是在對嚴羽的「興趣」説、王士禛的「神韻」説經過認真研究之後提出「境界」説的⑮。彭玉平於「否定」中看到肯定，於相異處發現其相互間的聯繫。故而得出結論：王國維對於傳統詩學，於「否定」中乃有所吸取。

這是對於詩學語境的體驗。説明：境界一詞的内涵，除了詞學，還包含詩學。這是第二步，説明「嚴羽興趣説、王士禛神韻説，就其審美的基本内涵而言，王國維是積極吸取並努力融匯到自己的境界之中的」。這也就是説，王國維雖創立新説，卻頗有以新説涵括傳統詩説的意圖⑯。

第三步，通過對於有我之境與無我之境、造境與寫境、隔與不隔、大境與小境、常人之境界與詩人之境界的考察，把握王國維理論創造的範疇系統。

彭玉平曾用王國維於《歐羅巴通史序》中的一句話，説明王國維對學科體系的自覺追求。這句話稱：「凡學問之事，其可稱科學以上者，必不可無系統。系統者何？立一系以分類而已。」彭玉平以爲，王國維的這一追求，在《人間詞話》中，即表現爲境界説的範疇體系及批評實踐⑰。

依據以上這一思路，彭玉平於《王國維詞學與學緣研究》第二編的第六、第七、第八三章，對於由境界所貫通的範疇體系作精密的考察。彭玉平以爲，王國維以境界立説，其理論内涵可以三境之説加以貫通。因從三境開始，對於有我之境與無我之境的情感取向與情感類型以及隔與不隔之説的結構形態逐一加以闡釋，並且將其貫穿一起，令其構成一個具嚴密邏輯聯繫的理論系統。

對於王國維的理論創造及其體系，彭玉平通過以上所説三個步驟，體驗、認證，每一步皆經過周密考察，有理有據，有迹可循。而三步連在一起，則顯得脉絡清晰，條例分明。一步一樓閣，一步一亭臺。一步一步，跟隨著作者進入王國維藝術的大觀園。

## 四　彭玉平，二十一世紀的王國維

二十世紀詞學，一百年間，生、住、異、滅，經歷了開拓期、創造期及蜕變期，到一九九五年，新舊世紀之交，五代傳人的歷史使命已經結束。一九九五年之後，進入新的開拓期。新世紀新的一代傳人，已登上詞壇。

過去的一百年，詞學的五代傳人，各自占據一定的歷史地位。一九〇八年，王國維發表《人間詞話》，倡導境界説，開闢了一個新世代。中國今詞、今詞學的歷史從此開始，中國文學的現代化進程，亦從此開始。王國維之前，二十世紀第一代傳人，清季五大詞人，代表著舊詞、舊詞學亦即古詞、古詞學的終結；王國維爲二十世紀詞學的第二代傳人，屬於過渡的一代。乃由舊到新的過渡，亦由古到今的過渡。電視節目稱，王國維的《人間詞話》，薄薄的一本小册子，勾勾畫畫，塗塗抹抹，卻標誌著中國詞學走上了新的高峰⑱。説得準確一點，應當是爲創造期四大詞人夏承燾、唐圭璋、龍榆生、詹安泰的出現做好準備，爲詞學創造期之創造一代輝煌奠定基石。王國維對於世紀詞學的開闢與創造，具有劃時代的意義。

王國維之後，一百年來，有關《人間詞話》和境界説的討論，一個時期比一個時期更趨熱烈，參與討論的人士亦不限於詞界。相關論文及專著，數以百千計。但輾轉至今，似乎並未見討論怎麽個結果來。有關種種，似可用「衆説紛紜，莫衷一是」加以概括。而今，彭玉平以《王國維詞學與學緣研究》一書説一事，詞學與學緣，既爲過去一百年詞學的開闢與創造尋找出一個個踏實的腳印來，又爲未來一百年詞學的開闢與創造樹立起一座座明確的路標，頗有一以當百，一以當千的氣派。就中國今詞、今詞學的發展、演變看，彭玉平的解讀，不僅僅是王國維功臣，亦爲新世紀詞學發展的標誌，同樣具有劃時代的意義。

二十世紀詞學，各個時期、各個階段，五代傳人各有其開拓之功。相比之下，創造期的詞學最堪稱道，由創造期進入蛻變期，則有許多失誤。我曾稱之爲誤區中的詞學。而誤區中的詞學之所以誤者，其中一項就是對於王國維境界説理解的失誤。二十世紀三十年代，胡適、胡雲翼將王國維的境界説推演爲風格論，進入蛻變期，於批判繼承階段，以風格論詞，進一步被簡單化，變成以豪放、婉約「二分法」論詞。之後，經歷「文革」，進入再評價階段，換湯不换藥，仍然以風格論詞。直至反思探索階段，風格論不再風行天下，詞界始回歸王國維，再造境界説。不過，我對於這個時候的詞學，仍然並不看好。並曾爲文，表示寄希望於新世紀的新一代。這就是一九五五年以後出生的新一代詞學傳人。彭玉平屬於這一代。新世紀的詞學，自一九九五年起，處於新的開拓期，究竟甚麼時候纔進入自己的創造期呢？對於這一問題，可以肯定地回答：新世紀詞學發展至彭玉平，方纔由新的開拓期進入新的創造期。

李澤厚撰寫三卷本《中國近代思想史》，於中卷後記曾説：

> 黑格爾和馬克思都説過，巨大的歷史事變和人物，經常兩度出現。令後人驚嘆不已的是，歷史竟可以有如此之多的相似處。有的相似處只是外在形式，有的則是因爲同一

或類似的本質規律在起作用的緣故。

這段話説歷史，如用來説明王國維與彭玉平的因緣，亦實在恰當不過。一百年前，王國維有《静庵藏書目》，記録其藏書、讀書的情景；一百年後，彭玉平引領讀者到清華園參觀王國維的書房，看王國維當年看過的書，追尋當年王國維所結交的朋友。如果時光倒流，回到一百年前，那此時儘管仍處於舊詞學的時段，仍然是以朱祖謀爲首的清季五大詞人的時代，但王國維的出現，朱祖謀所代表的時代迅速給畫上句號，隨之而來的是世紀詞學的新時代，這就是王國維的時代。一百年後的今天，詞界兩個朱祖謀，一個綫上、在雲端，一個非綫上、不在雲端，目前已依稀可見。而詞界的王國維，同樣也已出現在眼前。

彭玉平的《王國維詞學與學緣研究》，一個建築群體，兩大主題建築，兩大言傳系統，洋洋九十萬言，十分沉重。但其成竹在胸，侃侃而談，卻頗能令讀者體會到讀書的怡悦。我的這篇小文，攻其一點，不及其餘，希望能引起進一步探討的興趣。

乙未冬至後六日於濠上之赤豹書屋

——原載廣州《暨南大學學報》二〇一六年第四期

**注釋：**

①彭玉平《王國維詞學與學緣研究》，頁二。

②彭玉平《王國維詞學與學緣研究》，頁二二五—二二六。

③彭玉平《人間詞話疏證》，頁八三—八四。

④彭玉平《王國維詞學與學緣研究》，頁四五—四七。

⑤同上，頁四七。

⑥同上，頁四四三。

⑦據浙江衛視紀録片《南宋》第三集（「詩詞流域」二〇一五年十二月二十一日晚十點）。在綫藍莓視頻。http://v.zjstv.com/c/201512/22528.html。

⑧彭玉平《王國維詞學與學緣研究》，頁三六。

⑨同上，頁八八。

⑩同上，頁三〇五。

⑪同上，頁三〇一。

⑫同上，頁三〇一—三〇五。

⑬同上，頁三〇六。

⑭同上，頁三〇七—三一二。

⑮同上，頁三一二—三一三。

⑯同上，頁三一五。

⑰同上，頁三〇六。

⑱據浙江衛視紀録片《南宋》第三集（詩詞流域二〇一五年十二月二十一日晚十點）。在綫藍莓視頻。http://v.zjstv.com/c/201512/22528.html。

# 《饒宗頤：志學游藝人生》結束語

饒宗頤志學、游藝人生，從他少年時代開始，一步一步走過來，直至而今，年登期頤，已經歷三個階段。包括少年時代的二十年，以及二十幾歲之後的兩個四十年。《禮記》（王制）有云：「五十杖於家，六十杖於鄉，七十杖於國，八十杖於朝。九十者，天子欲有問焉，則就其室，以珍從。」杖於家，拄杖行於家。其後是杖鄉、杖國與杖朝，這是古時候的一種尊老禮制。謂九十以後，就需要就其室，以珍從之。饒宗頤超過杖朝之年，依然赴京城、訪敦煌，繼續其志學、游藝的歷程，一方面，這固然如饒宗頤自己所說，乃上天之所賜與；另一方面，這也是他自身修煉的成果。饒宗頤的學藝創造，以人類精神史研究爲目標。他的精神世界，自信、自足，圓融、和諧；他的學藝殿堂，雄深蒼渾，揮灑萬有。漫長的學藝生涯，造就卓絕的學藝業績。饒宗頤的學藝創造，既跨越古今，亦跨越中西。在饒宗頤的心目當中，古代與現代没有裂罅，東方與西方亦没有鴻溝。如果説，心中有一個學術的十字架，能够靈活貫穿古與今以及東方與西方，這已經非常了不起，那麽，饒宗頤對於這一學術十字架的四個方向，東、西、南、北之外，還有上、中、下三維。這是饒宗頤的世界觀和方法論，饒宗頤學與藝創造的指南。

經過二十歲之後兩個四十年的學藝生涯，饒宗頤對於自己的學藝創造及成就，已經做了歸納與總結，並已結集爲《饒宗頤二十世紀學術文集》，於十年前在臺北出版。饒宗頤説，二十世紀所出現在中國學術史上的幾件大事，他都曾親身經歷。而且，二十世紀所出現在學術及藝術領域的學科，包括史學、文學、經學乃至甲骨學、秦簡學、敦煌學諸多領域以及詩、詞、文、賦及書法、繪畫、琴藝諸多方面，也都有饒宗頤的成績單。

如果説，二十世紀是西學東漸的世紀，二十一世紀是東學西漸的世紀，那麽，在這兩股歷史的潮流中，饒宗頤如何以他的才學與膽識，站立於領導地位，而非隨波逐流，這是很值得探討的問題。對待中學與西學問題，一般只是説東西交匯，或者説中學爲體，西學爲用，但前者缺乏一個立足點，後者偏於由西向東的漸進。這一狀況，過去一百年，整個二十世紀，基本如此，饒宗頤生當其時，他的做法似乎有所不同。早在二十世紀五、六十年代，他到日本，到法國，到印度，所進行的工作，往往包括兩個部分，兩個走向。饒宗頤將東學與西學融會貫通，一方面帶著東學的成果前往，於彼邦補充不足，增强自己；一方面將所見西學，加以中國化，用中學的觀念、方法與模式，乃至語彙系統，進行改造與翻新。前者如甲古學與敦煌學，後者如印度的史詩及印度的佛學和梵學。兩個方面，既促進西學的吸收及利用，又促進東學的傳播與推廣。就饒宗頤個人看，由於學藝雙修，具備以一當十、以一敵百的大本領，令其居於學與藝的最前沿；而就國際學與藝的大環境看，由於饒宗頤的宇宙觀，既包括四方八面的延伸，又顧及三維世界的提升，所謂四方之人，做四方之學，他的出現，也就令得天地四方爲之矚目。

所以，自二十世紀九十年代開始，饒宗頤提倡華學，具有特別意義。在一定意義上講，華學代表大中華文化，代表大中華學術。步入新世紀，在經濟、文化全球化的背景下，東方與西方，互相對立而又互相補充，各種新事物不斷湧現，這其中，饒宗頤仍然是一位開風氣的宗師。可以預見，饒宗頤所倡導的華學，必將隨著東方、西方的交流往來，由中國走向世界。

饒宗頤的成功，學與藝的成果，既是韓山、韓水所孕育，也是香港這一特殊地緣，特殊社會思想、文化所造就。既是世界華學創造的奇迹，也是人類精神創造的奇迹。這是每一個中國人的驕傲。

甲午大寒前五日（二〇一五年一月十五日）於濠上之赤豹書屋

——原載施議對編纂《饒宗頤：志學游藝人生》，澳門特別行政區政府文化局，二〇一五年。

# 下编　书札

# 與臧克家書

## 一

臧老先生著席：

接奉　大著《放歌新歲月》，十分高興。目前詩界，對於新體詩和舊體詩，似乎仍有不同看法。實際上，許多人所以愛好文學，都是從新體詩開始的。新體詩充滿生命的活力，閃爍著青春的光輝，應是其他文體所難以比擬的。晚攻文學，亦從新體詩入門。當時就想當詩人，想著想著，竟在夢中與　先生相見。這是讀大學時候的事，夢中地點，在海濱，夢中情景，至今仍記憶猶新。而料想不到，與　先生還有一段「二人對門居，一日幾相逢」的緣分，實在是三生有幸。來港一年，編輯文史教科書，重將知識面放寬。一月份開始爲《澳門日報》撰寫專欄，説詩説詞，並重今譯，又回覆了對於新體詩的感情。拜讀　大著，倍感親切。來「新亞洲」（香港新亞洲出版社有限公司），編輯《中華散文辭典》，對於新文學已漸産生興趣，以後如有機會繼續搞詞學研究，可能有所幫助。上海孫琴安已來信，表示非常願意撰寫　大作辭條，請將篇目告訴琴安。劉征先生四篇，也想請琴安幫忙。

別後年餘，時常想念。「小巷春風」，令人留戀。目前上班地點在九龍，途經九華徑，先生舊遊地可能就在這附近。上班搭巴士，十幾分鐘到達，下班步行回家，五十分路途，就當作散步。日坐八小時，没有鍛煉身體的機會。但是趙堂子日日的「見面禮」，卻已形成了習慣：一定要運動。「對門居」的那幾年，真是受益無窮。晚一家都很想念　臧爺爺。施子青正在考試，他興趣社會活動，將來可能當「社工」（社會工作者）。志咏喜創作，很有些自己的想法。八九年六月十九日在《星島日報》登了作品。稿費收到了，卻不知登出的是文章還是漫畫。共投寄三件，不知登上哪一件。最近登出一篇《逃學記》。她不讓我「干預」，自己寫自己寄。以後可能有機會進一步發展。給説寄一份給　臧爺爺看看，她説不好意思。

很希望能回北京，一定争取。

代向　師母請安並向小平、蘇伊致候。

耑此。敬頌

撰安

晚議對上

五月十日（一九九二年）

# 附録：臧克家致施議對函

議對老友：

好久未通書信了，你及家人均好？

前天在《北京晚報》上讀到你的詞，倍覺親切，對詞懷人，不待秋風送情思了。

我已八十有八了，身心尚好。腦血管硬化，不時爲文，每天散步近二小時，同齡人中，我還是較「壯」的。

劉征喬遷，不常見到。文鵬也移居了。恭弘、周齊還住舊處。

港臺文況，從報紙上、友人口中，得知一二，我不願在港臺發表東西。

你主編「散文庫」（《中華散文辭典》）已出版未？又編了甚麼書？

大陸舊體詩詞甚爲興盛，但真正好作品不多。

子青、志詠（李薇經常問你，説她給你信，你没回信）工作、學習好嗎？你的夫人有工作嗎？生活情況好嗎？念念。

握手

克家

一九九二年十月二十日

《毛澤東詩詞鑒賞》印數已達十二萬册。

## 二

臧老詩翁著席：

接奉　惠函及回歸佳作，甚欣喜。

再過五天，澳門回歸。此信到時，可能在電視螢幕見面。十九、二十日有關活動及慶典，晚皆獲邀出席。十九日晚，葡國總統官式晚宴，十一時十五分，政權交接儀式。二十日凌晨，特區成立。有機會見證這段歷史，甚覺榮幸。兩地回歸，澳門更加順利。澳督在京，與江總會面，十分友好。行前十天，舉行告别活動，氣氛諧和。回歸後，不會有太大變化。人心穩定。到時再告知具體情形。

十月詩會，詩翁佳作，由蔡清福教授代爲宣講，爲會議大大增添光彩，非常感謝。

本學期晚擔任副院長，有些行政工作，較爲繁忙。明春有機會，擬晉京，亟盼拜晤請益。

今年「八一」，訪井岡山，有詞三首。在井岡山碑林，並曾拜讀詩翁大作。

代向師母請安。

耑此。即頌

康安

晚議對上

一九九九年十二月十五日

## 附録一：臧克家致施議對函

議對：

物重情尤重，信少懷思多。仰首望南天，人與地同歸。

我已九四（或説九五）歲，人老情不老，獨處多念故人。健康情況還可以，血壓高低不一，眼裏有白内障，閲讀有些困難，成盲人，尚需時間，勿念！

握手！

克家

一九九九年十二月一日

## 附録二：鄭曼致施議對函

議對同志：

禮物與大作《今詞達變》均收，謝謝。

澳門即將回歸，舉國國慶，澳門同胞熱情更高，每晚看新聞聯播，心爲之動。

新年與回歸兩大喜事，值得同聲慶賀。

祝

闔府安康

鄭曼上

一九九九年十二月一日

### 三

臧老先生著席：

接奉四月十六日 惠函，十分高興，也十分挂念。

日前小兒子青返港，言及曾趨府奉訪，獲悉住院，不知近況如何？應是近段時間，諸多勞累所致。望静心調養，早日康復。

「你好，我好；今年比去年好」。先生對季老所説，令人鼓舞。新世紀纔剛剛開始，詩壇需要、國家需要，各方面一定越來越好。尊著全集十二卷，工程浩大，功德無量，首發式承邀小兒子青代表出席，至感榮幸。先生最近出版《世紀老人的話》，不僅一個世紀，而且兩個世紀，不僅一代人，而且二代、三代都將受益無窮。這是幾十年所積纍。正如在趙堂子那段日子，迎接日出，等候月滿，與大自然融合，得大自然恩賜，自然不同一般。信心與毅力，一定可戰勝一切。

師母辛苦，請代致候，並請代向小平問好。

四月中游閩，並上武夷山，參加柳永學術研討會。有小詞三首，謹附斧正。

耑此。敬頌

康安

晚議對上

六月五日（二〇〇一年）

# 與卜少夫書

卜老先生著席：

七月間傳來《星島》(《星島日報》)所刊　尊文《九十生日賀詩》，已拜悉。拙詞亦采録其中，至感厚意。《鏡報》十月號刊登拙詞，謹奉上。拙詞名《壽星明》，又名《沁園春》。乃毛澤東所喜愛詞調。分爲上下二片。

開篇三句爲總叙，概括平生業迹。有意突出一個「酒」字，此人生之不可缺少，而先生則藉以交遊並展現事業，非僅僅爲個人耆好者也。以下每一句都與酒相關，而不明白説出。「問」字提起，一口氣貫穿至上片結尾。「高崖白鹿」，説李白故事，見《夢遊天姥吟留别》；「奇峰青梗」，説寶玉故事，見《石頭記》。一爲詩中神仙，另一爲情中聖賢，二者都與酒相關——「昔日也曾滿滿傾」。這是往日故事。而「倚天報國，畫地雄名」，則爲今日故事。其中，「天」與「地」，暗含　貴刊名稱。亦「浪迹乾坤，載酒江湖」之總業迹也。而「持取」及「看」，則有比較意思。「堪」呼應「問」，看看昔日之神仙及聖賢，敢不敢相比。此爲上片，著重歌詠平生業迹。下片專門説一個「賀」字，著重説情誼及心意。過片二句——「十方兩岸縱横。啼未住終朝總望晴。」承接上結「天」與「地」，展現天下大勢。其中包括太白「兩岸猿聲啼不住」意思。所謂「有語問蒼天」，今朝祝賀，依然在「天」與「地」這一大背景下進行。乃平生業迹之一重要組成部分。這當然也離不開酒。而「趁」字則再次提起，説了兩個故事——淵明及東坡，前者獲知有人送酒前來，則高興地跳起舞來，後者需有好酒纔寫得出好詩。所以應快一些，此酒纔不會被搶走。這是壽宴情景。「雲和」爲一種樂器。有酒、有歌，共同祝賀。而且賓客都爲蘭亭舊友，才高八斗，酒量無限（百千）。最後説願望。既天保九如，又永遠保持青春。此爲晚輩心意，盼能喜歡，並多指正。

耑此。敬頌

文安

晚議對上

十月八日（一九九九年）

## 附録：施議對《壽星明》（《新聞天地》卜少夫社長九十華誕誌慶）

浪迹乾坤，載酒江湖，快哉此生。問高崖白鹿，須行即往，奇峰青梗，有石鍾情。

散盡還來，品詩論劍，當日也曾滿滿傾。堪持取，看倚天報國，畫地雄名。　十方兩岸縱橫。啼未住終朝總望晴。趁淵明起舞，風軒急掃，東坡刻燭，險韻將成。共請雲和，齊歌泰岱，池草蘭亭捧巨觥。爲公壽，祝九如天寶，秀發妙齡。

## 與梁耀明書

鍥齋詩翁吟席：

壬午新歲，鳳城小聚，多承教益，甚欣喜。三月七日及近日疊奉　惠函並　大作，至感厚意。《鏡報》所刊爲舊文，擬撰「詩與生活」一文，以報心得。新文未成，暫以舊文充數。先生以生活爲詩，已進入化境，須細加吟繹，纔能獲其佳妙之處。

以生活爲詩，詩就是生活，生活就是詩。剪裁詩章，既關詩人事，亦關牡丹、水仙事。正如李白之對敬亭山，相看相問，兩不相厭。看似容易，實際則艱辛，有許多意思在其中。越讀越有味道。

照片三張，謹奉上。代向師母大人暨梁老師賢伉儷請安。

耑此。敬頌

吟安

晚議對上

五月二十三日（一九九二年）

## 附録：施議對致梁永熙函

永熙先生臺鑒：

接奉年卡並此前　惠函，至感　厚意。先生以「世丈」相稱，絶對不合適。晚生有幸，獲　鍥齋翁厚愛，爲結忘年交好。鍥齋老先生誠摯深厚，親切和藹。人如其詩，詩如其人。十餘年間，得承　謦欬，獲益無窮，將永遠銘誌於心。鍥齋老先生道德文章，垂範騷壇，必當進一步加以推揚。

前段時間，雜務繁多，未及致候，非常對不起。本月二十日或者二十一日，週末返港，得便時，請茶叙。到時聯絡。

耑此。即頌

道安

晚施議對

二〇〇四年三月三日

# 與許映如書

許老先生著席：

接奉九月二十日　惠函並胡雲翼先生大著《宋詞研究》，至感厚意。胡雲翼先生早年致力詩詞學研究，成果頗著，在近代詞學史上有著開拓之功；解放後所刊兩種詞的選本，更是家喻户曉。功不可没。晚先後師從夏承燾、吴世昌二先生，夏、吴對胡氏詞學各有所取。或偏重於豪放，或偏重於婉約，詞界論争也各執一端，未有定論，將來修詞學史，必當有公正評價。胡雲翼先生尚有著述多種，目前已不好尋訪，有機會時應當争取重新刊行，以廣流傳。

中華會刊（《中華詩詞學刊》）二期正集稿，擬選登胡先生詩篇若干首。

耑此奉告。敬頌

秋祺

晚議對

十月十五日（一九八九年）

## 附録：許映如致施議對函

施先生：

久疏問候，貴體想必安康。今寄上先夫拙作《宋詞研究》一册，敬請先生批評指教，不勝感激。

此書系雲翼六十年前的作品，原版已系列孤本。此次承蒙四川社科院文研所謝桃坊先生鼎力幫助，纔得以再行問世。吾及兒孫是萬分感激的，若雲翼有知，也會感謝不盡。

由於我才疏學淺，「代後記」一文中措詞不妥之處甚多，懇請先生斧正，以便再版時能完善一些。

順頌

秋安

許映如

九月二十日（一九八九年）

# 與程千帆書

## 一

程老先生吟席：

三月十七日　惠函奉悉。日内正在研讀《涉江詞》。以爲讀「涉江」，只是到幼安、到易安，尚未知子宓也；必須到小山，纔能領悟其詞心。因擬以「江山·斜陽·飛燕」立題，探討精義，以試解其憂世憂生意識。衹是尚未拜讀　大著「箋注」（《涉江詞箋注》），未詳本事，不敢動筆。大著「箋注」本，如有餘册，望寄賜拜讀。

耑此。敬頌

吟安

晚議對敬上

四月九日（一九九六年）

## 附録：程千帆致施議對函

議對先生：

大札及附件拜悉。羅孚先生頗善談文壇掌故，客歲在美國華文報紙連載數十則，頗可把玩。不知有單行本否？先生如與羅公有交往，幸詢索之。所惠八百金已收到，愧愧。近有門人應北京友人之約爲弟及先室編一資料集，約定四月底交稿。先生賜評先室之文若能在五月前惠下，則定可編入。此足爲先室增重，故甚盼撥冗爲之也。眼花不復成字，諒之。

敬頌

吟弗！

弟程千帆

三月十七日（一九九六年）

### 二

程老先生著席：

接奉五月二十四日　惠函，知各況，甚欣喜。有關幹部體，早在幾年前就已聽説先生持有見解，而未聞其詳。看起來，經過數年發展，上行下效，此體似頗有成爲國體之勢。而其祖師爺，即爲胡適。目前，已有若干作者表示願意成爲胡適之後。但也有無師自通者。其實，胡適嘗試並非爲著舊體，而乃爲著新體。二十世紀詞壇、文壇，真有點莫名其妙。謹奉上拙文三篇，乞　斧正。獲悉　尊編已付印，十分高興。此事亦甚不易。拙編《當代詞綜》已四、五校，仍未付印。倒是此間順利一些。拙著二卷《今詞達變》即付印，到時奉上　斧正。澳門回歸擬出版專集，敬希惠賜　佳作，以光篇幅。耑此。

敬頌

著祺

晚議對上

七月十五日（一九九九年）

## 附録：程千帆致施議對函

議對先生：

久未通問，忽得新著《胡適詞點評》，甚以爲喜。胡詞自是一派，先生評説能抉其精微，亦足以爲今之幹部體張其軍也。

弟今年八十有六，頗衰病，已不甚能工作。幸主編之《中華大典·文學典·宋遼金元分典》已付印，可作爲國慶五十週年獻禮，亦聊以自慰耳。《宋詞正體》二、三卷何時可出，甚念。

澳門回歸，普天同慶，先生歡悦之餘必多佳什，望見寄也。

專此復謝，順頌

著安！

弟程千帆

五月二十四日（一九九九年）

# 與周退密書

## 一

周老詞宗吟席：

接奉　華翰，萬分欣喜。二十年過去，就像换了一個世界。茂南沙龍，令人欽羡，已不能復返。當年有幸，借重諸位前輩力量，成此六卷巨著。一九八八年截稿，並於同年交付出版社出版，誰知一擱就是十五年。好得命硬，終於得見天日。二〇〇二年九月，爲赴書市，趕印二百册。未經校核，暫未上市，今春重校。此爲校後刊本，已正式發行。二千册，可望再版。六卷四册，將由出版社代寄。書中如有錯處，乞　賜示，以便改正。

茂南諸老以及諸前輩，時過境遷，已頗難尋訪。謙六翁舊址似被拆遷，數年前到愚園路，已辨不清方向。潘景鄭、謝堂二老，寄出信件被退回。《詞綜》出版，亟待分享。奈何？

十月十七日，舍翁百歲華誕，曾往探望。「千磨萬劫從容度」，並無異樣。豈料竟飄然歸去。最可安慰者，乃爲説「文學上，等於兩個魯迅，於詞學，等於兩個龍榆生」一事。信息接收到了，十分高興。當借此機會，於報上公開宣揚，以爲平反。

十二月四日，錢仲聯先生去世，有挽聯一副，以表心意。去歲秋初，往拜訪，説龍榆生晉京獲接見，歸來滬上，有點飄飄然，得罪柯慶施，結果被整。詞綜奉上，不知是否見到？

稼研翁久疏音問。還有諸多前輩，希望互通信息，以便聯絡。延佇詞人，《詞綜》推舉爲十大（當代十大詞人）之一。遨公，未識何位前輩？

梅影疏燈，揮毫自樂。側耳鳴聽，偶與鬥勝。尊作書懷，似已進入無無之境。惟陶壺、竹鼎，仍未知所指。望　有以教之。

尊作悼舍翁，謂説帖談碑，晷纂寒鈔，亦活靈活現，如親臨其境。五十載情誼，悲喜與共。舍翁有知，亦當感到欣慰。

憶自《詞綜》編纂之始，諸多前輩，隨時請益，世上所有，全然忘卻。其狀態，真正陶醉。當其時，可惜學識淺陋，未能多以受教。經過二十年，晚亦馬齒徒增，相當於前輩當時年紀。幸有《詞綜》之助，爲續因緣，真乃喜從天降。謹奉拙作自壽詞並近期所作多葉，乞　教正。

又，悼舍翁詞及錢公挽聯，亦奉上，以爲紀念。

耑此。敬頌

道安

晚施議對敬上

二〇〇三年十二月十九日

## 附録：周退密《金縷曲》二首

**金縷曲（冬日書懷步遨公題延佇詞稿元韻）**

一樹梅花影。伴疏燈、安亭草閣，寂寥詩境。玩物娱心敦夙好，賞及陶壺竹鼎。全忘卻、生涯清冷。凍雀飢禽爭食下，爲多情、側耳鳴聲聽。癡絶處，孰能並。并刀剪後欣無病。況逢辰、天憐小草，晚晴光景。偶爾揮毫聊自樂，肯與旁人鬬勝。笑世上、浮名俄頃。直諒多聞天下士，數神交、不乏金蘭訂。磋共琢，此心勁。

陶壺竹鼎，均爲實事。

九十老人退密倚聲
癸未大雪後二日

**金縷曲（悼老友施蟄存先生）**

公果騎箕去。嘆人生、百歲光陰，譬如朝露。烏托邦中逢哲匠，沐浴春風和煦。五十載、交深縞紵。説帖談碑閒歲月，樂鈎沉、網得珊瑚樹。同賞識，共真趣。　千磨萬劫從容度。悵回頭、暑纂寒鈔，蟲箋魚注。故紙神遊堅定力，頓忘隔墻豹虎。忽漏盡、東方初曙。著述及身刊次第，照輝煌、東壁圖書府。悲與喜，一傾吐。

自注：大同大學英文校名爲Utopia University。予識君於解放初期，屈指五十四年矣。

密求是稿

二〇〇三年十二月三日

## 二

周老先生詞宗吟席：

四月四日　惠函並尊作《賀新郎》均已拜悉。瓊枝玉葉，意厚情深，至爲感佩。誠如　尊作所呈示，沉舟側畔，飛花落絮，栩栩莊蝶，皆爲過客，唯古調猶存，此情長在，最是值得欣慰，值得珍惜。移居港澳，已十又六年。其間種種，難於盡書。拙作疊韻，借以叙説觀感。聲色犬馬之都，吃喝玩樂之城。去年僅賭場收入，已達五百多億，超過拉城。此五百多億，百分八十由内地同胞進貢。十三億人口，無論來不來馬交(MACAU)，每人已付出三十大元。此間賭者，號稱博彩業。以之入詞，深恐有失，望多包涵。

耑此奉答。敬頌

道安

晚學施議對敬上

二〇〇七年七月十六日

## 附録：金縷唱和録

**原唱：施議對《賀新郎》**

甲申冬至，滬上拜訪石窗老人周退密先生。於安亭路四十一弄周宅，入室登堂，如坐春風。先生賜以墨寶「止觀」横額並新刊詩詞作品多種。有「和觀堂長短句二十三首」，最爲詞界推崇。蘭心蕙性，出色當行，可謂得髓。或以爲「和詞不在於形似，能假事興感，迷離惝恍，頗具花間意趣。但感情則不失爲現代人感情也」（陳機峰）。或以爲「其中有人，呼之欲出；其中有景，歷歷在目。情之所鍾，讀者感應」（吴祖剛）。或以爲「妙在各抒所懷，誰也不管誰，實但借韻，非和韻也」（程千帆）。見智見仁，各執一端，先生皆珍而重之。不知是否古今傷心人須同此懷抱。捧讀全編，頓覺金荃、浣花重見，而不理會彼等之所謂夢窗以及草窗者也。因集成篇章，爲報心得並以求教。

佇看年時月。撫蕭蕭、半床猶自，涼生林樾。雛燕樽前輕作舞，照影驚鴻帶雪。愁無限，征途飛葉。十六層樓星可摘，剩空枝、情緒難拋撇。萋萋草，車行轍。無多靈感起還滅。過千帆、棲遲白屋，參禪供佛。子夜歌聲聽未了，秋水一池圓澈。任長日，傷春傷別。焦麓松風來鶴夢，壯吾軍、隸古穿花蝶。添絮果，攖心切。

## 和作一：緝庵（馬祖熙）《賀新郎》

施議對教授讀石窗老和觀堂集詞二十三首，心感殊深，因賦《賀新郎》一闋以志，時甲申歲十二月。依韻奉和。

爲問澄江月。是何年、升來瀛海，飛來清樾。皎皎秋光涼甚水，照我肺肝如雪。又還照，霜天紅葉。壯歲豪情今安在，剩連宵、綺夢輕拋撇。休再認，舊轅轍。百年往事難磨滅。喜於今、推行惠政，民歌生佛。午夜梵鐘聽未了，頓覺此心澄澈。更不用，懷人賦別。惝怳迷離閒趣味，蘊金荃、幾許花間蝶。君共我，同關切。

## 和作二：徐培均《賀新郎》（奉和施議對教授集石窗韻）

遥望香江月。憶當年、鵬飛南溟，紫荆如樾。十二樓頭香習習，滿屋衣冠似雪。頻舉酒，聽歌桃葉。宋韻唐風情味永，儘沉迷、久久難抛撇。循舊矩，休回轍。前塵如電明還滅。况新來、宅近龍華，心連玉佛。暮鼓晨鐘常入耳，心境料應澄澈。漫吟得，傷離惜别。但願朋儕多曠達，效莊生、頻夢栩栩蝶。塵俗網，一刀切。

## 和作三：周退密《賀新郎》

次和議對教授贈言之作。憶與君始見在茂名沙龍，已近三十載。甲申歲又承來滬枉過，僂指亦欲三年矣。

乍見當頭月。記年時、雲軿遠降，光生林樾。憶昔沙龍曾把晤，一紙藻留鴻雪。更貺我，瓊枝玉葉。七寶樓臺争湧現，聚騷壇、文獻難抛撇。周柳步，二窗轍。沉舟側畔千帆滅。歷風霜、崦嵫送老，那能成佛。十大華嚴參未了，看破紅塵透徹。挽不住，長離輕别。落絮飛花皆過客，問何如、栩栩蒙莊蝶。歌古調，兩情切。

## 和作四：緝庵(馬祖熙)《賀新郎》(和議對教授甲申詞韻)

挽起龍山月。是何年、芸窗持照，一庭清樾。抗志南行來閩嶠，歷遍囊螢映雪。憑記取，葳蕤蘭葉。萬里西風吹客鬢，望鄉關、淮海輕抛撇。知甚日，還轅轍。八年血戰倭氛滅。喜當前、人情向善，即心即佛。戮力中興揚正氣，古誼昭然明澈。誰承望，親朋長别。天下炎黄同一脉，護芳春、肯讓閒蜂蝶。興德政，最殷切。

## 和作五：施議對《賀新郎》(依原韻奉答石窗、緝庵、培均諸詞丈)

甲申冬至，滬上拜訪石窗老人周退密先生。有《賀新郎》之作，集石窗和觀堂句。承石窗、緝庵及徐培均諸詞丈賜和。春容和鬯，貼切自然。頗合騷人雅致。蟄居濠上，無以爲報。然此濠上固非彼之濠上，而於得閒之時，把卷臨風，其妙語所造就之非魚非我、非蝶非莊境界，亦令人神往。因疊其韻，爲呈郢正。

城角山銜月。掩晴陰、留風谿谷，飛潮銜樾。魚躍鷹揚樓四起，匝地雕車堆雪。歌宛轉，桃根桃葉。照影渡頭羞眉翠，認其真、點畫與波撇。煙柳暗，勿還轍。霓虹空半自昇滅。算今番、人之性也，非僧非佛。非復有泥爲栽植，非復蓮心紅澈。

又何必，傷離惜別。一枕南柯歸程引，漆園西、總是穿花蝶。鐘漏永，曉霜切。

**附記：**

二○○六年，澳門博彩業首度超越美國拉斯維加斯，成爲全球第一。澳門人均GDP再創新高，爲一千一百四十三點六億。與二○○二年澳門政府開放新賭場執照前相比，短短五年，翻漲一倍。澳門人均收入達到二萬八千多美元，已經超越香港。據聞，此事與開放個人遊及CEPA之實施密切相關。

## 與馬祖熙書

緝庵詞宗吟席：

月前奉上一函，不知是否收到，十分掛念。《賀新郎》集石窗句，承賜　和作，至感厚意。今試疊韻奉答，説賭城情事。乞　斧正。馬交（MACAU）今日，聲色犬馬，應有盡有。去年僅賭場收入一項，已達五百多億。超過拉城。此五百多億，百分八十由内地同胞進貢。前年春節，賭王説：「我做賭場，四十年來，從未見今日這麼好景，個個排著隊，争著前來進貢。」内地十三億人口，無論來與不來，每人已先付出三十大元。此間賭業，號稱博彩。似已並非一種十分不光彩的行業。以之入詞，但願不致有失風人之旨，望多　指正。

耑此。敬頌

道安

晚學施議對敬上

二〇〇七年七月十六日

**附記：**施議對《賀新郎》集石窗疊韻奉答見《與周退密書》附録「金縷唱和録」之和作五。

# 與李維嘉書

李老先生詞宗吟席：

自兩千零二年澳門詩會别後，久無奉書請安，未知各况，甚以爲念。前段時間，接奉　大著《冰弦集》並《冰弦集續編》，甚多佳句，無任欣喜。日内集成小詞一闋，爲報心得。

歲月蹉跎，轉眼間，晚學已届古稀之年。於聲色犬馬之都，大學一出門，就是賭場。十面霓裳，未等天黑，各種光亮就照射到窗前。因得小詞一首以自壽。另有拙作古詩一首，自述平生。三月十七日，一個紀念日，至今五十週年矣。當時仍在中學讀書。

集句及拙作詩詞，敬乞

斧正

晚學施議對謹拜

七月二十五日（二〇一〇年）

# 附録一：施議對《賀新郎》（集句）

李維嘉詞丈刊行《冰弦集》正集及續編，謹集句以賀並呈　郢正。

白首烽煙侶。挽狂瀾、大荒鷹落，秣陵鼙鼓。舊夢恩仇生日夜，鄂楚雲鄉回顧。客館雨，長宵終曙。子弟少年江湖老，剩冰弦、不慣傷春暮。身百劫，情一縷。籬邊遥唤催歸去。記般般、芳塵十里，霜侵碧樹。人遠紅岩孤燈隱，盡是相逢鷗鷺。君與我，天涯何處。小院芙蓉秋蕭瑟，對寒星、奇句盤空古。吟自在，九州土。

# 附録二：施議對《賀新郎》（生日自述）

好取人嘉句。坐看雲、南山獨往，興來何處。日夜乾坤憑軒北，秋水長天孤鶩。照我影，溪頭三楚。九萬里風星河轉，舉鵬程、不待東方曙。當鋭巧，忘機旅。潮生潮落悲今古。釀清愁、一彎眉月，半蓑煙雨。容膝非同陶潛共，十面霓裳中序。在陋巷，稼耕自與。滿屋堆書拈隨手，鎖窗寒、銀箭移將午。詩夢就，晉龍虎。

# 附録三：李維嘉致施議對函

議對吟友：

忽接華翰、大作，喜出望外。憶昔澳門一别，已歷八年了，我已九十二歲了。承題拙集，十分感謝。大作三首已轉編輯部編發。望繼續賜稿，以光《岷峨》篇幅。《岷峨》草創初期，即蒙屢賜佳作，多所鼓勵。此刊明年初夏即滿百期，將邀海内外相知詩友來蓉一聚，進行詩藝研討，不知尊駕能否光臨？若能前來，幸甚幸甚。今晨例行散步中，吟成回贈吾　兄五律一首，另紙抄請指正。對大作之讀後感，亦另紙奉上。

此祝

吟安

問尊夫人好。

李維嘉

二〇一〇年八月十三日

## 附録四：李維嘉《施議對〈賀新郎〉集句讀後》

大作《賀新郎》（集句），概括了拙集許多主要的内容，我一生中許多重要經歷，總結爲「身百劫，情一縷」，感嘆道：「君與我，天涯何處。」真是費了你許多心力，將許多碎片綴成一件錦衣，寫得那樣慷慨激昂，動人心魄，令方家稱贊，我深表感激。謝謝。謝謝。

謹呈議對詞家。

李維嘉

二〇一〇年十月十三日

## 附録五：李維嘉五律一首

澳門相别後，八載去悠悠。倏忽惠書至，浩然江海謳。正聲思大雅，俗調亂中流。懷君不盡意，倚仗岷峨秋。

# 與宋亦英書

宋先生詞長吟席：

接奉二月十二日惠函並　大著「春草堂吟稿」甚欣喜。先生所云「喜歡以口語入詩」晚亦有同好。這與世俗之一般「打油體」或「解放體」大有不同。例如大作《沁園春》，通篇皆口語、白話，但因善用對偶，善於鋪排，卻顯得十分典雅莊重，以之賀詩會成立，非常得體。又如《滿庭芳》祝詩會成立，雖皆爲尋常言語，卻組成不尋常篇章——既華麗又有氣派。如此境界，並非一般人所能達到。集中長調，大都如此。至於小令，如《鷓鴣天》諸首，也都以平常言語見性情，頗耐尋味。這是初步拜讀所得體會，並非客套。詩部分，則喜愛詠黄山，詠花之五、七言絶句，並已代爲影印，送交澳門日報，希望能與此間讀者分享。以惠佳作，並相問候，至感厚意。

晚移居香港，三年又半，妻兒已先來此定居。頭兩年當編輯，十分辛苦。來此任教六門課：《詩經》、唐詩、宋詞、古典戲曲、古代韻文、古典文學專題。每學期講其中四門，都在詩詞範圍之内，很感興趣。

《當代詞綜》在閩省出版，早有電腦稿，尚未看清樣，令人失望，只能耐心地等。與葆翁徐味先生、劉夜烽先生久無聯絡，十分掛念，便中望代致候。耑此。即頌

吟安

晚施議對上
一九九四年七月一日

## 附録：宋亦英致施議對函

議對先生：

您好！我於七月二號接到 尊函之次日，徐味兄也將《鏡報》送來，因多病，遲覆爲歉！

數千里外，蒙先生不棄，論及拙作，實深慚感！只是把老朽提得太高了，其實貶我者也正是不少人呢。我因缺乏舊學基礎，爲了抒情達志，一出手就是白話，似乎這樣比較方便，其實我也很喜愛傳統詩詞的藝術性的，但我也覺得詩詞進入現代，也必須做出嘗試性改革。現在論及改革詩詞者大有人在，但從自己做起的人似乎不多。敝人一不怕

人家看不起，二不想獲獎金，如果等待別人改好再來學舌，不妨請自噲始，譽之貶之，悉聽尊便。

尊文第二篇提出的胡適之體較幹部體妥帖得多，因爲幹部來自不同的出身，有各種不同的經歷，也就有各種不同的情趣，難於納入一派。不過像胡適之體的人現在也不是太多。現在大陸的詩運，確乎昌盛，詩社、詩刊多如雨後春筍，但除了京、滬、穗等少數大城市及少數詩詞刊物，更多者是不文不白派，這當然有其社會歷史原因，不足爲怪，但竊以爲這只可和知者言，不宜向外宣傳，不知您的看法爲何？也許早有人看到了，只是還少有人説罷了。

我很喜歡讀您的詩詞，既清新典雅，合乎現代人的口味，又不失傳統詩詞的藝術境界，這當然因爲您是受過名師指點，但也有自己的見解，没有陳舊感覺，但非一般人所能學到，所以説詩外功夫是很重要的。以上鄙見，願乞指教。

此祝

教安

宋亦英

七月十六日（一九九五年）

# 與馬萬祺書

馬老先生詞宗吟席：

久仰詞名，尚無機會拜晤請益。日前赴大華行造訪漢疇先生，承紹介各況，甚欣喜。又承轉達　先生對詩會贊助及支持，非常感謝。　先生詩詞，早在八十年代初，即已名滿京都。當時，晚主理「中華詩詞」第二輯，亦曾刊載大作（「大義千鈞重」）。九十年代來澳執教，經常想起，撰寫推介文章。拙文「詩城與詩國」，曾將　大作内容，劃分爲三個方面，以爲有關學者，主要是謝常青教授已就　大作所體現之史詩價值，作了詳盡解説，「這對於瞭解馬氏之作爲一位愛國者的心路歷程，當頗有助益」，因此，想著重就　先生作爲詩人、詞人之成績作些探討。

此文已收劉登翰主編《澳門文學概觀》。有删節。全文輯入拙著《今詞達變》，書出時，即奉　斧正。拙作將　先生創作，劃歸白話詩詞系列。此爲中國詩歌發展方向，亦前景之所體現。意義重大。唐宋時代，詩與詞之發展成爲一代之勝，均以白話開始。今日以及下一世紀，所謂時代新聲，亦當以白話而盛行。六十年前，胡適撰寫白話文學史，已想表達此意。六十年來，毛澤東不喜歡新體白話詩，而偏愛古典，其所創作，亦都屬於白話詩詞。爲了讓白話詩進一步得以推廣並確定其詩史地位，晚正命研究生周美玉小姐以　先生作品爲題，撰寫碩士論文。如有所得，即呈　斧正。

耑此。頌祝

聖誕快樂

萬事如意

晚議對上

十二月二十一日（一九九六年）

# 與舒蕪書

舒蕪先生著席：

久無奉書請安，甚以爲念。記得在京時，第一次趨府奉訪，乃由援朝兄引薦。拙文《建國以來詞學研究述評》，雜誌社退改。晚正猶豫，未敢貿然發表意見。多承　鼓勵，以爲：做得到，無須顧慮。乃放筆直書，一任自家説去。結果效果甚好。此番結集，特將諸家評議附録於後。謹奉上一册，敬乞　斧正，並表謝意。另有一文，即收入拙著二卷，「打水與打油」一則，説及「牛山體」，見　尊著所引周氏五十自壽詩。書出時，將在附注中説明。周氏所謂「牛山體」，不知出自何處，便中望予　指教。拙文所寫照樣無所顧忌。未減當年。相信與　先生鼓勵有關。因不知確切地址，特拜托援朝兄轉呈。有機會南遊，亟盼拜晤請益。

耑此。敬頌

著祺

晚議對上

六月九日（一九九九年）

# 與喻蘅書

喻老先生吟席：

久無奉書請安，甚以爲念。此間刊行「中華詩詞學刊」，第三期正在製作中，擬以　尊作論詩六絶句（一九八六）爲卷首語。第五首：「漫畫飛黄又雜文，打油詩好竟無聲。莫嫌豆腐乾兒小，白眼雞蟲看世情。」文—聲—情，有點距離，不知有無辦法協調。

此間所刊「映日荷花」，内有　尊作聯語，忙亂中尚未寄奉。另日補寄。

《當代詞綜》還在閩省擱置，繁體字版題爲「今詞綜」。年内在此印行，到時寄奉。望常賜佳作。小詞數片乞斧正。

耑此。即頌

春祺

晚議對上

三月廿四日（二〇〇二年）

## 與張壽平書

張老先生詞宗著席：

承朱兄所轉　尊著《詞人龍榆生先生年譜初稿》並《夢釵集》《沉魚落雁集》，均已拜悉。至感　厚意。晚於八十年代初，因編纂《當代詞綜》，曾與龍廈材、喻蘅諸先生聯絡，並曾拜訪龍順宜女史，與龍先生晚年門生徐培均氏亦常聯絡。希望撰寫專文推介龍氏及其門生詞學業績。幸蒙　教益，甚欣喜。

謹奉上拙作複印件數片。敬請　斧正。

耑此。敬頌

著祺

晚議對奉

三月十五日

# 與楊鐵嬰書

鐵嬰先生：

接奉　惠函已多時，未能及時奉答，時在念中。

蟄存翁《萃編》(《詞籍序跋萃編》)已出，甚不易。承爲留下一册，至感厚意。此書頗切實用。但目前尚不急需，請代收存。原計劃寫作《中國詞學史》，未敢輕易下筆。近來想法，擬從當代做上去，先寫《中國當代詞學史》。現正寫作一長文《中國當代詞學之回顧及前瞻》，可先打好個基礎。

在此任教，已漸能安排寫作。同時，也指導學生寫作。澳門與香港稍有不同，蟄居小島，既可午休，又能於飯後作百步走，不像香港那麽繁忙。

拙作句中「不」字，非誤植，乃當時尚未悟及也。「不」與「可」之辨，十分精確，並能説出一番恰切之道理來，十分佩服。此段對我教學及寫作都極有用處。目前説詩詞，已極少有人可做到這一步。年前承寄贈袁行霈《中國詩歌藝術研究》，其中「杜甫的人格與風格」一文，洋洋萬餘言，只開篇一、二行扣住論題，其餘都跑到人格與風格外面去了，尚未知「人格」與「風格」

究竟爲何物。去年寫作一本小册子《唐詩》，前言部分説了一些看法，頗與此公有異。此書剛出，另日寄上，請　斧正。

再復兄在外，情況尚好。遷房風波已平息矣。有機會望爭取來港澳一遊。

耑此。即頌

著安

晚議對

六月十三日（一九九五年）

# 與葉嘉瑩書

## 一

葉教授著席：

接奉一月廿八日　惠函並李祁詞評，甚欣喜。「詞綜」失稿近九分之一，現已基本補齊，但出版社並不怎麽著急，是否能順利印行，恐還有些波折。

緬因詞會之後，甚少聯絡，很高興能在臺北聚會。請柬已收，正辦入臺證。多承關照，至感厚意。

來此二年，工餘時間還不能全部用在詞學上面，只是繼續給《大公報》寫些小文。內地學者想「下海」，而晚則想登岸。文化人無論在哪裏，都甚艱難。先生弘揚詞學，四海五湖，兩岸三地，通行無阻，實在不易。其中苦與甘恐不是一般人所能體會。希望多予指導與栽培。

耑此。敬頌

撰安

晚議對

三月十日（一九九三年）

二

葉教授著席：

七月詞會，承　允擔任主題演講嘉賓，甚欣喜。澳門雖爲賭城，但文化環境並不差，民風敦厚。澳門大學中文學院頗想於推揚傳統學術文化方面做些工作。相信與　先生主持古典文化研究意旨相合。非常希望前來講學，短期或長期，都極爲歡迎。附上劉再復先生文章複印件一份，供參考。

耑此。敬頌

著祺

晚議對

二〇〇〇年三月八日

# 與馬興榮書

惠國兄並呈馬老先生

馬先生詞宗鈞鑒：

接奉　尊著《馬興榮詞學論稿》及《晚清六大家詞選》《回族名家詞選》，至感　厚意。「論稿」在詞學論述、詞籍考訂、詞學鑒賞以及近現代詞人年譜諸多方面之所創建，承前啓後，堅實穩固，不僅有功詞苑，亦爲後昆樹立典型。尤其是讀詞札記，遍及某些容易被忽視的角落，言人之未曾言，更加匠心獨到，能爲啓發思智。兩部詞選，爲詞界提供文本，亦見功力。回族名家，文本的提供，展現視野，有助於領域的開闢，其意義與瞿翁的域外名家詞選相當。必將引起注視。

六家詞選，文本的提供，體現見解，有助於觀念的調整，爲晚清詞學作歷史的論定。二十世紀三十年代初，龍榆生以四大詞人論晚清，未及朱祖謀（朱當時仍健在）。八十年代，唐圭璋倡五大詞人之說，補了這一缺陷，而仍未見完善。因爲只是一個方面的體現，主要在於繼往，至於開來，則有待於王國維。六家之選，有舊有新，既是一代詞史的終結，又是另一代詞史的開始，意義極爲重大。尊著「論稿」及兩部詞選，捧讀再四，獲益良多。值此新年到來之際，匆匆爲報心得，並致以新年的祝福。

恭頌

詞筆春風

身心兩健

晚學議對拜啓

二〇一三年十二月二十六日

# 與邱世友書

## 一

邱先生詞長著席：

年前接奉　惠函，案頭一停留，想不到已有這麼多時日，而心裏卻時時記掛著。武夷詞會，匆匆相別。　師母玉體欠安，諸事煩擾，並承　爲論説通變與實證，至感　厚意。不知近況如何，十分掛念。

通變與實證，　先生所論極是。吴、夏二氏，爲立典型。晚所學相距仍甚遥遠。作爲一個目標，鼓舞、鞭策，動力無窮。對於蘇門與柳，先生所論，亦甚爲精闢。當細加領悟。拜讀　尊作柳永聲律美，感觸良多。所謂聲學者也，二十世紀經過後五十年周折，差不多已成絶學。六十年代初在杭州大學，瞿禪師高足任銘善先生曾提醒過，要將瞿翁拿手好戲學到手。但至今仍在外圍打轉。拜讀　尊作，慶幸絶學之未絶也。就今詞學或二十世紀詞學而言，夏、唐、龍、詹諸大師宗匠，至晚等後輩，　先生處於過度階段，地位特殊，倚聲之學，若　先生不傳，也就不傳。責任重大。願追隨其後，進一步發揚光大。

尊作中多承抬舉，當加倍努力。

代向　師母請安。

耑此。即頌

撰安

晚議對

六月十一日（二〇〇二年）

## 附録：邱世友致施議對函

議對詞家道席左右：

武夷相晤，又賡澳門之娱。玉女倒影，雲窩境清；與夫普濟媽祖諸寺，消人煩鬱，一時飄飄若仙。分攜即往福州，遊鼓山、烏石、西禪諸勝，觀唐宋名家石刻暨近代楹聯。蔡襄、嚴復隔代如在。榕城歷史文物之盛，爲之流連低徊感嘆！

大作《宋詞正體》，未遑細讀，然於拙文《柳永詞的聲律美》已具引矣。顧吾兄從學於夏、吴二大家，得通變之思於吴（世昌），得實證之學於夏（承燾），斯二者詞學專家，各以其治學特點授兄，而兄則融二家之長，成獨有之治詞風格。《宋詞正體》其表見也。如論東坡、少游，大有異焉。東坡於柳（永）多微詞，而猶學柳之長調，掩而不宣耳。少游則學柳之詞心焉，變柳之體而得其正。其語塵下者變而爲婉麗矣。是知蘇門詞學，各有其風格，各有其韻味，皆有諸柳三變耳。吾兄問學得吴通變之理者，重在西學；得夏實證之義者，重在中學。竊以「中學爲體，西學爲用」之旨共勉哉！夫通而不滯，證而有據，詞學之發展，在乎左右者也。聖誕節將臨，尚祈繼澳門、武夷之歡，永持其心境而已矣。

邱世友謹泐

二〇〇一年十二月二十三日

## 二

邱先生吟席：

八月七日、九月八日　惠函均已拜悉。兩件事情，一件記住，一件差點忘記，實在對不起。小兒天藝有一位忘年交杭州老醫師，文懷沙夫人經診治已康復。可能有點神效。月前在西湖曾見一面。小兒天藝先與打個招呼，請直接問診。另一事，令孫報考問題，有一意見，供參考。澳門大學招考碩士研究生材料可由網絡獲取。如報考録取，是一件好事。這是一種辦法，而另一種辦法，如在美國獲得學位後，到澳門大學應聘入職，亦甚爲理想。博士入職年薪四十幾萬。但報考碩士課程二〇〇二年已結束，須待明年，請轉告。

奉上拙文《詞學追蹤》（後改題《二十世紀詞學傳人》），此爲上篇，尚有中下兩篇。詞學傳人，四代羅列，請幫助調整。第一代，一個籃球隊；第二代，一個足球隊。三、四兩代，各兩個足球隊。分AB組。排頭爲隊長。四代中，個別須退出，楊敏如、鄧魁英、張珍懷須入隊。尚未定稿。但其中體現出一種觀念，或見解。望　指正。

匆此。即頌

吟安

晚議對

九月十八日（二〇〇二年）

## 附録一：邱世友致施議對函

議對博士詞家賢棣道席：

九月十八日覆函奉悉。二十世紀詞人分代排名次，各代擬出領頭人物，斯舉甚宏。竊往昔殊未留意。即詹先生詞亦只知一、二，未得全面者。詎及其他。昔者馬興榮教授命撰有關無庵詞論文，竊無可言説，非不敢言也。我系現代文學組嘗編寫文學史，命爲當代詞學史撰論，亦蒙混了之，弗敢爲之塞責。賢棣約選詞作以刊，不敢冒然選寄。厥後各方徵稿，勉强選焉。真正倚聲填詞唯在暮年，而風懷漸消，韻律未細，唯傷感詠嘆，情切乎境耳。劉慶雲曰詞似夢窗，蔡厚示嘆爲何感傷若是，錢鴻瑛女史則謂邱某論文無邏輯，書信寫情真切流麗，而詞最爲感人，命促速印行。李廣超主編《廿世紀中華詞苑大觀》所選則令我檢核耳。諸賢所言如此，正知其於詞學無留意也。賢棣《詞學追蹤》（後改題《二十世紀詞學傳人》），諒已成竹在胸，毋庸蒙嘖嘖也。然亦慮乎所據原則耳。其所據者，是本色當行，考據韻律乎？若是，不侫當昂首趨從，而文化美學則其次焉。其次焉者，未融入本色當行，自是所謂「不是詞學的詞學」。不少著述，其論也高標，而其於本色也闕焉。論詞史固失諸玄，評詞作又失諸奥，「追蹤」所謂玄（學）包裝，豪華氣派者矣。蕙風所謂門面語耳，麒麟楦耳。蕙風評當時之寄托如斯，移之評文化美學之與詞學，不亦宜乎？誠然，文化美學與詞之本色當行，應當相與融鑄。融鑄愈渾，則其論愈真切。静安所謂真切自然之境，非徒詞作如是，詞論也當如是。渾化一語，詞作詞論，其成敗得失諒無所逃焉。《人間詞話》可爲借鑑。是知其難也。海外詞人詞學者，很多爲直致所得，與本色當行所涉者多，然似未見其深層高致也。不佞前讀劉若愚之《The Theories of Chinese Literature》。讀到《文心神思》，劉先生譯爲 Intuitive Thinking，賞(嘗)爲得其全譯。厥後知其所譯不足也，而缺傳統焉，缺味外之旨焉，殊無神韻之致。斯例與詞似無涉，詎無百慮而一致乎？蕙風之論詞韻云：言有盡而意無窮也。本山谷之説，雖出於司空表聖，若追源，亦在彥和之論隱秀已。隱秀之説出乎神思，祖禰《周易》。劉永濟先生《文心校釋》多有新意，於其深知詞的本色未嘗無關也。夫原則者，不可多説，多説糊塗而難明。《大戴禮》曰：「通道必簡。」「追蹤」所列五代人物表：一、二、三代易明，四、五代難定。邱某不可列於第四代之次，尤以爲領頭人物。列則大笑方家矣。表内蔣鴻瑛是錢之誤否？兹寄去拙作《詞論史論稿》兩册與您及鄧國光博士並附有信函。該書校對認真，然仍多錯漏。朱彊邨評莊、譚所引詞，莊誤爲在，輔音近而致誤，是爲例耳。校勘有如西風掃落葉，奈何其不淨歟！請爲是正之。

手札云，澳大〇二年研究生招生完畢，唯待翌年。兹有一慮，即二〇〇二—二〇〇三學年招研究生内地報名時(間)爲十一月十日—十五日，地點在廣州華南理工大學。二〇〇三年是否還系此時此地。尤請鼎力幫助，通乎人事關節。聞研究(生)考日語，免考筆試，如考試佳好，以便録取。

再頌

秋祺

邱世友頓首

二〇〇二年十月十日

貴公子忘年交老中醫，杭州遥遠，可否告以聯繫方法、方式，電話亦請再見告。

## 附録二：邱世友《點絳唇》（題施議對教授博士論文集評）

吴夏高門，雪中佇立詞韻遠。樂詞一綫。羡汝新研譔。　港澳京華，一樣春風面。重相見。亂書親選。柔厚春星爛。

注：今年一月與施君重叙於澳門大學。入其室，則四顧蕭然，惟圖書雜陳。學者風尚歟！施君早歲從學於夏老承燾，繼而吴世昌教授。其博士論文詞與音樂，創爲新論。評説者衆，余亦忝在其間。施君蒐而集之，屬余題詠。乃以此解寄焉。顧彼爲編輯日，嘗輯刊拙作譚獻之柔厚説。今詞及之，蓋用其語詞之義云爾。祈爲雅正之。

# 與劉征書

## 一

劉先生著席：

接奉十一月廿日　惠函並玉照一幀，甚欣喜。「博士之家」已印出，留待以後增補。編印過程甚匆促，版式等等並有不甚合意之處。謹先奉上一册，請幫忙增訂。此間出版較方便，也許很快可以再版。

大作甚佳，尤其《慶宮春》，頗有「山鬼」風韻。在此講《山鬼》，已是第四遍。曾以赤豹、文貍爲書齋名稱。有幸於海角天涯得見山鬼，遇詩神，欽佩之至。

八月底返京，因過於匆忙，未及趨府奉訪，時在念中。明年當有機會晉京，希望一起前去探望臧老。此次在紅霞公寓相聚，老人精神甚佳，似不減當日。所賜墨寶，也十分富於生氣，非常高興。

又，《詞綜》已四校，錯字甚多，校核甚艱難，力爭早出版。有機會時，盼南來一聚。

耑此。即頌

吟安

晚議對上

十一月廿六日（一九九六年）

## 二

劉先生著席：

久無奉書請安，時時念著。一年時間，吃了不少苦，但也得到了鍛煉，取得了經驗，對於　尊作《一籮螃蟹》很有些感想。在京拜讀，曾將報紙剪下，以爲必須衝出籮筐，到大海中去。來港後卻想，在籮筐裏習慣了，倒也相安無事，而今手脚乏力，夾也夾不過，游也游不過，不如在筐裏合適。因此覺得　尊作似乎還得做些修訂。可以想像，初出籮筐，「初到貴境」的螃蟹，日子並不大好過，因爲原在大海的螃蟹，實在太强壯了。很有意思，這一年的思想總離不開「一籮螃蟹」。

本月初剛「轉工」，運氣總算不錯。手頭正編輯《華文散文辭典》，海南喻大翔主編。　尊作僅收録「故安言之」一則，可增補至八篇或十篇。不要有關政治的，請義務幫襯，因稿酬已付給主編了，很不好意思。又，臧老只二、三條，也應增補，將另奉函説明。

經過一年鍛煉，目前境遇及感覺已轉好。有何新著，望寄賜拜讀。

耑此。即頌

撰安

晚議對

一九九二年□月□日

# 與侯敏澤書

敏澤先生著席：

接奉　惠函，知各況，甚欣喜。山西叢書也已拜悉，十分感謝。準備撰寫一篇長文推介。題爲：《一代風範，無窮寶藏——敏澤主編學海鈎沉推介》。近日正細閱各書，頗多感受。擬在澳門、香港兩地刊出，而後争取在内地刊出。或者另撰一文寄内地。這一工作，功德無量。副主編高增德神交多年，在這方面也有豐富積累。拙文也將附帶説説二位勞績。

去年黑龍江聚會，暢叙甚歡。相片遲遲未寄，時時記起。八十年代初，文評共事，頗多獲益。先生嚴謹治學，嚴格要求，有人至今仍耿耿於懷。必要時拙文將附帶説兩句。學風，文風，應當端正。而叢書主編及推廣，當爲一重要途徑。一定好好閱讀，好好思考，認真寫成此文。

問王芳好。

耑此。即頌

著祺

晚議對上

五月十七日（一九九八年）

## 附録：侯敏澤致施議對函

議對先生：

黑龍江會上一晤，至今已半年有餘，近況怎樣，念念！茲有一事相托。我主編了一套學術回憶録性質的著作叢書：「學海鈎沉」，第一輯六種已出版，計有梁漱溟、張岱年、鍾敬文等的學術性回憶，印刷也比較考究精美，北京學術界看到這套書的學人，都對這套書的編纂及印刷甚爲稱贊，我已告訴出版社（山西人民出版社），讓他們盡快將書寄一套給你，請你收到後，設法盡快在香港、澳門報刊上發點消息和評論文章。因上次黑龍江見面時，你談到你在港澳幾個報刊編著副刊，此事對你來説甚易，望鼎力支持。發了消息和文章的報刊，請剪一份寄我保存。香港我朋友較多，澳門除你外，則無別人，別的人（包括忼烈先生）我都不求了，全部托給你了，望一定盡力幫助作出宣傳，不勝感謝之至！

第二輯六七種（有季羡林、饒宗頤、程千帆等等的）下半年發稿，明年年初左右可印出，屆時當全部郵寄給你，請勿念！

如有機會來京，請一定到家中來作客。有事則請打電話給我。

順告：我的理論批評史增訂本已被韓國分爲八卷譯成韓文在韓國出版；中國美術思想史正在被譯成日文，分十二卷，將在日本出版。

問全家安好。即頌

教祺

敏澤

三月三十一日（一九九八年）

# 與周南書

周社長詩家著席：

久仰詩名，遲遲未敢奉書討教。與此間詩友常説起。施學概先生奉和尊作討論多次，謹將此「讀後感」奉上，敬乞　斧正。

尊作「又值秋」似較「又經秋」爲佳。於意講，「值」表示恰巧、正好，略帶感情色彩，「經」較普通，不易引起衝動，産生驚喜；於律講，入可作平，「值」字並無妨礙。「兩宿留」實在一點。如一般寫景言情，用以收尾，似不易造成跌宕揚起之勢，但作爲話家常，點到爲止，卻有言近旨遠效果。

頷聯有一定時空感。將軍大樹、惠遠長渠——既將古今空間拉近（歷歷如在目前），又將時間推遠，其所容納即無可限量。頸聯對比效果好，但太切近，不及頷聯所寫那麼威風凜凜，可敬可親。

另外，《香江好》之「夜夜鬥燈花」，以景結效果甚佳。其所説當然亦可包括「馬照跑，舞照跳」諸事，見仁見智，頗多想象餘地。

其餘已在「讀後感」説明，敬請　指正。又，拙作複印件一片，謹呈　斧正。

耑此。敬頌

吟安

晚施議對上

二月三日於香港

# 與龍廈材書

廈材詞兄：

接奉　惠函並　令尊大人著作二種，至感。近段曾出遊並忙著《詞綜》校核，未及奉答，念著。

《詞綜》由海峽印行樣書若干，四册、精裝，一百六十元。未正式推出市面。趕著校核，而後推出。令尊大人部分請幫助審訂並盡速擲下。令尊大人作品亟盼早結集，此間繁體、竪排，國際書號，正式讀物。版權屬澳門中華詩詞學會，如澳門以外，大陸出版，版權可讓出，不須費用。這就是説：在澳門出版之前或之後，不影響該著作的出版。此間印行五百册，二百册歸作者家屬，二百册分送各地朋友，其餘由澳門有關部門存檔。無力支付稿酬，也不必承擔出版經費。大約一萬至一萬五、六，經費由澳門中華詩詞學會承擔。目的在於出版、保存及推廣。

《詞綜》十大詞人都不在世，吾輩有責任推而廣之。這也是　令尊大人生前未竟之業，我所作都以令尊大人爲楷模。概括地説，一、編纂詞總集，二、辨刊物，三、整理出版前輩著作，四、詞論及創作。幾代人做不完的事，願共同努力。
《詞綜》等待校核，已有較大數量預訂。出版社很有信心。推出後，十大詞人將更加引人注目。

請多聯絡。耑此。即頌

撰按

議對

十一月十一日（二〇〇一年）

# 與徐培均書

## 一

培均詞兄：

接奉　惠函，甚欣喜。

有關評文事，可暫緩謀之。主要考慮原有數篇尊文，已經甚佳妙，内容亦充實，只要稍加調整，即可作一篇評文發表，待得暇時安置。

詞會論文，尚未匯齊。尊文磁碟，此間打好，寄奉校核。照片中另一學者，香港中文大學中文系原主任常宗豪教授。有機會望再度來澳一聚。尊著重印，可見市場效應，十分不易。可喜可賀。

耑此。即頌

著祺

議對上

七月二十六日（二〇〇〇年）

## 二

培均詞兄：

接奉六月七日、七月七日　惠函，甚欣喜。

澳門詞會，不知不覺，又過了一年半時間。論文集交由岳麓書社出版，年底應能見書。會議期間，多承　鼎力相助，共同營造學術氣氛。　大作《江城子》首唱，爲帶出一組研討歌詞，更加值得珍重。首届、二届，適當時候，應有個第三届。希望再度於濠上相聚。

有關學風問題，頗有同感。詞學三事，論述、考訂、創作，目前看來，皆令人憂心。除了個人因素，與師承以及整個社會風氣，均有所牽連。創作且勿論。論述及考訂，問題甚多。尤其是當下一批學者，包括甚麼帶頭人。由於不讀作品，缺乏最起碼的文本基礎，論述靠詞話，考訂即無能爲力。但六百餘條，包括注釋和品評，也太離譜。

不過，考慮到對事不對人。彼君子者，既已承認抄襲，並且再三表示道歉，那就放他一馬，不再追究。大著刊行在先，已是客觀存在。讀者自能判斷。而且，隨著社會進步，相關學術規範，相信也將得到普遍認同。過一段時間，看看情況，再做跟進。目前宜暫時擱置。

以上意見，謹供參考。

敬悉　尊著《歲寒居論叢》及《吟草》，將於年內刊行，十分期待。《詞學》本輯，刊登拙文日記，得到吾　兄稱許，拙詞生日自述以及冰城紀遊，並獲　賜和，至感　厚意。饒公宗頤教授有云，當今能唱金縷者，已不多見。願共勉之。

耑此奉達。並頌

吟安

施議對

二〇一一年七月二十日

又，出版社約請編輯宋詞故事。秦觀、李清照兩家。敬請賜稿。各選十五至二十篇。篇目自行擬定。編寫體例，請看附件。交稿日期，往後推至九月底。

## 附録：徐培均詞二首

### 貂裘换酒

今讀《詞學》二十五輯，施議對兄有一文二詞，深感親切。文以日記形式，讀之如見其人，如聞其聲，如臨其境，仿佛又聽了夏老一堂詞學課。詞寫冰城之遊，令我想起三度遊學澳門，頓生無限感慨，謹步韻如左。

翹首望天宇。想濠江、平生契闊，慕雲春樹。氹仔何賢堂奥迥，濟濟馬融絳幕。詞曲苑，細窺門户。豹隱山中風景麗，爲豪雄、婉美開新路。長繫念，浦江渚。

燕京月色還如故。嘆文壇、風行民粹，力排雅部。偏愛仙居趙堂子，詩海芳鄰指詩人臧克家喚渡。高會悄，梁園泣兔。澳上蓮紅沙灘黑，洋觀音、不惜金銀鑄。承與創，孰爲主。

**賀新郎**

濠上詞隱施議對教授「生日自述」刊於《詞學》第二十四輯，寄慨遥深，啓人遐想，余居滬瀆，亦有所感，謹步原玉，聊申丹悰。

性癖耽佳句。最鍾情、白雲起後，春潮生處。萬丈高樓臨斷岸，遮斷南來群鷺。悵寥廓，天低吴楚。忽報浦東霓彩現，喜人寰、争看東方曙。舉大白，迎雄旅。

申城新貌前無古。悵猶存、數間瓦舍，一庭苦雨。瑟瑟西風催短景，生怕嚴寒時序。似者般，凴誰賜與。鳴鳳應知如許事，倡和鳴、欣值春江午。蠅要拍，更驅虎。

**附注：**

1. 「忽報」四句，謂上海世博會。
2. 似者般，指上海尚有少數棚户區亟待改造。
3. 老同志武振平雜文集《蒼蠅與老虎》稱「蒼蠅要拍，老虎也要打」，斥陳良宇之流也。

# 與吴樹文書

## 一

吴先生著席：

接奉　惠函，甚欣喜。日文漢字，都看得懂。前函所述，有關眉孫公事，主要爲著了解眉孫公手稿整理出版情況。二十世紀三、四十年代，眉孫公於滬上詞界，聯繫相當廣泛，是《當代詞綜》的重要作者之一。本人研究二十世紀詞學，準備將晚清民國以來的相關史料，作個整理；名下所指導碩、博研究生多名，亦準備以之爲題，撰寫學位論文。先生裒集、整理眉孫公遺稿，過程中如須協助，亦頗願效力。

二十七日復旦研討會，時間較爲倉促，未及趨府奉訪。明年應有機會。敬請賜示電話，以便聯絡。本人電話見附件。

肅此。恭頌

冬祺

施議對謹拜

二〇一一年十二月二十一日

## 二

吳先生：

前寄二十世紀詞學傳承圖，乃拙文《百年詞學通論》所附録。文刊《文學評論》二〇〇九年第二期。上海《詞學》二十六輯所刊拙文《歷史的論定：二十世紀詞學傳人》，較爲仔細説明五代劃分的依據。由於資料掌握不够全面，對於第一代及第二代的論斷，都較爲粗疏。前寄修訂版，擬撰專文，另加説明。

圖中二名日本學者，神田喜一郎《日本填詞史話》，曾寄贈瞿禪先生，村上哲見亦曾多次出席大陸與臺灣所舉辦詞學研討會，多次見面。還有幾位美籍華人學者。試圖將大陸以外的詞學，包括在内。

至於張孟劬先生，當時考慮其出生年份一八七四年，應列歸第一代，又不便與五大家並列，故未於圖中出現。如靈活掌握，將一八七四往一八七五靠，將其劃歸第二代，似亦可行。日後撰文，再作修正。

眉孫公《寒竽詞》及相關詞學論述，可供後來者探研，整理出版之相關事宜，如有需要，頗願協助。樂章管窺及遺山詞箋，待仔細拜閲，看看能否先行整理發表。

錢鍾書先生作品，便中乞　寄賜。

明日回香港準備過節，不看電腦，三十日返校，再與聯絡。

拙文二篇，謹呈　斧正。

恭頌

新春安吉

施議對謹拜

二〇一二年一月十九日

# 與吴令華書

## 一

令華詞兄：

接奉十一月十七日　惠函及照片，甚欣喜。海寧聚會，得以暢叙，並有機會與研究會（海寧吴世昌研究會）諸同仁接觸，甚難得。子臧先生全集，我意以爲前一種方案較佳，依内容歸類，更加可突出學術成就，而且，各類仍可以按時間順序排列，也很有條理。

奉上百科全書（《中國百科全書》）所刊子臧先生和我合作之「宋代詞」及「辛棄疾」，敬請採入全集。

照片六張，二張轉令詩。鮑彤一份，將另寄。請告知鮑夫人姓名，以便郵寄。

耑此。即頌

文安

議對上

一九九九年十二月八日

## 二

令華兄：

久疏問候，接奉九月十六日　惠函，甚欣喜。近年來，正著力於業師學説之建構。一九九八年海寧會議所提交論文發表於《文學遺産》今年第一期，題爲：「吴世昌與詞體結構論」。八月十五日南京宋代文學研討會，提出三座里程碑：李清照、王國維、吴世昌。有一定驚動，但無回應。九月二日，晉京演説，講了一個多小時，録音整理，再行發表。相信能得到認同。

業師全集，多賴　吾兄心力，甚不易。出版時再加推廣。

幾次晉京，都較匆忙，未及聯繫。文鵬、揚忠在南京相聚。乃斌多年未見。海寧方面，不知有無繼續？

此間詩詞學刊，每年一期。第一期另補奉。

兩個小孩，女孩在香港教育署，男孩在法學所（博士生），太太幾處奔波，幫助安頓生活，情況尚好。

代向田耕先生致候，並問候鮑彤先生。

文安

耑此。即頌

議對

九月二十五日(二〇〇二年)

三

令華詞兄：

接奉　惠函，知子臧師全集出版，十分高興。忙著《當代詞綜》校核工作，未及奉答，念著 其昌先生作品請幫助校核，並請盡速擲下。

臺灣某氏未聽聞，可先行整理，全集出版後必將引起出版社注視。全集定購因在境外，郵寄費用大，是否先考慮内地朋友。我可往珠海購買。

《當代詞綜》由海峽文藝出版社出版，樣書若干，未推出市面，待校核清楚後另印行。四册、精裝，一百六十元，還算不差。此書擔擱十五年，此次也趕上需要(書展)匆匆付印。

子臧師全集推出，三座里程碑，將可能獲得廣泛認知。録音待整理，到時奉上　斧正。

耑此。即頌
撰祺
議對
十一月十一日(二〇〇三年)

# 與羅宗强書

## 一

羅先生：

接奉 惠函並回執，十分感謝。 尊論當代價值問題，與研討會主旨，正相切合。副標題揭示主旨，説明我國古代文學思想，可爲提供資源，推動現代化進程。而正題，則爲副題大意之現代表述。謂所提供，可爲解決工具角色與回歸自我之間的矛盾與衝突問題。應當十分嚴謹。另一主題演講，安平秋教授，題爲：「中國文學典籍規劃整理的現代意義與普世價值」，與 尊論，思路相當。有此兩篇，應能站穩陣腳。

研討會這一論題，不太容易把握。原來似乎現當代及理論領域，較有優勢，但從提供資源角度講，古典反倒更具實力。 尊論副題很好，當代價值，這是一種自我實現。正題所標榜，是否可作調整？看看目前，主要矛盾是甚麽？就世界範圍看，有一種説法，以爲全球化與個人的位置問題，或者全球化與民族化問題。可將思路放開，再加斟酌。暫不調整，也沒問題。只是看所提供資源，如情思系列之幾個方面，鄉國、親情，社會、人生，兩兩相對，十分概括。在這方面多做些充實，令更加完備。一條一條，加以羅列，即更具説服力量。開幕式主題演講，有此大綱已很好。文章撰寫，可稍放緩。九寨歸來，有小詞一首，敬呈　斧正。

再次表示感謝，並頌

著祺

晚學議對敬上

九月一日（二〇〇六年）

## 二

羅先生：

接奉　惠函，非常高興能够領受先生有關全球化的一番議論，尤其是真命題與僞命題的提法，切中時弊，深有啓發。

研討會確實不宜偏向全球化問題，就文學自身，發掘、探研，纔有補於世。説古代思想的當代認同，已經足够。晚學對於　尊論工具角色與回歸自我問題，從内心講，確實非常贊成。以爲與研討會主旨正相切合。兩次奉函，都想表達這一意思。至全球化問題，僅是一種隨感式的意見，不能算數。許多問題，確實非書生輩所能解決。惠函所説，非常在理。對於近百年來的各種化，看得很透。指出，由學者來做，可能都是廢話，利益關係，你死我活，真乃入木三分。泛文學傳統，提得很好，具建設性。不講門面話，不搞假大空，不隨大流，令人欽佩。一定細加體悟。網絡交流，迅速便捷。晚學欠缺思慮的意見，换得先生實在而又高明的議論。這一話語轉换，令獲益匪淺。希望多來電郵，技術上不再出現差錯。

恭祝

秋祺

晚學議對敬上

九月三日(二〇〇六年)

## 附録：羅宗强致施議對函

施先生：

在網上寫了覆信，不知甚麽原因發不出去，白寫了一小時。現簡略寫在附件發出。兩次來示均收到，謝謝。

有關問題弟再三考慮，還是不大談全球化問題爲好。拙文題前將有幾句話涉及全球化與民族文化。但全文仍談中國古帶文學思想的當代認同。蓋此一問題較爲實在。

對於全球化，幾年來弟已有所思考。以爲交通與訊息之交往，已全無障礙可言。文化之往來，也已甚難阻擋，相互吸收，百年前已不可避免，何況於今！然是否可能存在一種全球文化，則是另一回事，完全的另一回事。且看今日之世界，宗教、政治、文化等等，誰來統一天下，誰來「全」球化？誰來「化」全球？化到甚麼地方？如何化法？此一種之社會進程，非學者所能解決。若由學者來做，可能都是廢話。一切都是利益關係，你死我活。文化的全球化，最容易的是商業活動，那於文化本身之發展不會有實質性的進益。就文化而言，全球化是一個真命題，還是一個僞命題，實在是大可討論之事。如果説門面話，無非是在全球化環境下，如何既互相吸收，又保持民族文化的優秀傳統；或者説，東方文化如何如何，我國文化如何如何，等等。但這些説了又有何用？蓋講文學在全球化環境下如何如何，勢必涉及全球化環境下政治如何如何，宗教如何如何。經濟全球化較好談，但上述二問題如何談，弟實在莫知所以。而不談此，則文學全球化只是空零零一個透明的塔。我想，針對中國當前的問題，還是談一些較爲實在的問題好。多年來談建設中國特色的文學理論，誰「建設」了？「話語轉換」，誰轉換了？之所以如此，就因爲清談故。弟之所以提出一些問題（如在網絡時代能否保存泛文學傳統？如保存，則有關文學之一系列問題將重新界定；又如，文學的社會角色如何定位？如承認不同群落對文學之價值有不同之認知，則文學價值之一系列問題將重新考慮；又如，要不要保存源於民族語言與思維習慣之文學批評方法，要不要繼承，如要，則又有一系列之範疇、術語需要界定，等等），提出這類問題，只是前哨戰。如果此一思路可以，則後面一步就可以更具體了。弟無非是想做一點實事，想在當代文學理論建設上提一點看法。當然，也可能因爲弟之思想保守，跟不上時代。

不知先生以爲如何？如先生認爲弟之看法不符貴會之要求，則萬勿客氣。

匆匆，頌

教安！

弟宗强上

九月三日（二〇〇六年）

三

羅先生：

就文學思想不斷加以探尋，覺得先生的論題，很有創造、發明的空間。往後看，一向所説文以載道，或者文學與政治，都是這麽一種衝突，工具角色與自我身份的衝突； 往前看，全球化成爲現代化的一種必然趨勢，擔心找不到自己的位置，也還是角色與身份的衝突。 尤其是往前，世界的不斷被物化，被武化，人之作爲地球的一員，其自我身份、自我存在的價值，已逐漸消失，而文學又將如何？當然，也不能將問題扯得太遠。 盡忠職守，以提供資源爲上。 但是，若以文學工具角色爲題，撰寫成一部專著，應大有可爲。

前函所説調整，非字面上的調整，工具角色與回歸自我，已甚嚴謹，主要是思路，希望適當考慮一下全球化的問題。

春泓兄將赴嶺南任教。 昨日飛北京。 在澳門兩年，經常散步，一起思考過許多問題。 對於 尊論，頗感興趣，覺得很有意義。 有關思考，望批評指正。

耑此。 即頌

道安

晚學議對敬上

九月三日（二〇〇六年）

# 與高增德書

增德先生著席：

接奉　惠函已多時，拙著二卷承仔細披閱並賜評，十分感謝。目前學界，讀書風氣似乎不太濃厚。因此，文章或者書，一經出手，也就隨他去了。未敢奢想有評。見　惠函，甚欣喜，曾特别放置一邊，準備認真奉答，結果竟稽遲至此，實在對不起。

饒著數種，返港時想辦法，已記住。多年來，吾　兄勤懇尋訪，多所積纍，撰著學術史，必定有功翰苑，實際上，彼此路數似十分相近。只因條件所限，只能固守詞學這塊領地。多承褒獎，亟盼就惠函所述撰一書評，以相鼓吹，未知意下如何？

拙詞請斧正。另有劉氏（再復）演講稿供參考。

耑此。即頌

新禧

議對上

元月十二日（一九九四年）

# 與黄拔荆書

拔荆老師：

巨著終於問世，洋洋大觀，堪稱典型。謹奉小詞一首以表敬意。六師會後（黄壽祺九十誕辰紀念暨學術研討會），嘗試寫作《易學與詞學》，似頗有點心得，以爲暗通易理。於二〇〇二年十一、十二月及今年一月於《鏡報》連載，只一半，尚有三篇，因專欄被取消，暫時擱置，不知能否完稿。六師易學真傳何在？似當加以探討。不一定都立於文字，日常相處，應有不少得益。易學文章，另日寄奉。

代問麗珠老師好。

耑此。即頌

夏祺

學生議對

七月七日（二〇〇三年）

## 附録：施議對《減字木蘭花》（賀黄拔荆教授《中國詞史》出版）

黄拔荆教授，余填詞之啓蒙師也。有《詞史》之著，頗獲業師夏瞿禪（承燾）教授稱許。謂：「千秋大業，今成於閣下之手，聞之欣慰。」並謂：「往年亦曾發宏願，擬撰詞史」云云。經過十年磨煉，由《詞史》擴展而爲《中國詞史》。上下二卷，一百萬言。滔滔不絶，十分可觀，因賦此詞以賀。

煌煌巨著。屬望於今終一覩。珠玉隨風。大業千秋此願同。　專家獨斷。
荆棘文林憑革剗。記得當時。月色閩江霧籠遲。

# 與吴熊和書

熊和詞長著席：

接奉　惠函已多時。原來準備先奉上拙著而後寫信，卻一再拖延，實在對不起。博士後制度，此間尚未有安排。現有碩士、博士課程。文學碩士十餘名，仍在學。文學博士未開班。創校時間短，渠道有待進一步疏通。今後定有機會。瞿禪師全集，多賴　詞長並諸學兄努力促成，乃大好事，願與諸位配合，進行推廣工作。如有書評，可轉介此間報紙發表。另瞿禪師詞林繫年及詞例，不知是否收入全集，繫年曾在韻文學刊連載，與王榮初教授合著，不知完工已否？盼　賜示。代向陸堅、戰壘、欣僑、瑞峰諸兄致意。

耑此，即頌

著祺

議對上

五月二十八日（二〇〇三年）

## 與劉慶雲書

慶雲教授著席：

接奉　貴刊《中國韻文學刊》，至感厚意。前年在廣州，匆匆而過，未及細叙。十餘年來，誠懇耕耘，成績可觀，希望能成爲韻文事業之一大重鎮。特此衷心祝賀。

十分高興瞿禪教授長篇巨構——《詞林繫年》能得　貴刊面世。也很高興黄榮初教授不負所托，全力以赴完成此未竟之業。此爲中國當代詞壇之一大事件，值得慶幸。

來此已三年，所授課目有：中國古典文學專題、古代韻文、古代戲曲、古代小説以及詩經、唐詩、宋詞等，每學期四門。因都在韻文範圍之内，頗有興趣。同時也爲報紙寫作專欄。《涉江詞》試解，已在專欄刊出，全稿刊出後，再奉　斧正。

奉上拙文及拙作複印件若干片，敬乞　斧正。

耑此。即頌

著祺

議對

六月十日（一九九六年）

# 與謝桃坊書

## 一

桃坊兄：

接奉四月二十六日　惠函，知各況，甚欣喜。當時準備西行，未及奉答，不意竟延誤至今日，實在對不起。

多年未有聯絡，記挂著。兩千年詞會，惜未能一聚。論文集待刊，擬收入大作，乞　俯允。這些年，因編纂《詞綜》，較多關注近代狀況。距離太短，難以論定。做了個傳承圖，已載韻文學刊。遊戲文字。目的在於，引發興趣。不過，畢竟有個位置在那裏，馬虎不得。基本上依據年齒排列，每代都有一定之數。第一代，五人，一支籃球隊。第二代，十一人，一支足球隊。第三代、第四代，各二十二人，兩支足球隊，甲隊和乙隊。排頭爲隊長，其餘腳色，各顯神通。吾　兄殿後，要説的話就更多了。並非一開頭就想得非常周至，排到哪裏算那裏。這一位置，非吾　兄莫屬。希望　幫助修訂，以廣流傳。

《當代詞綜》四册，將由出版社代爲寄奉。其餘拙作，詞論集已出二卷，今年出三卷。港報所見，分別收入二、三兩卷。另日寄呈　斧正。
二十世紀詞壇，各領風騷。作爲一員大將，步入新世紀，吾　兄更應擔當大任，爲導先路。夢中仙境，應當還有後來者，與共追求。
拙作小詞數葉，謹奉　正律。
耑此布達。即頌
暑祺

施議對
七月十四日（二〇〇四年）

## 附録：謝桃坊致施議對函

議對學兄：
自兄離大陸後，聯繫不易，澳門之詞學會議亦因辦理手續已遲而未能到會，凡此均爲悵悵。去年我翻閲《明報》獲見兄關於現代詞壇之宏論，昨日收到《中國韻文學刊》今年第一期，特拜讀了兄關於劉永濟之詞學定位評論，當是紀念劉氏文章中之最傑出者。文中所引《二十世紀詞學傳人》不知是否即《明報》所刊者，若是專著則甚盼寄我一册，以便細讀。兄是詞人兼詞學家，對於當代詞學之論述與定位分析，在國内雖有争議，而我是表示贊同的。

我地處西鄙，投閒置散之後，反而社會事務較繁。近來擬擺脱些事務，再從事詞學難題之探索。一九九九年《宋詞辨》出版後，今年又將《中國詞學史》修訂再版，即將寄上此二書，祈爲教導。

我很少作詞，而且隨寫隨遺，不自收拾。二〇〇二年在天津參加九宫大成與詞曲會議之際，購得雲紋海螺，置之窗前，曾作一詞，調寄《臨江仙》，供兄一哂：

海天蜃氣雲霞淡，浪潮千古秋風。霓裳退下永無蹤。蓬萊已縹緲，遺蜕化珠宫。

玉蘭含蕊半開放，波痕似舊匆匆。幽深貝闕藏香紅。從今幽室裏，夢與仙境同。

耑頌

著祺

桃坊

二〇〇四年四月二十六日

## 二

桃坊兄：

前一段忙著雜務，稽遲奉答，時以爲念。

去年暑期，在京參加研討，遇見湯女士，知爲大弟子，弘揚詞業，不乏其人，甚爲欣喜。歸來接奉 尊著二册，洋洋大觀，更爲欽佩。尤其《中國詞學史》，地位奠定，幾十年内，應當不容易見到第二部。

二〇〇〇年，此間舉辦中華詞學國際研討會，未獲一聚，甚覺遺憾。吾 兄寄賜大作《南宋雅詞辨原》，安排主講，當時已納入議程。論文集今正籌劃出版。擬輯入 大作，以光篇幅。不知是否需要修訂？如有電子文檔，亦盼寄賜。

耑此。即頌

新春安吉

萬事如意

施議對

二〇〇五年一月三十一日

# 與宋謀瑒書

宋先生著席：

接奉　惠函並大作五頁，甚欣喜。詩章所留軌迹付出代價不小，大題材、大感概、大胸襟，甚是感人。清遠照片，如其詩，如其人，也很有氣度。相比之下，晚輩既未曾經歷過大磨練，其所出聲，也就顯得十分微弱。次韻五首提出不同看法，妙趣横生，當不會挨罵。先生與諸前輩多有交往，甚難得，望多寫文章發表。清遠數日，暢叙甚歡。希望能有機會，再度拜晤請益。

多謝爲拙作賜評。奉上拙作複印件三片，乞　斧正。

耑此。即頌

著安

晚議對

三月二十二日（一九九五年）

## 與劉敬圻書

劉教授敬圻先生著席：

多年未見。大概因爲有許多因素聯繫在一起，舊的和新的，相信有不少話題，很想借個機會一聚。

本人在此間所籌劃研討會，主要是朋友聚會。九月研討，邀請嘉賓僅十餘名。除幾場專題報告外，不準備安排討論環節。不必宣講論文。

希望與海天、元翎，一起來遊。去年還有諸葛憶兵。不知時間是否合適？請元翎護駕。元翎擔心研討主題與專業有距離，其實不要緊。到時候，看情況，可自己掌握。

邀請函及研討會通知，供辦理出境手續用。

耑此奉達。並頌

道祺

晚學施議對謹拜

七月二十六日（二〇一〇年）

# 附録：劉敬圻致施議對函

議對先生著席：

大函並研討會通知，已拜讀。謝謝。

我們雖僅一面之識，卻已是相知相約的摯友了。您研治詞學的驕人業績一直令人感佩，您跨越神州大地北上出席「哈（哈爾濱）——牡（牡丹江）」二十世紀回顧前瞻研討會，至今令人感念，您近十年間對北疆學界，尤其是陶之弟子們的關照與厚愛尤令人感動。

正如大函所言：「因爲有許多因素聯繫在一起，舊的和新的，相信有不少話題，很想借個機會一聚。」説到我心裏去了。然可惜、可嘆的是，去冬錯過了，今秋極具誘惑力的研討主題，依然難以如願前往。不是公務、教務牽扯（困擾六年國家課題已經驗收），而僅僅是家事纏身。詳情容後稟告，一言難盡。當然也有心理障礙，以我的學養資歷，實不宜兩手空空，無論文、無主題發言，忝列代表之中。我期待更適宜的求教機會，即使三兩年内不再出現這樣的機會，我也將在適當的時段上，以旅行者身份前往拜訪求教。一定的。

謝謝。
誠祝
健康順遂

敬圻謹上
二〇一〇年九月十一日冰城

# 與林英書

林英同志：

許久未通音問，不知近況如何？甚以爲念。《當代詞綜》工作已進入最後定稿階段。材料已經匯齊，經過幾番往返，由作者多次修訂，纔算定稿。現正在抄稿。

應征詞家二百餘，包括已經去世的，合三百家。此書雖未正式出版，但在詞學界已頗有影響，頗有號召力。幾乎所有填詞的人都認爲是一件大事，奔走相告，唯恐不能入選。六月間加籍學者葉嘉瑩歸國講學，專門約晤，商談本編工作。各地專家，囑望甚殷，紛紛寫信表示支持，並提出許多建設性意見。希望此書能成爲「一代文獻」，成爲有功詞苑之舉。近一二年來，我也付出許多時間和精力，多方徵集，纔有今天的規模。

現有一事請示，本編原擬一次出齊，篇幅不超過二十五萬字，我在工作中也時時考慮這一原則。但實際情況，三百家，已大大超過此數。初步估計，當有六十萬字。怎麽辦？是否分輯出版？一輯一百五十家，一千首。平均每家六、七首，已是儘量精簡。有此二輯纔不遺漏，纔能體現當代詞學全貌。這一設想，徵求許多專家意見，都認爲較爲允當，望　貴社大力支持。

目前先編寫第一輯，我已將材料帶來三明，正請人協助抄寫，争取年内交稿。規格、款式依照龍榆生《近三百年名家詞選》，簡體竪排。一輯交稿，考慮二輯。千首詞作，逐一審訂，工作量較大，如不分輯出版，恐要拖延許多時日。集中力量先出一輯，既可保證質量，又能滿足各方先睹願望。

我於七月底返明，十月初赴長沙參加中國韻文學會成立大會。順便回家，組織《詞綜》抄寫工作。本擬赴榕當面匯報，天氣炎熱，行動不便，先奉此書，以釋遠念，並盼能有機會拜晤請益。

耑此。即頌

著安

議對上

一九八四年八月十日

## 與吴思雷書

思雷先生著席：

接奉　惠函並　瞿翁、鷺山翁墨寶，甚欣喜。近日又接「軼聞」，有許多寶貴手迹，更加難得。前段甚忙亂，謹先奉上拙編《博士之家》，諒已收到。内有關於瞿翁事迹。拙文治詞生涯側記，另日寄奉。去年八月初到温州，曾拜托友人查訪，因第二天就上雁蕩，未及一晤，甚覺遺憾。亟盼能有機會見面。

瞿翁兩部未完稿，繫年交王榮初，已在韻文學刊發表。詞例是否留存杭大。此稿十分重要。不知情況如何？望常聯絡。拙作詞二首，乞　斧正。

「軼聞」請再寄一本贈李鵬翥先生，直接寄《澳門日報》或由我轉交隨意。

耑此。即頌

文安

議對上

六月廿五日（一九九八年）

# 與陳聖生書

## 一

聖生兄：

久無聯絡。你還挺不錯，能寫新詩，能有好心境。非常不容易。其實，一九七一年，小球推動大球，開放改革已經開始。這段歷史不能忘記。但是，同樣不能忘記，再過四十年，地球資源就將用完。人與自然。現代化的索取，美國走在前頭，我們算是搭上了末班車。石油即將枯竭，還有煤礦。大慶灌水到幾千米深的地底抽取石油，煤礦到處爆炸。老祖宗留下的東西，越來越少。去不了月球，趕緊到東南亞不發達地區，購買木材。造成傢俱，到美國傾銷，再與較量。這段時間，實在非常不安定。這説的是地球。而人呢？上百萬殘疾兒童（中國自己説五、六萬，國外報道，稱一百零五萬），包括棄嬰。再過二十年，這班人就是社會支柱。這個世紀，怎麽説好呢？

不理那麽許多。隨便説説，請勿在意。我們都是書呆子。

兒子在北京瞎忙，論文還没寫出來。搬了幾個地方，現在又搬了。近段在義大利，到時再與聯絡。

祝

萬事如意

議對

一月二十日(二〇〇五年)

## 二

聖生兄:

憂人怨天。説一説,也不錯。歷史見證,也可見證歷史,因爲我們都是過來人。我總覺得,讓少數人先富起來,多數人,包括整個國家,整個民族,甚至整個地球,已經付出沉重的代价。付出的,想補回來,卻不是一代人、兩代人可以做得到的事情。所謂千古甚麽的,須等待歷史給下結論。題目太大了,你我都做不了。還是回到案頭,做自己的事情。楊秀玲見到了,説代問好,並説電郵、電話都不變,請再一試。

祝

心想事成

議對

一月二十一日(二〇〇五年)

# 與周發祥書

發祥兄：

接奉 惠函並年卡，至感厚意。

別後多年，一言難盡，爲著快捷乾脆甚麽話都暫不説，纔有此「無言書」。七月詞會，請一定前來一聚。所裹另請揚忠、文鵬二位。前年在海寧，知曾與揚忠出洋。以後請在港、澳停留。西八間房諸况，印象深刻。吾 兄堅持，實甚不易。轉眼間，來此已近九載。在港時十分辛苦。到此任教，方纔有個較好環境。家安在香港。週末返回。水路一個小時，陸地一個小時。兒子修讀法律，赴英得碩士學位，現在京公幹。女兒嶺南大學中文系，剛畢業。吾兄如何，念著。

祝

千禧新歲

萬事如意

議對

二〇〇〇年一月四日

## 附録：周發祥致施議對函

議對兄：

自香港握别，不覺間，已逾半年矣。歲月奄忽若此，吾輩筆耕時日尚餘幾何。學兄所贈煌煌巨著《宋詞正體》和《今詞達變》，迄今置於案頭，以備不時翻閲。半生覃思，結於一集，闡幽抉隱，嘉惠士林，誠如學友所説，是可喜可賀之事。但依我之見，更爲可喜者，乃是不蹈前人舊轍，而獨闢蹊徑。歷代詞學，多半正音韻、訂詞體、賞字面、辨風格。學兄不僅於此多所創説，而且開結構分析一路，令人耳目一新。結構分析，崇尚科學性，回避印象式之感悟性，於詞學貢獻殊多。這在西方甚爲流行，國内卻幾乎不見，但願學術界以學兄爲開端，兼采中西，貫通古今，更新我國詞學面貌。

教學之餘，尚有新作乎？望告。

謹問

文安

周發祥

二〇〇一年七月三日

## 與王留芳書

留芳先生著席：

接奉　惠函並《沈祖棻詩詞研究會會刊》一、二兩期，並承録用拙文及拙詞《金縷曲》，至感厚意。沈、程二氏，亦所敬重前輩學人，尤其是沈。二十世紀八十年代，編纂《當代詞綜》，推舉十大詞人，業師夏瞿禪先生即爲介紹，並轉贈沈著《涉江詞》。沈在十大之列。九十年代，撰寫《今詞達變》，推舉今詞七家，沈以本色詞傳人爲七家之一。研究會以沈命名，責任重大。非只是鄉賢而已。有關一部中華詞學，將來有何進展，亦頗願效力。前段因案頭堆積，十分雜亂，稽遲奉答。乞　見諒。奉上拙詞一首，乞　斧正。

耑此。即頌

文安

議對

八月十六日

# 與李遠榮書

遠榮兄：

接奉　尊著《名人往事漫憶》。至感厚意。早先在獲益報上已得知消息，但没想到寫得如此不一般。尤其所謂「名人」，其「往事」不是已經盡人皆知，就是都成過去難以得知。作爲後來者，大多只是就現成材料進行編輯，故有人云亦云之患。而尊著則有所不同，既善於發掘、精心選取具有典型意義之生活細節及片段，巧妙結構，使名人之過往事迹，再次搬演眼前；又善於點化，或適當渲染。因小見大，讓讀者注意力不致只停留在尋奇獵異上。初步印象，覺得頗有閩派學人作風。

東瑞兄所撰序，亦十分負責任。不僅僅是真金白銀問題，更重要乃在其書其作風之確實值得推介。因與所學相關，對於前輩，此一、二十年來亦頗有些接觸，並獲嘉惠不少。寫過一些文章似可引爲同道。只是所寫，較多學究氣，大多只是以材料取勝而已。所以對吾　兄精彩之作，纔特別欽佩。

在京時，與臧老同住一條胡同（趙堂子胡同），臧老一五號，我一四號。「二人對門居，一天幾相逢」（臧老句），對於這段生活，二人皆十分留戀。知與臧老交好，故及此。拙作賀臧老九十詞，謹奉　斧正。臧老手迹複印件二片，奉上作留念。

相信有許多共同話題，例如與再復兄關係等等。得閒茶叙。

耑此，即頌

著祺

弟議對

六月十五日

# 與王漢傑書

漢傑兄：

知道已移居加國，很爲高興。六十年前，同眠共被，時常記起。尤其是拉上棉被，分不清哪邊是頭哪邊是腳的時候，更加想起當時情景。照理説，我們三人，早已是大文豪。高中三年，寫作評論，編輯出版，都那麼有自己的一套。地利、天時，再加配合，自然可以出人頭地。我和宣圓都算幸運。老兄背上包袱，實在不公平。别後種種，一言難盡。走南闖北，至一九九一年，移居香港。一九九三年，到澳門大學任教。身居賭城，見怪不怪。目前仍然在崗位上。望吾　兄多多寫作，異域觀感，值得記録。有一兩千字短文，可寄香港《大公報》馬文通先生。我的老友，讓安排刊行，以共分享。

拙作詩詞各　一首，順奉　斧正。友人，軍墾農場戰友。此詞可見當年情景。

恭祝

詩書事業

日升月恒

議對敬上

二月七日（二〇〇七年）

## 附録：王漢傑致施議對函

議對老兄：

你好！

由宣圓兄得知你的電郵號碼，喜甚！二十世紀六十年代，天各一方，各奔前程，屈指一算，已近半個世紀。你與圓兄均取得輝煌的成就，難怪你們一回到家鄉，政府與有關人士争相宴請，大有「明星居其所而衆星拱之」。我爲你們的出人頭地而高興。

上個月由圓兄牽綫，與佳龍兄取得聯繫，異國他鄉遇故知，真讓人高興，但在茫茫的人海裏何處尋？還好，我兒子用巴掌大的「衛星導航器」找到了他的住處，一點也不費周折。見面後，雙方均認不出對方了。佳龍兄頭髮已白，略發福，臉蛋似乎變得圓了點，待他拿出舊照片讓我看時，纔恍然大悟。而我呢，如果没有幾根頭髮掩蓋住，頭頂的荒山秃嶺暴露無遺，我的肚子也一天天地高了起來，有點「將軍相」，龍兄對我的評價倒是不錯,「紅光滿臉」。在照片堆中,我特地翻撿出你與龍兄的合照,細細端詳,我覺得老兄在近半個世紀中,大不了多少,然而不同的是沉静的臉上,顯露出熠熠發亮的學者的氣質與風度。

退休後,我來加國探親,卻被兒子「扣留住」,並辦了移居加國的手續。現在的事業是,給孫們揩屁股。

你情況如何?很想知道。

祝

新春喜樂!

王漢傑

二〇〇七年二月七日

# 與施宣圓書

## 一

宣圓兄：

久無聯繫，念著。去年此時，正聚會在香江。因「初到貴境」，我那時心境並不太好。經過一年苦鬥，歷盡艱難辛苦，至今纔有所好轉。每一個新移民，似乎都有這麽一段經歷。除了生活方面，主要是意識形態很難適應。總覺得：大陸無「人權」但有人性，此間有「人權」卻無人性。並覺得：大陸無自由但有民主，此間有自由卻無民主。兩句話，可說是來港一年的體會。資本主義好不好，我也不太清楚。但進入第二年，似已漸生別的體會。例如，資本主義社會也是人相食的社會，統治者與被統治者界限很分明，這就要看各人的本事，有能力、有作爲，吃得了苦的人，不怕被吃、被統治，總有一天，可以成爲人上人，而没有本事、没有能力、吃不了苦的人，就得被吃、被統治，永遠吃苦。從這一現象看，此間一切，又似乎十分公平。這是個自由競爭的世界，在偉文（偉文圖書出版公司），天天上下班，我也不知道一年以後能有甚麽結果，但總算熬過來了。以上是别後來這一年的情形。

至於寫作，自然是要受到一些影響的。不過，只要有東西，想出版應當並不困難。文化人終究還是文化人。也就是説，我們之間的共同語言，當不會因爲「一國兩制」而減少。很希望與二位在香江或在滬上再度相聚。怎麽樣，如將以上所説寫成小品甚麽的，能發表嗎？

至於工作，這是私人機構，只准幹好不准幹不好。我是非常自覺地投入的。八個小時之外，經常還想著如何將工作做好，想著如何做一個非常出色的總編輯。你看，我的覺悟高不高，而對於一年來所受的苦，我則認爲是一種「資本」，因爲在吃苦的過程中我取得了經驗。香港人喜歡説接受「挑戰」，那就意味著吃苦。我們新移民無有錢財作資金，只能是吃苦。這大概也就是這個社會能够發達的原因之一。一年時間，自己覺得已有不少變化。有時間望多交換意見。

問小包好。洪海賢侄放洋情況有何進展，念著。餘容後叙。

耑此。即頌

撰安

議對

五月二日（一九九二年）

## 二

宣圓兄：

久無聯絡，接來書，甚欣喜。

上海灘頭，多次聚首，彷彿不久前事，卻過去許多時日。真有點不堪回首。施家作來説起從前，令人留戀。希望來澳門一聚。已有新居，安樂窩，甚不易。好好佈置，好好經營。我也很想有這麽個新居。教書寫作，情況尚好。希望儘量多做一些。與内地不同，一退休就甚麽都没有，只能加緊做事情。

四月上旬遊三明、泉州，上武夷。有小詞三首，請　指正。

再復在香港城市大學。常聯繫。

問小包好。耑此。即頌

文安

議對上

五月卅一日（二〇〇一）

# 與陶文鵬書

文鵬兄：

奉上拙稿「詞學學設想」。詞學學，非特地標新立異，乃多年思考所得。兩個問題，兩件事，觀念與方法，向來不受重視。多年來有關研究領域，實際並無甚麼大進展。盡是老一套話題。我説自覺與不自覺，是有一定針對性的。主要爲著糾偏。以爲，從二事入手，也許可打開局面。

在這一問題上，老兄應當也有同感。我們的老師，與衆不同處，就在於反對人云亦云。向前看，而非向後看。「以小詞説故事」，就是了不起的發明。海寧紀念會，我們都論及這一發明。拙作《吴世昌與詞體結構論》曾有附記，説及此事。發表時未刊出。至於風格論，老先生最是深惡痛疾。許多事，大家當記憶猶新。秉承師説，義不容辭。而以我之見，目前之學風與文風，似乎還有些問題。大致説來，就是不看别人的文章，或者看過也當没看過一般。只管自己著書立説。

所裏五十年學術文選序，劉再復一個字未曾提及。而我倒幸運，未曾提及，卻有一篇文章入選。如切如磋，如琢如磨。友朋輩相鼓吹，最爲難得。非常感謝你的研究生張劍，與老兄合作評文。此稿閲後，請多提意見，並盼能發表，得以推而廣之。今年此間舉辦「詩詞創作與點評學術研討會」，初定十二月上旬，在回歸五週年紀念日前。請事先做好安排。耑此。即頌

編安

施議對

二〇〇四年二月二十二日

## 附録一：爲詞學指出向上一路——讀《施議對詞學論集》（上）

陶文鵬　張劍

當今詞學理論界，施議對先生是一位辛勤耕耘並時有所獲的人。施先生先後師承黄壽棋、夏承燾、吴世昌等詞學大家，並獲得文學博士學位。他既精於理論，又擅長詞

作，是詞學界頗爲知名的「雙槍將」。尤其是他的詞學理論，不逐流俗，不蹈虛空，往往爲詞學指出向上一路。這在已付梓面世的《施議對詞學論集》（澳門大學出版）第一卷《宋詞整體》、第二卷《今詞達變》裏均有所體現。

施先生論詞，重詞之本體研究。故第一卷《宋詞正體》爲正本清源論文結集，其中《詞體結構簡説》《關於批評模式的思考》兩篇更爲其「正體」之理論基礎。他認爲傳統的「本色論」注重詞的特質研究，但取經偏窄，不利詞體發展；王國維「境界説」，胡適、胡雲翼的「風格論」立論太過籠統，只是注重詞體外部特徵的鑒賞與批評，或僅是對於某一詞學現象的審美判斷，易於將研究目光從內部引向外部，同樣不能作爲詞之本體的理論基礎。爲此，施先生拈出了「結構論」，指出：「所謂結構論，就是對於詞體結構方法的研究……這是對於詞體本身的研究，立足點在詞內，而不在詞外。」結構論文又分爲兩方面，一是一般結構方法，即詞體的格律聲色、起結換頭等外形式；一是能够充分體現作者個性的深層思維和方法，這是一種帶有獨創性的內形式。如柳永詞結構的內形式爲時間推移上「從現在設想將來谈到現在或推想將來回憶到此時的情景」，空間變換上爲「由我方設想對方」；辛棄疾詞結構的內形式爲「善於將多組包含著兩個互相矛盾的對立面構成一個『奇險』的統一體」等。

這樣，施先生就初步完成了將詞體結構論作爲詞的本體理論的建設。有了理論，還須有理論的檢驗，《宋詞正體》中又收入專論十六篇，分別對宋詞中的代表性作家——柳永、蘇軾、李清照、辛棄疾、陳亮等，進行了結構分析，辯正了「屯田體」、「易安體」、「稼軒體」等的內形式，給自己的結構論以有力的例證和支援。值得注意的是，四十年代始，施先生之師吳世昌先生已發表了一系列有關詞的結構分析文章，但並未明確以「結構」爲詞的本體理論標目，因此，施先生的結構論可說是發展並完善了吳世昌先生的觀點。

——原載《澳門日報》二〇〇一年八月十二日

## 附録二：詞史分期見膽識——讀《施議對詞學論集》（下）

陶文鵬　張劍

施先生論詞，注重打通古今，轉相借鑒。第二卷《今詞達變》的十八篇論文，即是關於「今詞」研究的成果。他將中國詞史、詞學史劃分爲古代及今代兩段，「今代」即「當代」，但不同於一般意義上的當代，不是按照朝代更替或政治鬥爭模式爲依歸，而是從詞體本身所體現的古與今之區別立界限。因此，他在爲中國當代詞史分期時，依據作者創作活動及詞業建樹，將出生於一八六二年（清同治元年）之王允晳，作爲當代詞史的開山，之後，將當代詞史劃分爲三個時期及三個相應的流派，即解放派、尊體派，舊瓶新酒派(見《百年詞通論》一文)。他在爲中國當代詞學史分期時,則將時間上限追溯爲一九〇八年,因爲這是王國維《人間詞話》初刊之時,王氏之前,詞的批評標準是本色論,屬於舊詞學;王氏之後,力倡境界説,是爲新詞學。以詞體批評模式的轉换爲依據,他將中國當代詞學分爲開拓期(一九〇八至一九一八)、創造期(一九一八至一九四八)、蜕變期(一九四九至一九九五)三個時期(見《以批評模式看中國當代詞學——兼説史才三長中的「識」》一文),此種對當代詞史和詞學史的劃分與判斷,頗具識見,亦是其由「正體」而「達變」的自然延伸。施先生論詞,所論不輕襲成説,頗見膽識,如關於今詞分期等;但亦不輕發鑿空之論。《宋詞正體》中若干有價值的結論皆於宏富材料中得出,卷中收録的《建國以來詞學研究綜述》、《建国以來詞學研究述評》二文,發表後好評如潮,唐圭璋、繆鉞、萬雲駿、吴調公、霍松林等名家紛紛予以肯定,認爲一掃詞壇粗淺偏執之見,推揚詞之藝術特性,爲有功詞林之作。《今詞達變》中《百年詞通論》亦深受好評,下編人物篇所論今詞七大家,從王國維境界詞直到饒宗頤形上詞,皆爲中國當代詞史中舉足輕重人物,挖掘深入,分析透闢,爲其立論提供了堅實基礎。《施議對詞學論集》第三、四卷尚未出版,但推一知二,其中精彩,可預卜也。

——原載《澳門日報》二〇〇一年八月十三日

# 與懷霜書

## 一

懷霜詞兄：

接奉　惠函並攝影作品，甚欣喜。曼哈頓失落，令人嘆息，而天空卻仍然晴朗。回看珠江三角，高增長，高耗能，大半時間在雲霧當中，港澳天空，已不那麼明亮，亦不能不令人嘆息。一個是人與人的爭鬥，一個是人與自然的爭鬥。這應該就是歷史。

攝影家之眼，詩人之眼；有機會見證，其樂無窮。

小寶貝誕生，一定更多樂趣。

恭祝

幸福安康

議對

三月二十三日（二〇〇五年）

## 二

懷霜詞兄：

兩封來郵均已拜悉，還有夢裹水鄉的大作《鷓鴣天》和攝影。有關名家書札事，非常感謝你的理解和支持。一定努力，做到最好。水鄉攝影，忍不住請學生一起欣賞。以爲，真實風景没有攝影作品那麽好。確實令人欽羡。看過周莊，尚未進入夢中。《鷓鴣天》，瞿師的真傳。亦非一般作者所能比。領會得到，但自己的筆力未到。遊大峽谷之作，正如　惠函所提示，已逐漸往這方面進取。將來少些論文，多些創作，希望能有進境。

即將從澳門大學退休。正在收拾書稿。亦調整心態。日子並不好過。仍然給上一門課。五月結束。此前須搬離大學宿舍。暫時在澳門居住。兒子在香港科技大學做行政，女兒在香港大學專業進修學院任教。可以安居，要求返回香港。仍然有點放不下。一年後看看。

一直以來，都太投入。缺乏思想準備。案頭積稿太多。《詞苑傳燈》外，有出版社（上海古籍）還想出我的文集（十二卷），正在醖釀當中。有點喘不過氣來，也儘量想輕鬆面對。二月底韓國邀約講學，準備出去一個禮拜，放鬆下自己。

甚麽時候有機會，希望同遊西溪。

即頌

冬祺

議對拜啓

二〇一三年一月二十二日

附録：懷霜《鷓鴣天》（壬辰春，重返西塘夢中水鄉）

闊别廊橋四十秋。近家情怯添新愁。鄉心曾伴夕陽舞，殘夢常隨溪水流。人欲醉，月當樓。一壺濁酒解離憂。槳聲依舊春猶在，何處柳蔭繫歸舟。

## 三

懷霜詞兄：

年前忙著給一位朋友撰寫賀壽詞。徐志剛，澳門回歸前夕的研討會，曾見面。十年前一首，較爲生動，今番一首，掉書袋，較爲造作，也很吃力。不過，壽人、自壽，亦有點自己的影子在，也算不差。二詞附上，乞　斧正。

新的一年，美好祝願，都能够一一實現。
新的開始，平安順利

議對
二〇一四年一月一日

## 附録一：施議對《賀新郎》（賀友人生日）二首

### 其一

六十君今也。想生朝、回思以往，幾多佳話。有用我才天成就，塞北江南如畫。憑彩筆，精心描寫。事業詩書時勸勉，縱深居凡噐亦非假。知本是，真儒者。濱江記否森森夜。數星星、私修批鬥，長槍底下。管領稻田三千頃，渠水腰間奔瀉。手自栽，黄金有價。歲月峥嶸人未老，看從頭更把蛟龍射。浮大白，不須貰。

### 其二

徐兄志剛，原名兆惠，號愚齋，華夏中州人氏。余於人民解放軍農場之老戰友也。北京政法學院畢業，曾獲委派福建同安公安局任職。文化大革命期間，由廈門北旋，於河南省府擔任公職三十餘載。花甲之年，以省社會科學界聯合會副主席退休。其後隱於詩，以詩書六藝，自娱平生。歲届稀齡，長青不老。謹奉金縷一曲，爲歌上壽。上片借三百篇之甫田詩意，謂只顧耕耘而不問收穫。下片用左傳燭之武故事，「臣之壯也，猶不如人，今老矣，無能爲也已」，謂雖無能爲，亦仍有所爲者，匹夫之責也。此二事，於古今學者，爲己、爲人，其脩身、利行之道，或不無少助焉，幸共勉之。

十載今朝又。想愚齋、高朋俊侶，趣新體舊。網絡初開天和地，賦筆豈無樽酒。燕以樂，維其弘厚。或耔或耘秋薿薿，届稀齡、仍未息田畝。知得句，論詩久。
行吟澤畔丹霜後。憶當年、晨飛旅雁，莫違時候。幾度長風波湧起，幾度星横南斗。滄海濟，吾生能否。不如人之臣壯也，喜相親、書劍同三友。金縷唱，爲君壽。

## 附録二：懷霜致施議對函

議對詞兄：

壽詞兩首已拜讀。壽詞的確難作，既要能概括友人的生平，又要形象地表現其一生中最突出的事迹，這是全詞的精華所在。對於尊作，我的感覺與詞兄同。比較起來，我更喜歡前首，因爲能做到這點，尤其是回憶部分生動感人。第二首可能是典故用得多了些，有的若不看小序中的説明就不易理解。我想有這樣的區别，可能是與您跟這位友人的熟悉程度有關吧。班門弄斧，荒謬之處，乞諒。

新的一年來到了，我們又老了一歲。願彼此更加珍重，時不我待啊！

懷霜

二〇一四年一月一日

# 與楊海明書

## 一

海明兄：

許久未有聯絡。接奉　惠函，獲悉　嫂夫人仙逝，頗覺意外。○二年自南京到蘇州，承吾　兄及嫂夫人闔府熱忱款待，轉眼間七、八年過去，尚未及答謝，想不到　嫂夫人過早離世，深感惋惜。望吾　兄節哀，並多保重。

十二月詞會，和往常此間所舉辦研討會一樣，都比較自由。可以不寫論文。許多老朋友都準備參加，希望安排時間，前來一聚。十月上海詞會，到時細叙。

並祝

安好

議對

八月三十一日(二○○九年)

二

海明兄：

十二月詞會，純粹朋友聚會。采主持人制，不準備一一宣講論文。望吾　兄爲研討會開幕式主持開題研討。不設主題演講，以開題研討替代。於三大議題研討之前，由四、五位學者，共同開題。

盼　鼎力相助。

並頌

大安

議對

二〇〇九年十一月二十二日

三

海明兄：

今日自郵局拜領　大著八册十二卷並紀念集一册，萬分欣喜。

吾　兄稀齡華誕，著作等身，桃李盈門，可喜可賀。德不孤，必有鄰。最有意義的回報，最是令人豔羨。長天彩虹，玉壺冰心。於詞中尋找美，將美帶給世人。一段開拓歷史，業績輝煌。不能不傾心領教，細心拜讀。三十年的心血結晶，一代人的驕傲。其間種種，定必很好珍惜。值此三千弟子，歡歌上壽之時，謹呈上誠摯的祝賀和美好的祝願。

弟議對謹拜

二〇一〇年十二月十日

## 附录一：施議對《賀新郎》（楊海明先生七秩華誕誌慶）

楊海明先生，民國四大詞人之一唐圭璋先生入室弟子。江蘇蘇州人士。蘇州大學文學院教授。博士研究生導師。二十世紀八十年代，崛起於中國詞壇。著作等身，桃李盈門。正值稀齡华誕，門下弟子爲推出《楊海明詞學文集》八册十二卷，並《楊海明先生七十華誕紀念集》一册，用作紀念。長天彩虹，玉壺冰心。其於唐宋詞人、詞作、詞心之興發感動處，多所發掘，多所創造，而歸之於美。美的世界，美的人生。並將美的唐宋詞帶給世人。一段開拓歷史，三十年心血結晶。當下圓滿，佛説放下。其謂早放馬南山。謂放下即實地，説難也不難，全在一心。應已進入人生之另一境界。可喜可賀也。因賦。

閬苑霞觴晉。正庭階、彩衣榮侍，月華初暈。弟子賢能猶東魯，鵰鶚尚期高奮。塵競起，佈營安陣。回帶雲臺觀虹蜺，算吴都、到底多才俊。聞浩渺，濁醪引。春風絳帳丹經藴。自蒼梧、呑江納漢，指衡以鎮。派别百川開疆域，夜半霜娥侵鬢。十二卷，古文新韻。馬放南山兵歸庫，道人生、畢竟千秋瞬。習相遠，性相近。

庚寅大雪後四日於濠上之赤豹書屋

## 四

海明兄：

放得了馬，佛稱放下，實在不易。高低不平的山崗，我馬瘏矣，我僕痡矣，尚不知如何放下。拙詞一闋，略表心意。亦設想與　兄共享上下求索的滋味。有機會，盼南來一聚。

並頌

道祺

弟議對

二〇一〇年十二月十二日

# 與鄧喬彬書

喬彬兄：

接奉 尊著及 惠函，十分高興。小詞一首，聊表敬意。序文或詞章，方寸問題，恐有未當，「協助」云者，亦不太合適。請爲訂正。

耑此。

即頌

夏安

議對

二〇〇三年七月八日

## 附録一：減字木蘭花（鄧喬彬教授新著出版）

鄧喬彬教授，廣東珠海人氏，近代詞曲大師吴梅弟子萬雲駿教授之弟子也。多年從事古典文學及古典文藝理論教學與科研工作。雅健雄深，著作山積。乃後起中之佼佼者也。曾協助施蟄存教授主編《詞學》，功在翰苑。近調暨南，正籌劃復辦龍榆生教授之《詞學季刊》，豪氣未減。新出《古典文藝的文化觀照》，横跨藝林各科，貫通中外古今。教行化成，於上及下。後顧前瞻，不違其時。亦難得之佳構也。因賦。

根基文化。俯察仰觀成一寫。學究天人。生甫及申嶽降神。　誰其敵者。翰苑於今思白也。吾道欲南。明月滿江風滿帆。

## 附録二：鄧喬彬致施議對函

議對兄：

近來可好？大作的影印件早收，原想待自己的幾篇拙文發表後「報李」的，但遲遲未出，信亦未覆，請原諒。

長沙會議事，萬先生告知我：彭靖先生和您來信，都提到擬讓我擔任會議學術組成員之事，如此垂青，實令我汗顔，自己資歷、才識都實不堪其任，實是惶恐之至。

由於我本人既未收到請柬，亦未收到信，不知應在何時至長沙，須作何準備工作？尚要甚麽手續？望兄能具體告知（包括報到地址）。

關於詞學論文，拙文《飛卿詞藝術評議》將刊《社會科學戰綫》今年第四期，近作《論碧山詞的寄托》纔寄人民文學出版社《古典文學論叢》，尚未知用否？拙文《論姜夔詞的騷雅》是兄在《文學評論》時所看定，今年三月來了校樣，尚未知何時可出，如今出版週期確實是太長了！除詞學外，詩畫理論及曲論文字亦有四篇將於最近刊出，到時還請多指教！

大作綜述建國來詞學研究，千里尺幅，頗見功力，觀點公允持平，弟十分佩服。神交已久，極盼早日能樽酒論文。

即此。順頌

著安！

鄧喬彬

十月十六日（一九八四年）

# 與孫康宜書

## 一

康宜兄：

去年惠函，至今未奉答，時時念著。謹奉上新出小書二册，乞　斧正。尊著二册，數年前所寄另一册，均未爲文推介。過些時，當可付諸行動。我對緬因印象深刻，特地採用一張照片作插頁。希望有機會重遊。如有合適會議，盼争取一聚。

康正果照片未寄我，請代致候。

耑此。即頌

文安

議對

三月十八日（一九九七年）

## 附録一：孫康宜致施議對函(一)

議對兄：

我的耶魯同事康正果帶回來一張你們兩人的合照相片，使我很高興。相片中，你仍年輕如昔。没想到，我們已有六年没見面了。

現寄上不久前出版的拙作中譯文(李奭學譯)。二七三——二七四頁。曾提到你，請注意。

謝謝年初寄來《老羆尚欲身當道，乳虎何疑氣食牛——説我的師生情緣》一文，還有近作詞九首。很佩服你的詩才。

今天就寫這些，請保持聯絡。

祝好！

孫康宜上

一九九六年七月十四日

## 附録二：孫康宜致施議對函（二）

議對博士：

九月二十三日來函，早已收到。一切知悉。願出版社工作順利。寄來「柳詞公式」等大作，早已拜讀。謝謝。

今寄上拙作影印一份，請查收。該文兼寄緬因詞會，乃以您的詞作爲結束，希望您會喜歡。

謹此。即祝

儷安

孫康宜敬上

一九九一年十二月二十五日

## 附録三：孫康宜致施議對函（三）

議對：

許久以前就收到您寄來《鷓鴣天》（「此間有峽曰飛來」）一詞。很欣賞該詞的豪邁氣派。

數月來，忙得很少寫信給友人，今日改完最後一篇學生論文，立刻提筆向您問候。願您一切如意。

現在美國流行「夢露郵票」，我寄上一篇有關該主題的拙作，也順便貼上「夢露郵票」（見信封），請收藏。

祝

好

孫康宜

一九九五年七月四日

## 二

康宜兄：

久無聯絡，不知各況，甚以爲念。

今年澳門回歸中國，十月有會，特邀請前來一聚，望安排好時間，一定赴會。小島風光，甚是值得觀賞，千萬不可錯失機會。

又，盛配老人「大典」（《詞調詞律大典》）三大册，特爲推介，便中也請介紹給有關機構。

耑此。即頌

著祺

議對

三月一日（一九九九年）

# 與林定川書

## 一

定川先生吟席：

接奉　惠函並　尊作絶句七十六首，仔細拜讀，非同凡響。所謂感於哀樂，緣事而發，古今一理。中華新樂府，正需此等佳作。只是重大題材，四句二十八字，較難承載得起。有些情事，如以古體演繹，應有較大回旋餘地。唐人新樂府，可爲借鏡。惠函所云，分量太重，愧不敢當。浙江大學中文系，「文革」中哪一屆？莫非就是杭州大學中文系。中四？或者中五？那時我也在杭大。案頭積壓，經常忘記覆信，請勿見怪。近有與前輩詞家唱和篇什二束，謹奉　斧正。

匆此奉覆，並頌

道安

施議對敬上

二〇〇七年七月十六日

## 二

定川兄：

時序推移，歲月轉換。十年人事一番新，至今已不清楚究竟有多少番了。重歸於好，似乎不怎麽必要；而重歸於無，倒是一種没有甚麽不好的選擇。「文革」的故事，你死我活，其奥秘之所在，當時大家並不糊塗。每一件事，都是各人自己做出來的；無論理智或者不理智。不能只是歸結於大魔頭。私字當頭，這纔是真正的心魔。幾個十年過去，每個人都須要反省。至於互相之間的恩怨，多數情況，自當煙消雲散。

以下兩件事，頗有些記掛，得便之時，盼爲追尋，非結撰大字報之需也。

一、一九六四年間在浬浦，瞿禪先生有詩云：

浬浦□□（一花、春心）發，□□□□□（明）。何以□（證、盟、明）堅□（盟、意），月下一翁清。

記得不完整，未敢隨意添加。不知能否補全？

二、瞿禪故居。或曰：位於鹿城區登選坊四十號（木構建築，二進七間四合院式晚清民居。坐北朝南。通過闊二十米，通進深二十九米。夏氏少年所居住，爲一進西首的正間、邊間和廂房）。而日記所記有楊柳巷和縣前頭的兩處舊居以及一九三六年購置的謝池巷的家（謝鄰）。幾多處所，不知如何分佈？是否仍然尋訪得到？又，日記中曰，布業公所，亦即潤美布店後舊居，乃其墮地處。後庭石榴樹一株，兒時所攀登者，尚婆娑如舊。而今，不知可有蹤迹？

丁丑年間，到過温州，未及尋訪。老鄉能否幫忙？

承　賜佳篇，亦述亦作，能見性情。不知是否上網？交流方便一些。此間也曾舉辦有關研討會，有機會，盼能一聚。

雁蕩小詞一首，乞　斧正。

匆此奉覆，並頌

吟安

議對敬上

二〇〇七年十月十六日

## 與王今翔書

今翔先生鈞鑒：

奉上學術研討會（「大雅正聲與時代精神」學術研討會）文件三份，供　參考。大雅正聲，古已有之，而理解不同。八十年代後，言路放寬，大多注重風而忽略雅頌，不願意當贊美時政的歌德派。十六大召開，政治清明，似應爲新的大雅正聲，壯一壯行色。原爲社團論壇，移師學府，希望對於大學以及整體學術文化建設發揮點作用。到時得暇，望爲擔任主禮嘉賓並致辭。

耑此。即頌

公祺

議對上

二〇〇二年十二月三日

# 與劉揚忠書

揚忠兄：

今年幾回見面，暢叙甚歡。尊著《四萬齋詩詞存稿》詩與詞衆體皆備，十分難得。尤其是《登峨眉山長歌》，乘興而來，滿載而歸，更加動人心魄。有此一篇足矣。我很喜歡。從化一遊，獲見吾　兄揮毫，亦甚欣喜。

自從大學退休，出遊機會較多。亦準備在澳籌辦一次小型研討會，期盼吾　兄偕　嫂夫人再度來澳相聚。

當年的照片，恰同學少年，風華正茂，甚是令人艷羨，而今亦仍未稍減。

新的一年，恭祝

萬事如意

平安快樂

弟議對拜啓

二〇一五年一月六日

## 與蔡國强書

國强兄：

《鬬百花》諸作，從上下片的佈局看，「終日扃朱户」，似不宜移後。柳詞上片，叙説主人公的當前情狀。由大環境到小環境，由遠而近，直到朱户下的人物。爲佈景。人物已與景物融爲一體，不能分開。下片念遠，思緒已離開朱户遠去。爲説情。脉絡確實較爲分明，非所有都錯。審查意見可參考。探討相關問題，十分趣味。其餘待細看，再與討論。匆此。即請

研安

議對

二〇一四年八月三日

# 附録一：蔡國强致施議對函（一）

施老師：

我是七七級學子，一直來致力詞學之研究，因不在學界，故踽踽獨行，不知高厚。年來拙著《欽定詞譜箋補》初稿脱稿，數十年心血，百餘萬字，而不能付梓，甚爲彷徨。有吴蓓老師囑我先發論文以造聲勢，故近來四處投稿，惶惶終日。日前幸有《中國韻文學刊》刊發一篇，《詞學季刊》（《詞學》）留用一篇，稍覺心安。

附件是學生關於《欽定詞譜》分段錯誤的一篇拙文，該文遵《詞學季刊》（《詞學》）編輯先生囑正作修改，惟審稿老師個别看法學生有不同意見，而編輯又覺得我應予重視，故特發施老師，想請施老師幫我看看，是否還有問題。

先師胡從曾，也是夏承燾老的學生，故此晚生斗膽致書施老師案下，望能點撥一二。

晚生蔡國强拜上

二〇一四年七月二十六日

## 附録二：蔡國强致施議對函（二）

施老師：

本郵箱因故無法登陸，故與施老師失聯，前次請教，忽忽竟已五年，拙文亦已發《詞學》，未能匯報，失禮之至。五年來，學生略有寸進，已完成兩個國家後期，目前正承擔二國家重大項目之子課題，期間未能獲施老師點撥，頗覺損失。余今年申報《詞繫考正》，若有疑惑，還望老師指津，但不敢如前次長篇大論矣。

專此，謹候

夏安。

晚生蔡國强拜上

二〇一九年七月八日

# 與熊禮匯書

禮匯兄：

十二月二十三日　惠函奉悉。論學、訂交，情辭殷切，至感厚意。濠江研討，暢叙甚歡。散文與韻文，中國文學兩大組成部分，兩個主要分支。互有區別，卻可以溝通。那就是「詩」與「思」，「散」或者「韻」，實際並不重要。《詩經》有不押韻篇章，《史記》被指無韻《離騷》。詩與非詩，許多話題都不限於韻文。「思」則更有共通之處，尤其是史的思考與把握。相信都曾下過一番功夫。吾　兄所説學術個性或理論建構，正是自己的一種追求目標。未敢稱體系。近年來，差不多二十年，正著力於這方面的探討。吾　兄有同感，並加激勵，甚爲難得。就目前情況看，在學界，自己仍然孤軍作戰。除了思維方式不同，可能還有學風及文風問題。因爲多數人似乎不太願意看别人的文章，或者看了也當沒看一般。各自説各自的話題，也不管陳舊不陳舊。如切如磋，如琢如磨。朋輩間互相鼓吹，此風已不再。對此，本來並不在意。文章寫成，隨他去也。參加學術研討，始覺得不太美妙。覺得須要推廣。解惑、傳道，應盡其微力。

接讀　惠函，很高興遇到知音。在澳數日，雜事繁多，未能偕同觀光，好得走前一晚，海島漫步，頗盡興。希望還有機會。

拙文撰寫於一九八八年，至今十六年。雖時過境遷，而詞界卻無有新開拓。正如拙編《當代詞綜》一樣，十六年間，同類圖書出了不少，卻仍然未曾被取代。拙文與拙編，兩相應合，體現對於一段歷史的思考與把握。全文未曾於内地發表，未知能否借助　貴刊，公之於世。《當代詞綜》四册，已囑出版社代寄。到時，望　多予指正。

耑此。即頌

撰祺

施議對拜上

二〇〇四年二月二十二日

# 與王星漢書

星漢兄：

疊奉　惠函並　尊作及照片，至感　厚意。上饒別後，忙著雜務，未及奉答，時在念中。幸會數日，暢叙甚歡。今秋八月，貴校有會，可望一聚。

拜讀　大作，甚欣喜。尤其步韻「呼我弟兄」，也一世忙，都融化得很好。至絶句，信手拈來，亦頗饒情趣。十分難得。中華詩詞，熱鬧了一大陣。吾輩亦曾效力。大體上看並不壞，只是詩商多了一些。天天收到徵稿書。花樣繁多，不勝其煩。數年前，曾爲文説及於此。不過，想想另一個方面，埋頭著述，只説不做，也不見得就好到哪裏去了。似有點難以適從，但也顧不了那麽許多。

年來出遊，舊雨新交，其樂無窮。希望有更多機會。

小詞數闋，乞　斧正。

耑此。即頌

吟安

施議對

二〇〇四年三月四日

# 與沈家莊書

## 一

家莊兄：

非常高興，老朋友的問候。學校已放暑假。不準備出行。八月底武漢大學詞會，答應赴會。論文答辯，安排在下學期開始。暑假做自己的事。仍然在崗位上。騰不出時間，整理詩文稿件。

葉先生滿天飛，够生猛的。佩服。那年南京一面，好幾年過去。温哥華之行，不知幾時實現。到時借助吾　兄推介，必定有許多機會。不知幾時歸國？盼一聚。

即頌

夏祺

議對

二〇一二年六月二十三日

# 附録：沈家莊致施議對函

議對兄：

如晤！

又是端午，每逢佳節倍思親。想必仁兄一切安好！又快放暑假了。忙完論文答辯，應該鬆口氣，準備去哪兒走走呢？每次與葉嘉瑩先生見面，我總會提到仁兄。她也關切地問到你的近況。問你們澳門大學是否有退休？我説没聽你談過退休的事。我近來纔結識一些文化界同仁，參加一些這邊的文化活動，正式與這邊的文人和學界有了一些交往，建立了一些人脉。仁兄來温哥華，就可以做一些講座了。不知仁兄一家何時能够來温哥華一遊？非常想念仁兄！匆匆餘不一一。

即頌

人筆雙健，闔府康泰！

家莊頓首

二〇一二年六月二十三日

二

家莊兄：

前段時間網上拜讀　大文，紀念乃師吴熊和先生，其中帶及瞿禪先生，倍感親切。今年韻文學會三十年紀念，不知是否將老朋友忘了，只是從歐明俊那裏獲得消息。那時候的情景，不會忘卻。

退休後，没去兼課。整理積稿，亦甚忙碌。

王娟、大雷、道才，去歲一面，行色匆匆。今後有合適的會，望能一聚。

五月葉嘉瑩先生壽慶，集句小詞一首，已寄去。是否赴會，仍在考慮當中。緊接著五月十四日，將去昆明，參加老同學黄河浪的會。已經訂好機票。

小詞謹附上，乞　斧正。

並頌

春祺

議對

二〇一四年四月二十一日

三

家莊兄：

二封　惠函，剛剛拜讀，不小心被隱藏，找不回來，請重發一遍。集句小詞，上回已以附件傳上，今直接放在函中。遊戲文字，並非己作，不應當有勞　大駕。此番壽慶，恐未必成行。兩個會，北、南二地，緊接著舟車勞頓，並不容易。到時再看看。惠州的會，不知哪個機構舉辦？没有聯絡。

韻文學會三十週年，他們不記得，你我應記得。有道理。一起撰寫文章。韻文學會的紀念，固然爲韻文，實際更加應當爲友人，爲你和我，也爲你和我的導師和前輩。是一種血脉的承傳。真的，假的，看看能否經得起驗證。放開寫，不愁没地方發表。

今後有合適會議，仍須參與。澳門的詞會，有第二(屆)，希望還有第三(屆)。我這裏的澳門詩社，仍然開展活動。社刊《九歌》第二、三期合刊，有一篇吾　兄的文章。

五月歸國，不知能否相聚。南開的會，九日至十三日；雲南的會，十四日至二十一日。到時請聯絡。

此頌
吟安

議對
二〇一四年四月二十二日

## 附録二：賀新郎（葉嘉瑩先生九十華誕誌慶）

濠上詞隱

葉嘉瑩，號迦陵，蒙古裔滿族人，出身葉赫那拉氏。一九二四年生於北京。清河顧隨入室弟子。二十世紀中國第四代詞學傳人之重要領軍人物、當今海内外最具影響力之詞學宗師。秉承孔門詩教，弘揚中華文化。成績斐然。七十年代後期，以加拿大不列顛哥倫比亞大學終身教授，歸國講學。藉詩可以興，可以感發聯想，可以激勵生命力量，於神州大地，起衰、濟溺，移化、陶鑄，提振國人對於古典詩詞乃至華夏文明之認識及愛護。其勞可嘉，其功厥偉。甲午夏初，適逢九秩嵩壽，南開大學文學院，將爲舉辦「慶祝葉嘉瑩教授九十華誕暨中華詩教國際學術研討會」，謹集陳迦陵（維崧）湖海樓句以賀，並呈郢政。癸巳大雪後一日於濠上之赤豹書屋。

似話當年事。西河看君家、紅英紫艷，賦才清綺。花犯昨夜小樓東風到，好箇他鄉天氣。齊天樂幾側帽，梨棠雨細。拜星月慢疏影暗香姜白石，傍垂虹、差足云豪耳。念奴嬌菰蒲撥，曉珠翠。滿江紅　故園遥想江城倚。八聲甘州有冰輪、金波萬頃、霜簷如洗。桂枝香碾罷龍團七椀後，門外爛柯誰記。洞仙歌憑折寄，一枝千里。隔浦蓮近拍數子詞場杯更舉，闋投新、嘉話見從此。沁園春身正健，祇須醉。曲遊春

# 與王步高書

步高兄：

前一兩個月給我的兩封信，均已拜收。因忙著「轉工」，未及奉覆，時在念中。有關合資事，看來十分不易。書生「下海」，難得成效。今後可能，就死心塌地呆在岸上。好得應徵大學教職，已獲聘書。我們又在同一條戰綫，合作機會將更多。九月一日，我將赴澳門大學（原東亞大學）任教。此間行美制，講師與副教授之間，尚有助理教授一職。我因已獲博士學位，不必從講師做起，就擔任「助理」一級。六門課：《詩經》、《楚辭》、宋詞、古代小說、古代韻文、古代文學專題。上學期教其中四門。每周十二節課。

到學校後，再告知地址、電話。來信仍寄香港家中地址。因小孩在香港讀書，還得兩處安家。飛翼船，一個小時行程，十分方便。

假期很長，可外出參加學術活動，也盼争取機會出外訪問、講學。四月間，臺北詞會，鍾振振、楊海明諸兄都赴會。東吳（大學）與臺灣甚有淵源，望争取多與聯絡。

餘容後叙。即頌

撰安

議對上

八月十六日（一九九三年）

## 與胡明書

胡明兄：

拙文《百年詞學通論》已寫成，並且停留一段時間，認真加以修訂。還是用一番功夫的。尤其第三部分，説存在的形式及形式的體現，應當還有些獨立的見解。最後説及體制内與體制外，其思路，正與老胡和小胡，互相貫通。請幫我看看，不妥之處，可再作斟酌。紙質文本先奉上，電子文本如何寄奉，請　賜示。

即祝

著祺

議對敬上

十二月九日(二〇〇八年)

# 與徐志嘯書

## 一

志嘯兄：

接奉　惠函並　山田先生邀請函，至感厚意。因學校申請要有事先計劃，並須論文，福崗年會，恐來不及辦理，看來須待另外機會。到時與山田先生致意。

吾　兄費盡心神，過意不去。

有關書評事，可緩行，原以爲正寫作澳門詞學問題，可先來個小題目。不知此計劃可否獲得批准。

暑假期間，新疆有會。因手續問題，亦未能成行。訪日事，再等機會。望常聯絡。

耑此，即頌

旅安

議對上

七月二十六日

二

志嘯兄：

新年好。非常感謝這次講座的安排與款待。同學們也配合得很好。十分滿意。講稿收到了。整理得不錯，大致上都反映出來了，有一定現場感。稍加補充，也許能够成爲一篇真正的講話稿。希望多予幫忙。請告訴我，整理者的姓名。這也是一位重要的合作者。版權所有，今後有機會發表，須要説明。録音請替我保存。

代我向同學們表示謝意。

剛剛返回學校，稽遲奉答。望多聯絡。

匆此。即頌

教安

議對

二〇〇五年元月三日

## 與鄭欣淼書

欣淼詞家吟席：

濠上夏初，有幸識荆，並蒙不棄，惠寄詩詞百首、丑牛寅虎二集、山陰道上美文一帙，至感　厚意。　尊作温文爾雅，和樂且安。有篇有句，工敏清新。捧誦至再，甚佩高明。集成《賀新郎》一闋，以報心得。

另有拙文一篇拙詞數片，敬乞　斧正。肅此專呈。

恭頌

道祺

議對

五月十六日（二〇一一年）濠上

### 附録：施議對《賀新郎》（集句）

近讀鄭欣淼先生詩詞大作各帙，謹集其句以報，並呈郢正。

霧靄煙光幻。笑回頭、荒侵草木，聞鶯百囀。攻讀紫垣艱難亦，華夏斯文基奠。
太液柳，春風拂面。筆底龍蛇横斜又，舊痕尋、獨入浣花畔。霞五色，帙今看。
圓山無恙别來半。渡慈航、駢連至寶，同生宏願。丘壑胸中尤深秀，芳榭蘭汀芷岸。
渾似昨，當須七椀。助興南音清歡夜，雨綿綿、秋實椏枝滿。天際去，一行雁。

辛卯立夏後五日於濠上之赤豹書屋

# 與莊錫福書

錫福兄：

九月六日　惠函並大作《西江月》，均已拜悉。自嘲能見性情，甚佳。兩結處以去聲收韻，亦甚合拍。非泛泛之作也。十分欽佩。

有關講座事可安排於十二月下旬，至於職銜，可往後考慮，主要爲宣傳學術觀點。有一個題目：「中國古典文學研究中的觀念、方法與模式問題」。去年在天水，今年在哈爾濱，兩次講演，都頗有一些驚動。目前尚未成稿，準備多講幾次而後撰寫成文。此外，詞學本身以及當前詩詞創作問題，也有些話題，應能引起興趣，也可考慮。貴校校系領導都不熟悉，請代致意。

奉上拙著宋詞正體一册，乞　斧正。二卷正在製作當中。詩詞集顧不上整理，須四卷本完工，纔能安排。

望經常聯絡。並請告知電話。

耑此，即頌

文安

議對上

十月六日（一九九七年）

## 與許敬震書

### 一

敬震教授：

接奉　惠函，甚欣喜。獲知正有十九世紀漂流記在手，覺得很有意義。尤其是關於澳門的記録。不久將來，必有交流機會。本人亦頗願往訪　貴國，如有相關會議，望能一聚。

希望經常聯絡，並頌

研安

施議對謹拜

二〇一一年五月七日

### 附録：許敬震致施議對函

施議對教授：

在第七次東方詩話學會上見到您，我感到萬分高興。韓國和澳門同屬於漢字文化圈，但是我一直没有機會見到澳門的教授。

我最近找到了十九世紀朝鮮人在東南亞的漂流記録，都是用漢文寫的，其中有經過澳門的紀録。在無法越過邊境的閉關鎖國時代，朝鮮的漁夫們竟然經過澳門。他們經過琉球、菲律賓、澳門然後又回到朝鮮。並寫下了這樣的一個漂流紀録。

我對十八世紀到澳門留學的朝鮮學生們的紀録也很感興趣。

如果在澳門有國際學術會議的話，我很想參加，並發表相關的論文，也特别歡迎您來參加在韓國舉辦的國際學術會議。

許敬震敬上

二〇一一年五月四日

## 二

許教授：

十一月三日　惠函並　大著《韓國詩話人物批評集》五册，均已拜悉。至感　厚意。煌煌巨著，中韓學者合力造就的重要成果。不僅集　貴國詩話之大成，亦爲中土詩學提供一極其寶貴的參照系統。這是千秋萬代的功業。中土學人，必將從中獲得教益，對於相關研究發揮巨大推進作用。

拜讀　大著，覺得如此巨大工程，確實頗難操作。而凡例七項，爲全編編排，確立法則，卻做得十分周密。編著者的勞作，令人欽佩。

謹呈幾條不成熟的意見供參考：

一、凡例一說明，詩人評論資料按時間先後排列，但僧道、女子、伎流列於最後。開篇第一人爲箕子，符合這一原則。而霍里子高妻麗玉，列居第二，與凡例不合。依鄙見，是否將麗玉作爲箕子的附屬，以另一形式排列於箕子之後，不爲單獨立項？因麗玉其人，事迹也並不太多。

二、凡例五說明，某條詩話涉及多位詩人，則録於該詩話最主要敘說對象名下，該條所涉及之其餘諸位詩人名下，則只標詩話名，注明見某某條。這條規則，以主要、非主要，確定所屬，具體操作不一定造成混亂，但翻檢不易。如改爲，以該詩話出現時間先後排列，而不管主要、非主要，讀者查考，會不會方便一些？不過，大局已定，這一條不改，也無傷大雅。

三、同一部詩話，同一卷，連續徵引，比如箕子名下的《東國詩話彙成》卷一，連續徵引三次，第二以下，能否以「又曰」的形式出現。書中此類事例仍甚多見。

以上所說，未經仔細思考，不一定正確，請勿介意。

記得前次　惠函，曾説及　貴國漢詩及填詞問題。對此，本人亦頗感興趣，希望有合作機會。亦希望能在澳門一聚。

專此布達。敬頌

道祺

施議對敬上

二〇一二年十一月二十二日

## 與宇文所安書

歐文教授著席：

三月二十七日　惠函奉悉。有關訪問講學事，多承關照，至感厚意。因不識西文，頗多不便。日内拜讀賈晉華女士所譯之尊著《初唐詩》，大爲震驚。雖遠隔重洋，又是不同文化根基，但所論説卻毫無隔閡之感。尤其對於宫廷詩結構模式及作法慣例之歸納與剖析，更是令人折服。這種歸納與剖析，已經超出宫廷詩範圍，對於今人作詩填詞仍有一定參考價值。因此，我想起中國一句老話：「熟讀唐詩三百首，不會吟詩也會吟。」將它套過來，用作拜讀尊著之心得，曰：「熟讀歐文初唐詩，不會作詩也會作。」由結構方法入門，探尋詩體演進規律。此類論著，在中國本土之學術界，仍甚少見。國際上，可能也屬鳳毛麟角。因見聞所限，才力所限，未必真能理解尊著之宏旨要義，而且尚未窺及全豹，但就方法而論，卻頗有同感，頗多獲益。

緬因詞會，我所呈交論文題爲：《詞體結構論簡説》。竊以爲：中國詞學研究，大致經歷三個階段。即：本色論、境界説與風格論三個階段。王國維之前，以「本色」論詞，此爲傳統批評標準。王氏提出境界説，引進西方思想精粹，開始了中國新詞學。經過胡適、胡雲翼進一步發揚光大，境界説演變爲風格論。近四十年，中國學界出現大量文章及專著，多方開拓，已將風格論推向頂峰。對比三個階段，三種不同標準與方法，其得失利弊，學界自有公論。但我認爲：本色論注重特質，而取徑較爲偏窄；境界説擴大視野，尚未解決個性問題；風格論偏重品賞，往往詞中無「詞」。相比之下，似乎只有研究結構方法，纔能探知其入門途徑。

拜讀尊著，倍感親切。因爲，目前學界，已是難得有此同調。盡管不可以爲，只有使君與我，然以先生之靈感、才器及學識，論詩説詞，我想，即使曹劉再世，也當難以匹敵。緬因詞會在即，亟盼親聆教誨。將來如有機會，亦盼能够前赴進修，以共享論詩説詞之樂。

此信不再請人翻譯，不妥之處，乞鑒諒。

耑此。敬頌

撰安

施議對

一九九〇年四月二十一日於北京

# 與萩原正樹書

萩原教授：

接奉　惠函，並承寄賜　尊著，至感　厚意。竹磎詩詞文三種及《欽定詞譜》內府刻本二種異同考，皆甚值得珍重。中日兩國，倚聲與倚聲之學，既有共同的「源」，又有不同的「流」，相互之間關係，錯綜複雜，許多問題須要進一步交流、研討。

二十世紀六十年代，神田教授《日本填詞史話》寄贈業師夏承燾教授。業師曾命翻譯其中一節《填詞的濫觴》，以爲《域外詞選》附録。其後，彭黎明君及張珍懷學長，所有輯録，皆取材於《史話》。今獲竹磎詩詞文三種，甚欣喜。張珍懷學長已於年前逝世。三家詞注修訂本，希望能加以完善。多年來，有關　貴國詞與詞學的探研，仍甚粗淺。業師遺願，尚待付諸實踐。

明年八月，澳門大學社會科學及人文學院將舉辦第二屆中華詞學國際學術研討會，誠邀　閣下光臨，與共研討。具體工作，目前仍在籌備當中。邀請函過些日子寄奉。第一屆中華詞學國際學術研討會，於二〇〇〇年七月，由澳門大學中文學院舉辦。第二屆研討會，

望　閣下多予指導。

二〇〇四年，接奉　貴會（詞源研究會）所贈張炎《詞源》研究，曾有《倚聲與倚聲之學》一文，表達觀感。當時傳內山教授，尚未寄呈　貴會，今謹附上，敬乞　斧正。

耑此。恭頌

著祺

施議對敬上

十月十六日（二〇〇八年）

## 與馬斗全書

斗全兄：

多年未見，時常於報端獲知消息，拜讀　大作。詩詞事業，得吾　兄及諸友好，籌劃、推進，必有成效。可喜，可賀。

承爲徵稿，至感美意。只因目前，仍然忙著日常課業及應付各方約定文稿，暫未能靜下心來，對於歷年詩詞存稿，作一清理，加上自己對於創作原來就並非專注，滿意之作有限，故一時難於應命。如果趕得上並且不會耽誤　尊編進度，再作考慮。

有機會南來，盼爭取一聚。

並祝

吟安

施議對敬上

二〇〇七年九月十九日

# 附録：馬斗全致施議對函

議對先生：

當年廣州一別，不見吾兄十三年矣，想一切皆好。今寄上中華詩詞研究院徵稿啓事。《二十世紀詩詞文獻全編》（暫名）實即各詩人的詩詞選本。吾兄大作自當録入。所收雖不限數量，但最好不要以全部詩稿投寄，故請自選滿意之作數百首寄之，詩詞分開。以電子文本爲最妥，如此不易出錯；無電子文本者，請賜詩詞集。啓事中有電子郵箱和投稿地址，請徑寄之。

祝好！

馬斗全拜啓

二〇〇七年九月十九日

# 與丘進書

丘進兄：

多年未有聯絡，不知各況，甚以爲念。令尊大人丘老先生《補蹉跎室存稿》詩五十一首，詞三十三首，在澳門刊行已十年。因發行渠道所限，行之未遠。

老先生《文集》今由鳳凰出版社發行，是大好事。謹奉上《中華詩詞學刊》四册，留作紀念。並將另寄一册交出版社姜小青總編，用作參考。時間過得很快。前段有澳門學者聯盟往訪　貴校西北交通大學，返回時曾説，吾　兄曾特別提起，澳門有一位學者朋友。不多時，已輾轉南來，出長華僑大學。前些日子，專門拜托澳門大學同事，致贈名茗，至感　厚意。

得暇之時，南遊港澳，望能一聚。

耑此奉達。恭頌
春祺

弟議對謹拜
二〇一二年三月五日

## 與劉援朝書

援朝兄：

接奉　惠函，知各況，甚欣喜。遲遲未覆信，時常記起。居住西八間房之時，曾在「松下」散步。並曾一起拜訪管公（舒蕪）。九一年初來港。九三年到此間執教。九六年暑假到北京，住社科賓館。請告知電話，以便聯絡。這一、二年，多用電話，少寫信。香港回歸，吾　兄兩面觀，甚實際。明年輪到澳門。一國兩制，打正旗號。符合潮流，當會更加美好。而且，内地也正在變化。越是高層，步伐越大。稍微遲疑一點，恐怕就跟不上。民主民生之訴求，將越來越有意識地得到體現。當局者也會順應。總之五十後，應看好。吾　兄研究人類學，一定很有意思。在文學方面，有關結構主義，也當從人類學説起。但我所知甚少，往後望多交流。

外面學術活動空間甚狹小，發表長文有困難。

拙著宋詞正體一册，請代呈

舒蕪先生。贈送吾兄之另一册，另補奉。

著祺

耑此。即頌

議對上

五月二十八日(一九九八年)

# 與趙勇書

趙勇先生著席：

接奉「約請書」，獲知柳永研討會即將召開，甚欣喜。前此已聽厚示、拔荊二先生提起，今番算是有了個結果。此會由柳永家鄉主持，在柳永家鄉舉行，很有意義。作爲柳永的小老鄉，能够躬逢盛會，自然是十分高興的。除此以外，我還以爲：柳永在詞史上的特殊地位，即作爲「宋詞奠基人」的地位，應當得到充分肯定。詞史上只說蘇軾開拓詞的疆界，革新詞體，而忽視了柳永，那是不公平的。柳永應當擺在蘇軾前面。這一觀點，不知能否得到「共識」。

祝

籌備工作順利進行

施議對

一九九四年一月廿二日於香港

# 與趙曉嵐書

曉嵐兄：

詩詞這玩意兒真有點玄。「兀傲每思江海客，日邊回首霧煙蒼。」經過吾　兄這麽一説，自己竟然也喜歡上了。之前，可以説完全不經意，只是爲著押韻。應當是一種潛意識。通常説，心靈投影，可能自己也作不了主。非常佩服吾　兄藝術洞察能力。潛意識，一語成讖。思想上，年來已有所準備。此間與内地不同，説不上享受，須儘早籌畫，纔能適應。不過一年半載而已，目前還是平常課業。吾　兄不必太早言退，有此詩心、詞才，一樣可享受風雅。

多謝吾　兄賀卡。並祝

詩書事業

日升月恒

議對敬上

二〇〇七年一月一日

## 與張海鷗書

海鷗兄：

拙作若干，幸蒙　賜評，至感　厚意。

寫作、閱讀、批評，一樣要緊。詞人黃墨谷先生有言，在一定意義上，評比作似乎更見功夫。尤其是當代作品，知己知彼，則更加容不得半句敷衍的話。評者與被評者盡皆如此。

所選兩組絶句，六闋《金縷》，並所　賜評語，甚合吾意。評語中，對於意蘊深淺、典故運用、叙述次第，以及句之巧、句之美幾個重要指標，都説得很到位。一語破的。諸如，連用三「未」字，一唱三嘆；仔細説而無法細説，托出鄭重之意；且讚美且緬懷，哀感頑艶。一切從肺腑洩出，等等。雖未必都已達至，但也是很大鼓舞。至於二、三待斟酌處，手下留情，今後有機會，仍盼　斧正。

九日南開，葉先生九十壽慶暨詩教研討會。到時細叙。

恭頌

吟安

弟議對拜啓

二〇一四年五月六日

# 與李旭書

## 一

李旭先生：

接奉九月二十二日　惠函並　尊作評邱世友先生《詞論史論稿》，跟著思考一些問題，頗獲教益。誠如　尊作所言，邱先生學識深厚，作風嚴謹，亦所崇敬學者。撰寫《二十世紀詞學傳人》（香港《鏡報》二〇〇二年八至十月號連載），曾將其推尊爲第四代首領。而《論稿》之作，乃其真傳，甚是值得珍重。

就論與史角度看，於目前所見詞學史著作，確實峭拔獨出。　尊作所論，籠括包舉，一覽無餘。著作者與評論者，皆大手筆，令人欽佩。

有關本體論問題，　尊作重點評介，以闡發其詞學思想與理論品格。攻堅不怕難。兩個方面的闡發，皆持之有故，言之成理。尤其是前者，所謂一事物之爲該事物之性質所在，能以哲學方法進行剖析，用哲學語言將命題確定下來，很有見地。尊作以爲：《論稿》闡發詞的文體特徵論或詞學本體論，屬於傳統主流詞論範疇。以爲：「這個問題決定了詞學一切分析和評論的基本觀點」。因以此爲主幹，充分肯定《論稿》價值，十分確切。爾後，尊作指出：「學術界一直在作頑强的探求，從局部或淺層次上，也提出了一些新見，但從深層、從哲學根基上提出的新的詞學本體論仍付闕如。」本人頗有同感。邱世友先生，舊學、新學，一以貫之。尊作標舉傳統主流詞學本體論，呼喚新的詞學本體論的建構，呼喚正確認識真正本體論層次的對於「詞之爲詞」的新的理解，相信頗合夫子之意。初次拜讀，亦受鼓舞。

哲學上的概念本體論，亞里斯多德稱之爲「第一哲學」。乃探討存在問題的哲學。所謂本體，尊作以爲存在之根。引之入詞論，專指對於詞所具有獨特性質的認識，也就有了詞學自身的概念——詞學本體論。有此概念，再將其劃分爲傳統詞學本體論（或者傳統主流詞學本體論）以及新的詞學本體論。於是，其標舉與呼喚，也就有了依據，哲學上的依據。這是非常要緊的。

十幾年來，本人也正思考這一問題。以爲建造詞學學的基礎。因有一事，提出商榷：西方哲學概念，若將其「中國化」，所謂傳統詞學本體論（或者傳統主流詞學本體論），是否可以直截了當地稱之爲本色論？例如李清照「别是一家」説，將樂府與聲詩對舉，突出「詞爲聲學」之本質特徵。乃本色論確立之一重要標誌。接下來，經歷張炎、陳霆、陳子龍、朱彝尊、張惠言等人，漸趨完善，到了況周頤，始集其大成。這就是《論稿》所論列之十三名詞論家。十三名詞論家目標一致，都爲本色論在言傳上下功夫。邱先生《論稿》，從李清照説到王國維，對其承傳關係，説得很清楚。尊作謂其「一綫貫穿地展示了傳統對詞之爲詞（包括詞的文體性及其相應的藝術方法）深入的研究與認識，是對傳統詞學本體論成果的一次最充分、最透徹、最系統的總結與闡發」，甚是切合實際。因此，本人覺得，將「傳統詞學本體論成果」改稱「傳統詞學本色論成果」，似乎更加容易理解。至於新的呼喚，已是《論稿》以後事，尚待繼續努力。

邱先生《論稿》，結集、出版，爲時較晚，而單篇刊行則甚早。論者不知，對其首領地位多所質疑。實際上，當今詞界，有如邱先生這般行家裏手，爲數並不太多。記得在致邱先生函中，曾説過這麽幾句話：所謂聲學者也，二十世紀經過後五十年周折，差不多已成絶學。夏、龍、唐、詹諸大師、宗匠，至吾等後輩，先生處於過渡階段，地位特殊，倚聲之學，若先生不傳，則不傳矣。尊作之標舉與呼唤，既有一定的針對性，又具建設性。十分難得。故此，謹借此機會，補充一點不成熟的意見，願得批評指正。

專此。即頌

撰祺

施議對拜上

二〇〇三年十一月十八日

# 附録：李旭致施議對函

施議對先生：

您好！電郵和大函均收到，因近兩周外面雜事頻繁，未及坐下來給您寫信，非常抱歉。認真閱讀大函和尊作《二十世紀詞學傳人》，頗受鼓舞。因我本不是學中國文學的，當時學文學理論，對古代文論感興趣，在其中選題作了學位論文，以後的研究便多從古代文論入手；只是九二年到五邑大學後，因工作之需開始教古代文學，平時纔有意讀幾本作品；九九年從北京訪學歸來，發現系裏已給排了「宋詞研究」的選修課，纔不得不進入唐宋詞的學習。邊備課邊上課，「研究」當然説不上了，只有采取務實也是走捷徑的辦法：選了温庭筠、韋莊、馮延巳、李煜、晏殊、歐陽修、晏幾道、柳永、蘇軾、秦觀、賀鑄、周邦彦、李清照、辛棄疾、姜夔、吴文英等十六位詞人，一家家通讀其詞集，一家家講授；在此基礎上，又選擇詳注了近二百首作品。因時間逼迫，不得不直接從作家、作品開始，倒説明我「懸擱」了很多主觀意見的干擾，而對詞本身是甚麽樣子（或甚麽味道）有點直面交往的體會。寫評邱先生大著的習作，其實就只有這麽一點點根柢！先生從名家遊，沉潛詞學幾十年，爲當代詞學界代表人物，拙文蒙法眼認爲還是從大門而入、路徑無大謬；且對邱先生大著的評價亦蒙許可，的的確確給我很大鼓舞！我在此要真誠説一聲：謝謝！

用「本體論」一詞，可能也是我當初學理論的一點影響。這種用詞方式進入詞學，我也是没有把握。因而拙稿寫出寄給邱先生時曾專就此問題請教，邱先生回覆説用也可以，要給出明確定義。接讀先生來信，我認真思考，確實用「本色論」更爲切合研究對象的實際，也更具有中國詞學的理論風格，尤其是在涉及傳統詞學時。北宋陳師道及稍後吴曾以至李清照等，這些最早進行詞學批評的人，用的都是「本色」一語，可見「本色」對詞或談論詞，都屬於原始性（根源性）範疇。因此從教將「傳統詞學本體論成果」改爲「傳統詞學本色論成果」。

當然詞的存在就是詞的歷史，而歷史的發展展示出存在的多種面貌、多種品格。從應歌的曲子詞，到致力詩學提升的文人詞，到曲詞兼備的專家詞，等等，可以有各種理解、各種觀點，這樣造成或崇温韋，或崇蘇辛，或崇姜張，或主南或主北，造成詞爲何物的不同把握。但萬事萬物都有它的根源，從根源意義上把握，詞即歌詞，因此造成了其不同於普通詩的「聲詩」特性。詞學研究必須懂聲學、必須重視聲學。對這一點，我在教學中曾有教訓。曾有學生向我提出：詞是歌詞，老師你能唱或吟嗎？我自然不能。後來這個學生又誠懇地對我説：你專門拜師學習一下詞的樂理，這門課一定會更有意義。我因爲是外行，所以尤其感到這方面造詣和成果的可貴。把詞當作普通詩來讀或研究當然也不算錯，但也總不能説很地道。先生在八十年代前期即致力於「詞與音樂關係之研究」，選題之攻關突破，我學習唐宋詞最爲佩服。「入門需正，立志需高」，可惜我只能嚮往。

傳統詞學的本色論，是從聲學出發所作的詩學提升。邱先生的大著對這一點把握得特別準確深入，可惜我限於學植，不能很好闡發。但讀了先生大函和邱先生大著，至少可以使我努力的方向和腳步更穩一些，確實受益非淺。

專此，即請

近安！

李旭敬上

二〇〇三年十一月三十日

## 二

李旭先生：

接奉十一月三十日　惠函，説及傳統詞學本色論問題，甚欣喜。

傳統詞學本色論，這是個重要命題，也是個合適命題。千年詞史、詞學史，其間種種，皆與之相關。有效地加以發掘、整理，對於詞學研究，尤其是詞學學術史研究，必有助益。邱世友先生詞論史，逐一梳爬，已爲鋪平道路，但作爲一種理論，與哲學概念——本體論相當的理論，仍須進一步加以抽象，或者升華。這就是從多到一的歸納與總結。邱氏之所論列，自李清照至況周頤，計十三家，可謂多矣。而如何將其歸之於一，亦十分要緊。依本人之見，除了從哲思上，於主、客二元以歸一，似當就其作爲一種批評模式，進行理論説明。包括標準、方法、模式，以及語彙系統幾個方面，逐一加以説明。這是邱著以外，所須補足的功夫。正如閣下所呼唤，新的待建構，舊的亦須補足。而據本人考察，新的建構，其實已存在。首先是王國維境界説，其次是吴世昌詞體結構論。合此二者，詞界至今，已有三種理論，或者三種批評模式。曰，傳統詞學本色論；曰，現代詞學境界説；曰，通變詞體結構論。有此三者，中國詞學學術史大廈，也就不愁建造不起來。這是本人多年來想説而又尚未説個痛快的心底話。

閣下具深厚哲學根基，有古文論打底，並且肯下功夫，肯讀詞，必能就邱著，發揚而光大之。

三種理論，三種批評模式。第一最要緊，通共一千年。其所積澱，最爲沉重。邱氏剖析，既精密，又多體會有得之言。宜細加領悟。第二頗熱門，折騰一百年。錯解、誤導，無所適從。邱論三大特徵，已可見現代化進程，但所謂遠承與近接，又將其往後拉。須細加辯證。第三較冷寂，尚無有立足之處，只能寄希望於未來。這是本人心目中的三座里程碑。因已與閣下就傳統詞學本色論這一命題，達成共識，故接二連三，説到三座里程碑。閣下勤於讀詞，一家一家通讀其詞集，一家一家講授，正合業師吴世昌先生「讀原料書」之意；又把握根本，認識聲學重要性，亦攻關突破之保證。希望多加指正，協力探研。

耑此簡復。即頌

撰祺

施議對拜上

二〇〇三年十二月十一日

# 與孫芸、聖光書

## 一

孫芸、聖光二先生：

驚聞　張珍懷先生於十月十九日凌晨辭世，不勝痛惜。張先生工填詞，對於倚聲之學頗有心得，並且熱忱提攜後進，是一位備受尊重的老前輩。晚學有幸，八十年代初，於淮海中路趨訪，即以同門之禮相待。二十餘年，良多教益。

張先生生前著述甚豐，交遊亦廣，於學界尤其詩詞界，影響較大，有關文字，十分珍貴，將來有機會編輯出版，頗願效力。張先生詞學地位，亦須論定。有機會當撰文，加以推揚。張先生生前所撰《日本三家詞》，已陸續分寄學界各友，包括先生所開列名單，書出之後，先生有校正，發現一些錯漏，將來重印，可添補。

望常聯絡。

耑此。即請

制安

施議對

二〇〇五年十一月二十五日

## 二

孫芸女史：

近日清理案頭，方纔發覺，您有一封來信，上有電郵地址，十分高興。由於雜務繁複，許多事情攪在一塊，經常誤事，敬希見諒。張老先生去世，獲知消息，曾有一函寄杭州，但被退回。有關老先生遺著，頗願協助整理。在寄杭州信中，曾説及此事。之後，與徐培均先生聯絡，知正進行當中。頗感欣慰。前段又接黄山出版書籍數種，一時没想到聯絡方法，未曾奉書致意，心裏總挂念。非常願意，繼續飛霞事業，將其詞學進一步發揚光大。現將我這裏正在做的幾件事，報告如下：

（一）論詞書札整理

飛霞老人，瞿禪先生早年弟子，與余有同門之誼。故此，對於晚輩特别關愛。自二十世紀八十年代之初，取得聯繫後，十餘年間，音書未斷。所有書札，約幾十通，輸入電腦，已一萬五千言。大致完成之時，再請幫忙審核。書札將收入《詞苑傳燈》（當代名家論詞書札），於明年年底在鳳凰出版社出版。

（二）學術殿堂推舉

飛霞老人在二十世紀詞壇，地位崇高。陳兼與、施蟄存諸前輩在論詞書札中，時有提及。晚輩亦深有所感。在澳門大學的碩、博課程中，曾加以推舉，並將其列入碩、博研究生學位論文選題計劃。我所指導二〇一一級碩士研究生燕鑫桐小姐，論文題目初步確定爲：二十世紀第三代詞學傳人張珍懷研究。我想將聯絡方法告訴這名學生，讓她方便請教，如何？

有關紀念網站，很有意義，請將登陸方法　賜示。今後，往返之間，望多聯絡。

我的電話：（略）

專此，即請

金安

施議對敬上

二〇一二年十一月四日

# 與景蜀慧書

## 一

蜀慧詞兄：

前封信說，將另報心得，遲遲未報，主要因爲未有好心境，日日俗務纏身，不能讀詞。今日得暇，細細拜讀，很爲驚動。實在佩服你的詞情與詞才，不必用甚麽「亂真」，或者「本色當行」等等加以讚揚。最受感動的主要是這兩個方面。前一項不必多說，後一項則甚多高招。例如「廢園」下片，由「山茶」到「心緒」，到遠隔天涯的人，若非大手筆，無法達到這一境界。由「小院」到「天涯」，小詞的空間，突然如此濶大，實在巧妙。前段寫了若干有關詞法的小文，尚未及此，這次受到很大啓發。其餘各首我也很喜歡。希望能經常拜讀　大作。我所作不多，滿意的更少。來此二年，就更難命筆了。以後不知有無機會寫點自己願意寫的東西。在此競争社會，爲文甚艱難。

不知繆老先生近況，甚爲掛念。

來信請寄家中地址。此間服務機構很難固定，説不定要换地方了。家中地址較爲固定。

請常聯絡。並頌

撰安

議對

二月二十六日(一九九二年)

# 二

蜀慧詞兄：

接奉　繆老題簽墨寶，既高興，又非常不安。一定倍加珍重，以更好地發揚光大。

有關《詞綜》事，懇請鼎力相幫。繆老爲編中重點詞家，録詞二十七首。小傳及集評、分評，都宜加重分量。

一、詞作二十七首，依詞調長短排列，不分時代，不注時間。

二、小傳參考龍榆生《近三百年名家詞選》體例。内容包括：名字號籍貫、出生年月。簡歷。現任職(只録教職)。

三、治詞經歷、詞學觀點、詞作風格。

四、詞集及有關著述。

一九八三年十二月《大公報》及川大學報所載拙文可參考。集評、單評，可采録詞集序跋或師友書札有關評語。此數項，曾與繆老共同籌劃多年，編得相當圓滿，被丟失，實在令人心痛。但繆老信件我皆妥善保藏，以後可加以整理。由京來港，書藉等運往福建，寄交親戚，近期内無法整理。因此，希望你幫忙。

近日林玫儀（臺中研院文哲所研究員，葉嘉瑩門生）來香港，言及明年四月將召開詞學會議，擬邀請大陸學者赴會。各事正在醞釀當中。不知吾兄近期有何課題？望相告。

耑此。即頌

撰安

議對

七月十六日（一九九二）

# 與朱惠國書

惠國兄：

新年好。

承賜 大著，至感 厚意。加緊拜讀，又因其他工作，續續斷斷，至今尚未讀完。所謂讀後感，須讀而後感，尚未讀完，就發表議論，肯定不合適。只是想到説到，請勿介意。

有關書名，説近世而不説近代，我很贊同。古代、近代，以一八四〇年鴉片戰争爲分界綫，非文學標準；近世劃分，以張惠言爲分界綫，真正文學標準。這是個觀念問題，頗能體現識見。上編、下編，判斷、劃分，具有開闢之功。宏觀把握，點綫貫穿，很不容易；而局面打開，敷衍陳列，卻一切順當。甚佩高明。

傳統、現代，兩種文化現象，兩相對照，很有趣味。由傳統到現代化的推進，增添一百年，根基極其深厚。傳統當中，經學與詞學，個案分析，落到實處，透徹精闢。相比之下，現代部分，似有點單薄。這是研究對象自身的局限。據此，亦令我想起其他一些問題。主要是對於現代的評價問題。大著用蜕變二字，十分要緊。不知有意無意？轉换、推進，是否還有發掘的潛力？陣容擺開，對於雙方情況，更加容易看清。待仔細拜讀，一定更多啓發。

先談這些，容後細叙。

專此。即頌

文安

施議對

一月四日（二〇〇六年）

## 附録：朱惠國致施議對函

施老師：

您好！

惠函拜悉，多謝老師的鼓勵。自知譾陋，尚望多多賜教爲幸。現代部分，確如老師所言，顯得單薄些，一是材料收集不够，二是缺乏深入思考，以後在此方面還要作些努力。

老師寫這麽長一段話，令我感動。再次感謝老師的鼓勵和關心。

春節將近，即頌

新年吉祥，闔府安康！

學生朱惠國敬上

一月五日（二〇〇六年）

# 與曾大興書

## 一

大興：

訪談作了修訂。陶文鵬來澳講學，與提起，也覺得非常要緊。用他七律中二句，作爲標題：「吴門四子君爲首，饒學百科理貫通」。只作簡要説明。二萬一千字。不知是否合適。請再予斟酌。二十七日赴滬，三十日返回。復旦文論的會。

即頌

文安

施

二〇一一年十一月十日

## 二

大興兄：

多謝惠函。自從大學退休，只是做自己的事，未及其餘。前段見訪談録，文學地理學，學科創造，爲立典型。千秋功業，必將載入史册。至當代詩詞，關鍵在創造者，而後才是接受者。研討會，應當有所推進。

祝願

事業詩書

宏圖大展

施

二〇一三年九月二十九日

# 與王兆鵬書

## 一

兆鵬兄：

四傑之舉，足見吾　兄的胸襟與膽識，深爲感佩。作爲一家之言，或者一個學術命題，提出討論，必有助益。屬於個人行爲，也是一段歷史。將體現一個時代的學風與文風。兩篇尊作以外，不知有無應和者？但願能有反響。此間消息並不流通，没看相關學刊，請多賜教。

並頌

研安

弟議對拜啓

二〇一四年一月二十六日

# 附録一：王兆鵬致施議對函

近來不佞兩提詞壇四傑之説，不知　詞長以爲然否？

祝詞長　議對先生

人筆雙健！

闔府安泰！

兆鵬拜

# 附録二：書評（摘要）二篇

## 文學藝術研究的導航之作——評鄧喬彬《唐宋詞藝術發展史》

王兆鵬　汪　超

二十世紀的中國詞學史，先後出現過兩個輝煌時期，一個是三、四十年代，一個是八、九十年代。這兩個時期，都湧現出了一批傑出的學者和一批標誌性的著作。三、四十年代的詞壇，造就了以夏承燾（一九〇〇——一九八六）、唐圭璋（一九〇一——一九九〇）、龍榆生（一九〇二—一九六六）三位大師爲代表的學者群；八、九十年代的詞學界，則活躍著以施議對（一九四〇—　）、楊海明（一九四二—　）、鄧喬彬（一九四三—　）、劉揚忠（一九四六—　）等爲代表的詞學團隊。施、楊、鄧、劉四位，都出生在四十年代，同在八十年代初出山，詞學研究的熱情、實力、成果和影響都旗鼓相當，故學界並稱之爲「詞學四友」，又稱「詞壇四傑」。三位大師中，夏先生的《唐宋詞人年譜》，唐先生的《全宋詞》和《詞話叢編》，龍先生的《龍榆生詞學論文集》，都已成爲詞學研究的經典文本。四傑也各有開創性的著作：施議對的《詞與音樂關係研究》（一九八五）、鄧喬彬的《唐宋詞美學》（一九九三）、楊海明的《唐宋詞史》（一九八七）、劉揚忠的《唐宋詞流派史》（一九九九），都是詞學研究繞不過的名山之作。

（刊於《中華讀書報》）

## 蹊徑獨闢　自成一家——讀《鄧喬彬學術文集》

王兆鵬

被學界稱許爲「詞壇四傑」的施議對、楊海明、鄧喬彬、劉揚忠，不斷給人以驚喜和震撼。先是楊海明推出八册十二卷本的《楊海明詞學文集》（江蘇大學出版社二〇一〇年版），鄧喬彬繼之結集出版了十二巨册的《鄧喬彬學術文集》（安徽師範大學出版社二〇一三年版)，其中詞學論著四册。這兩部豐碑式的文集，不僅銘刻著兩位詞學大家的學術貢獻、學術風範，也彰顯著二十世紀八十年代以來整個詞學研究的學術進步和學術水準。詞壇四傑的治學路徑、方法各異，但治學志趣、取向卻頗有相同點，都關注詞史的撰著。施議對注重探討詞與音樂的關係史，其名著《詞與音樂關係研究》(一九八五)，雖不以「史」名書，但實有體制史的特質，其《今詞達變》的《百年詞通論》(一九九九)，更是直接討論「近百年來詞的發展史」；楊海明的《唐宋詞史》(一九八七)，是二十世紀第一部唐宋詞流變史；劉揚忠的《唐宋詞流派史》(一九九九)，則是第一部唐宋詞流派的更迭興替史。鄧喬彬的《唐宋詞藝術發展史》(二〇一〇年初版)，問世的時間雖然較晚，但體量最多，達一百二十七萬字，爲工具書之外篇幅最大的詞學著作。

(《學術研究》即發)

## 二

兆鵬兄：

許久未見。前年在澳門所刊《濠上論詞書札》一書，近期正修訂，擬在内地發行新版。當中　大札一通，論當世詞壇，有「四傑」之舉。記得五年前，南開大學舉辦慶祝葉嘉瑩教授九十華誕暨中華詩教國際學術研討會，曾與揚忠兄言及。謂吾　兄以坦誠相待，吾不能以「不敢當」待之。多年風雨，畢竟亦曾經歷。作爲一個命題，對於探研八〇後詞學這段歷史仍可備考。揚忠表示贊同。吾　兄雅意，均已拜領。入録　大札，敬希　俯允。

並請

研安

議對敬上

二〇一九年三月十一日

# 與彭玉平書

## 一

玉平兄：

十二月六日此間召開「古典詩歌研究與人文精神思考學術研討會」，亟盼一聚。想不到自由行後，還不能自由行。劉永濟研討會，知有共同路數，甚欣喜。拜讀　尊作《朱祖謀與晚清和民國時期的夢窗詞研究》，更爲欽佩。不但細緻入微，而且有大的視野。從結穴做起，深入其「大本營」，必能登堂入室。

以彊邨爲清代詞學之一大結穴，已有來歷。「大本營」借以說夢窗，有集大成之意，亦表示彊邨實力之所在。未必妥當。

我的兩位詞學導師，對夢窗有褒有貶。誠如　大作所言，一位乃夢窗之隔世功臣，一位卻頗多微詞。拙作《百年詞通論》，依吴世昌先生所說，作了批評。而訓練項目一條，肯定夢窗之講究技法與聲律，卻啓發我從詞法上思考問題。

宋詞中清真之所謂集大成者，應該就是一種規範化。主要對樂曲創造而言。夢窗集大成，一切法度，皆極其能事。寶藏無數，有待挖掘。彊邨於此，多所構造，不愧大宗師。　尊作以輯佚、校勘、箋釋諸方面之具體事例，細加辨析，給以合理評價，合適定位，其用功處，皆體會有得之言，令彊邨功業，更添光彩。

夢窗而外，到東坡，再到《宋詞三百首》，彊邨詞學，已初具規模。尊作所標舉，以律校詞，我亦頗感興趣。彊邨老人的理論與實踐，應予發揚光大。劉永濟説「水鄉尚寄旅」，謂改爲「尚水鄉寄旅」，意思不變而聲律和諧，有一定道理，但爲著與四段之「嘆鬢侵半苧」相合，卻須斟酌。萬樹揭示此義，並加以修正。彊邨手校寫定本未從，黄季剛步韻，作「只今尚倦旅」，亦未從。應另有考慮。又，劉氏謂此句作「仄仄平上去」句式，恐有誤。依四聲，夢窗作「上平去去上」，季剛亦然。如照萬氏所説改，亦應作「去上平去上」。因手頭無劉著，望代爲查考。

由下而上，向前追溯，有後來者的經驗作基礎，或者參照系，總比單刀直入，憑空探索來得穩當。將此當一個起點，或者突破口，進而展示陣容，必無往而不勝。上與下，　尊作稱古典詞學與現代詞學，並以對於夢窗的態度，顯示其區別。一方有朱祖謀、夏承燾、吳梅、陳洵、楊鐵夫以及劉永濟，一方有王國維與胡適、胡雲翼。大致如此，我十分贊同。所謂轉型，這就是一個關鍵時刻。兩個方面，或者繼往，或者開來，都於此時一顯身手。

邱世友先生《詞論史論稿》，從李清照論及王國維，計十四家。就古典詞學的角度看，應到況周頤爲止，王屬於現代。尊作論彊邨，正好與況氏相輝映。一位律博士，一位廣大教主。以之殿後，古典詞學也就有了自己的天地。我將王國維分别開來，以爲另一大宗師，目的也在於强調轉型。這應當就是我們的會合處。尊作所述，頗見功力。於今學界，浮躁之風正熾，尤爲難得。持之以恒，必有大成，願共勉之。

耑此。即頌

撰安

施議對拜上

二〇〇三年十二月十八日

## 附録：彭玉平致施議對函

議對先生講席：

頃接手諭，無任感荷。先生治詞，名揚海内，而對晚學後生，獎掖如此，誠後學之大幸也。晚自一九九五年即開始關注夢窗詞，積累讀書筆記約七八萬字，去年歲尾，始草成此文，歷時不可謂不長，然困於才識，謬誤實多，擬暇日再作斟酌。

晚致力晚清與民國詞學研究，爲近數年事，目前已涉及朱祖謀、端木埰、陳廷焯、葉恭綽等數人，作文十餘篇，大體計划是先作部分個案研究，包括詞論、詞史、詞選、詞集刊刻等方面，待條件成熟，匯成一部專著。

憶初讀　先生《詞與音樂關係研究》已是十多年前事，心追神想，以不能謀面爲憾，今年武漢會議，始遂心。此次澳門會議，本以爲可再接　清音，但政府辦事之程序，歷來如此，最終不能成行，實爲憾事，希望以後有機會再赴澳門向　先生請益。

耑此即頌

著安！

後學玉平頓首

二〇〇三年十二月十九日

## 二

玉平兄：

接奉　惠函。知各況，甚欣喜。

清詩收録範圍，可按通常做法處理。導言中交代一下就可以了。其餘，皆隨所發揮。希望是一段愉快的旅程。

文體問題，向來亦頗關注。研究唐宋詞，已將其當作一種文體看待，只是對於史以及學，尚待進一步加以探研。入乎其内，還得出乎其外。今番議題，很有意思。我也想了個題目：《一切好詩到唐已被做完辯——兼説文體的演變及興衰》，曾給研究生講過，亦曾於學術演講時説及。有個提綱，可以對付。

暨南的會在前，應可成行。

祝

安好

議對

二〇〇四年四月十三日

# 附録：彭玉平致施議對函

施先生雅鑒：

手諭奉悉，謝謝！編輯《清詩一百首》一事，等我收到　您的信函後，再向　先生請教。

近年頗涉獵晚清和民國的詞學文獻，對詹安泰先生的創作和學術倍增敬重。先生列詹氏爲「四大」之一，堪稱詹氏功臣。《詹安泰卷》的選目並不困難，難在「前言」的撰寫上，近來心思全在這上面，希望能寫好。伯慧先生爲我提供了大量的文獻，其情殷殷可感。《當代詞綜》尚未見到，他日捧讀後，或可寫一書評以廣影響。

先生久享詞學「北宗」之名，而今南下澳門，詞學「南宗」復焕然趨盛。先生近年發表文字，善開風氣，氣度不凡，晚生每捧文嘆息。因知學術一端固不能無才、學，而膽、識才是學術根底所在，先生之學尤在以「膽識」服人。

餘不贅。即頌

臺安！

晚玉平頓首

## 三

玉平兄：

代轉郵件，對方已收到。很有意思。以後有甚麽解決不了的問題，有吾兄幫忙，也就不用擔心了。下周研討，主要就當前創作，説點意見。

浙江古籍出版社尚佐文，詩寫得不錯。不知是否相識？還有周錫䪖。二氏作品，請看看。另有北京首都師范大學研究生，所作也請看看。另有拙作，有吾兄評語，亦附上。

施

二〇〇四年十二月六日

## 附録一：施議對《望江南》三首

垂楊柳，人犬各牽行。早市旱橋斤兩較，方城蒲扇浪濤聲。河壩看風筝。

——西壩河公園

城環六，浩蕩出京郊。招貼當空雲蔽日，白楊立地水横橋。高嶺鎖蠻腰。

——金山嶺長城

拆還建，何用計晨昏。四面紅墻千宅院，自將拔起任推循。永定帝都門。

——重修永定門

## 附録二：彭玉平致施議對函

施先生臺鑒：

來信及論文摘要並《望江南》三首均悉，謝謝！

大文視野宏闊，以思想統率學術，爲學術研究之高境。先生近數年爲文，大都醒人眼目，非常人可及。蓋先生可爲他人所治學，而他人絶難治先生所爲學也。此學人眼界不同，所以學術境界也因此迥异也。

《望江南》三首寫京都風物，也别饒意趣。第一首與先生近年詞風頗一致，結句「高嶺鎖蠻腰」化剛爲柔，筆力伸縮自如。第三首「風」味十足，有江南風情，不覺其爲北國景致也。

會議通知稍後奉上，請查收。期待廣州的相聚！

晚玉平拜上

## 附録三：彭玉平致施議對函

施先生臺鑒：

手札並大作均奉悉，謝謝　先生信任。近來教學較忙，稍等數日再細細拜讀，如有拙見，再另奉。

此次在番禺聆接　先生清音，晚深感榮幸。先生爲人寬厚，但爲文則極有鋭思，且歷歷可見使命意識，非一般書齋之文能限也。

番禺數日，招待或有未周，尚祈諒之。十二月赴澳門的簽證，明日去辦，據云三兩日可定。期待再次在澳門聆教。

敬頌

著安！

後學玉平百拜
二〇〇四年十一月三十日

# 四

玉平兄：

昨晚文稿收尾太倉促。因已是春分後七日，想在十一點(子時)之前交稿，免得另换一個節氣，故將三件事合在一起説，結果一件都没説清楚。大著對於吾　兄而言，乃用功之作，有幸爲序，當也需要用心、用力。撰寫過程，也是個學習過程。須在同一話語場，纔能有效展開對話。不一定都做得到無一字無來歷，但脱離文本的大話、空話總一定可避免。無論如何，深感受益匪淺。

邊閲讀、邊寫作，大著所佈置陣容，方纔給稍稍打開，但我的序文其實還有大半未完成。

例如：第二章主説、副説，明流、暗流，吾　兄之匠心獨造，需要單獨一段加以論列；第三章審美範式，亦需展開討論。至於結尾，水到渠成，到時候自然亦有許多話可説。惠函所説諸事，如王國維與況周頤詞學的合流以及理論研究與創作分析的結合等問題，都應加入討論。因此，仍須稍待。過會兒返港，三、五天後回澳，到時候再另作計議。

匆此。即請

研安

弟議對拜啓

二〇一八年三月二十九日

## 附録：彭玉平致施議對函

施先生大鑒：

大序拜悉，至感至感。先生諸多贊説權當鼓勵，應是我努力的方向了。大序對前面兩章聯類而談，深得我心。在晚清民國，重拙大説是明流，而鬆秀説是暗流，但就詞體本色而言，暗流纔更爲契合。這種明暗之分是建立在況周頤詞學的獨特學緣之上的。換言之，況周頤的詞學也有略呈本心與立「不得已」之説的矛盾。

第三章潛在的論説對象是王水照先生關於王國維與況周頤詞學呈現不同的審美範式之論。我的觀點應該與王先生有明顯的差别，實有商榷意味。這種差别我認爲主要是基於文獻來源不同。《蕙風詞話》多兩違之論，而《歷代詞人考略》一書因況周頤乃代劉承幹立説，故可脱去依傍，一任本心，故其中呈現的詞學觀念與《蕙風詞話》中的「暗流」適相呼應。這説明真正的詞學家總是要回到詞體的本色的，王國維與況周頤詞學的合流因此而成爲可能。

關於《歷代詞人考略》一書，其書被發現、影印問世已多年，但對其書之源流本末實多錯解，我輾轉南北圖書館，細緻審查，方得此書編纂與修訂之明晰過程。而此書之理論價值一直不受重視，第三章以此書爲立説依據，相信對相關學術史是一種推進。

晚正在寫況周頤與梅蘭芳一章，重點分析況周頤《秀道人修梅清課》一集中的聽歌之作，以形成拙著理論研究與創作分析的結合。

余治況周頤詞學倏忽四年，雖所作文字不多，但極重視新文獻與新觀點。而才力兩欠，諸多未足，一時也徒嘆奈何，或今年仍將把主要精力放在況周頤身上，我的奢望是能一新況周頤詞學的研究局面，不做重複之論。

二十餘年來，屢得　先生鼓勵，諸多銘感珍藏心中。匆匆。敬頌　先生

起居佳勝！

晚玉平頓首

二〇一八年三月二十九日

# 與金鮮書

金鮮先生：

接奉　惠函，知正填詞並有問題相商，甚欣喜。

關於詞韻，一般都用《詞林正韻》。十九部，包括平、上、去三聲十四部，入聲五部。這部書將詩韻中聲音比較靠近的韻字，以「通用」形式歸併在一起。方便使用。惠函所列舉《江城子》，指八庚、九青、十蒸通用，没錯。這是十九部中的第十一部。此外，因《江城子》押平聲韻，除了十一部八庚、九青、十蒸通用，其餘各部的平聲韻，亦可通用。

關於對仗，一般都有固定位置，也有許多講究。

每個詞調都有每個詞調的格式規定。規矩很多，不必强記。可以嘗試從兩個詞調開始。一個《望江南》，一個《浣溪沙》。記住簡單譜式並跟著記住一、二代表作品，就能依樣填製。

以下謹附《望江南》《浣溪沙》二譜式及作品，供參考。

耑此奉覆。敬頌

研安

施議對拜啓

二〇一六年八月二十一日

## 附録：《望江南》《浣溪沙》譜式及詞例

譜式説明：○，表平。□，表仄。◎，表平韻。

1.《望江南》

○○□

□□□○○◎

□□○○○□□

○○□□○○◎

□□□○○◎

説明：此調二十七字，三平韻。中間兩個七言句，通常都用對仗句。各句第一個字，有時平仄可不拘。知道就行，不特別標識。

舉例：《憶江南》（白居易）

江南好，
風景舊曾諳。
日出江花紅勝火，
春來江水緑如藍。
能不憶江南。

2.《浣溪沙》

□□○○□□○◎
○○□□□○○◎
○○□□□○○◎
□□○○○□□
○○□□□○○◎
○○□□□○○◎

說明：此調四十二字。上片三平韻，下片二平韻。過片二句，一般都用對仗。各句第一、三字平仄不拘。其餘須嚴守。

舉例：《浣溪沙》（晏殊）

一曲新詞酒一杯。
去年天氣舊亭臺。
夕陽西下幾時回。

無可奈何花落去，
似曾相識燕歸來。
小園香徑獨徘徊。

# 與王昊書

## 一

王昊兄：

許久未聯絡。因忙著論文集第三卷校核出版，一時走不開，東北之行未實現，失去一次相聚機會。明年南昌詞會，應能一聚。

前函説及當代詞統問題，須細加推究。分期分類，十分要緊。須有個標準，或者原則。兩翼構成，一爲諸名家，一爲衆詞家。較難爲之定義。似過於籠統。而且，諸名家亦非鐵板一塊，仍須細分。請再斟酌。

恭祝

文安

施

十二月十七日（二〇〇五年）

二

王昊兄：

吉大歸來，忙著一部書稿，甚麽都顧不上。研討會按計劃舉行。正在落實酒店。擬以三個議題推進：中國百年文學的機遇與困惑，中國千年文學的盛衰與新變，中國文學理論的正變及重構。四十餘人，不分組。到時考慮幫忙寫個報導。

八月入川，遊九寨。江西詞學會的名單，網上已見。井岡山於數年前到過，有小詞一組。九寨詞一首。請斧正。

打油撒得開，可考慮作小詞。

拙作三卷已出。日内寄奉。

恭祝

文安

施

十月三日（二〇〇六年）

## 附録：王昊致施議對函

施先生尊鑒：

南昌詞學會未得拜晤，聞先生另有要會相邀。「校慶」之際研討會論文正撰寫中。成文呈稟。在井岡山成一打油，附呈辱目一哂：

不朝聖來不拜仙，我今初到井岡山。霹靂星火燎原在，春花怒綻紅杜鵑。黄洋界上留長哨，白石階下幽豐田。雲起龍騰彈指逝，竹林深處待訪賢。

值此中秋國慶之際，恭祝闔府康樂！

近祺！

晚王昊　拜賀

九月三十日（二〇〇六年）

三

王昊吾兄：

拙稿初成，請幫看看，有不妥處，仍可修訂。說自己的見解，有點風險。希望能聽到批評意見。

宋金對峙，史學、文學都牽涉在內。本來已有觀感。到金上京看過，更加堅信自己的想法。三省六部，和大宋一樣，同是一個主權國家。爲甚麽非得由南宋去統一不可？實地考察後，寫下這首小詞，並於煞拍提出：歸大統，問誰主。至於多元一體，我看未必說得清楚。這是一千年的事，可作如是判斷。而一百年呢？當時試問胡元翎兄，不敢討論這一問題。小詞可能有所思考，但編者看不出來。吾　兄應能察覺。

今年尚未出遊。希望有機會另謀良晤。

即頌

研祺

弟議對拜啓

八月二十五日（二〇一二年）

## 附録：王昊致施議對函

先生尊鑒：

賜函拜悉。蒙　先生俯允賜稿，無任感激！爲保證第六期能揭載，煩勞先生「十一」國慶前擲下爲盼。

晚猥蒙錯愛，小詞實不足表胸臆萬一。《江城子》一闋當如先生誨正改之，而孟浪間已刊《詞學》第二十七輯矣！晚邇來稍讀《金史》，故於金源多所肯定。目下大陸史學界持「中華多元一體」史觀（其發明權在敝校張博泉先生，後經費孝通推波助瀾）。鄙意此「多元一體」觀有發明亦有新遮蔽；而時人於「前現（近）代」的中原「王朝國家」與少數民族「王朝國家」間之分際和近代「民族國家」內部之民族關係，亦多有混淆。盼先生撥冗誨教！

武漢詞會晚擬間焉，不得面領教言，亦憾之！

專此稟覆。恭請

道安　並闔府吉祥如意

晚王昊叩上

八月二十四日（二〇一二年）

# 四

昊兄：

日前接來函，想起　尊師喻先生，印象亦甚深刻。「文革」前夕，同在瞿禪先生門下，將近一年時間。「文革」初，革命大串聯，到達長春，曾往尋訪。喻先生是逍遥派，見面時，正在打乒乓。之後，各自於大風大浪中，鍛煉自己，一直没有聯絡。想不到，四十年過去，又與喻先生的門下弟子結緣。瞿翁一脉，接續有望。

因等會有課，體制問題，另日再議。學報稿酬，請寄珠海銀行户口。見附件。

即請

大安

施

二〇一二年十一月二十九日

## 附録：王昊致施議對函

先生尊鑒：

近好！

學報已經出版，晚今天到編輯部代領了先生賜稿薄酬人民幣八百元整，敬請先生垂示澳大詳細匯款地址。學報樣刊將由編輯部寄出。中大詹先生詞學會，惜晚未接邀函，不克往與拜謁先生。

專此上呈。恭請

道安並珠海愜意

晚王昊叩

二〇一二年十一月二十九日

### 五

昊兄：

離開崗位，仍然十分忙碌。臨近春節，接奉　惠函，未及奉覆，拜悉另一函，也已二十餘日。實在對不起。

前函所説,「詞體聲律論之古今嬗變」議題,很有意義;三條意見,亦甚合吾意。近世以來,二胡影響,未能忽視。無論創作,或者理論,都應有個恰切的評判。問題的癥結在哪裏?「音律」與「声律」意涵的混淆,是否即爲癥結之所在,值得探討。至於「脱离」與「分离」,二者雖有分別,但又很難將兩種現象,「案頭化」、「不可歌」,以及「律化」後,仍可歌,清楚地區分開來。仍須想想辦法。不過,其中的關鍵,「獨立成科」,才是最緊要的。就這一立場看,二胡與温,其歷史功過,也就容易判斷。古今的嬗變,於不同歷史階段,造成不同的結果。吾兄對於這一議題的闡發,必有所成。而正名與正體,相信也與科目的獨立不獨立相關,可在同一議題下,作「合併研究」(吾兄論任二北語)。拜悉　惠函,要説的話很多。趕著説説對於敦煌曲一文的觀感,只好將話題暫時打住。

敦煌曲一文,述的部分十分到位。二十世紀期間,有關「敦煌曲」名義和「唐詞」論争,其來龍去脉,交代得十分清楚。尤其是敦煌曲,某些細微的部分,也都有所交代。唐詞有點麻煩,因論辯雙方,始終較難以一種意見替代另一種意見。這也給叙述者,造成不便。可以理解。全文兩個部分,述的部分,目標已達至;作的部分,對於現代意義的四個方面的闡釋,則猶未也。乃一大工程。作爲研討會論文,已經足够;相信仍給自己留下很大的空間。對於四個方面的意義，拜讀後，亦有所感，留待下回另叙。

五月間兩個會，十四日雲南師大黄河浪研討會，已訂機票。九日南開，尚不知能否成行？雲南研討，有小文一篇，請幫看看。

此請

研安

弟議對拜啓

二〇一四年四月二十二日

# 與尚佐文書

佐文兄：

接奉　惠函並大作，甚欣喜。皆難得佳篇，頗耐尋味。減肥、大地震以及千歲憂，緣事而發，有古樂府餘韻。電腦及時間簡史，將先進科技引入，詩人想象，超越三千世界。絶句與楹聯，造語之工巧，更加料想不到。尤其是劉莊，晴好雨奇，倍感親切。一二十年，時人創作繁多，所見亦不少，大多讓人失望。拜讀　大作，非常欽佩。下旬赴滬訪學，停留杭州，希望能有機會更多拜讀。

另：兩位老前輩，戴維璞及趙濤翰，拙編《當代詞綜》作者，不知近況，便中請代爲查詢。曾有一文，説及詩界狀況，順呈　斧正。此文尚未於大陸刊行。

匆此。即頌

吟安

議對

十二月七日（二〇〇四年）

# 與顧青書

## 一

顧青先生：

接奉　惠函。十分感謝吾　兄讚賞。

日内正全力做點評，出版説明剛剛寫成。全稿輸電腦。校正後，即可寄奉。

詞選及每日一詩，同時再版。設想很好。裝幀、版式，一個規格。最好繁體豎排。詩詞作品，分行排列，以顯示其格式特點。

出版説明及目録，謹呈　斧正。

點評全稿字數不多。作品部分，分行排列。小令一篇一版，長調二版，或者三版。是否以八行書形式出現。外加細綫框，烏絲欄。儘量古色古香。原有香港版，僅三十一首。此番增至一百零三首。版權没問題。書名題簽已有。另日傳上。

恭祝

編安

施議對

十一月六日(二〇〇五年)

二

顧青先生：

接奉　惠函。獲悉通過出版，至感　厚意。

因原有香港版，此番所刊行，是否可稱增訂本？香港文學報社，給打個招呼就行，版權可出讓。臺灣有無與胡適相關機構，是否需要打招呼，我不太清楚。作爲點評，與原著應有區別。香港版二者皆署名，乃本人意思。此番出版，原著作者應當不必署名。

版式交由美編安排，應不成問題。是否需要插頁，香港版原有幾幅，可考慮增添。内地應有更好的圖片。

稿費及樣書，没有特别要求。按　貴局規定辦。

有何問題，隨時聯絡。代向劉燕捷先生致候。

即頌
編安

施議對
十二月一日(二〇〇五年)

# 與俞國林書

國林兄：

京都小聚，暢談甚歡，也瞭解得到圖書出版的一些情況。往訪黄墨谷故居。五四大道，紅牆飯店對面，銀閘胡同四十六號。墨谷詞人的先生，曾竹昭教授，雕刻大師。一九○八年七月七日出生。中國美術學院剛剛爲做百歲大壽。十分健康、硬朗。還能够登景山，遊故宫。已經將你的意思傳達。至感厚意。請與其外孫女曾靖，或者外孫女婿楊曉鐘聯絡。

本人的兩部著作，《詞與音樂關係研究》及《中國詞學學論稿》，一舊一新。月前致顧青函，已説及自己的想法和願望。此函以及論稿目録，請見附件。《詞與音樂關係研究》，不知能否查詢得到？

十一月十四至十六日，望前來一聚。會議邀請函另日寄奉。

耑此。即頌

編安

議對

七月十七日（二○○七年）

# 與莫真寶書

真寶詞兄：

接奉　惠函，敬悉　獲委參事室要職，可喜可賀。月前快遞也已　拜悉。承　抬舉，收録拙作，至感　厚意。

有關出版研究文叢事，主意很好，非常值得。弟所刊詞論集三卷，除第一卷《宋詞正體》，已在黑龍江印行新版外，第二卷《今詞達變》、第三卷《詞法解賞》，均未在澳門以外發行，包括港、臺和內地。三卷論集，各印行五百册，行之未遠。很想能依照原來樣子，三卷分别印行内地版，以保存澳門特色。未知　貴院可有興趣？

此外，吾　兄所説近年新作，主要是視頻演講，文字稿已陸續刊發上海《詞學》。相關文章，總稱《施議對詞學講演録》（附録音、録像）。如　貴院有興趣，亦可考慮。

另，選輯饒公作品，如非十分緊急，亦願承擔。

近由澳門大學退休。獲頒澳門大學榮休教授名銜。不必上課，但清理積稿，亦會相當忙碌。日内正準備行裝，將於六月初搬離學校。今後望多聯絡，有機會亦盼來澳一聚。聯絡電

話：（略）
耑此奉達。並頌
文祺

弟施議對拜啓
二〇一三年五月二十六日

# 附録：莫真寶致施議對函

尊敬的施先生：

敬悉　先生回函，樂何如之！然撥打　先生電子名片上的號碼，均不能接通。可能後學的手機與辦公電話，均不能直撥港澳號碼吧。

後學於三月二十八日前後，給先生發送快遞，寄贈《中國詩詞年鑒（二〇一二）》等書，不知先生收到否？去年末，因時間緊，未及獲允先生授權，即將先生新發表的舊作《新聲與絕響》一文擅自收入該年《年鑒》中。造次之舉，還望海涵。

後學已於年初正式調入國務院參事室，現任職於中華詩詞研究院學術部，臨時負責學術部工作。現有兩事相求，敬希先生襄助：

其一，後學有個想法，爲展示當代詩詞研究實績，深化當代詩詞研究，引導當代詩詞創作，擬組織編纂「當代中華詩詞研究文叢」（暫擬名，已獲主持工作的院領導首肯，尚未正式申報立項），給予出版資助，分輯刊行。此爲學界前所未有之事。先生關注舊體詩詞的當代生態與發展命運由來已久，且撰述頗豐，有功士林。即如《當代詞綜》，整理一代文獻，實乃人文之淵藪；又如詞學論集三大卷，縱論古今，皇皇巨著，令人景仰。不知近年新作，是否有待結集？或者，是否願意就往歲研究成果，按專題作一選本？如蒙俯允，當進一步和先生聯繫。若先生近日有赴京之計，亦懇望先生撥冗蒞臨詩詞院一叙。

其二，中華詩詞研究院現已啓動出版當代名家詩詞選集項目，選取文學性較强的詩詞作品，以人爲綱，每人一百首左右（可略加簡注），交由中國青年出版社出版，面向市場公開發行。第一輯十種，作者從中華詩詞研究院顧問中選取，陸續及於其他各界及草根作者。饒宗頤先生是中央文史研究館館員、中華詩詞研究院顧問。我們想選取饒先生作品入此輯，但老先生年事已高，加上後學與饒先生素無交往，不好隨便打擾。先生關注饒先生的學問及形上詞創作，並有專著與論文發表，與饒先生交誼頗深，不知能否請先生幫忙，玉成此事？如蒙先生慨然董理，則銘感不盡。

懇望賜覆！

我的電話：（略）

此致，即請

夏安

後學莫真寶再拜

二〇一三年五月二十三日

# 與劉淑麗書

## 一

小劉：

兩篇大作收到。論詞一篇很有文采。立論角度，我很讚賞。乃美學，而非社會學。這一點十分重要。有關此詞之鑒賞文字，舉不勝舉。大作與衆不同。一樣説情感，一般社會學論者，只是在道德倫理的層面進行評判，大多將其庸俗化；大作説表現方式，乃審美層面的程式化，其興趣自然高超。其中考辨，細密而不煩悶，亦不同一般高頭講章。我講結構論，上片、下片，佈景、説情。你説表現方式，表層、深層，柔美、蒼涼。應可互助、互補。你看如何？另一篇尚待拜讀。

恭祝

文安

施

二〇〇五年八月二十五日

二

小劉：

南京會上，未及細叙。民國四大詞人，唐圭璋照片，其女及女婿已提供部分。過些時呈上。唐文六篇，刊二〇〇九年十月、十一月、十二月及二〇一〇年一月、三月、四月，方便時，請預備一套寄贈唐棣棣女士。地址見以下函件。

小詞二首，謹奉　斧正。

並祝

文安

施

二〇一一年年十二月九日

## 附録一：施議對《金縷曲》二首

辛卯初冬，橘子新熟。正值民國四大詞人之一、中國詞學文獻學奠基人唐圭璋先生誕辰一百一十週年之際，南京師範大學爲舉辦紀念會暨詞學國際研討會。群賢畢至，少長咸集。期間，先生女公子唐棣棣伉儷偕同唐門弟子及與會專家、學者，近二百人，上山拜祭。宗師一代，後繼有人。謹集夢桐句以紀並誌懷思。

**其一**

夢逐南雲慣。點絳唇競西園、畫題彩筆，愁痕一綫。絳都春飄蕩經年可哀總，無俚信稀人遠。鷓鴣天垂淚日，孤燈我伴。浣溪沙輕幔但餘芸香裊，了三春、眉鎖算誰見。繞佛閣涼夜寂，訴蛩亂。齊天樂杜鵑啼徹垂楊岸。虞美人染征衣、思歸歲歲，秋來月滿。踏莎行憔悴白頭危闌望，分付平生恩怨。清平樂林木蔽，落潮天半。琵琶仙灑血冰綃貞心在，念塵飛、滄海江山換。高陽臺空凝睇，斷腸院。倚風嬌近

**其二**

初日禽鳴曙。踏莎行寺東頭、危樓野店，離愁無數。清平樂黃橘千林垂垂密，冉冉紫薇幽露。浣溪沙搖短楫，蓼花深處。憶江南斟酒松蘿鵑啼隔，雨繽紛、靈境神仙住。水調歌頭懷怨展，撩飛絮。繞佛閣兒家門掩櫻桃樹。女冠子倚西樓、玉簫聲裏，難遣今古。浣溪沙三月江南鶯聲亂，依約斜陽遲暮。虞美人雙攜照，韶光如度。蝶

戀花十里藕吟問誰續，祇平蕪、新緑縈煙渚。琵琶仙傷醉墨，大招賦。齊天樂

## 附録二：唐棣棣、盧德宏致施議對函件

施先生：

十二月一日Email奉悉。大作《金縷曲》二首亦已拜讀。雖系集夢桐句，我等讀來，仍倍感親切，引無限遐思。北京《文史知識》所刊紀念文章，如蒙編輯部賜寄，至爲企盼！

舍址：（略）

專此　敬候

文祺

唐棣棣
盧德宏

二〇一一年十二月一日

## 附録三：劉淑麗致施議對函

施先生：

您好！拜讀您集句所作《金縷曲》，佩服之至，喜愛之至。如有機會，找來《夢桐詞集》拜讀。於唐先生的詞，孤陋淺薄，沒有讀過，但從金陵會議所贈檯曆一睹數詞，便十分喜歡。

您所説的本刊所登有關唐先生六篇文章，其實會前我已收集在一起，尤其是二〇一〇年第三期，已經沒有了，從同事那裏搜來一册，可是臨走時忘帶了，心下十分遺憾。現在它就在我的電腦旁，原來還打算麻煩南師大文學院相關老師，托他轉交，現在有了地址，便可直接寄去了，也了我一大心事。

會間，中華幾位同事和我一起和唐棣棣女士一家合影，等將合影洗出，一併寄去，所以稍晚兩天寄出。

請放心。

即頌

時綏

淑麗拜上

二〇一一年十二月十二日

三

小劉：

得悉選題獲通過，十分感謝。民國者也，今年真正一百年，去年非是。還是很有意義的。南京研討會，關於詞學研究，提出回歸民國，有編輯約稿，尚未成事。這當也是不可抹殺的事實。書名題簽，好好想個辦法。初步設想，扉頁外，四首小詞，附於卷首。作爲題詞。照片及書法墨寶多幅，將陸續寄呈。内文方面，夏承燾一文，附録二文。一爲傳略，另一爲初入師門時的日記。唐圭璋一文，附録論詞書札十五通及一紀念文章。序跋等，再作考慮。

另一意見，不知能否以繁體字刊行？如不能以繁體字刊行，合同上版權一項，請加以説明：簡體字版，限中國大陸刊行。

即頌

春祺

施議對

初入師門日記，謹先寄呈，乞　斧正。日記已刊上海《詞學》第二十五輯。

二〇一二年三月十三日

## 附録一：劉淑麗致施議對函（一）

施先生：

您好！三月六日局務會通過《民國四大詞人》的選題，文稿中您有甚麽補充的，如書法墨迹、書信來往及序等，可以陸續發過來。下周我草擬合同發過去，請您過目並簽署。

祝週末愉快！

即頌

春安

劉淑麗　上

二〇一二年三月九日

# 附録二：劉淑麗致施議對函（二）

施先生：

您好！我詢問了有關人員，回答説我們現在只能出簡體本，而且發行也不能只限大陸，但是，可以發行繁體字版，比如，本局出繁體字版，或者可以出讓版權給港臺等出版社出繁體字版。也就是説，簡體字版不影響繁體字版的出版。

附件是合同的樣子，您可能需要把合同首頁的個人信息欄目填齊，如没有異議，我們先走局内合同審批程式（很快），通過後我們將蓋了章的合同一式兩份郵寄給您，您將簽名之後的合同自留一份，給我們寄回來一份。您看如何？

即頌

春安

劉淑麗　上

二〇一二年三月二十八日

## 附録三：劉淑麗致施議對函（三）

施先生：

您好！關於您提出的幾條，我請示了有關領導，得到的回覆是：

一、大作是學術著作，在當前，許多學術著作的出版都需要出版經費，我們給的百分八的版税已經是學術著作類圖書的上限。實際上，我們以前做的學術書，在少有的付稿酬的著作中，一般是百分四、百分六，還没有出現過8%。

二、合同是格式合同，付款時間也是慣例，如果更改的話比較麻煩。

三、書名不加副標題可以。

您如果同意的話，請告知一個詳細通訊地址，我們將書局這方已簽署的合同兩份寄給您，您簽字後返回一份就可以了。您看如何？

即頌

文安

劉淑麗　上

二〇一二年四月十一日

## 四

小劉：

好的，就依　貴局意見辦。十分感謝你的關照。

並祝

文安

二〇一二年四月十二日　施

## 附録：劉淑麗致施議對函

施先生：

您好！那我就將合同寄到澳門大學中文系，需要寫詳細地址嗎？如果需要寫的話，還望賜告。另外，看到您在《古典文學知識》上寫的納蘭詞，非常棒，以後有這麽棒的文章，别忘了賜予我們啊。

即頌

文安

劉淑麗　上

二〇一二年四月十二日

## 五

小劉：

爲特刊寫稿，不知有何要求？推薦詩詞書籍算不算？上回曾寄上寄語：

詩詞歌賦，滿裝社稷江山。永志永言，記得劈柴擔水。

群怨興觀，多識蟲魚草木。爲時爲事，返歸天地本真。

我不明白，有何具體要求？請　賜示。

並祝

文安

施

二〇一二年九月十二日

有一小文，不知是否感興趣？先讓看看。

## 附録：劉淑麗致施議對函

施先生：

您好！大作很有意思，可發於明年初的《文史知識》上。特刊圍繞「詩詞中國」古詩詞創作大賽，想請您寫寫如何寫詩或填詞方面的文章，或者有關詩詞的寫作與格律方面的內容。上次怪我没有説清楚，抱歉。或者，您有這方面的舊作也行。另外，兩期特刊上還想刊登一些當代名家的詩詞作品，施先生能否提供給我們七八首您的古詩詞作品，以便我們届時在特刊上摘登？謝謝您了！

即頌

文安

劉淑麗　上

二〇一二年十月二十二日

# 與吴蓓書

小吴：

十分高興，接奉　大作和詞。從「金縷」入手，這是周采泉老先生教給我的經驗。他有一百首，成《金縷百詠》。步其後塵，我大概已有六十首。和韻也是個好辦法。饒宗頤先生説，出門就帶一本大謝詩集，隨時可用。我也有不少和韻之作。願共勉之。

大作一、二待斟酌處，僅供參考：

一、「换舊符」與「换舊曆」，似皆未妥。是否改爲：「除舊歲」。

二、「慣夢魂」，宜用仄平平句式，是否改爲：「夢魂遥」。

三、「冉冉淞帷霧幕」，是否將上句的「天階」拿下來，改爲：「冉冉天階帷幕」。上一句再另想辦法增補。

整體上看，詞意渾成，有不少好句，並嚴格遵守和韻規矩。十分不易。

近有集句一首，敬請　斧正，並爲賜評。

恭頌

新春大吉

議對

二〇一一年二月十六日

## 附録：吴蓓致施議對函

施先生：

您好！

詩詞創作我是生手，研究生時代在吴先生門下爲交作業，勉强塞責。期間有臺灣某詩社來杭與中文系學生聯誼，奉命作律絶數首，頗獲好評。此後二十年過去，幾乎不曾染指。上次澳門詞學會後，學生試填《江城子》以應唱和，是爲曲子詞首秀；此番步韻堪稱二度。也許對於我這樣的懶人，只有和韻才能激起我的一點「上進心」了。躊躇半日，將拙作發於您；之後數日，每看每悔，不斷發現問題，以致到後來，都不好意思再将改稿追發給您了。您的意見很好。「除舊歲」當依改。「冉冉」一時未有得，暫仍其舊。「慣夢魂」此前已有改。兹將改稿再發於您就教。

恭祝

吴蓓拜上

二〇一一年二月十七日

元宵團圓

施丈以新詞賀歲，躲懶有愧，終成續貂，以表向學而已矣。

**貂裘换酒**

渺渺同心宇。倩鸿鹄、翔余梦入，海雲煙樹。誰立天階揮麈麈，冉冉凇烟沍霧。玉霰散、香凝當户。沆碭冰城非寂寞，迓陶庵、踏雪琉璃路。三兩粒，泊鴻渚。昂藏帝氣終成故。莽金清、競相雄起，落花南部。千古悠悠興亡事，澹酒吟成杯渡。除舊歲、沧桑暗诉。羌笛胡琴喧春曲，動冰澌、顔若從何鑄？臨水鑒，朕爲主。

## 與白静書

### 一

白静同學：

接讀　惠函，知正考慮二十世紀詞學問題。很有意義。除了詞學自身，對於端正學風、文風，亦當有所助益。一般都忙著唐、宋、元、明、清，忙著自己著書立説，顧不上當代，也顧不上別人。有志於此，珍惜眼前，必有所獲。

尊師命作「二十世紀詞林學案」，是個好題目。乃活題，而非死題。依我看，至少當有這麽三種選擇：

一、詞史問題研究；

二、詞學史問題研究；

三、個案問題研究。

你的意思，偏重於第一與第二；而立題者，似乎在第三。

先説詞史、詞學史問題。作爲「學案」，應可以朝著這一方向思考。但二派劃分，不知有何依據?樹立新説,須要論證。就詞與詞學看,此所謂北與南者,不知有無地域以外的其他意思?而且,所謂北與南,實際亦非詞與詞學之所獨有,其他甚麼學,大都可以這麼劃分。以前是豪放派與婉約派,現在是北、南二派。夏承燾、唐圭璋、龍榆生,謂爲一派,似乎説得過去,王國維、胡適、顧隨、繆鉞、吴世昌、葉嘉瑩,恐怕難爲一派。

再説個案問題。我以爲,文章倒比較好做。不必將戰綫拉得那麼長,搞得那麼複雜,亦可以題材(史料)取勝。例如,《全宋詞》的編輯,原來没有王仲聞,後來加上了。又如,《全明詞》,張璋與饒宗頤,名字怎麼排,誰先誰後?等等。此外,汪僞問題,滿江紅問題,也都可以歸案。

三種選擇,一、二兩種難度大一些。才與學之外,還需要識。那就是一定的觀念或指導思想。這是當前所缺乏的。不過也並非不可企及。《文賦》説「操斧伐柯」,就治史者而言,不過分期、分類而已。但做起來還是不太容易。這就需要一種「識」。例如人物座次,朱彊邨、錢仲聯均有點將録。乃一種遊戲文字,卻不可等閒視之。「三大家」提法,並不確切,而時下都這般流行。應當查一查,看看哪位首先提出。依我之見,須加上詹安泰,爲「四大家」。這是「當代」(四大家),如説「二十世紀」(四大家),則另當别論。編排座次,予以歷史定位,須十分謹慎。

有關二十世紀詞學問題，我已有多篇文章刊行。《百年詞通論》以外，還有《以批評模式看中國當代詞學——兼説史才三長中的「識」》。前者説詞史，後者説詞學史。一刊登於北京《文學評論》一九八九年第五期，一刊登於澳門《文化雜誌》中文版第二十五期（一九九五年冬季）。後者曾提交「二十世紀中國古典文學研究回顧與前瞻國際研討會」（一九九七年八月哈爾濱・牡丹江），並載研討會論文集《百年學科沉思録》（人民文學出版社，一九九八年九月北京第一版）。行之未遠，亦奈何不得。《二十世紀詞學傳人》，香港《鏡報》二〇〇二年八至十月號連載。原題：《詞學追蹤》。亦遊戲文字，但並非不負責任。

大致説來，有關問題難度實際也並不太大。先做個概述，摸清情況，也就知道怎麼入門。我的意見，僅供參考。不妥之處，請　批評指正。

代向　葉先生致候。並告知，《當代詞綜》出版，已囑出版社代爲寄奉。

耑此奉覆，即頌

文安

施議對

二〇〇四年二月二十四日

# 附録：白静致施議對函

施先生：

您好！

我叫白静，系南開大學二〇〇三級古代文學博士生，師從葉嘉瑩教授研究中國詞學。現在面臨博士論文選題，鑒於我對近現代詞學比較感興趣，葉先生建議我做《二十世紀詞林學案》的題目，我欣然接受。然而作爲後輩青年學子，我生年已晚，學養尚淺，面對燦若群星的二十世紀詞林，面對著作等身的前輩學者，我感到有些力不從心。後來從我碩士期間的老師王兆鵬先生處得知，施先生在這方面思考很多，頗有見地，並且作有《二十世紀詞學傳人》的文章，於是冒昧寫信給您，還望不吝賜教！

我以前拜讀過您的關於吴世昌先生詞學研究的論文，想必您對於二十世紀的詞學研究關注已久。我的論文主要研究二十世紀詞學研究界的主要學人的學術成就以及他們之間的師承關係，大致以南北二派爲綱：南派以龍榆生、夏承燾、唐圭璋三大家及其弟子爲主體；北派打算以王國維、胡適、顧隨、吴世昌、繆鉞、葉嘉瑩師等人爲中心，並且兼顧其他各家。另外打算開闢專章論述港澳臺以及海外的詞學研究成果。以上是我論文的大體思路，目前尚處於資料搜集階段。久仰施先生學養深厚，見識廣博，請您就我的選題和思路提出寶貴意見！

一、如果需要增加和補充，或是調整，請明确指出。我還想知道，如果您面對這一選題又會從哪些方面展開和論述？

二、二十世紀的詞學研究者文集的整理情況尚不盡如人意，除夏承燾、吴梅、顧隨、吴世昌等少數先生出過全集，其他學者都還處於零散狀態。這就給資料搜集帶來了一定難度。您認爲資料搜集應該從哪些方面著手會比較全面？

三、由於時代、政治等原因有些學人曾與汪僞政權關係過密，但後來對於此一經歷不願提及，他們的後人如今尚在，也不願提及此事。我在作文章時也會涉及這些敏感問題，采取何種態度比較恰當？

一下子給您提了這麽多問題，麻煩您能在百忙之中抽出寶貴時間給予指導，感激之情，溢於言表！

您的那篇關於《二十世紀詞學傳人》的論文，如果方便能够通過郵件發一份給我嗎？其他有關二十世紀詞學研究的論文和資料都可以發給我做參考，謝謝！以後在做論文的過程中，我會經常向您請教的。

葉先生代問您好！

即頌

春祺！

白静敬上

二〇〇四年二月二十三日

二

白静同學：

三月十四日　惠函奉悉。詞學史研究，思路已漸清晰。幾點意見，供參考。

所説西學影響以及現代化問題，非常重要。立足於此，定能生發出許多問題來。例如北與南的劃分，就學風看，謂爲二派，當不成問題，而觀念，則須進一步加以檢討。觀念，西方將其看作一種 idea，跟一般所説指導思想差不多。如著眼於此，所謂北與南者，宜稱二宗，北宗與南宗，而非二派，並且須將其掉轉頭來，作宗北與宗南解，以突顯各自不同的崇尚。這是因影響所生發問題。至於現代化，則應看得更加長遠一些。不僅二十世紀，而且之前的一千年，亦當加以思索。這是一個層面上的問題。但是，如提高一個層面，此所謂二派或者二宗，就成爲三派或者三宗，因爲北與南之外，還有個綜合問題。這就是集大成，也可説是一種折中。於是，二派或者二宗也就成了三派或者三宗。每一歷史階段，似皆如此。二十世紀，夏承燾爲一代詞宗，即帶有綜合之意。

派或者宗的劃分，在詞的發展史上，不同觀念體現爲不同崇尚，是一種目標追求；而詞學史，其觀念則主要體現於批評模式的運用及理論建樹。具體演變、推進過程，學風似乎僅僅是一種現象，不宜用作劃分、判斷的依據。

這是我對於詞史、詞學史發展的思考，或許就是一種觀念。拙作《百年詞通論》，將詞作者劃分爲三派：尊體派、解放派、舊瓶新酒派。對於詞學史，三派或者三宗，則以三座里程碑加以標識：李清照「别是一家」説，王國維境界説，吴世昌詞體結構論。詞學史上三座里程碑，關於李清照一文，已兼而論之，見《長江學術》第五輯。二〇〇二年九月，在北京師範大學一百週年校慶所作演講，亦專門論述這一問題。近來，正爲三派或者三宗之理論建樹作理論説明。三種理論建樹，分别爲：傳統詞學本色論，現代詞學境界説，新變詞體結構論。這是一種整體把握，將其分割開來，只説二十世紀，亦未能離開這一背景。現代化進程，從王國維開始。三派或者三宗，以及三種理論建樹，貫穿整個二十世紀。這是嘗試運用前函所説「操斧伐柯」，亦即分期分類方法所進行的一種判斷與劃分。

史的問題，説穿了，無非就是人和事問題。所以，編排座次，顯得十分重要。劉夢芙「點將録」，自以爲續貂之作，希圖補錢録之不足，以反映世紀詞壇全貌，甚是花費功夫。但錢氏卻以爲未可。謂將夏承燾推舉爲宋江，毛澤東當怎麼辦？還有陳毅、葉劍英。錢作「點將録」，只限於光宣，自有緣故。最少説明編排之不易。我的「詞學傳人」，換了個形式。第一，不稱宗師，不分大家或小家，統稱傳人；第二，依年齒計，二十年爲一代，以時間先後次序劃分；第三，借助籃球、足球比賽隊列，進行編排。或以爲頗隨意，其實不然。須考慮許多方面。輩分以及球隊的組成，都有一定限制。大致作如此劃分：一八五五—一八七五年間出生作者，爲第一代；一八七五—一八九五年間出生作者，爲第二代；一八九五—一九一五年間出生作者，爲第三代；一九一五—一九三五年間出生作者，爲第四代；一九三五—一九五五年間出生作者，爲第五代。

俞平伯、鄭騫屬第三代。這一代，人才濟濟，兩支足球隊，甲隊與乙隊，都已經滿額，安插不進去。楊鐵夫、梁啓超等爲第二代，也難安插。只能作爲後備。形式爲内容之體現，須聽命於内容，但一經定了形，其本身也就是内容。張伯駒説戲曲，亦曾道明這一意思。當然，這也須要一個不斷完善的過程，仍然可以調整。例如饒宗頤，論年齒應歸第四代，而作爲今詞殿軍，則將其列於第三代。

第五代暫且懸空，有待於後來者。你的老師王兆鵬先生，可列於第五代，而作爲新世紀第一代（舊世紀似當於五代爲止），則更加無可限量。我是第五代。

以訪談形式出之，不至太沉悶。此間堪輿學家説運程，也以二十年計。謂過去二十年行七運，今年開始行八運。竟與相合。

至於三大家、四大家的提法，須看語境。但我想，對於某一關鍵性的人和事，必要時有所標榜，亦無妨。才、識、膽三者，不易把握，又看不見。在許多情況下，大膽地設想，卻可能出現意料不到的效果。主要是觀念。想清楚了，自然有其路數以及相應的表述方式。望善加抉擇。

前函曾提及，交待出版社爲寄《當代詞綜》奉贈葉先生，地址爲：南開大學中國文學比較研究所。因葉先生遠在加國，便中請代爲查看。

耑此奉答。並祝

心想事成

施議對

二〇〇四年三月十九日

## 附録：白静致施議對函

施先生：

您好！

非常感謝您能於百忙之中抽出寶貴時間來給我回信！拜讀您的來信與大作之後頓覺茅塞頓開，獲益匪淺！

您上次信中提到的意見非常好，有助於我理清論文的思路。您所説的三方面的立意，我想我的文章大概是側重於第二方面，即詞學史問題研究。主要是想仿照《宋元學案》的體例來考察現當代詞學研究者的學術淵源和師承關係。唐圭璋先生《朱祖謀的治詞經歷及其影響》一文對我的啓發甚大，唐老文中歷數朱祖謀的師承及從學諸人的簡歷、研究方向和詞學貢獻。我也可以仿效唐老歸納出其他學者之間的傳承源流。至於詞史則不在我現在考慮的範圍之内，當然研究創作雙峰並美的要予以關照！例如沈祖棻先生以創作名世，也曾做過一些作品賞析，然並無特別的理論體系，故不納入其中。如果以後有時間可就二十世紀詞史做專門研討。

上次您信中提到的關於南派與北派的劃分，我主要是從便於論述的角度出發的。誠如您所説南北劃分並不止限於詞學，其他學科也有同樣的情況，兩派學風確有差異，這是多種因素的合力作用。就詞學而言，您認爲南派劃分尚能成立，北派則難以成説，其實我在做劃分時也有過同樣的顧慮，也考慮過提出該説的理論依據。但目前想法還不是很成熟，只是發現北派受西學影極深，是詞學走向現代化的主要推動力，但詞學多非其專攻之學；南派中龍榆生稍長於理論思維，但仍以傳統學術爲主；夏、唐二人則純爲傳統學術。北派受新思想新理論和新方法影響巨大，故其影響較南派諸人爲廣（主要是没有局限在詞學領域，非就單純詞學而言）；南派學術淵源有自，故其影響較北派諸人似更深（此專就詞學而言），其學術傳承亦較北派爲清楚。如果不做劃分，衆人一起上手，恐怕資料綫索之複雜讓人無所適從，故才略做劃分。當然最終能否成説，還需進一步思考。施先生如果有更好的劃分方法或是能够將材料統領起來的途徑，還望賜教！不勝感激！

作爲晚輩學子，您提到的才、學、識三者實在有限，欲評述一代詞林恐怕傾其全力後仍不盡如人意。不過得到施先生的幫助和鼓勵後，我信心倍增，感覺有力量多了，自當加倍努力，不負期望！您提出的「三大家」應加上詹安泰成「四大家」之説，我也認爲詹先生的詞學成就很值得關注，至於是否稱「四大家」還要再斟酌斟酌。您的那篇《二十世紀詞學傳人》好像是一個訪談録，我看後很受啓發，也有一些個人淺解。拙見以爲俞平伯、梁啓超可以考慮歸入您的第二代傳人；楊鐵夫、趙萬里、王易、林大椿等人可以考慮歸入第三代；另外第四代傳人有一名空缺，竭力推薦鄭騫歸入，此乃臺灣詞壇耄宿啊！以上是我的觀後感，希望施先生批評指正！

您推薦的錢仲聯先生的《近百年詞壇點將録》我已經拜讀，近日在網上看到劉夢芙先生大作《五四以來詞壇點將録》，乃錢先生的後續之作，文中數次引用您的《百年詞通論》一文觀點，現將之發給您看看。

另外施先生在詞學界素有盛名，認識的朋友很多，信息也比較多，您所了解的有關二十世紀詞學研究的資料和信息還望能及時告知，便於我能够了解研究現狀。您對我的論文有甚麼好的建議和意見，也請告知，謝謝！

葉先生現在加拿大家中，她每年九月到次年二月在南開，二月到八月則在加國。上次我電郵告知施先生來信幫助之事，葉先生非常感謝，並代向您問好！

即頌

春祺！

白静敬上

二〇〇四年三月十四日

三

小白：

接奉　惠函並雙清樓詩稿，十分感謝。

我這裏也有一本，有位老先生以一元錢於舊書攤購得。二者可參照，看看其緣由。很有意思。凡性情中人，相信都喜歡。二十年前考慮過，當時政治環境並不差，未敢采録。今日環境，時好時不太好，變幻莫測，不能采録。我很贊賞你的提議。這就是觀念問題。可能與葉先生推介有關。相關問題，如有機會，可加探討。而對於汪，暫時還不行。具體問題，容後商討。

祝

安好

施

三月二十五日（二〇〇四年）

# 四

小白：

清明及復活節將返鄉，並且順便前往泉州師範學院講學。中旬回校。《詞綜》已交代出版社寄贈。上次説到汪兆銘，這仍然是個危險的話題。愛國主義、民族意識，令得有些題目，一直是個禁區。《詞綜》出版，原以爲終於成爲事實，評不評不重要，誰知道，圖書評獎，有人提出異議，謂前言政治錯誤，不能評獎。因前言十五頁有梁鴻志，此人大漢奸，一九四五年被槍斃。上綱上綫，實在可怕，已經予以駁回。梁爲漚社人物，乃一九三〇年事。提出異議者，一退休編輯，搞歷史的，没有辦法，看來須有個書評，如方便，請幫個忙，不一定做大文，政治環境似乎還有些可擔憂的，須有點聲音，擋一擋，你看如何？

小詞數葉，不知你喜歡不喜歡？請指正。

祝

愉快

施議對

二〇〇四年四月一日

五

小白：

我知道今年將爲葉先生舉辦慶祝會暨研討會，亦頗願參與。正在琢磨，怎麽還没有請柬？有一篇文章，去年在中國社會科學院研究生院演講。關於二十一世紀中國詞學學建造問題。二萬餘字，還在修訂。希望用得上。

看你的信及大作，我也仿佛有了個印象。因正在與研究生説及我是誰的問題。我是誰？西方學界早有討論。我不看這方面的書，但我覺得，我就是我。這個我，應當少加點外在因素，才不至太辛苦。做學問，或者寫詩詞，也應當如此。就是比較不容易做到。

我崇尚靈性。詞與絶句都可産生靈性。詩詞中有所追求，並不易得。論文就更加困難。十分感謝爲我所作點評。那是要有功力的。我們的前輩很了不起，大多精於此道。拜讀大作，發現其中有我，亦頗欣喜。另有拙作二篇，希望你能喜歡。（此時傳不出去，另函傳送。）

知爲撰評文，即將完成，至感。投何刊物，再想辦法。

詞綜收録，确須追補。看看能否出版續編。

祝

萬事如意

議對

二〇〇四年四月二十三日

## 附録一：白静致施議對函（一）

施先生：

您好！

剛剛跟您寫完信，又有事相告。葉先生今年八十華誕，南開大學文學院於十月二十一日到十月二十三日舉辦「葉嘉瑩先生八十華誕暨國際詞學研討會」，特邀請您參加，希望您届時一定光臨。邀請函在近期發出。研討會向與會專家徵文，以後會出紀念文集。而《南開大學學報》（哲社版）爲配合這次活動，也將在今年第五期推出一組詞學專題文章，邀請海内外詞學名家撰稿。約稿的名單是由葉先生親自列出的，都是學界專家。葉先生致電給我特别提出要請您撰文一篇，一來因爲素有往來，知道施先生學養深厚；二來您現在就職澳門大學，可以作爲港澳臺的代表。只要是關於詞學方面的學術論文都可以，以前没有刊出過的，如果能有發前人之未發的創見之作是最好了。因爲是學報性質，漫談、隨筆和回憶性的散文則於體例不太符合。所以希望能够得到施先生新近的學術力作，爲本次會議和《南開大學學報》增色，葉先生對您表示誠摯謝意！

學報要求在五月底之前交稿，而您五月還有西安之行，時間也許有些倉促，還望您能在百忙之中抽出寶貴時間給我們賜稿，不胜感激！

葉先生不會打字，近期又要到歐洲講學，故托我向您約稿！她向您問好並且希望秋天能在南開見到您！

即頌

文安！

白静敬上

二〇〇四年四月二十三日

## 附録二：白静致施議對函（二）

施先生：

您好！

很高興您爽快答應給《南開大學學報》投稿，葉先生和我向您對於本次會議的支持深表謝意！

學報詞學專欄將於十月出版的第五期推出，由於有個審稿、排版的周期，他們要求在五月底之前交稿，希望您能在這之前修改好。文章您可以發到我的郵箱，我打印出來後再轉交學報。

非常感謝您對於拙作的賞識與鼓勵，今後我會在創作方面用力更勤，希望能够有更大的進步。

《詞綜》書評還在修改之中，作爲晚輩後生，學識尚淺，恐有負先生期許，所言都是個人觀後感受，不當之處，還望您批評指正！我改好後發給您。

祝每天都有好心情！

白静敬上

二〇〇四年四月二十三日

六

小白：

文章已成。謹奉上。一萬五千九百零一字。有圖。不知會不會走樣？這是設想，還有再設想，二萬餘字。原準備後者，來不及，先以前者充數。後者可作研討會論文。

二首小詞，「蔭」改爲「陰」。可能還有一、二首。到時寄奉。

我的詞論集，已出二卷。今年出第三卷。許多篇章，擬於近期内打發出去。較爲忙亂。你的功底很好。善駕馭。書評建議，筆下留情。以後另議。十月聚會，有些書即帶上。

下學年招收詩詞學博士生。内地可報讀。如獲得獎學金，每月四、五千，免學費。不必考試，須提供研究大綱。詳情將於網上公佈。有合適人選，請爲留意。

祝安好。

議對

五月二十七日（二〇〇四年）

## 附録：白静致施議對函

施先生：

您好！

很高興收到您的郵件。給您發過兩次郵件以後，一直没有收到您的回信，眼看學報交稿的日期就要到了，心中有些著急。我曾經給您澳門的辦公室和家裏都打過電話，但是没有人接，我猜想您可能還没有回來。後來又打過您的手機，是您的夫人接的，告訴我您已經返回學校，晚上就收到了您的郵件，真高興啊！

這次出去開會還走了不少地方啊，看完您的兩首新作，深深感到施先生對詞學文學有一種深摯的熱愛以及您的天賦才情。現在的研究者往往只關心文獻整理與理論探討，而對於創作本身可能實踐不多，像施先生這樣兩方面都結合得很好的，更是少之又少，真是令我們這些青年學生高山仰止啊！

非常感謝您對我所作書評給予了如此高的評价，實在承受不起啊！書評所言都是我讀後的真實感受，決無虚美之辭。所提的建議也是我的一些個人看法，不當之處還希望您能够批評指正。如果您覺得有不妥之處，可以直接在文章中修改，我是相信您的。

剛從外地歸來，還未來得及稍事休息，便又忙著給學報趕文章，這種敬業精神令我非常感動，同時也爲自己的催促感到有點不安。希望您能够早日從旅途勞頓中恢復過來！

您寄的回執暫未收到，但我猜想您一定會來參加的，對不對？真心希望秋天能够在南開見到您，到時候一定要與您暢談一番啊，呵呵。

上次您説過暑假裏可能會回北京，如果有機會我去拜訪您向您請教，如何？

祝好！

白静敬上

二〇〇四年五月二十七日

## 七

小白：

英文摘要已成，謹寄奉。

招考博士生，須等網上消息。請轉告甘松。此間無博士後。等候機會，可入職港澳高校。很願意跟你合作。我發現，你的爲文，有些地方，似已帶有葉先生口吻。頗具可塑性。

做學問的諸方面，皆已具備。絶句也已經上路，接著塡寫小詞，當不成問題。我的頭緒繁多，對於哲學、文化學，亦感興趣。但忙不過來。詞論集四卷，《宋詞正體》《今詞達變》已出，今年有《詞法解賞》，均由澳門大學出版。黑龍江教育出版社爲出第一卷，二卷尚未在内地聯繫出版。很高興十月能够見面。等著。有一短文，尚未向内地進發，順奉斧正。

祝

愉快

施

六月二日（二〇〇四年）

## 附録：白静致施議對函

施先生：

您好！

我已經將文章打印出來交給了學報編輯，編輯老師向您對於他們工作的支持表示感謝！另外，學報要求有英文摘要，您的文章没有，不知道方不方便補一個英文摘要啊？如翻譯出來，可以發到我的郵箱裏面。謝謝！

欣聞您的詞學論文集已經出了兩集，可是我至今一本都還没有見到啊，是哪個出版社出的啊？大陸是不是没有賣的啊？不過不要緊，等到十月您到南開來的時候，就能够拜讀大作了啊！

關於報考博士一事，現在有一個比較不錯的人選。他是我的師弟，名叫甘松，師從劉尊明教授研習詞學七年了。他勤奮好學，聰明而有悟性，本科碩士期間已經打下了比較紮實的文獻基礎，兼具理論素養，在同届的學生中表現非常突出。每每我與他交談都會有所啓發，思想非常活躍。他對於詞學非常熱愛，立志以後從事研究工作，一直有攻博求學的願望。現在得知施先生能够招生，非常興奮，衷心希望能够跟您學習。

上面所説的真是我的肺腑之言，當然同門之間相互褒獎是人之常情，但是另一方面我不能辜負您對我的信任，我一心想著給您推薦最好的學生啊！甘松師弟爲人謙虚誠懇，我相信您如果招他，他一定不會讓您失望的啊！衷心希望施先生能够考慮我的建議啊！

另外還問一個個人問題，您那裏有没有博士後流動站啊？如果有，我想跟您做博士後，想法由來已久，一直没有敢開口問您，現在説到博士之事，才敢問您的。請您留意有關事宜，能有幸跟您學習，實乃三生有幸！

具體的情況您可以跟他親自談談！例如：您對學生的要求；報考的條件（需不需

要發表論文，需不需要推薦信等）；申請的時間；入學的時間等等。因爲港澳的學期劃分，似乎與大陸不太一樣。

即頌

文安！

白静敬上

二〇〇四年六月二日

## 八

小白：

接讀　惠函並　玉照二楨，甚欣喜。前段與甘松通信，突然想起，應當寫一篇文章，説説門徑與真傳問題。題稱：倚聲與倚聲之學。原以爲很快就寫成，誰知一寫開來就不好收拾。一萬餘字，可能還有一萬。今年出版詞論集第三卷，將收録此文。到時請幫我看看。二十六日赴京，參加國慶活動。一日返回。二十七日或者二十八日，北京師大爲安排一個講座。題爲：文學研究中的觀念、方法與模式問題。尚未成文。講了再説。寫比講辛苦。這兩年，講的多，寫的少。没有辦法。二〇〇二年有三座里程碑演講，已發《學術研究》二〇〇四年第八期。今先傳上照片，看看能不能認得我來？恐怕郵箱容量有限，被彈回來。三座里程碑演講，另日傳送。

十月相見。

祝

安好

施

九月六日（二〇〇四年）

## 附録：白静致施議對函

施先生：

您好！

久疏函候，然時在念中。拜讀近作四首，頗爲欣喜。暑假裏我也陪同父母到蘇杭一遊，您詞中寫到的靈隱寺、飛來峰，我也曾到訪，還有幸聆聽一位高僧説法，所以看到您的大作，我是倍感親切，那一幅幅生動的畫面又回到了眼前。由於行程匆忙，尚未將心中感觸表達出來，日後若有創作，定當奉上，敬請指教。

近期我剛剛回到學校，葉先生也將於九月二號回到南開，接下來一個多月，我們都將爲十月的研討會做些籌備工作。九月上旬，院裏還會給各位來賓再發一次正式的邀請函，望您注意查收。我期待著十月的相逢！

承蒙寄詞共賞，無以爲報，上載在杭州和周莊拍的照片兩張，請先生惠存！十月裏您來南開，也可以一眼認出我來啊，呵呵。

即頌

秋祺！

白静敬上

二〇〇四年九月一日

## 九

小白：

文稿樣式，實在難於適應。讓你辛苦啦。非常感謝。

胡適的序，舊版找不到，只好以自己的新版替代。黄墨谷的後記，該書本來就不標示頁碼，没有辦法，只能蒙混過關。饒宗頤的兩條注，亦以自己的版本頂上。唐圭璋一條，用其專輯頂替。請再幫我看看。

嘗試填詞，是個好的開始。《望江南》易於填製，難於填好。尤其最後一句。須出人意料之外。我的二十一首，有較爲滿意的，也有不太滿意，準備留待將來，或改，或删，一時不捨得丟掉的。一看就能發覺。你所説啓發，可能與此相關。我的體會是，從小令開始，逐漸增加篇幅，作爲自己的一種練習。但不要耽擱太長時間。填寫幾首小令，有了點感覺，就轉向長一些的調子。然後，回過頭來，再填寫小令。那時，情況就大爲不同。希望繼續，一定成功。

恭祝

秋祺

施

九月二十日（二〇〇四年）

## 附録：白静致施議對函

施先生：

您好！

多次爲《南開學報》文稿之事相扰，很不好意思。這兩天，我抽時間把您的文稿按照大陸這邊現在學報類刊物的投稿要求再次做了修改。（學報類刊物要求，解釋説明性的引文用頁下注；直接或間接引用原文用參考文獻文末標出，具體頁數在文中標出）現在這篇文稿的格式基本上符合要求，只是有幾處引文的具體頁數，還需要您補充一下，可以直接加上去。

具體如下：

一、第四頁，胡適段中注釋[1]的頁數。第九頁，第六段中注釋[1]的頁數。

二、第六頁，饒宗頤段中注釋[10][11]的頁數。

三、第七頁，第一段中注釋[12]的頁數。第四段中注釋[17]的頁數。

您查完補充好後，麻煩再發給我，謝謝！

上次拜讀您到杭州後填的《望江南》的小令，心中有感，於是課下跟同門討論，習作兩首，敬請指教！

**望江南（靈隱寺）**

雲林裏，古木惹人停。泉未出山清且冷，峰從飛到便稱靈。小隱慕高僧。

**望江南（西湖）**

西湖路，到處足諮嗟。山外夕陽仍寂寞，樓中歌酒更豪華。歸去向人誇。

葉先生也時常鼓勵我們寫詩填詞，來了解的創作的甘苦。學生習作，實乃受到先生啓發而作，也請您多多批評指正！

祝好！

白静敬上

二〇〇四年九月十九日

## 一〇

小白：

接來信，知狀況，我也很高興，很喜歡用葉先生的句子所集成的篇章。竟然這麼合適，自己也有點料想不到。

第一句是現成的，「瀚海飄零久」，但總不及葉先生的「飄零慣」。有了第一句，我想，已經大功告成。接下來，全都跟著葉先生走。一方面，最重要的是，葉先生有好篇章，其人其詩，令人仰慕；另一方面，亦須進入狀況，進入其世界。與葉先生交往，已經二十多年。之前，在臺灣，葉先生説大陸的詞學研究，即承其抬舉，特别爲我作了介紹。第一次見面，一九八二年，在北京，有許寶騤以及政協報的另一位朋友。提及鄭騫，許的老同學。許著中山裝（共産党幹部服），當時合照，想帶給鄭，還怕過不了海關。現在就不要緊啦。三次國際詞學研討會，三次都在一起。尤其第三次，二〇〇〇年七月，葉先生在臺灣，將護照以及信用卡等等貴重物品都丟失了，但還是赶到澳門，出席中華詞學國際研討會，擔任主講嘉賓。在開幕式上，作了一個多小時的專題報告。一口氣下來，中間不休息，也不用喝水。這是正式開會的那天，而在前一天，到埠第二天，即於下午預先爲做一場公開講演，面向澳門社會，晚上與研討會東道主一起出席記者招待會。正式開會第二天，擔任主持，組織第一場研討。十分辛苦，而又全情投入。葉先生實在太好了。有求必應，百分百奉獻。作爲晚輩，很是感到過意不去。爲振興詩詞事業，爲振興中華文明，一點也不懂得拒絶，不懂得保護自己。是我們的榜樣，但我們也得爲葉先生著想，不要讓太辛苦了。你説呢？

有機會當葉先生的弟子，這是很幸運的。相信你也這麽想。

祝

萬事如意

施

十月十二日(二〇〇四年)

## 附録一：白静致施議對函

施先生：

您好！

很高興收到您的郵件。拜讀您的大作，非常欣喜。作爲葉先生的受業弟子，我對迦陵詩詞稿，也比較熟悉，但是卻没有您這份靈心妙想，説來很是慚愧。這首集句賀壽詞作，選用作者成句，毫無生硬之感，非常切合葉先生的經歷，同時道出了先生平生的心志，也烘托了八十華誕的題意，是不可多得的佳作！

我看完後非常的激動，也許違背了您的意願，我把它打印出來，拿到了葉先生那裏，葉先生看後非常高興，也非常激動，説句句都是她自己的句子，您又運用得如此巧妙，意境渾然，成爲新的佳作，並對我們説施先生才是真的讀懂了她的詩詞，她非常感謝您！想必先生是頗費了一番心思的，葉先生能有您這樣的知音，多麽的難能可貴啊！

期待看到您精心書寫的賀匾，我想這會是葉先生收到最好的禮物了。

上次承蒙先生贈閱《當代詞綜》，甚爲感謝，此次又得先生新著和禮物，感激之情真是難以言説。每每想到先生對如我一般的晚生後輩如此垂愛，心中便漾起陣陣暖流，這也將化作我前進路上的動力，我會好好努力，不辜負您的期望。

您的行程安排好後，及時告訴我，我好準備接待工作。

還有不到十天就可以見面了，期待中。

祝好！

白静敬上

二〇〇四年十月十一日

## 附録二：施議對《賀新郎》（葉嘉瑩教授八十華誕集句誌慶）

我已飄零慣。賦歸來、一朝天外，陰晴歷遍。百尺遊絲空際舞，仿佛神山如見。算淨植，西池露滿。冰雪劫餘生意在，沐春風、難忘芳菲願。明月下，古今嘆。樊城地氣應偏暖。酒杯深、隔簾依約，柳搖金綫。縱改鬢華心未改，九萬鵬飛高遠。獨憑欄，白雲舒卷。百歲樹人功不朽，祝長年、瓊苑今開宴。懷錦瑟，集群彦。

一一

白静同學：

賀匾昨日付郵，速遞。二十日或者之前到達，由你接收。有你的手機號碼。請　留意。此間忙著改革課程，一時走不開。請作爲我的代表，代行賀壽儀式。之後，在葉先生返回加拿大之前，希望能有機會，前往拜晤請益。今次不巧，正好與學院事務碰在一起。下一回，我想，我一定事先做好安排。請　代我向葉先生表示祝賀。

施

二〇〇四年十月十六日

## 附録：白静致施議對函

施先生：

您好！

收到您的郵件，一連看了幾遍才明白您的意思，很遺憾您不能來南開參加這次會議。原以爲再過幾天就能見到您了，一直期待中，所以得知您不來的消息，有些感傷。由於今天收到郵件比較晚，還没有告知葉先生，明天再告訴她，相信她會跟我一樣覺得遺憾的。不過這種情況，我們大家都是能够理解的，以後還會有機會的！

您爲葉先生賀壽而作的詞作，先生非常喜歡，我想當她看到您的賀匾的時候，一定也會非常高興的。您雖然没有來南開，但是您的心意我們都感受到了，而且非常的感動。這幾天我會經常到院裏收發室去詢問的，您放心我一定把您的賀禮親自交給葉先生。本來葉先生已經定好您在大會上發言的，並且作爲一個專題的主持人，看來得重新安排一下了，您的論文很精彩，我們會找專人代您宣讀的，只是不如您自己講得好，見諒！

賀禮收到後，我會及時告訴您的，謝謝！

即頌

秋祺

白静敬上

二〇〇四年十月十六日

# 一二

小白：

接讀　惠函並年卡，至感厚意。剛剛從内地返回。搭火車，二十八日大雪，由株洲到郴州，走了十幾個小時。多年不見，總算不太煩悶。在香港休息數日，又忙著清理積壓。許久不通音問，似乎有點不怎麽習慣。這段時間，做了不少事情。有《倚聲與倚聲之學》一文，二萬言，下了一些功夫。提交研討，頗有些反響。連續參加幾個會議，並且到復旦以及華東師大，兩場講座。復旦説文學研究中的觀念、方法與模式問題，比較滿意。録音已整理，稍加修補後寄你，請幫看看。華東師大説倚聲與倚聲之學，比較吃力。録音待整理。最近一段，對於詞學，覺得有許多話要説。不吐不快。與甘松探討，經歷幾個回合。有時候似乎不太留情。好得並不介意。爲學、爲人，往往不通事故。自以爲從吴世昌先生那裏學來。我行我素，也就不那麽講道理。現在還是這般模樣。

講一個故事給你聽，吴先生告訴我的。「文革」當中，吴與錢鍾書、楊絳以及余冠英等，同在河南某地的一個五七幹校。吴負責燒鍋爐。其他人各幹各的。經過一段時間，周恩來指示，老先生提前返回北京。軍代表召集座談，要大家説接受改造的體會。一班人都很興奮。

一個接著一個，對幹校以及軍代表，落力歌頌一番。以爲早説早回家。唯獨吴先生不言語。於是，軍代表點了名，問老吴爲甚麽不講話？吴説：要我講真話，還是講假話？軍代表答：當然講真話。那好，吴就説了：五七幹校不好。爲甚麽不好？軍代表反問。吴説：如果好，爲甚麽要我們回去？弄得軍代表啞口無言，而一班人既爲之捏一把汗，又在心裏暗暗責備。以爲不識時務，給留下來怎麽辦。讀書常不寐，疾惡終難改。這就是我的老師吴世昌先生。

今年四月，也是在河南省。有一個研究所，叫中華詩詞文化研究所。在全國各地廣泛招收研究員，每人一百元。許多退了休，無職無業的人士，爲了有一個銜頭上名片，風光一霎那，大多願意花這個一百元。我的一些朋友，都説，他們那裏已有許多人上了名片。這是一筆大生意。研究所將許多名人列上，以爲招徠。我也不能幸免。秘書長牛書友，一個生意人，摇身一變，成了個詩人。還有個出版社，叫中華詩詞出版社。乍一看，十分派頭。並已出了幾部大書。但翻開一看，狐狸尾巴藏不了。是個假的出版社。社址在香港。賣書號，一個一千元。因爲我是他們的顧問，請吃飯。研究所所長林從龍連聲稱贊：生意不做了，專搞詩詞。而我則當面揭穿，不留情面，説這樣的出版社，在香港要多少有多少，弄得秘書長十分難堪。這是我的故事。

我覺得，港澳地區亦如此。須加以警惕。生意人就是生意人。應知道自己的身份。凡有所逾越，都另有圖謀。我見過不少個案，也曾經被利用。因此，不願意跟他們打交道。當然，也有很懂得本分的。也是二〇〇〇年，陳香梅到澳門大學演講，設立獎學金，香港林某，代爲出錢，就一點也不露聲色。大家只知道陳香梅，而不知林某。出了錢就出了錢，不一定都要站到前臺來。這才是真正的商人，才值得稱道。這是題外話，謹供參考。

好啦，不知説到哪裏去了。

新的一年，新的開始。

祝

新年快樂

心想事成

施

元月三日（二〇〇五年）

## 附録：白静致施議對函

施先生：

您好！

好長時間没有給您寫信了，心中非常挂念，您那一向可好？

研討會過後，我們在抓緊時間編輯論文集和會議開幕式的光盤，現在馬上就要交付出版社了，真的希望能够早日出來，盡快寄給您，也好彌補一下您未能與會的缺憾啊。研討會總體上比較成功，各界代表都很有熱情，氣氛也很活躍，提交論文的代表都到臺上發言。由於您没有來，您的文章是由主持人莫礪鋒教授代爲發言的。會議期間，我多次聽到代表們談論您的「三座里程碑」之説，可見是給大家留下了深刻印象的。後來澳門沈秉和先生也問過我關於「三座里程碑」之説的看法，看來先生之學影響是深遠的，並不是局限於學界之中。

甘松師弟也多次跟我談起先生、先生的文章以及先生對他的教誨，我們都深深的感受到您的爲人與爲學之道，都被您深深的打動著、影響著。我們也會加倍努力，不辜負先生的期望！

《南開學報》詞學專欄，因版面限制，分爲兩期刊出，您的文章被安排在第二期之中，將在一月中旬出來，出來後我會及時給您寄過來的。

聖誕、新年即將來臨，爲了略表心意，我給您寄了一張賀卡，用掛號信，望您查收！

在此提前祝您：新春愉快，萬事如意！

白静敬上

二〇〇四年十二月二十一日

# 與李青果書

## 一

青果先生：

拙文承批評指正，十分感謝。經過幾個來回，問題已清楚。作爲常識，或者常識論定，即使將一萬五千删減爲一萬，也還是常識。學報乃學術刊物，豈能降低至常識水準？非常慚愧，非常抱歉。我看就此作罷。

恭祝

編安

施議對

八月二十一日（二〇〇五年）

# 附録：李青果致施議對函

施老師您好：

又來叨擾，先爲致歉！

大作共一萬五千餘字，於我刊刊用太長。原先編輯部意見是第一部分乃文學常識，需要大幅度删削。您看能否再作處理，「删繁就簡三秋樹」，把文章控制在一萬字以内？數度相擾，或許讓您爲難了。還請海涵厚諒。

李青果

二〇〇五年八月二十一日

二

青果先生：

接奉　惠函，謝謝。閣下用心，我能理解。説得也十分公正，無法辯駁。因此，我想就作者角度，説説自己的意見。撰寫拙文，自己是有些想法的。第一，呈現與表現。二十世紀八十年代，劉再復以文學主體性對抗反映論，走出國門，由主體性發展到主體間性。其間，牽涉到這一問題。第二，述而不作與作而不述。前者秉承古訓，讓史實自身説話，後者則以自己爲主。經常考慮這兩個問題，亦有所嘗試。拙文即一例。第一部分，演進軌迹。主要説體制與體式。以爲：文學的自覺，並非人的覺醒，而乃文學自身的覺醒。這是文學體制與體式演變、發展的一種現代化進程。這種現代化，没有開始，也没有結尾，時時刻刻在進行當中。第二部分，體制體式。將現代化進程落實到具體的軌迹當中，並就結體散文四個字加以發揮。目的在於説明：一部中國詩歌發展史就是一部詩歌形式創造史。魯迅説，好詩至唐已被做完。以我理解，並非好與不好問題，而是詩本身體制體式問題。即詩歌體制體式，至唐已被做完。兩個部分，不多不少。自己給自己所留下餘地並不太多。如此這般，是否亦可稱之爲動機。但水準所限，恐難達至應有效果，願多批評指正。至於學報採編，是否可考慮以下三種辦法：

一、保留原有篇幅，一萬五千字。因删除五千字，恐呈現不了。

二、删除第一部分，以摘編形式刊登第二部分。

三、不宜採用。

以上意見，謹供參考。

即頌

施議對

二〇〇五年九月四日

編安

## 附録：李青果致施議對函

議對先生您好：

在下小札引起先生大不快，實出於我的意外。我的意思非爲先生臆測，並不是不認同先生文章的「心得獨有」和「學術創建」。只是從整體考慮，認爲文章的精粹在第二部分。前面信中即已傳達個中消息，希盼先生突出此一部分。至於文章第一部分，編輯部意思爲史實梳理，似可以從略。我名之爲「常識」，意實爲此。如若表述不當，還望海涵。

文章爲天下公器，刊物亦當同此看待。我等作爲「崇學術」、「愛智慧」之人群，實不敢遊戲視之，而待之以意氣。學者與編輯，實爲此而生，亦以此爲生，不是「利益」共同體，而是「文化」共同體。所以先生表示「問題已清楚」，實對於在下有些誤解。

編輯是一難事，既要爲作者服務，也要爲刊物擔責任。所以二者的理解雖不易而又必需。當年大科學家霍金寫作《時間簡史》，矮腳雞出版社小編輯説「公式太多了」，霍金遂衹保留一個公式，而名著亦出。著述家和編輯者之互動可見也。

文章控制在萬字，也是刊物版面所限。

先生治學辛苦，又兼暑期遊學勞頓，心情我是理解的。萬望時下海風吹散煩惱，送來清涼！

李青果

二〇〇五年八月二十三日

# 與陶然書

## 一

陶然兄：

接奉八月二十日　惠函並　大作論詞絶句，甚欣喜。出遊歸還，較忙亂。解説以典雅爲主。有凡例數條，供參考。九月完稿，不成問題。謝謝並恭賀喬遷。大作絶句，頗饒情趣。宜多作。四首皆甚佳。蟲娘出場，有意思。記得有人批評柳永，以爲太俗氣。其實乃昵稱。臺灣歌星，就有叫蟲蟲的。但不知有無從良意思。

小詞一葉，乞斧正。

謹祝

著安

議對

八月二十七日(二〇〇四年)

## 附録一：陶然致施議對函

施先生：

暑期安好！

上次您所囑編選《金元詞一百首》之事，目前選注工作已完成，還剩下一部分作品的「解説」尚待完成。因最近所購新房裝修完畢，學校催逼需盡快騰出舊房，因此急於這兩周搬家，現家中書籍雜亂不堪，一片狼藉，無法安心工作。故完稿日期恐怕需推遲到九月中下旬左右，不知可否？特向您請示並乞諒。

關於「解説」的語言風格有無規定，是以通俗爲主，還是典雅爲主，或者不拘一格？您處如有現成的一兩篇電子文稿，可否通過電郵賜示，以便及時修改。

另附上論柳詞的幾篇論詞絶句習作，請您指教爲幸。

謹奉

尊安！

後學陶然拜上

八月二十日（二〇〇四年）

# 附録二：陶然詩四首

桐川暮雨子陵臺，蕭索葦風拂面來。應制風情皆減盡，滿江紅胜醉蓬萊。

自注：「葦風蕭索」，耆卿《滿江紅》句，作於睦州團練推官任。

綺陌紅樓日薦觴，慵拈彩綫坐平康。相公樂府人稱俊，可有新詞動内坊。

名姓不能入侍兒，婆娑無復小腰圍。年年弔柳傷心會，白髮蟲娘唱舊詞。

自注：侍兒小名録諸書所載皆家伎，蟲娘爲青樓伎。

才人卿相白衣行，知己紅顔滿汴京。誰料曉風殘月後，綺懷悟徹宋遺民。

自注：陳垣稱全真家爲宋遺民。

## 二

陶兄：

接讀　惠函並　大作論歐陽修絶句，甚欣喜。以絶句論詞，髯翁晚年得意之作。頗欲嘗試，但結撰論文實在太費勁，分散不了。只能留待來日。　尊論歐陽及論柳，不僅於見解上可獲啓示，而且作法，比如意境或者詞句之直接融入，亦可從中示以門徑。吾　兄爲積累經驗，亦一大鼓舞。

拙詞承點評，謂不動聲色，十分要緊，當牢牢記取。

明日赴京，參加國慶活動，不知有無所作？順道往北京師范大學講座，題目：文學研究中的觀念、方法與模式問題。

大膽妄爲。如有機會整理成文，即呈上。

另一講詞（《中國詞學史上的三座里程碑》），已刊《學術研究》，請爲　斧正。

即祝

節日快樂

議對

九月二十五日（二〇〇五年）

## 附録一：陶然致施議對函

施先生：

您好！

您大作的複印件，已於前天下午寄出，請查收。

您的詞風格清健、不落俗套，我一向愛讀，尤其是第三首中「早市旱橋斤兩較，方城蒲扇浪濤聲。河壩看風箏」數句，不動聲色中，繪老城早景如畫，非精於此道者而不能爲。

受您鼓勵，不避拙陋，再呈上數首論歐陽修詞絶句，請您賜正。

謹奉

大安

後學陶然上

九月二十五日（二〇〇五年）

## 附録二：陶然詩四首

醉翁老子鬢如絲，一點滄洲白鷺詞。芳草恰如春水遠，風懷何減少年時。

自注：芳草斜暉。水遠煙微。一點滄洲白鷺飛。歐公采桑子句。

慶曆紛紛説四賢，平山堂上雨如煙。文章太守千秋業，曲子流傳任惘然。

陽春一脉故園萊，杳杳歸期念未灰。永叔情痴同叔俊，繁花看盡洛城隈。

自注：「人生自是有情痴。直須看盡洛城花」，歐公《玉樓春》句。

廬陵不必有閒田，潁上西湖足管弦。寄語西陲窮塞主，歸來傾酒對池蓮。

自注：「戰胜歸來飛捷奏。傾賀酒。玉階遥獻南山壽」，歐公送王素出守平涼詞，所謂此真元帥之事也。

## 三

陶兄：

接讀 惠函。非常感謝理解及贊賞。近幾年來，爲此寫過多篇文章，但都得不到回應。

此二文，皆頗費心力。講話稿，由紀録整理之四五千言，結撰爲三萬長文，停停打打，花了十個月時間，另一篇也用了三四個月。日前，在中山大學所召開文體學研討會上，對於倚聲學一文，有關學者，亦頗爲抗拒。或曰：做研究被稱作天上飛，做考據謂之爲地上爬，兩樣都做是空中走。研究不行，考據不行，兩樣都做也不行。是不是非要到水裏去不可？不會游泳怎麽辦？是不是都要搞詞樂？否則，不是要下崗了嗎？並對文章將二十世紀後五十年劃爲蜕變期，提出質疑。以爲以偏概全。當然，不同意見，十分正常，自己一點也不介意。何況又是學術研討。我承認有點偏激，一根竹竿打下去，傷了一大片。但以爲，打痛之後，才能引起注意，認真思考。

吾　兄支持，並爲補充事證，十分感謝。這才是真正倚聲層面的對話。而所謂積重難返，此後的堅持及推揚，亦並非易事。我想盡自己的力量，多做一些，亦盼吾　兄共同努力。這是夏瞿禪師真傳，當仁不讓。

下旬赴滬，兩場講座。二十日復旦大學，題爲：文學研究中的觀念、方法與模式問題。二十二日華東師大，就講倚聲之學。兩處都是個重要陣地。有吾　兄支持，更加充滿信心。由滬轉杭，訪師問友，再與細叙。

匆此。即頌

著祉

議對

十二月八日（二〇〇四年）

# 附録一：陶然致施議對函（一）

施先生：

您好！

尊文收悉，一氣讀完，真有能解飢渴之感。

二文一者高明，一者沉潛。高明則思接千載，横豎爛漫；沉潛則鞭辟入裏，意蘊豐厚。而其同者對於二十一世紀的新詞學，皆有指示路徑之功。令後學拜服無已。尤其是「倚聲」一文，對於當下詞學研究的弊端有正本清源的作用。所謂聲學久成絶學，尊文從造型定格以及立體設科的角度切入，其視野更是超出常流的。

「倚聲」一文中《鶯啼序》「水鄉尚寄旅」句法的問題，在吴文英之前，全真祖師王重陽即作有一首《鶯啼序》，與吴作格律雖頗有不同，但此句作「白雲招翠霧」，亦不作上一下四句法。吴詞第四疊「嘆鬢侵半苧」句，王詞作「倒顛籠罩住」。亦與尊文所論相合，或可爲尊文多一例證。
您如來杭州，盼能相見請益爲幸。
謹奉
大安

後學陶然拜上
十二月七日（二〇〇四年）

## 附録二：陶然致施議對函（二）

施先生：
您好！
賜郵敬悉。元旦前曾給您發過一封郵件問安，但被網絡自動退回，不知何故。我自〇八年九月始在韓國東國大學任教一年，上周回到杭州過寒假，大約二月底需再往韓國，七月初完全結束回國。很高興拙稿能進入出版程式，此事蒙您費心，感謝感謝。有任何後續事務，煩請通過郵件聯繫我。
尊作《金縷曲》拜讀，極佳，感佩。填詞叙事不難，所難者在嚴整有法、筋骨細膩；雄健不難，所難者在有不羈勢、無粗豪氣。於尊作正有悟入處。獨處韓國半載，閒中亦以吟詠自樂。後附數首，不足以入法眼，聊供一哂耳。

謹奉

尊安！

學生陶然拜上

一月九日(二〇〇九年)

# 與王永波書

永波兄：

接奉惠函，知各況，至感。前段時間赴閩，參加一個同學聚會，並到泉州華僑大學做了一場講演。趕著清理積稿，有些忙碌。未及奉答，時在念中。

獲知正將研究目標定於詞學，很爲高興。二十世紀詞學，謝桃坊先生居重要位置。蜀地也曾經是個重鎮。從晚唐一直到民國、共和，都有可稱述者。發揚光大，並非一句空話。望吾　兄共勉之。二十九輯《詞學》突然間尋覓未得，不能拜讀　大作，過些時另叙。自大學退休，主要做兩件事，寫作及出外研討。今後望多交流。

寫字的事，稍緩一緩，還得下功夫，多些練習。吾　兄厚愛，記在心頭。

子昂集，爲學界提供文本，可與子昂共久遠。乃傳世的功業。詞界所提供，仍未足够。今後應多些考慮。允賜　大著，十分感謝。

裴先生生前曾見過，記得是在臺灣。一身中山裝。李白研究，很有成就。

明年如有合適的會議，盼能一聚。見到謝先生，請代致候。希望有機會入蜀相聚。

此請

研安

弟議對拜啓

二〇一三年十一月十七日

# 與傅宇斌書

宇斌兄：

春城小聚，暢叙甚歡。拜讀　尊著《現代詞學的建立》，亦甚欣喜。新的面目，新的氣象。更加堅定自己的觀察和體驗。日内與王昊兄論詞，也曾説及這一問題。有關二十世紀詞學，所作新與舊的判斷及五代傳人的劃分，應當能够成立。二十世紀如此，二十一世紀，應當可以類推。只就關注的時間段看，二十世紀五代，基本上停留在唐宋時期。二十一世紀新一代，一九五五年之後出生，將陣地轉移至清。這一轉型，爲新一代王、鄭、朱、況的出現，打好基礎，準備條件。當代朱祖謀，差不多已得公認。第二代，一九七五年以後出生。陣地轉移到民國。大片荒地，等待開墾。信手拈來，都是文章。絶妙的文章，比如尊著。這一代的作品，可能還不甚精緻，但具開闢之功。將出現新一代的王國維和胡適。但這還是過渡的一代。第三代，一九九五年以後出生。將在第二代的基礎上，得到提高。這是出大師的一代。

以上意見，就當講故事，未可當真。

張勇兄已來信，傳來照片，光綫不好，效果欠佳。以後重拍。應當有機會。

駱錦芳先生有詩相贈，在網上看到。和作一篇，請代轉呈。曾寄呂崢老師，囑代轉呈。請再代轉一回。

即頌

研安

弟議對拜啓

二〇一四年六月十日

# 與胡耀震書

耀震兄：

收到爲我整理的講話稿，十分感謝。基本内容都出來啦。就是比較拘謹一些。未敢大膽發揮。其實，既爲整理，就是自己的一種創作，或者合作。可以不分彼此。待作些修正，再寄你。

二〇〇二年在北京師大演講，已發《學術研究》第八期。有删節。原稿另傳上。二十六日赴京，參加國慶活動。北京師大外文學院爲安排一場演講，題爲：文學研究中的觀念、方法與模式問題。未有文稿，録音整理後，看看能否成文？到時寄上。

恭祝

文安

施

二〇〇四年九月六日

# 與檀作文書

## 一

小檀：

兩回見面，我講的多，你基本上不言語。應該多聽聽你的意見。

網絡詩詞，爲拓展視野，並且似乎讓看到一綫生機。虛擬世界，一點也不虛擬。各種體裁，古體、今體，四言、五言，該是甚麽東西就是甚麽東西，大多掌握得很有個度。非一般腐儒、村叟之能相比。大出意料之外。爲詩壇輸入新血，值得發掘與推廣。《年選》所録，多在優良以上，很有看頭。承　邀爲顧問，希望一年比一年更加美好。

大作二章，謀篇佈局，頗爲講究。轉折處，以虚字呼唤，亦甚得力。走的是學院一路，與網絡有别。本人亦如此。多看網絡作品，應有所補益。願共勉之。

我的講義，已全面鋪開，在碩士班，並大致講了一遍。正在充實當中。今後也許首先以講演形式加以推廣。先講而後撰寫成文。希望於講的過程，不斷吸收靈感。近段忙著自己的文稿，詞論集第三卷《詞法解賞》，正三校。十分費神。講義暫放一邊。

博士招生，三月進行，到時可於網上查看。照上一届經驗，不須考試，也無托福，只需一個研究大綱。三年學費七萬二千元。如安排助教，一門課，每月三千元以上，够生活費用。高静知道情况。一切隨緣。

杭州西溪詩會，曾發電郵周少雄，至今無有回音。當時説得很好。不知何故？再想想辦法。

小詞二葉，乞　斧正。

專此。並祝

新年快樂

萬事如意

施

二〇〇六年元旦

## 附録：檀作文致施議對函

施先生：

您好。

今年得高静紹介，拜見先生。蒙先生不棄，許可與言。兩番得先生教誨，受益良多。

今不見先生久矣，相思日增。先生開朗而富性情，生活必不枯槁。只是小子鄙吝日生，盼聆先生教訓，一雪胸次。

小子受詩歌中心之托，編選《網絡詩詞年選》(二〇〇一—二〇〇五)卷，已畢其事。書稿交首都師範大學出版社，可望年初出版。現將電子稿寄與先生。誠知難入先生法眼，然先生爲今之詞學泰斗，且厚望於青年，故不揣鄙陋，呈於先生左右。另，小子私意，萬望先生能署顧問之銜。此無他，狐假虎威耳。小子於先生有仰止之心，此亦略致拳拳。萬望先生勿辭。

先生詞學講義稿，可曾殺青？小子盼能先睹爲快。

小子昏聵，業不增舊。於詞學更是門外，近來填過兩篇長調，亦呈先生左右，聊博一哂。

先生嘗有意招詞學青年爲弟子，小子廣爲學生宣傳，今有數人詢問如何考試事宜。大陸青年，於澳門入學考試手續，多不能了了。尤爲關心者，爲托福事宜。先生能否答覆一二。

另，國慶期間，先生嘗與敝中心趙敏俐主任約定，幫助聯繫西湖景區，聯合召開當代學院詩詞研討會。趙主任亦托小子相詢此事。

新年之際，都城苦寒。先生處南國，必温暖如春。敬祝先生

大安！

私淑門人檀作文敬上

二〇〇五年十二月二十三日

## 二

小檀：

此間招收博士生，大約三月份，方才於網上公佈。文學碩士，隔年招收，須等待〇七年，才有消息。

披雲詩詞確實不錯，頗純熟。但我覺得，詩藝以外，題材也十分重要。江山之助，仍未可缺。似當進一步於拙、重、大多下功夫。你看如何？

拙著三卷，書出時即呈　斧正。

詩詞競賽。各地詩詞協會（學會），搞得熱火朝天。仍然詩多好少。廣東這回，不知將怎麼進行？

不寫不好，寫多了，未必就好。看詩壇現狀，有時候竟覺得，不寫未必就不好。詩集、詞

集出得太多了。手中冷水，不知潑不潑好？

七、八年前，曾撰文説及有關情況。在澳門發表，尚未到内地。請幫我看看。

專此。即頌

文安

施

二〇〇六年一月十二日

## 附録：檀作文致施議對函

施先生：

您好。

收到您的郵件。謝謝您對《網絡詩詞年選》的肯定性評價。我將您的評價轉達給網絡詩詞同仁，大家都很振奮。

先生的三篇詞作，拜讀之後，佩服至極。硬朗妥貼，此等境界，非我等淺學之人所能夢見。我自己寫東西，總是筆力太弱。先生教誨多讀網絡作品，作文銘記於心。

聞先生之《詞法解賞》即將面世，亟盼能一睹爲快。蓋二十世紀以來之文學研究，多社會學取向，而少文學分析，知詩詞法門者，更寥若晨星。先生大作出版，定能嘉惠學林。作文不能侍先生之左右，深望能於先生之著作中得詞法門徑。

先生答覆澳門讀博事宜，已轉達朋友。對於大陸的學生來説，最大的問題估計是學費。

我另有一個朋友披雲，工科出身，本科剛畢業，詩詞寫得極好。是八〇後最優秀的舊體詩人。我和他多次提及先生，他很想到澳門追隨先生，攻讀詩詞碩士。披雲家境尚可，所需諮詢者爲申請手續、學費多少等。

近日遇見徐晉如，曾向作文言及省港澳大學生詩詞競賽事宜。不知先生門下可有合適人選。若先生得披雲爲弟子，稍稍調教，折桂當如探囊取物耳。

寄上披雲兄詩詞稿，請先生百忙中抽空審讀。

敬祝

大安

私淑門人作文敬上

二〇〇六年一月八日

三

作文兄：

詩界問題，繁複多樣，頗堪憂慮。創作、批評皆如此。網絡世界所出現生機，應大力加以鼓吹。我的一番議論，可以公佈，希望能有反響。

友人攻博，極爲歡迎。請留意網上消息。目前網頁，尚未更新。據説三月報名。杭州西溪研討，恐未能成事。與負責人通話，提出研討話題，須有助於西溪建設。於市場經濟，看作一種交易，這就難辦。請轉告趙先生，實在不好意思。

春節返港。二月十三日上課。問小高好。

恭祝

吉祥如意

施

二〇〇六年一月二十四日

# 附録：檀作文致施議對函

施先生：

招生之事，屢次諮詢先生，給先生增添許多麻煩，請先生見諒。我的朋友李子想去澳門追隨先生讀博，若先生同意，我將先生之郵箱轉告於他，讓他直接和先生聯繫。

招碩之事，已轉告披雲。並將先生於其詩之批評意見轉達，披雲囑我代致謝意。披雲是我見過的八零後寫舊體詩詞最有才氣的一個，但確如先生所評，需在境界上下功夫，方能拙、重、大。

從前聽先生説寫舊體詩詞有時候還不如不寫，總是不解。拜讀先生專題論文，頓時理解。先生所批評之諸種現象，皆爲今之詩壇大弊。詩官詩商多矣，官詩商詩多矣，腐儒村氣備矣。作文嘗與網絡諸君議論，以爲中華詩詞「有千家詩而無一家詩」，僞詩多而真詩無。此種現象，令人痛心疾首。早該有先生這樣的如椽大筆來潑冷水了。安徽劉夢芙先生亦對此頗有不平之論。先生這篇大作，無異於洪鐘巨響，足以驚破中華詩詞繁榮美夢。作文深望先生此文能廣爲傳佈，欲張布於中國詩歌網，先生能首肯否？

作文於〇五年下半年接手中國詩歌網，目前框架尚未完備。於詩歌網，作文的設想是打通學院與民間，打通創作與批評，融會新體與舊體。先生於創作，於批評，皆爲今之泰山北斗。紙媒傳播有限，先生之議論，恐尚不足以深入非學院圈子。作文深望先生能爲斯文計，振臂一呼，天下雲從。若先生不以爲非，可否將諸種議論公布於中國詩歌網？

春節臨近。敬祝先生

闔家歡樂！

檀作文敬上

一月二十四日

## 與路成文書

### 一

成文兄：

接奉八月二十五日　惠函並照片，至感　厚意。詞學學術史，尚待歸納把握，希望多下些功夫，將內結構之體現當作一個過程進行考察，必定有所得。吳世昌詞體結構論，目前仍缺少認同，盼共同努力。有機會當細叙。

耑此。即頌

文安

議對

九月十二日

### 二

小路：

接奉十一月五日　惠函並　尊作一葉，甚欣喜。

所説詩法、詞法問題，值得探研。以史與藝作爲切入點，亦能命中時弊。但不够徹底。主要是個觀念問題。比如，魯迅所説「我以爲一切好詩，到唐已被做完」，對其理解，就表現出兩種不同的觀念來。一是著眼於「好」，一是著眼於「詩」。著眼於「好」，無法將問題説清。謂唐詩乃「一代之勝」，難以企及；亦可謂長江後浪推前浪，今人必定勝過前人。而著眼於「詩」，事情就好辦，因詩至於唐，衆體皆備，甚麽格式都嘗試了，故曰：已被做完。相比之下，後者比前者顯然較爲貼近魯迅原意。因此，在一篇論柳永的文章中，我曾説過這麽一句話：一部中國詩歌史，就是一部詩歌形式創造史。這當中，就有個觀念問題。同樣，對於史與藝，我以爲亦可作如是觀。依孟子所説，知人論世與以意逆志就是史。亦即，所謂史，最少包括兩個方面，世與志。而藝，就是形式。明白這一點，治詩或者治詞，也就具有一種特殊的鑒别能力。一本專門研究詩學體系的書，將中國詩學體系概括爲五個字。謂：詩的任何一種文體，都不過是志、情、象、境、神的載體。持懷疑態度者指出，還有詩教、詩體、詩格，尚被排除在外。兩種意見，如以上述方法加以鑒别，即可獲知，二者實際並無不同。因爲都著眼於「好」，而且從整體上看，其所標舉亦未曾超出孟老夫子兩個字所包括的範圍。閣下以爲，今人論詩，言史者多而精，似乎應該説，多則多矣，而精則未必。這都是觀念問題所造成。至於詞學，正如閣下所云，以治詩之法爲之，其結果自然好不到哪裏去。

獨得之秘，也就是真傳。確實有這麽一回事。可能需要悟性，要不，很難把握得到。大都於不經意時出現。在言語（書本）之中，亦在言語（書本）之外。

至於填詞，一種基本訓練，這是十分必要的。前輩有詞課，就是爲著訓練。但也不可逼得太緊。想填即填，不想，也就罷了。主要在嘗試。絶句也很重要，尤其七絶，對填詞很有幫助。從小令入手，不易入門，但便於初學。長調注重謀篇，上片、下片，佈景，説情。並不太難。試試長調，再作小令，就有所體會。《調笑》多二言，平仄遞轉。十分濃縮。既須雕琢字面，又得分析條理。而開篇二字，尤爲緊要。通常作爲一種歌詠對象，比如韋應物的「胡馬」以及王建的「團扇」。前者從頭到尾都説馬；後者用以比興，由此及彼，説到其他地方去了。須小心連接。大作四首，皆甚緊密。只開篇構詞，稍嫌生硬一些。三、四二首，結尾由平轉仄，不太協調。思，四支，第三部；去，六御，第四部。憶，十三職，第十七部。可稍歸整。《訴衷情》放鬆一些，先説情，後佈景，亦自成篇章。由當年到今日，而後寓情於景，並能説出個重（謂重遊）字來，安排得亦較周至。如有興趣，試試《浣溪沙》與《減字木蘭花》，可能順手一些。想到説到，不一定行得通。僅供參考。

耑此。即頌
撰安
施議對拜上
二〇〇三年十一月月十八日

## 與張暉書

張暉兄：

接奉　惠函並尊著《龍榆生先生年譜》，甚欣喜。龍氏詞學亦世紀標志，當進一步發揚光大。年譜之著，厥功至偉。新世紀詞學必定派得到用場。有關今詞學將來擬以專門章節加以推介。拙編《博士之家》一册，乞　斧正。

耑此。即頌

撰祺

議對

五月十九日

# 與甘松書

## 一

甘松同學：

接讀惠函，甚欣喜。公安三袁，我則李卓吾老鄉。應有一些牽連。傳承問題，十分要緊。回顧反思，可謂知言。自己確實做了不少事情，也有許多怨言。以爲未獲認同。學風、文風，存在問題。有點失望。但也看到了，可以寄希望的一代。

明年六月，爲時未晚。小詞一首，以爲共勉。見附件《金縷曲》（誓詩）。

祝

萬事如意

施議對

二〇〇四年六月十五日

## 附録一：施議對《金縷曲》(誓詩)

詩乃我家事。五千年、因承沿革，法門無二。群怨興觀魚蟲辨，以口以心而已。風雅頌，敷陳排比。其奈朝儒强施解，縱非邪也教從邪意。紛詭怪，看蠭起。煙雲變幻天兼地。醉沙場、琵琶馬上，十方歌吹。春水一江東流去，到處人生何似。楊柳岸，鴻飛雪霽。燕北於兹跨八駿，路漫漫究竟開新紀。超四海，歷龍尾。

## 附録二：甘松致施議對函

施先生：

您好！

我是白静的師弟甘松，冒昧打攪，還望先生涵諒。

蒙先生惠寄澳大招博簡章，我已經從白静師姐處收到，非常感謝先生對後輩的關愛和提攜！

我上周五打電話到澳大中文系，得悉申請讀博者須修完碩士學位課程和通過碩士論文答辯。我現在讀碩士二年級，明年六月份才畢業，看來只能來年再申請了。

先生是海内外詞學名家，久仰先生大名。我曾先後拜讀過先生的《詞與音樂關係研究》《宋詞正體》《今詞達變》《當代詞綜》等宏文大著，先生文章精彩入勝處不勝枚舉。如先生闡揚師説，提出「詞學史上的三個里程碑」，力倡「詞體結構論」；先生會通古今，對近百年詞壇瞭若指掌，在回顧與反思中爲「今詞學」指出向上一路。先生立論，遠見卓識，發人未發，我感覺先生是在爲中國詞學做承前啓後、繼往開來的大事業。先生理論、創作兼善兼美，我對先生道德文章、詞章風雅深爲景仰。我讀本科時就知曉先生授業港澳，以爲天海相隔，拜謁無緣，不意此番竟得「奇緣」，實乃三生幸事！

我生於「三袁」故里，長於荆楚大地，現在湖北大學跟隨劉尊明教授研習詞學，雖資質不敏，尚愧有問學之心。路成文師兄、白靜師姐是劉老師的得意弟子，也是我學習的楷模，白師姐知我有意攻博，遂薦之於先生。日後我對先生或續有叨攪，還望先生不棄，教之誨之！

即頌

文安

後學甘松敬上

二〇〇四年六月十二日

## 二

甘松同學：

六月十九日奉上一短函，附件三、四個，可能被彈返。到陽江，參加詩詞界的一個研討會，頗失所望。但也是意料中事。我説學風、文風，創作與研究皆然。同樣都是門徑問題。寫過幾篇文章，頗有些憂患，已管不了那麽許多。提前一天離會。

你所説體制原因，有一定道理，也非絶對。主要靠自己。性情以外，門徑是非常重要的。正反對比，往往可得到啓發。令舅大人，應有許多體驗。相與切磋，必有助益。依譜填詞，也是必經之路。希望拜讀佳作。

拙作《金縷曲》，效法胡適之。十年前寫成上片，十年後補齊。形象大於思想。但願一如所言，於傳承、開拓，能有點啓示。非常感謝。

龍湖精神，三袁性靈。體會深刻。甚佩。

專此。即祝

夏祺

施議對

二〇〇四年七月五日

# 附録：甘松致施議對函

施先生：

您好！

收到先生回信，十分感奮。感謝先生於百忙中予以提點和勉勵！

先生提到與李卓吾同鄉，都是福建泉州人。「三袁」曾數次到麻城龍湖訪問李卓吾，李卓吾對「三袁」影響巨大，公安派之性靈説即繼承了李卓吾之童心説。「真實自然」是兩者文藝思想所共有的核心。卓吾先生追求精神之自由，以狂禪精神對社會進行批判，故成思想大家；袁氏兄弟亦追求個性解放，但少了一點與社會的對抗，多了幾分灑脱與自適，故成文學名家。其心性之開放、自由與爲文之務實、求真也該是現代學人所追求的吧！

而現今古典文學研究，已呈現低水準重複建設的態勢，詞學領域就非常明顯。今人治學，多急功近利，出手既快，成果繁多（當然也有體制原因），但含金量並不可觀。又不少高校要求碩士必須發表論文，且有數量要求，我們這些積累菲薄的年輕人，匆匆上馬，情況如何，可以想見。先生信中慨言「學風、文風，存在問題」，大約與此相關吧。

先前曾於《中國韻文學刊》上拜讀先生詞作，今蒙先生惠詞相勉，非常感激！我以爲，先生此首《金縷曲》兼有辛豪、蘇曠之風姿；寓意超遠，有大氣魄、大追求者，都當稟傳承開拓、不詭不激、巋然獨立之精神，此或該詞寓意之一二乎？還請先生開示。

古典詩詞的創作對我們年輕人已顯隔膜。程千帆先生曾多次提到古典詩詞的創作對現代研究者的重要性，以爲不知古人創作甘苦，評論起來無異隔靴搔癢，難著痛處。詩詞創作需要才情和靈氣，當然更需興趣。我有一個舅舅，務農鄉居，早年讀過幾年私塾，喜讀詩書。我假期回鄉，常以所作小詩相示，且喜搖頭吟唱，陶然自得。説來慚愧，我雖喜愛詩詞，卻未曾在創作上下過功夫，只是偶爾感興，吟幾句未必合乎格律的韻文。雖然自感不是作詩的材料，即便爲有益學業起見，學習作點古典詩詞也是必要的。近來讀《白香詞譜》，想依譜試著作點短小詞章，如《望江南》《浣溪沙》之類，如此得法否，請先生給予寶貴建議。

即頌

文安

後學甘松敬上

二〇〇四年六月十八日

# 三

甘松同學：

接讀來書，獲知正思考門徑的事，我亦頗感興趣。門徑講方法，亦牽涉到範疇問題，如分門别類。門徑與門類，二者密切相關。以爲門有正、邪之分以及前、後之别，大致不差。宋詩如此，宋詞亦然。而詞之與詩，門類不同，則不能不另加細考。因此，這就須要正名。對此，當今學界是否已經解決？有待檢討；而據我所知，似乎仍處在混沌未開的狀態當中。比如，何謂詞與詞學？某次研討會，有學者提出討論，一時間，竟然都找不到答案。或以爲某氏論著已説明，實際上只是羅列各家之言，並非定義。這一問題十分重要，不解決，就談不上門徑問題。但是，只要認真想一想，應當也不難解決。大家知道：道可道，非常道；名可名，非常名。任何事物，包括詞與詞學，其名與義，都非恒久不變。關鍵就在於自己的把握。自己把握，而非人云亦云。比如，詞的名義，謂曲、曲子、曲子詞、樂府、詩餘以及長短句等等，少説也有一、二十種，每個人都應當有自己的把握，未可得過且過。而把握，則當有根有據，並非隨意爲之。於此，我曾有所嘗試。如曰：詞者爲何？我即肯定地回答：爲豔科，亦爲聲學。我依據温庭筠之「逐弦吹之音，爲側豔之詞」。因爲弦吹之音與側豔之詞，這是一個問題的兩個方面。聲學與豔科，在很早很早以前就已經相提並論。當然，所謂豔科，可作不同解釋，這是另外一回事。但聲學與豔科，可有所偏重，而不可偏廢。這是不能忘記的。有時候，只説聲學或倚聲，亦未曾將豔科排除在外。所以，我得出這麽一個結論：詞爲倚聲，詞學即爲倚聲之學。正名的事，就這麽簡單。這是個門類問題，也是個觀念問題。明白這一道理，甚麽事情都好辦。不明白，則比較危險。因爲名正言順，可以將文章寫得更好；而名不正，無論文章寫得好與不好，都可能白費心機。我自己也十分擔心，深怕做無用功。但實際情況又如何呢？二十世紀那麽多著述，在門内或者在門外？有用或者無用？應當不難判斷。

以上是一種總的觀感。雖難免偏激或者狂傲之嫌，但始終竟摯著於此。前函所説學風、文風，也就是這一問題。義理、考據、詞章，就詞界而言，即爲詞學論述、詞學考訂以及倚聲填詞。三者當中，論述最危險，而爲之者又最多，很快就將得到檢驗。門内、門外，内行、外行，對於追求者而言，是一種方法，也是個結果。看不準目標，走錯了路，雖不至於空手而返，但得到的恐非真傳。而就現狀看，最少半個世紀，我以爲，基本上都在誤區當中，這也就是混沌未開的意思。説得較爲嚴重，或者出格，請勿見怪。門徑與真傳，不能不信。登高一呼，希望寄托在你們這一代。

專此。即頌

學安

施議對

二〇〇四年七月十四日

# 附録：甘松致施議對函

施先生：

您好！

放假前夕忙亂一陣，先生賜函已經一周，卻未能及時回信，還請先生涵諒。

非常感謝先生於百忙中予以指點和教誨。先生惠示《金縷曲》創作之取徑與經過，我深愧未得解賞，以後應該加倍努力才是，但從中略有感悟：「作者未必然，讀者何必不然」；先生於我對龍湖和三袁的膚廓理解，不以爲淺，謝謝先生的寬容和勉勵！

先生所説「門徑是非常重要」，我也有同感。我讀本科時即留意翻閲《古典文學知識》《文史知識》等刊物，不僅因其雅俗共賞、有學術品位，還因爲上面經常刊發一些著名學者撰寫的研究體會和治學經驗。看了一些，也有一點觸動和啓發，但直到現在，還不明了「爲學」入門的標準，自感連門檻都還未曾摸著哩。前一段時間，我校特聘教授王友勝先生（湖南科技大學）來講授「宋詩研究」課，曾贈與八字「入門要正，立志要高」，以爲共勉。看來，「正門」不是那麼好入的，不然，會有一些人去走「後門」、「邪門」？

有時到圖書館和資料室，看到古今中外、文史哲，那麼多的好書，大有窮覽書山之志，但又不免有望書興嘆之感，心浮氣躁，未能紮紮實實多讀幾本書；有時讀到學報上某些乏善可陳的論文，頗不以爲然，實際上自己也未必寫得出，時犯眼高手低的毛病。毛病自知，改正卻並不容易。我想「病因」，歸根結底，是沒有真正入門的緣故。怎麼入門，自己還要摸索，也請先生多多點撥，警我愚頑。

我暑期留在學校，打算讀點書，準備一下碩士論文。論文選題大致範圍定爲「宋代宮廷詞與宮廷文化」，這一選題受導師劉尊明先生的影響和啓發。劉先生有《唐五代詞的文化關照》一書，其中有章節專論唐五代宮廷詞。我認爲，宋代「宮廷詞」的創作背景和情況與唐五代雖很大不同，詞作並不多，文學成就亦不如「文人詞」可觀，但作爲一種文學（文化）現象，還是值得關注的。如徽宗朝「大晟詞人」與宮廷相關的創作活動和南渡之際（包括高、孝宗兩朝）宮廷詞人群（康與之、曾覿、史浩、曹勛、張掄等人）的創作，帝王詞、應制詞的創作情況，帝王和宮廷文化對宋詞的影響等等，這都是較少爲學界關注的課題。我想，這些應該是值得探究一下的。正在著手準備，但覺得並不好做，盡力而爲吧。很想聆聽先生對這一選題的寶貴看法和建議！

與先生交流，如沐春風，略無拘謹，所以坦開胸腹，陳鄙見，就教於先生。先生本來就很忙，我卻不時打攪，很不好意思啊！謝謝您的教誨！

敬頌

夏祺

後學甘松敬上

二〇〇四年七月十二日

# 四

甘松同學：

你所説幾個問題都很重要，我做得並不够，可進一步探討。一兩個人不行，但也不須大家都來做。日本人好厲害。中國人不做，他們做。寄來一本《宋代的詞論》（《詞源》譯注）。應説點觀感。寫好請看看。我們的議題，待繼續。有篇小文《不學詩，無以言》，先傳給你。

施

二〇〇四年七月二十日

# 附録：甘松致施議對函

施先生：

您好！

非常感謝先生賜函教誨。我這幾日未及時回信，因爲先生信函頗有令人咀嚼回味之處，讀之再三，由近及遠，産生了幾點不成熟的聯想，還請先生指正。一是先生編輯《當代詞綜》之價值。先生新近出版《當代詞綜》，它繼朱彝尊《詞綜》、丁紹儀《清詞綜補》之後，開擴了「詞綜」系列的詞集選本範圍，構成了由唐宋至明清，以至近現代詞作選本的完整系列，既具珍貴的文獻價值，又將對現代社會詞的創作發展以及詞學研究領域的拓展産生相當深遠的影響。我的見聞非常淺陋，以前但知詞起於隋唐，盛於宋，衰於明，中興於清，以爲近現代詞壇之創作是零零星星，不成氣候的。拜閲先生《當代詞綜》之後，方知百年詞壇，許多文人學者、詩詞愛好者的創作實在是犖犖大觀，可圈可點。可見，詞學研究既要注意發掘文學遺産，也要關注「現在」，以古知今，以今知古，詞學是門「活」學問，並非僵死之學。如果盡向古人討生活，缺少古今合觀、中西融通的氣魄和眼光，學問難臻高境。二是先生闡揚詞體結構論之苦心孤詣。先生曾在大著《宋詞正體》

之《詞體結構論簡説》一節中對詞學史上若干主要的論詞標準加以評判，認爲傳統的「本色論」、王國維的「境界説」，都並非詞的本體理論；胡適、胡雲翼的「風格論」將「境界説」加以發揚光大，而立論太籠統，易於從内部引向外部，使研究工作喪失自身所應有的主體地位；近年來所謂宏觀研究及有關系統方法研究，皆較多偏差，尚未能爲詞學研究開闢新境。先生認爲，詞體結構論是建立詞的本體理論的基礎，以結構方法論詞，在結構方法上探尋其成體的規律，才能擺脱困境，真正探知詞學研究的入門途徑。先生信中所言「就現狀看，最少半個世紀，我以爲，基本上都在誤區當中，這也就是混沌未開的意思」，所指大概如是。三是先生爲「詞」及「詞學」正名。「詞爲倚聲，詞學即爲倚聲之學」。言簡意賅，突出一個「聲」字。現在人們似乎更長於詞之思想内容、藝術特色，風格流派等作家作品的研究，而對詞樂、詞律、詞韻之學關注不够，也許這方面研究難度較大吧。而詞樂、詞律、詞韻的整理與研究卻正是關乎詞學研究的基礎工程。先生近二十年前出版的力作《詞與音樂關係研究》，正可見先生治學的功力和眼光。詞籍整理，老一輩詞學家在這方面付出了辛勤勞動，出現了一些堪稱經典性的詞集校注本，如夏承燾先生的《姜白石詞編年箋校》等。現在還有不少詞籍需要整理校勘，詞學考訂方面的研究還有待加强，好像現在學界這方面的力作並不多見。讀了先生的一些著作和文章，感覺到先生治學自有學理和思路。上面所說，只是我的一點膚淺感想，既不全面也不深刻，讓先生見笑了。先生對詞學研究現狀的憂思和對其出路的前瞻令人欽敬。我現在反思自己，以前讀書，今人專著讀得多些，「原料書」就少，詞樂、詞譜之類的專書就更少。知識結構不合理，眼光局促，以後就很難在「聲學」領域真正入門。先生的宏文大著及諄諄教誨對我啓發甚大，這也是我繼續努力的起點和動力。再次感謝先生的關心和幫助！

頌祝

文安

後學甘松敬上

二〇〇四年七月二十日

## 五

甘松同學：

接讀二十七日惠函，甚欣喜。

正在寫作《倚聲與倚聲之學》，已成其半。到時請幫我看看。

暑期如何安排？八月十日出遊。杭州、上海，而後北京。有個研討會。下旬返回。

言詩之樂，切磋之誼，十分難得。

祝

夏安

施

二〇〇四年七月三十日

# 附録：甘松致施議對函

施先生：

您好！謝謝您惠賜文章給予指點。

先生文章談到兩岸四地（大陸、臺灣、香港、澳門及日本）的韻文讀寫狀況。在我非常有限的視野内，所知道的港澳詞學研究，除先生外，代表人物還有饒宗頤、羅忼烈先生，吴宏一教授和黄嫣梨女士也是知名學者。臺灣有老輩學者鄭騫先生，現在中研院的林玫儀教授和彰化師範大學的黄文吉教授則是活躍力量。日本則有村上哲見和青山宏諸人，《唐五代北宋詞研究》《唐宋詞》已先後在大陸出版，《日本學者中國詞學論文集》也譯成中文，從這幾本書中可以了解日本詞學研究的某些情況（臺灣的書反而不容易找到)。我覺得日本學者的選題角度往往比較獨特,做得比較深細,有些見解也很新穎。先生文章中所舉「論柳詞構築法」,指的即是日本學者宇野直人《柳永論稿》書中的相關內容吧。年初,讀過此書,當時比較佩服,感覺此書許多章節視角新穎,做得很細,大陸詞學界還似乎很少採用這樣的方法和路數。先生指出其柳詞構築法,「實則只是說明所使用材料以及材料之來源,至於這些材料之如何變成詞,卻均未涉及,亦即既無構與架,又無所謂法」。真是一針見血!我並没有認識到這一層,見到先生的評語,有發聾振聵之感,非常欽服先生的具眼灼見。

不同的地域似乎可以形成不同的治學習慣和傳統。互相交流、互通借鑒肯定要比「老死不相往來」好得多。學術交流大家可以「並取其長」,這是容易理解的,雖然我自己並無切實的體驗和認識。更重要的是,先生的文章讓我有了一點警覺和清醒,因爲交流之中弄不好也會「兼收其短」的。先生將古代韻文讀寫的具體方法與步驟,喻之爲「地上爬、空中走、天上飛」,很是形象和幽默。義理、考據、詞章本不可偏廢,但現在對辭章過於忽視,先生的呼籲是非常值得學界重視和反思的。

先生也讓我興起了一點想法。讀書界、研究界令人堪憂,大學的中文專業似乎也並不樂觀。中文專業當然並非要培養出若干詩人作家,關鍵是素質的培養但也要突出中文特色。大家都是中國人，説著中國話，學中文的和非學中文的人到底有没有區別，區別在哪裏？我覺得這也是值得思考的題。感覺大陸中文系的學生似乎就没有甚麽特色和「專長」。現在大陸碩士生大大擴招，有利有弊。對古典文學來説似乎並非福音。大家内心趨向選擇容易賺錢的熱門專業，古代文學現在是冷門行當，讀的人雖然也增加不少，但大多心不在焉。曾遇到幾個碩士，竟問導師，學古代文學有甚麽用，導師啼笑皆非。當然，中文系的本科、碩士生「可塑性」較强，也不須大家都去做學問，但大環境和觀念問題無疑會影響到古代文學的可持續發展。

學習是一種完善自我的過程。我感覺每次都從先生這裏得到許多有益的東西，先生從我這裏收到的回饋信息無疑是稀薄而幼稚的，非常感謝先生的耐心和寬容！

敬頌

安好

後學甘松敬上

二〇〇四年七月二十七日

# 六

甘松同學：

久無聯絡。正在加緊《倚聲與倚聲之學》，已一萬五，打不住，須二萬餘。二十六日晉京。國慶活動。並將往北京師大外文學院演講，題目：《文學研究中的觀念、方法與模式問題》。此前另一講詞，已刊二〇〇四年第八期《學術研究》。

八月到首都師范大學，研討會。這些年經常出遊，順帶做些交流工作。對於學術問題，有一些自己的看法，希望借此機會，加以推廣，並聽取意見。去年參加劉永濟研討會，劉尊明先生也曾提及講學的事。時間合適，頗願前往，也可與老朋友見面。你，還有小路（路成文）。此間招收博士生，我收一名本地生。明年可事先準備。研究方向：詞調與詞律。只要掌握已有狀況就可以。先做個目録，寫個概述，也就行啦。不知是否興趣？奬學金每月一萬澳門元，不知如何申請。到時網上查閱。

三碑之説（見《中國詞學史上的三座里程碑》），請提意見。

祝好

施

二〇〇四年九月二十日

# 附録一：甘松致施議對函（一）

施先生：

您好！

有幸拜讀先生大作，且將先睹，真是深感榮幸又愧不敢當。感謝先生的信任和給我學習的機會呵！

暑假本來曾想出去看看，後覺囊中羞澀，暫作罷。前一段在看《沈祖棻文集》《顧隨文集》《葉嘉瑩文集》，同時收集一下碩士論文的資料。暑假倏忽過半，打算過幾天回家鄉看望親友，此間雖云樂（有書讀，有同學交流），豈能樂不思蜀？好象有許多事要做，八月中即要返武漢。

祝先生出遊愉快！

後學甘松敬上

二〇〇四年七月三十日

## 附録二：甘松致施議對函(二)

施先生：

您好！

新學期開學已經半個多月了，忙著準備論文開題和一些瑣事，疏於問候，還請先生涵諒！到了三年級，寫論文、準備考博、找工作這三件大事都得忙乎著，這也許是很折騰人也是很鍛煉人的一個時期了。做好準備，「何妨吟嘯且徐行」，當然，坡公的瀟灑風致也不是那麼簡單能學到的呵。

前一段時間從網上新闻得知，先生五月底應邀爲河南大學兼職教授，先生上次曾告知八月中下旬來内地「出遊」，非常希望先生方便時能來湖北大學講學，爲湖大學子傳道、授業、解惑。童言無忌，也不知想法是否太過唐突了啊。

敬祝

安好！

後學甘松敬上

二〇〇四年九月十九日

## 七

甘松同學：

接讀惠函。說了三項，我就喜歡這個數字。三碑之説亦如此，可能與三生萬物有關。胡適大膽的假設，二以外，應得力於這個三字。一篇序文，最少可以管領一百年。吴世昌(施按：世昌爲其昌之誤)爲胡祝四十壽，曾説：政治事業，不可一世；文化事業，可得百世。願胡氏成爲文化之父。一百年，亦可能達至百世。時下興顯學，只是顯赫於一時，未必可以一世。但是，與文化接軌，並非易事。一定要有絶學基礎。吾兄對於詞學的思考，已接近於向上一路，加以詞調詞律之進一步探研，必有所成。我的長文，一氣讀完，十分感謝。另有一文《詞的自覺與自覺的詞》，與前二文頗有關聯，有勞吾兄，再爲點評。

九月二十七日，北京師範大學説觀念問題，有録音，一位學生正整理。十二月下旬，江西師範大學有約，順道登廬山，擬前往。正在趕寫《門徑與真傳》一文。二十日赴天津。國慶宴會，此番未填詞。

今年博士生尚未入學。請留意各況。

祝

文安

施

二〇〇四年十月七日

## 附録一：甘松致施議對函（一）

施先生：

週末好！先生惠函近日收到，非常感謝先生賜文教誨！先生發來之《中國詞學史上的三座里程碑》原稿和刊載於《學術研究》第八期之删節稿均一一拜讀。蒙先生信任，説一點點膚淺的感想。

首先，非常欽佩先生的宏通眼光和遠見卓識。先前曾閲讀過大陸學者方智範等人的《中國詞學批評史》和謝桃坊的《中國詞學史》，二書體例、思路有相近之處，皆以朝代、人物（詞派）爲經緯來構建詞學史，後者論述更精細些，並延伸到現代和新時期的詞學研究。千年來紛繁複雜的詞學現象，如何把握？以時代分，所謂「詞學的建立」、「詞學的中衰」、「詞學的復興」之類的標識，這是一種宏觀把握的思路和方法；先生提出「三碑」之説，則是另一種宏通的思路和方法。先生「操斧伐柯」，將詞學史上枝枝蔓蔓的東西一把砍掉，現出詞學主幹道，預示詞學之出路和方向，論説極具穿透力，給人很大啓發。

其次，感覺先生做學問是「醉翁之意不在酒」。先生研治詞學，不僅解決具體的學術問題，還重在學理的探索和建構。解決點點滴滴的具體問題很重要；學術的大開拓、大發展則可能要靠宏通的眼光和深邃的理論思維能力了。先生治學從哲學層面出發又回歸哲學，具有方法論意義。我大膽聯想，先生之《文學研究中的觀念、方法與模式問題》（提綱）在某種程度上是可視爲《中國詞學史上的三座里程碑》的邏輯起點和歸宿的。「三碑」之説在學術史上也很可能會成爲一「碑」的。

再次，我認爲「三碑」之説必將會産生深遠影響。李清照之「本色論」、王國維之「境界説」在詞學史上影響巨大，也是現代學人較爲熟悉的，吴世昌先生之「詞體結構論」雖然晚出，在經歷若干再闡釋、再接受的過程後，必將會産生想當深遠的影響。

一點感想，略陳如上；不知深淺，信口雌黄。先生一笑可也！

又蒙先生垂愛，告知考博事宜並提供研究方向。我對「詞調與詞律」這一課題比較感興趣，雖然以前於詞調、詞律留意不够，没有甚麽思考，但我感覺這個研究課題很有價值和意義。近日初步翻檢一下，論詞調、詞律的單篇論文有一些，多是探討具體而微的問題，系統研究好像很少見到。我會就現有條件收集古今相關文獻資料和已有研究成果，弄清研究現狀並做點思考。如何做些更合理、有效的準備工作，還要請先生指導。

先生告知月底晉京，祝先生旅途順利！國慶愉快！

後學甘松敬上

二〇〇四年九月二十五日

## 附録二：甘松致施議對函（二）

施先生：

您好！

上次所談點滴感想，先生不以爲忤，又賜宏文《傳統文化的現代化與現代化的傳統文化——關於二十一世紀中國詞學學的建造問題》，拜讀後頗受教益。白静師姐曾告知，十月底南開有慶祝葉嘉瑩先生八十壽誕暨詞學研討會，先生大作即是研討會論文，我能先睹，實爲幸事！一口氣讀完三萬字的宏文大作，不能無感，只是簡單膚廓之甚，還請先生指點。

其一，先生從哲學、文化學的大視角對「三碑」之説進行深度闡釋，「三碑」之説是方法論指導下的學術成果，又爲方法論提供了生動的實踐説明。從「哲學」視野觀照詞學，學術問題昇華爲哲學問題。這種研究思路邏輯謹嚴、大氣磅礴。其二，先生將「三碑」之間的發展脉絡扼要梳理，使先生的「判斷與劃分」更系統、更全面、更深刻（先前刊載於《學術研究》上的文章可能限於篇幅，「三碑」内涵及「三碑」間的發展綫脉絡等未及細説）。我以前對「三碑」之説領會不甚深入，因爲在腦海中「三碑」之間的綫索和環節隱若現。讀完該文後，對先生的學術思路和學説内涵理解得更清晰一些了。其三，將「三碑」之説與「中國詞學學」的建構聯繫起來，其現實意義和價值更加彰顯和突出。「三種批評模式，爲靈魂，亦綱領，乃綫的貫穿。以六藝、三碑爲學科對象，展示、貫穿，詞學學之『詞』以及『學』，也就有了著落」。先生上次曾惠函《門徑與真傳》，我現在想想，當有進一步的認識和體會。

先生從方法論的高度將以前曾思考和闡發的問題再闡釋、再整合，我拜讀之後深受啓發。相信「三碑」之説和「中國詞學學」的建構，必將對中國詞學研究産生想當深遠的影響。這是一點簡單想法，謹向先生彙報。

另，文章第十一頁「張氏有意將音與詞分割開來，爲詞正名。意内而言外，或者音内言外，兩層意思，似頗費心機」一句，「心機」後的「機」字可能爲一衍字？

敬頌

安好！

後學甘松敬上

二〇〇四年九月二十八日

## 八

甘松同學：

接讀十日惠函。非常感謝，爲我寫了這麼一篇長文。忙著撰文，未及奉答。時時記住。

曹辛華批評流派論，有朋友傳送過來。我的《百年詞通論》，胡明的詮釋與思考，都作了評介。但我的另一篇文章，專門説百年詞學，則未提及。中式、西式以及日式，非詞學所專有，不宜採納。其餘諸家，頗多闡發，可以參考，是否表明加强和成熟，則須檢驗。我的研究之研究，乃有所感而作，並不輕鬆。顯學的禍害太深重了。很難把握一個較爲切實的標準，怎麽説都有道理，似是而非。但又有一定吸引力。一般人都樂意跟著走，實在没有辦法。須下大決心，才能劃清界限。希望多加思考，走出自己的一條路來。

祝

文安

二〇〇四年十月十六日　施

## 附録：甘松致施議對函

施先生：

您好！

蒙先生續惠大作，視野大開，受益匪淺！又蒙先生謬愛和勉勵，要我談一點感想，非常感謝先生的信任和提攜！只是我自己根基菲薄、見識短淺（知識結構和基本功還很是欠缺），只能就所知所感的説一點點體會和聯想，肯定會有很多錯訛、不當之處，還請先生見諒和批評指正。

世紀之末和世紀之初，古典文學界興起百年回顧、反思和前瞻的熱潮，既正得其時，又相當必要，詞學研究也是如此。論文如楊海明先生的《詞學理論和詞學批評的「現代化」進程》，論述王國維、胡適二人在詞學理論和批評上的突破和建樹以及建國後三個歷史時期詞學批評的得失；胡明先生在《一百年來的詞學研究：詮釋與思考》中將二十世紀前期的詞學研究者劃分爲「體制内派」和「體制外派」，並對詞學理論建設與開拓之路提出了幾點看法。先生的大著《當代詞綜》卷首所附前言——《百年詞通論》，通過三個時期的劃分，對百年詞進行了宏觀的展示和探析，論説的雖然是詞派，同時又對各派的詞學理論和詞學批評作出詳細的介紹，「解放派」、「尊體派」、「舊瓶裝新酒派」三者之界分，很是準確和幽默；從批評模式的角度提出本色論派、風格論派，第三派則用本色論的改造來代替，也很切合實情和予人啓迪。其他專著如方智範等先生的《中國詞學批評史》、謝桃坊先生的《中國詞學史》都出現於上個世紀九十年代，既表明百年詞學研究成果的豐厚積累、詞學學科意識的逐漸加强和成熟，也説明了詞學研究正面臨尋找新路、開闢新境的難題。這些論著的立意都是指向「未來」一路，只是思路、視角不盡相同，實際效果也可能不大一樣。

「詞學」一詞，是古典文學研究中的「關鍵字」，論者慣用，但學界對其研究對象和範圍的理解還不盡相同。也許簡單的説，「詞學」就是研究詞的學問，但把其内容和範圍界定清楚好像還不是那麽簡單和容易。我想，即使現在還没有提出：「詞學」這一概念，詞人、詞籍、詞樂、創作、評點、論述等諸項内容都是一種已然的歷史存在，即「詞學」的内容和範圍本身可能就是已經實際存在的東西。但「詞學」概念一旦被拈出和界定，就是屬於對一種「存在」的理論歸納和總結，即説明對詞的各方研究都走向深入和自覺。但「詞學」還是有可能處於一種「半醒未醒」的半自覺狀態。「詞學學」的提出，情況就爲之不同了。「所謂研究之研究，這就是詞學學」。先生從文學自覺的角度，專文闡述「詞學的自覺與自覺的詞學」，「建造設想，既針對現狀，爲著補偏；亦面向未來，爲著學科建設」。這樣，「詞學學」本身就正式成爲一門學問，較之「詞」學的提法，彰顯著更爲自覺和清醒的學科意識，立意也更爲高遠。「詞學學」的提法，應是先生的創舉和貢獻。先生關注、研究千年詞和百年詞歲時也久，很多問題了然於胸，適時提出建造「中國詞學學」的設想既是深思熟慮，也是水到渠成。

另，先生把「倚聲填詞」納入「詞學學」範疇之中，感覺頗有深意。倚聲填詞不僅是古人的事業，今人、後人都會不斷有所創作和創新，這樣「中國詞學學」就是融合舊學與新知、理論與實踐，處於動態發展的内涵豐富的專門之學。

文章的「分期論」、「人物論」和「現狀論」各有特點，先生提出的很多具體觀點，我都很佩服和很受啓發，這裏談一點點對「現狀論」的聯想。先生提出，所謂「詞學學」，應將詞與詞學或詞史與詞學史合而觀之，著眼於考訂之學、論述之學以及倚聲之學（側重倚聲填詞）。「三學」均有待進一步的探索和發展。十五年前，劉揚忠先生的《宋詞研究之路》提出「宋詞研究體系」（圖表），十五年後，隨著詞學研究的發展，該體系還有待於完善的地方。該體系具有一定的科學性，也能予人相當的啓示。如，對照該體系和詞學研究現狀，就會發現「宋詞規律研究」中的宋詞與宋代社會、宋代文化的研究近年來比較熱鬧，論著不少，而該體系「基礎工程部分」的「宋詞音律、文字格式研究」則比較冷落和薄弱。這裏既有觀念的問題，也可能因爲研究突破的難度不小。兩者一熱一冷，也許能説明一些問題。古典小説研究界有學者批評指出，現在「紅學」變成了「曹學」，研究者大部分的注意力被作者問題所吸引，熱鬧非凡，也糾纏不清，對《紅樓夢》本體的研究倒退居二綫了。詞學研究對「倚聲之學」的輕視和忽視與之有點類似，都是不從研究對象本體出發，在研究觀念和方法上没有「樹立探本模式」。先生上次信函提到「顯學與絶學」，殆文章所説的「聲學與絶學」，近幾十年來對詞的音律、文字格式研究，確實是一大薄弱。恕大膽聯想，先生提供之「詞調詞律」課題，也許正是先生「詞學學」構想和建構中的一個環節吧。

先生在《不學詩，無以言》那篇文章中專論大陸、臺灣、香港、澳門四地及日本在韻文讀寫方面的狀況，這篇文章再次論及，並指出「對於兩岸四地以及日本詞學研究中所出現問題，將加深印象並且進一步引起重視」。以前曾讀過一篇論文，認爲「從國際範圍看，新時期以來形成的詞學批評流派至少可分爲三派：一爲中式批評派，一爲日式批評派，一爲西式批評派。中國的詞學批評者有得天獨厚的條件，因而他們能將詞體置於中國的文化背景中，把詞學批評與古代文論、古代文學、古代學術有機地結合起來，形成有中國特色的詞學批評方式。日本的詞學研究是其漢學的一個分支，常用統計法、比較法等在實證基礎上的批評方法……《日本學者中國詞學論文集》集中體現了日本特色的詞學批評。西式批評派主要是歐美地區的詞學批評家……他們擅長運用西方文論進行詞學批評，把詞學置於世界詩歌背景上進行觀照，常有新見解形成。至於港澳臺地區，也有不少詞學家，由於港澳臺是大陸與國際詞學批評聯結的樞紐，其詞學批評就兼有中式、日式、西式三派批評的特色，要形成獨具特色的流派尚不容易」(曹辛華《二十世紀詞學批評流派論》，《江海學刊》二〇〇一年第六期)。那麽，現在的詞學批評到底有派還是無派？港澳臺三地在世界詞學研究格局中的作用和地位到底如何？非常想聽聽先生的高見。

拉雜説了一通，絶不敢稱是對先生文章的點評，只是我的一點粗淺聯想，請先生批評。

以前拜讀劉揚忠先生關於探討古代文學博士研究生培養機制的相關論文(《「實學」基礎與理論修養》《建立理論、文獻、創作三結合的古代文學博士生培養機制》等),劉先生認爲,古代文學博士生是應該具備理論、文獻、創作三方面的綜合素養和相應能力,我比較認同這種觀點。我深知自己現在三個方面都是極爲不足的,需要不斷努力加以彌補,也希望在今後的學習過程中努力朝這個目標邁進。還有勞先生教誨。

申讀博士一事,讓先生費心!如有可能,待您的博士入學後,我希望能與之取得聯繫,也可以有請益之助。如有重要事宜,還煩先生告知,我也會留意澳大網站的相關信息。

順祝先生「出遊」愉快!

後學甘松敬上

二〇〇四年十月十日

## 九

甘松同學:

很高興爲我看了長文,並説了自己的意見。幾個方面把握得很好。聲學、艷科,音理、字格，韻文、語文，絶學、顯學，真傳、門徑。如此而已。説來也很簡單。一定是兩個方面，對立統一。正如結構論一般，想來也挺有意思。你説：循此思路可寫出大部頭的著作來。一句話，天機洩露，我也没有辦法。那就看你的了。已有博士，論詞調，請傳來一閲。不過，不可能也不必要將其變成顯學。

忙了一大陣子，第三卷文稿已齊全。二十二日將到中山大學參加一個關於文體學的研討會。聽聽各方意見，亦一樂事。

祝好。

施

二〇〇四年十一月十五日

## 附録一：甘松致施議對函(一)

施先生：

您好！

非常感謝先生百忙之中賜函教誨！先生的指點警我深思。先生所説的「另一篇文章，專門説百年詞學，則未提及」，近日收索一番，愧不知刊於何處，未能拜讀，還請先生明示。先生的某些論著可能在大陸的報刊上不易查閱到，如中國期刊網所收録近十年的文章中，只能檢索到先生的四篇文章，先生的《今詞達變》《宋詞正體》等書則是在網上「澳門虛擬圖書館」中拜讀到的。

近日讀到先生的《二十世紀詞壇飛將黄墨谷》一文（收録於《詞曲研究的新拓展》，於劉尊明先生處借得），以前讀《重輯李清照集》，只知其大名，但對其生平行事、道德文章不甚了然。讀罷，竟有恍然嗟嘆之感。

近來一段時間在寫作學位論文《論宋代宫廷詞》，這個論題，論者既少，價值也不是太大，努力爲之，冀得點滴。黄山谷云：「隨人作計終後人，自成一家始逼真。」引申之，「真」者或可作真相、真理解。讀書、治學都應當張揚個性，探尋真相、追求真理。對我來説，這條道路還很是艱難和漫長，但先生的勉勵和鞭策我將銘記於心！

敬頌

教安

後學甘松敬上

二〇〇四年十月二十二日

## 附録二：甘松致施議對函(二)

施先生：

您好！

非常感謝您百忙之中賜文教誨！

先生十月二十八日函早已拜讀。由於先生較忙，不敢遽爾打攪。

近來拜讀了先生的四篇文章。分別爲《以批評模式看中國當代詞學——兼説史才三長中的「識」》(載《百年學科沉思録》)、《方筆與圓筆——劉永濟與中國當代詞學》(《中國韻文學刊》二〇〇四年第一期)、《落想・設色・定型——饒宗頤「形而上」詞法試解》(《詞學》第十三輯)、《爲二十一世紀開拓新詞境，創造新詞體——饒宗頤形上詞訪談録》(《文學遺産》一九九九年第五期)。前兩篇主論「道」，後兩篇主談「藝」(「藝」主要指創作)。先生之談藝、論道，與大陸學者論學的風格、路數頗有不同。拜讀之後，有一點點未必恰當的聯想。

大陸學者多重道輕藝，先生道藝並重，道藝兼論；大陸學者多重顯學，輕聲學，先生顯學、聲學並重。先生膽大藝高，鋭意開拓，對近現代詞學和詞家的分期、定位即爲一例

（很佩服先生想得出，有鋭氣，自成理。大陸學者好像多一些「温和派」、「保守派」氣息，較少關注現狀、切近現實。也不知我的這種閲讀感覺是否準確，呵呵）。先生深諳創作、精於解賞，對饒先生形上詞的解賞又爲一例。凡此種種，都可從先生的諸多論著中見出。先生的治學路數相對大陸詞學界是獨具特色的。這是一點總的感受。半年來從先生問學，更切實地感受到了這一點。當然，先生論著中有的地方，我也未必讀懂了，更不敢説已經領會到先生治學的思路和神韻。

《倚聲與倚聲之學——關於文體因革以及科目創制問題》一文已拜讀多遍。先生謙稱，文章寫成「甚不易」。老實説，我第一遍讀完，不大懂，因爲韻文的基本功不好，讀來有點兒吃力（以前未讀過類似的文章）。下面簡單説一點感想。

第一部分剖析研究狀況，可謂「針砭時弊」。其中説到「蜕變期著述，由美學、哲學，而文化學，玄之又玄，多數依上述公式製作，並不太著意於倚聲填詞自身的問題。整個後半葉，所謂天上飛，就是這麽一種狀況」。的確如此。我想，運用美學、哲學、文化學進行古典文學研究（包括詞學研究）應該是可以有所作爲的，研究方法應該可以多元化，關鍵是如何把握、如何發掘。文學研究必須落實到文學本體，真正解決問題。否則，就可能陷入一種新的「庸俗社會學」的泥潭。再者，個人才性、愛好有别，於義理、考據、辭章三者之中也可能有所偏好，一時一地，一門一派也可能各有所擅，關鍵是如先生所說，不能失落「根本」。第二部分正本清源，探析樂律與音聲，考訂篇法與句法，闡釋聲學與豔科。這部分也是我較難讀懂的部分。「『逐弦吹之音，爲側豔之詞』。《舊唐書·文苑傳》評温庭筠語。兩句話代表對於倚聲填詞的看法。弦吹之音與側豔之詞，二者相提並論。說明這是一個問題的兩個方面。兩個方面，爲聲學，亦爲豔科。聲學與豔科，兩個名稱，當時儘管尚未正式提出，但兩個方面，合而觀之，卻是一種詞學觀的體現。」按我的理解，這段話應該可以看作是此部分乃至全文立論的重要出發點。第三部分著眼「絕學」，區分韻文、語文，指示治（詞）學門徑。現在大陸詞學界重顯學輕聲學，與思維方式和觀念有關。與課題難度可能也有關係。我想，聲學領域，肯定別有天地，顯學、聲學各有用武之地，關鍵是如何把握和開掘吧。情況如何，未入門檻，暫時還不好懸想。

文章論「倚聲與倚聲之學」，「相信將爲中國古代文體史之因革、創置，提供一典型事證」。我感覺這個話題很意思，也很重要。似乎還可以展開，循此思路可寫出大部頭的論著來。先生對聲學、顯學都曾予以關注。二十年前《詞與音樂關係研究》一書就關涉聲學，先生現在似更加重視和看好聲學。現在看了幾篇論詞調的論文，聽說已有博士以之爲題。我想，聲學日顯，或是某種趨勢。

拜讀先生文章，感覺讀懂不易，但大開眼界。以上只是拜讀先生大作後的一點膚淺聯想。小子品頭論足，信口開河，還請先生批評指正。

敬頌

教安

後學甘松敬上

二〇〇四年十一月十日

一〇

甘松同學：

接讀惠函。所説一個詞調一部著作事，完全可能。彼岸有類似個案。其與先時所説詞彙統計，應當同屬於一種狀況，同在語文層面。主要是字格與音理，二者未能打通。此事可加留意。拙文所標舉夏論三段以及吴説字格與音理，可以參考。

施

二〇〇四年十一月二十日

# 附録：甘松致施議對函

施先生：

您好！非常感謝先生的勉勵和指點！

關於聲學，先生説「不可能也不必要將其變成顯學」，我非常認同。聲學沉寂日久，現在多些關注和研究倒確是必要的。我所聽説的詞調研究，是這樣子的：前不久和劉尊明先生聊天，劉先生説上個月收到某學人寄送的著作，作者是臺灣黄文吉先生的博士或碩士，專論浣溪沙詞調，一個詞調寫了一部書。我還没有借閱這本書，暫時還不知道具體情況也無法傳給您。非常抱歉！

《宋詞正體》《今詞達變》是先生論詞文集的前二卷，先生説第三卷整理好，不久就要出版了吧。我想這又是先生嘉惠學林的一部力作。真希望能早日拜讀先生的大著！

敬頌

文安

後學甘松敬上

二〇〇四年十一月十八日

二二

甘松同學：

來函説及兩本關於聲學的書，早已見到。撰寫過程中，也曾將其納入評述範圍，後來給删除了。請注意，此類書籍我只説到龍榆生與王力。其餘，還是少看爲好。其實，我説聲學，説真傳，實際並非要人學詞樂。詞調、詞譜，亦如此。何況，類似《詞牌釋例》以及《詞譜簡編》此等書籍，根本稱不上甚麽聲學。我所説，乃吴梅字格與音理相通這一意思。須細加領會，才不至誤入歧途。這類問題，和我所説將韻文當語文的做法，實質並無不同。

日前，在關於文體學的研討會上，有人亦將我所講歸之於詞樂。實際如何？可以討論。我的意見，僅供參考。

匆此。即祝

文安

施

二〇〇四年十一月二十九日

# 附録：甘松致施議對函

施先生：

您好！

先生專門提示注意「夏論三段以及吴説字格與音理」，在先生指點下，我重新拜讀了論文，感覺對論文脉絡把握得更清楚了些，感受也更深了些。這一問題我會繼續留意和思考。非常感謝先生的指點！

龍榆生先生的《龍榆生詞學論文集》、夏承燾先生的《唐宋詞論叢》《月輪山詞論集》等書中有論述音律、字聲等聲學方面的内容，我讀本科時曾閲讀這些著作，但這些部分多跳過不讀。慚愧得很，讀研時仍是大略如此，幸得先生引導，方始留意。近來專門找來這些書及嚴建文的《詞牌釋例》、楊文生的《詞譜簡編》等，想就聲學方面的内容補點課。

如何更有效加强這方面的學習，還請先生指導！

敬頌

教安

後學甘松敬上

二〇〇四年十一月二十四日

二

甘松同學：

從高處著眼，認清門徑，確實非常重要。否則，過了一段時間，業績就可能變成爲包袱。即使知道自己走錯了路，也不願意回頭。因爲須從頭來過，不願意看到自己變得一無所有。而尚未入門，卻並非壞事，正如毛澤東所説，一張白紙，好寫好畫。詞學亦如此。所以，我的文章，在很長一段時間裏，許多人都會表示抗拒。你的認同與支持，令我增添力量，願共勉之。

施

二〇〇四年十二月八日

## 附録：甘松致施議對函

施先生：

週末好！

非常感謝您在百忙之中賜函教誨！

您的建議，不啻當頭棒喝，讓人清醒了許多。作爲尚未入門的晚生後輩，能得到您的悉心指點，深感幸運。向您請教的時日也不算短了，諸多東西還没有領會到，不無慚愧。您的建議很寶貴，我會慢慢咀嚼。我也會留意相關書籍，小心補課的。

敬頌

教安

後學甘松敬上

二〇〇四年十二月四日

一三

甘松同學：

年前出遊。到滬杭，未到江西。在復旦及華東師大各講一場。文學觀念問題及倚聲問題。録音待整理。歸來大雪。一路觀賞未有詩。

新的一年，祝

萬事如意

施

二〇〇五年一月五日

一四

甘松同學：

算起來，通信時間已經半年。在狀態當中，我一直有這種經歷。先時用筆，一個禮拜清理一次，一口氣幾十封。但也有拖懶的時候，直至一年半載都没回覆。現在很方便，不過頭緒也多。來往郵件，應在幾十以上。這也是一種樂趣。記得我曾説過，乃言詩之樂。所以，並不覺得疲倦。讀書與閱人，二者不可或缺。聖誕期間，特地到上海、杭州，拜訪幾位神交已久的老前輩。周退密，九十二。吴藕汀，九十四。都説，有我二十年前給他們的信。感到很内疚。歸來各撰一詞，以寫觀感。二詞謹付斧正。

見附件《賀新郎》（集嘉陵句）。附件包括其他作品，一起奉上。

祝碩士學業，大功告成。

施

二〇〇五年一月二十九日

# 附録：甘松致施議對函

施先生：

您好！

過了這麼久才給您回信，真是很抱歉！

近來忙著寫畢業論文，題目暫定爲《文化視野下的宋代宫廷詞》，初稿寫了三萬餘，還没有完成。隨著構思和寫作的進行，感覺這個論題還有點意思，有一點點挑戰性。論文有意往文化上靠，力圖將文化觀照與文本解讀結合起來，希望不要把它寫成「天上飛」的東西，呵呵。準備近日將初稿送交劉先生。不入法眼的小文，待完成後才敢請您批評指正。

隨著碩士研究生的大批量擴招，文史專業碩士研究生已經較難找到滿意的工作，周圍同學大多躁動不安，現在已較難找到有時間、有興趣交流學術的同窗。我覺得自己真的是很幸運，不僅有幸跟從劉尊明先生學習、時時得到諸位博士師兄師姐的指點，竟還「意外」地得到了您的教誨，這些都讓我受益匪淺、終生難忘。這是肺腑之言，也是我努力前行的動力。

敬頌

教安

後學甘松敬上

二〇〇五年一月二十二日

一五

甘松同學：

接讀惠函並大作《清平樂》，甚欣喜。有兩個地方須留意：

一、上片、下片，須有明確分工。或佈景，或叙事，未可混淆。

二、小令、長調，須有不同作法。用寫作長調的方法寫小令，雖已有先例，但不好掌握。縱有一句議論，須斟酌。

我校二〇〇五/二〇〇六學年招博章程已出臺，請上網查閱。三月三十一日起接收報名，六月三十日截止。

施

二〇〇五年二月十七日

# 附録：甘松致施議對函

施先生：

您好！

非常感謝先生賜函教誨。大作拜讀，受益良多，感慨良多。葉先生久聞盛名，曾拜讀文集，知之稍多；周（退密）、吴（藕汀）二老，於我懵懂小輩，疑爲古人矣。拜讀先生諸闋，竊以爲深契諸老心神，沉鬱中深饒高致，情味幽雋醇厚。點滴膚廓感受，實不足概先生深妙之萬一。

先生海内名家，每得先生大作垂教，殊感榮幸，然因無法奉答而憾恨常生。雖間作小詞，稚拙之極，不敢污人耳目，況先生法眼！前幾日回家鄉，作《清平樂》一闋，無佳處，斗膽拜呈先生者，實冀或可稍解心頭憾恨耳。先生一笑可也！

《清平樂》：

水平沙處。兀兀江石露。縱有排空濁浪怒。脉脉緑醅還駐。　行人渡口曾留。長河無語東流。去歲汀洲不見，江風吹過船頭。

佳節將至，恭祝先生：春節愉快！新年吉祥！

後學甘松拜上

二〇〇五年二月五日

一六

甘松同學：

有個情况讓參考。二〇〇四/二〇〇五學年，我系招收四名博士生。兩名内地生，申請獎學金，目前尚無著落。學校暫時無有條規，不知結果如何。而碩士生，倒有條規。二〇〇五/二〇〇六學年，我系擬招收二十名文學碩士。其中，五名内地生，可申請獎學金。每月七千五百澳門元。兩年畢業。是否可以考慮，利用碩士獎學金，以備攻博費用？

前番所説詞調詞律問題，大致有個了解就行。如報考，就做個簡單的讀書報告。

施

二〇〇五年二月二十三日

## 一七

甘松：

知道繼續攻讀古代文學博士，很爲高興。詞學方向，不知能否兼顧？明年此間有會（詞學方面）。今天上午，我與友人通話，考慮邀請幾位年輕朋友。正想著，便接來函。很有意思。請先做好思想準備。

兩三年前，我們所思考，希望能延續下去。

月中赴海寧參加吴世昌先生一百週年紀念，十月到南京，清詞及韻文學會議。

即頌

文安

施

二〇〇八年九月七日

## 附録：甘松致施議對函

施先生：

您好！久未向您問候，頗感慚愧！

工作三年來，忙於諸多雜事、瑣事，讀書甚少，亦無所獲，實在不敢向先生彙報。九月初，我到蕪湖安徽師範大學攻讀古代文學方向的博士，師從丁放先生。學習機會來之不易，我會好好珍惜。

非常感念先生對我的關心和教誨！小子不敏，今後還請先生多多賜教。

教師節和中秋佳節即將來臨，衷心祝福先生和家人節日愉快！萬事如意！

後學甘松敬拜

二〇〇八年九月七日

## 一八

甘松：

元明清方向，一般稱後一段，無所謂。現在已打通。詞學也一樣。應當找個機會見面。我比較方便。安徽未去過。開會，或者學術講座，有朋友曾提及。近期内應可安排。明年此間的會，可來澳門。

赴寧的事，擔心太倉促，或者等待其他機會？到南京，其實有兩個會，一爲張宏生的清詞會，一爲鍾振振的韻文會，兩個會都要走一走。還到常熟。我怕到時候不知去向，讓白走一趙。你看如何？

施
二〇〇八年九月十二日

## 附録：甘松致施議對函

施先生：

您好！

謝謝您的關心。先簡單向您彙報一下，我攻讀的是元明清文學方向，準備繼續關注明清詞學。先生的先前教誨，我當會繼續做一些思考。

十月，安徽師範大學有唐代文學研討會，時間正與南京大學的清詞研討會重疊。頗盼到時能有機會赴寧，親聆先生教誨。

順頌

教安

後學甘松敬拜
二〇〇八年九月八日

一九

甘松：

十月二十三日到南京。準備住在鍾振振的地方，韻文的會。中間到張宏生會上。希望能見面。我的手機：（略）。到時聯絡。

明年澳門的會，請事先準備一篇論文。方便邀請。此次研討會，以二〇〇〇年澳門大學中文學院召開中華詞學國際學術研討會爲主，當時人馬，再加幾位年輕朋友。網上查得到二〇〇〇年會議各況。赴皖學術交流，將來應有機會。

施

二〇〇八年九月二十三日

## 附録：甘松致施議對函

施先生：

您好！

現在古代文學研討會大都邀請資深學者或已嶄露頭角者，且研討會大多要求導師不帶研究生，博士生少有受邀或與會的機會。感覺年輕人想見識世面，不大容易。蒙先生厚愛，如有機會來澳門見識和學習，當然是幸運之至。

十月二十四日，安徽師範大學有唐代文學國際研討會，我們研究生要做點服務工作。同期的南大清詞會，張宏生先生邀請丁放先生參加，丁先生可能要參加安師大的唐代會，不能過去。我想爭取機會到南大清詞會上看看，現在也還不能確定能去否。我相信，定有機緣親聆先生教誨！方便時，歡迎先生來皖講學和考察！

順頌

教安

後學甘松敬拜

二〇〇八年九月十八日

## 二〇

小甘：

南京會後，忙著其他文章。二十一日，又將出行。加上期末，雜務較多，有點窮於應付。幾篇文章，牽涉面較寬。近年有些思考，尚未及寫成文章。多謝你提供寶貴意見。訪饒文章，還有説禪學的，發表在北京師大文學院《勵耘學刊》，方便時可找來看看。饒公學問不好掌握。看看有好處。在形上思維方面，應當有所啓示。相對於清，明代應是個可發掘的園地。就詞選入手，能出新意。張宏生有《清詞探微》囑爲評，亦忙了一陣。待完稿時，再請幫忙看看，説點意見。

匆此。即頌

文安

施

二〇〇八年十二月十四日

## 附録：甘松致施議對函

施先生：

您好！

上月於南京大學親聆先生講座與教誨，實感榮幸、深受教益！參加南京大學舉辦的清詞研討會，亦頗有收穫。回想當日晚間，有醉者在座，未能多向先生請教，不免稍憾。

返回蕪湖近一月，近日方拜讀《江海學刊》上您與饒宗頤先生的對話《文學與神明》。讀罷思索，覺得博大精深，嘆未能全解，慚愧得很。另有《學術研究》上《詩運與時運》一文，讀來頗爲痛快。近年來發表的一些「回顧與反思」的論述，就研究言研究，視閾不免褊狹。對比之下，先生之文，顧後瞻前，分期與判斷，斬截爽健，予人深思。這是先生獨特學術理路的體現。

昨日訂購到先生大著《詞與音樂關係研究》（中華書局新版）。以前欲購無售，現在一册在手，實爲學子幸事！詞與音樂關係研究，先生作後，幾無繼起者，可見其難度之大，也可見先生著作之精深。當下詞學研究似乎徘徊不前，開闢難爲。在新世紀之初期，先生大著重版，對學界真乃別具意義。

我近來情況，簡單向您作一彙報。經思考，我初步打算寫作一關於明代詞選的文稿《論明代詞選的編撰特點及詞學意義》。明代詞選，數量遠超宋元，其編撰也很有特點，且對清人影響亦不小，處於承前啓後的重要位置，應當值得探究。如果寫出，還請您批評指正！

寫下一點感想，淺陋之至，先生一笑。

敬頌

教安

後學甘松敬拜

二〇〇八年十一月二十四日

二一

甘松：

十二月詞會，寄上「第二届中華詞學國際學術研討會邀請函」，請幫看看，三個議題，是否合適？

即祝

文安

施

二〇〇九年二月十八日

## 附録：甘松致施議對函

施先生：

您好！蒙先生垂愛和提攜，使懵懂小子有機會赴澳學習觀摩、親歷盛況，非常感謝！

先生諸事繁忙，打攪不安！拙稿請先生以後得便時再賜教！

三項研討議題，「回顧及展望」、「視野及領域」、「溯源及交流」三部相對獨立又相互關聯，具有新世紀時代特色和宏通的國際視野。竊以爲：相對前一段時期而言，當下唐宋詞學研究頗有「瓶頸」狀態，清詞的確是今後相當一段時間内較熱門的學術生長點，金元明詞學研究也有助撰寫千年詞史。新世紀唐宋詞研究的繼續深入，似乎也可憑藉後段詞學的深入研究而得到推助力。去年十月觀摩南京清詞會後，這個感覺越發强烈。目前詞學文化學在唐宋詞研究領域還比較受青睞，相關的論著也出版了若干本，取得一些成績。文化學方法，應當是個吸引人的好方法，但如何落實到文學本位，還值得繼續思考。囿於見聞，除夏先生《域外詞選》，日本填詞情況，我僅見程郁綴等翻譯日人著《日本填詞史話》一書。填詞的國際交流的確需要加以注意和探討，這是詞學的文學文化交流，也是國際間詞學傳播、接受的研究。感覺到三個議題，内涵很豐富、很深刻，皆爲熱點、重點問題，關乎新世紀詞學研究走向。

專此，敬頌

教安

後學甘松敬拜

二〇〇九年二月十九日

二二

小甘：

綜述寫法，没問題。可作多種用途。除作一般報導外，我想，將題目做大，令成一篇具學術水準的報告。具體意見，寫在文章中，供參考。

江城子和作，已有數篇，也是一個練習機會。

會議期間，未及細叙，往後多聯絡。

問丁放老師好。

並頌

文安

施

二〇〇九年十二月二十日

## 附録：甘松致施議對函

施先生：

您好！非常感激先生厚愛，此次澳門之行，大開眼界，感受頗多，印象美好深刻。辦會不易，先生辛苦！

上周日回到合肥，被他事干擾兩天，所以詞學研討會綜述的初稿今天才整理完畢，没有及時發送過來，非常抱歉！現將兩篇初稿發送過來，請先生審閲。兩點説明：本次會議不同尋常，非常精彩，希望能傳達出對話感和一點現場感，初稿用了「對話」的標題，没有採用一般會議的「綜述」寫法；初稿對與會學者的發言並不完全照録，按我的理解，就其重點予以取捨。此種寫法妥否，尚祈先生批評並提出修改意見！

另，奉呈合影照片二張。《江城子》唱和，稍後拜呈。

此致，敬頌

教安

後學甘松敬拜

二〇〇九年十二月十九日

## 二三

甘松：

非常感謝，你爲詞會所撰寫的報導。精減版除澳門刊行外，文學遺産網絡版已刊行。中國社會科學院院報，亦將刊行。請留意收看。

希望你將全稿，增添成一篇學術報導。兆鵬那邊可用，亦可作爲一篇學術文章，於《詞學》或者其他學術性刊物發表。

近段忙著處理案頭積壓，過些時，有些問題，可一起探討。

即祝

研安

施

二〇一〇年一月十日

## 附録：甘松致施議對函

施先生：

您好！

近來拜讀先生於《文史知識》上連載論民國四大詞人的文章，「門徑與真傳」，頗感教益。

上周接王兆鵬先生電郵，讓我寫一篇會議綜述給他。他説：「初稿寫完後可以先給施先生過目審定，他審定後你再寄我，明年在宋代文學研究年鑒中刊出。」我前日給先生發來的《新世紀詞學對話》這篇綜述是否需要進一步修訂，尚請先生批評賜教！

新年即將到來，祝先生和家人聖誕愉快！新年吉祥！

此致，敬頌

教安

後學甘松敬拜

二〇〇九年十二月二十一日

# 與姚達兑書

小姚：

許久未有聯絡。知各況，甚爲欣喜。

立足於兩個文本，探尋其情債與我執，十分穩當。陳與朱，一前一後，對於全部歷史，盡在把握當中。兩項研究，都頗有價值。功夫紮實，必有所成。

聚焦點，基督文獻及近現代詩詞。奠定好基礎，進入現當代或比較文學領域，必具優勢。此間所缺，可能是比較文學。請留意網絡消息。

新年將到，即頌

詞筆春風

扶摇萬里

施議對　拜啓

二〇一二年十二月二十七日

## 附録：姚達兑致施議對函

施公大鑒：

我是姚達兑。久未承教示，近來可好？

聽林崗師、彭玉平先生提起您來參加關於詹安泰先生的會議了。小子我未能到場聆聽教誨，甚多遺憾。

承在哈佛的導師王德威先生的邀請，我最近在臺灣大學開一個會議，是關於明清文人傳統的主題，尤其强調民國文人和詩詞。我提交的論文是關於陳其年《填詞圖》和《彊邨校詞圖》的文章。陳其年《填詞圖》，是一代寶物，自乾隆至道光年間，流傳甚廣，題詠衆多。我現在陸續將《填詞圖》及其題詠箋釋出來，計劃兩年後完成，找中華書局出版。

附上我的會議論文，請您多多批評。

在臺大開完會議後，我便留在臺北的中研院文哲所，直到一月底。在此修改並完成我博論的定稿。二月後回到大陸。如果順利的話，明年六月份畢業。我打算以後致力的方向是在十九世紀下半到二十世紀上半的文學和歷史。

主要聚焦在兩個方面，一是漢語基督教文獻，二是近現代詩詞。第一項我會完成一個博論，第二項我會寫一本書（估計是與各種填詞圖相關的書）。

另，我想請問，貴校下半年可有招聘新教師的計劃？我可以教授中國現當代文學、中國比較文學等等。附上我的簡歷，内有我發表過的文章、參加過的會議等等，以及未來想做的研究項目。

我在臺北的電話號碼（略）。若能打電話，向您細作請教，或許更好一些。

姚達兑　謹上

二〇一二年十二月二十二日

# 與焦寶書

焦寶：

接奉　惠函及和作，甚欣喜。

因趕著爲《文史知識》撰稿，稽遲奉答，經常記起。形上之思一文，尚待調整、充實，成稿時即奉　斧正。

金縷一曲，頗便入門，可以嘗試。和韻亦一途徑。大作步步爲營，語切情真。幾個關鍵部位，如上下兩結，平仄仄，仄平仄，皆能顧及。其中某些語句，再加錘煉，當更臻完美。

有機會南遊，再謀良晤。

並祝

文安

議對

二〇一〇年十二月六日

# 附録：焦寶致施議對函

尊敬的施先生：

您好！

西安匆匆一别，與先生的談話猶在耳畔，從遊所攝小照數楨奉上。生去年曾有意申請澳門大學的博士班課程從先生學，後因故其事未成，至今猶以爲憾，幸得長安一遇，聞道於先生。武陵原上，聞先生所談之形上論，實望眼欲穿，若先生成稿之後，請務必擲下，使生能先睹爲快，若能在我刊示諸學林，想刊物亦可藉以生輝。另讀先生所賜《金縷曲》，不揣孅陋，謹和一闋奉上，以述能從先生小遊並問大道之情：

文化西京最。記相逢、春風如沐，舊天壇裏。師在天南談大道，海闊茫茫仙氣。願樣去，追隨濠地。南海從來多詞客，妙無窮、精緻深無底。傳大道，一身繫。長安最憶瀟瀟未。曲江流，繁華雁塔，月涼星麗。八水繞城隨城去，舞雩風流童子。五陵遠，悠悠響佩。彰化先生談形上，到昭陵、聞道欣欣醉。能不恨，未隨尾。

敬叩

文祺　並　身體康健

學生焦寶　再叩

# 與姚鵬舉書

## 一

鵬舉同學：

接奉　惠函並大作《〈六州歌頭〉分片研究》，知正探研倚聲填詞中有關樂曲與歌詞的問題，對此，本人亦頗感興趣。所説思路，包括對於詞調音樂來源的追尋以及詞調自身聲情特點的考察，皆有益於返歸詞學之正，並無不妥。所作推斷，諸如宋代鼓吹曲《六州》和唐代大曲《六州》的關係問題以及《六州》與《六州歌頭》音樂與曲辭的關係問題，亦可供進一步探研參考。對於倚聲與倚聲之學，相關思路與推斷，既有詞外的因素，亦牽涉到歌詞本體問題。諸如《六州歌頭》上下片之間的三言句，其押韻與不押韻，以及究竟誰屬問題，所作比照，均有憑有據；對於《六州》與《六州歌頭》的曲辭審視，自句式、用韻切入，所作論析，亦多當行家語。於今學界，能够下此功夫者，應甚少見。

以上是對於尊作的整體印象，以下説幾個具體問題。尊作題稱：《〈六州歌頭〉分片研究》。文分二段。一、引言：此調分片有歧異；二、宋代鼓吹曲《六州》與《六州歌頭》的比較。分開看，各説各的，似亦無妨；合在一起，缺乏邏輯聯繫。能否改稱：《〈六州歌頭〉樂曲來源及聲情特點研究》。先將第二段的一部分内容抽出，作爲文章的引言，説明研究這一論題的緣由及意義；再將第二段的另一部分内容抽出，作爲文章的第一部分，説明《六州歌頭》的樂曲來源，包括與《六州》的比較研究。引言及第一部分，側重於音樂方面的追尋，以文獻的搜尋與把握取勝。至第二部分，可就曲辭的審視，對於《六州歌頭》的聲情與詞情，作出更爲全面的分析與研究。尊文説分片，説句式與用韻，都嫌太零散，未能體現該詞調的整體特徵。研究詞調，除了在多的層面上下功夫，仍須注重由多到一的綜合與歸納。建議從以下五個方面，進行探測。第一，詞調與詞名；第二，篇法與片法；第三，句式與句法；第四，字聲與字法；第五，韻部與韻法。由整體到局部，全面審視，對於詞調的整體聲情特徵以及各個部位在句法、字法、韻法上的特殊安排與講究，才能得到較爲充分的理解。這一部分，側重於歌詞本體問題，以曲辭的創作與研究取勝。

幾條意見，尚未考慮成熟，僅供參考。

即請

文安

施議對　拜啓

二〇一七年四月二十四日

## 附録：姚鵬舉致施議對函

施先生尊鑒：

先生是詞與音樂關係研究的大家，使人敬仰。晚輩有一相關問題想要請教先生，冒昧打擾，誠惶誠恐！

晚輩想從下面的思路解決《六州歌頭》的相關問題：從現存大量的《六州》曲詞判斷宋代鼓吹曲《六州》雖然和唐代《六州》大曲同名，卻不是大曲，而類似曲子；進而結合《六州歌頭》與宋代鼓吹曲《六州》的倚聲關係判斷二者是同一支曲子，音樂相同；音樂相同，所以它們當有相同的結構特點，所以可以用《六州》的曲詞審視《六州歌頭》的曲詞，進而審視《六州歌頭》的相關問題。我曾將這一思路寫成了一篇小文章，卻遭到一位老師的批評，但我卻找不到這種思路的錯誤所在。現在對這個問題比較困惑，不知是否有誤，所以很想請先生批評指正。今亦將文章上呈先生，請您查收！

耑此　拜聞，恭頌

春綏！

晚鵬舉　敬上

二〇一七年四月十九日

## 二

鵬舉同學：

惠函並　尊文均已拜悉，近段較忙碌，稽遲奉答，時時記起。兩個方面的考慮，樂曲來源及聲情特點。題目並不好做。尤其是樂曲來源問題。　尊文將大曲、鼓吹曲分別開來，再將《六州》和《六州歌頭》合在一起，梳理其來龍去脉，能够説得清楚。只王易一條，謂頗似慢曲，用以論斷不是大曲，似當進一步加以説明。有關來源的討論，就現有文獻看，應頗難再有新的發見。一般都到程大昌《演繁露》爲止。至於聲情特點，包括聲調之情與歌詞（辭）之情，相關譜書，多將《六州》和《六州歌頭》看作兩個詞調，分别列述。尊文的合，指音樂（樂曲），謂之同出一源；至聲情，似乎亦當考慮到分的一面，由分再印證其合。總的意見是，樂曲問題，從文獻到文獻，已無太大闡發空間，暫勿作進一步追究，宜將注意力放在聲情上。《六州》和《六州歌頭》，宋人所作，各有二十餘首，格式頗多變化。如能整理出一些頭緒來，對於詞體的研究，可能有所助益。對於這兩個詞調，從前曾留意，亦有習作，但仍缺乏了解。　尊文可在聲調之情與歌詞（辭）之情的綜合分析上，進一步加以充實。

匆覆。即請

研安

議對

二〇一七年六月二十三日

又，剛剛自講自話，一路寫下來，只是説自己的，差點忘了惠函所提出問題。主要是音樂與樂曲問題。惠函提出：

若是宋代鼓吹曲《六州》和詞調《六州歌頭》的音樂相同，何以歌辭會出現諸多不同，又緣何《六州》歌辭本身也有諸多不同？依我的理解，《六州》和《六州歌頭》同爲鼓吹曲，可謂之音樂（樂種）相同，或者樂曲的來源相同，但二者並不一定來源於同一樂曲。歌辭自身諸多不同，正説明所依據樂曲不同。所以，我在覆函中所説「由分再印證其合」，應帶有於不同樂曲（分）印證其來自同一樂種（合）的意思。至於是否「隨月用宮」等問題，可暫不必考慮。

## 附録：姚鵬舉致施議對函

施先生尊鑒：

先生之前所發郵件早已收到。先生所示諸多建議，讓我受益匪淺，十分感謝先生！

原計劃按照先生的建議修改完畢後再呈先生，因爲思路不暢以及教學等原因，不意遷延至今方能完畢，亦未能及時向先生表達感謝，真是十分抱歉！

論文雖修改完畢，但有些方面思考仍不成熟，請先生再予批評！另有一個問題很疑惑：若是宋代鼓吹曲《六州》和詞調《六州歌頭》的音樂相同，何以歌辭會出現諸多不同，又緣何《六州》歌辭本身也有諸多不同？不知這些差異產生的原因和「隨月用宮」是否有關，因爲王應麟《玉海》卷一百六「乾德鼓吹曲」：「唐末，舊聲皆盡，惟大角傳三曲。其鼓吹四曲用教坊新聲，車駕出入奏《導引》及《降仙臺》，警嚴奏《六州》、《十二時》，皆隨月用宮。」（《合璧本玉海》（四），京都：中文出版社一九七七年版，第二〇一七頁）但若是隨月用宮，是否又意味著音樂並不相同？

先生古道熱腸，爲晚輩開示諸多法門，再三感謝不已！

耑此　拜聞，恭頌

夏安！

晚鵬舉　敬上

二〇一七年五月十日

## 三

鵬舉同學：

接奉　惠函並大作《嵯峨天皇爲日本「填詞之開山祖」説獻疑》，深受啓發，對於相關問題也曾作檢討，有些想法，提供你參考。

大作就《經國集》與《本朝文粹》著録情況以及張志和《漁歌》名稱變化與入樂情況，對於張志和《漁歌》是詩、還是詞這一問題，進行考察及論辯，並得出以下結論：張志和《漁歌》是越地區民歌，嵯峨天皇所作《漁歌》並非曲子詞，嵯峨也非日本「填詞之開山祖」。

大作所作考察細緻而精密，論辯通達，但結論則關係重大，仍須進一步加以斟酌。例如，張志和《漁歌》，是詩？還是詞？兩條依據：一爲《經國集》之所定位，一爲陳尚君論斷。説明嵯峨及其以後的詩人所接受的《漁歌》僅是一種形式特殊的詩歌，並不是曲子詞；並説明張志和《漁歌》，只是吴歌之一體，與燕樂歌詞之按調填詞仍有很大不同。兩條依據以名稱及品類説其歸屬，亦涉及入樂不入樂問題，所作論辯，已甚慎密，但關於文體屬性的論定，應仍有可商榷的餘地。因爲在詞之所以填者出現之前，亦即自後來被看作詞的作品産生之後到這類作品被看作倚聲或按調所填出來的作品産生之前，這一大約三百年時間段所出現合樂應歌作品，來源四方八面，並不排除民歌作品，包括陳尚君所説「終唐之世，只是吴歌之一體」的《漁歌》一類作品，而且，名稱亦多種多樣，並非只「曲子詞」一樣。這是從一般所説詞的起源到詞與詩分流，亦即詞體獨立成科的時間段。在這一時間段，歌詞合樂，詞之爲詩，抑或爲詞，其句法及歌法的標誌，仍然查考得到。例如，張志和《漁歌》，由漢土流傳至日本，歌詞以外，並有「歌腔」。神田喜一郎《日本における中國文學》卷之一《日本填詞史話》進行過這一推測，並且指出：在漢土，《漁歌子》（《漁歌》）「歌腔」，看來早在宋代就已經失傳。所以，才有蘇軾恨其曲度不傳，故加數語，令以《浣溪沙》歌之的故事。這就是後來所説的詞調。再就句法及歌法看，《漁歌》一曲，既已采用長短句式，又非以泛聲及和聲入樂，已由歌詩之法轉换爲歌詞之法，應未可將其排斥於詞林之外。這是我初步做出的論斷。

連日來，四處奔波，未及再作進一步探研，所説意見，恐有偏頗。明日又將趕赴復旦一個研討會，先寄你看看，希望進一步展開討論。

匆此。即請

研安

議對

二〇一八年十一月二十六日

## 附録：姚鵬舉致施議對函

施先生道鑒：

自上次珠海一别，久未問候先生，不知先生是否一切安好？今又冒昧打擾先生，想就日本填詞的開端一事向先生請教。神田喜一郎先生《日本填詞史話》將嵯峨天皇定爲日本「填詞之開山祖」，此説已被廣泛認可，現在通常也將張志和《漁歌》視爲曲子詞。但近日閲讀到陳尚君先生《張志和〈漁歌〉的流風餘韻》一文，將張志和漁歌定爲吴歌之一種，反對將其視爲曲子詞。通過查找日本相關文獻，唐五代張志和《漁歌》的文獻以及船子和尚《撥棹歌》的傳播文獻，感覺陳尚君先生的觀點是對的，進而認爲嵯峨天皇也非日本「填詞之開山祖」。晚輩將相關問題草成一札記，知先生對日本詞學也深有研究，故謹呈此札，請先生批評指正。

天氣漸冷，請先生多保重身體！

耑此　拜聞，恭頌

冬祺！

晚鵬舉　拜上

二〇一八年十一月十九日

四

鵬舉同學：

接奉　惠函並相關材料，甚爲欣喜。你在考據及義理兩個方面，下了很大功夫，許多問題，有賴進一步加以推進。所説句法及歌法，亦須進一步加以論證。供你參考就是。

另奉一函見附件。

即祝

順利

議對　上

二〇一八年十二月六日

附　件

鵬舉同學：

十一月二十八日、十二月四日惠函及所附資料，均已拜悉。對於所討論問題，我亦頗感興趣。

你二十八日函所説兩個問題，來源問題和歌唱方式問題，可進一步展開討論。岡村繁由胡夷里巷之曲，到教坊曲，到曲子詞，説明詞的來源，表示詞體發生的一個渠道，可作探源參考，但用於證實《漁歌》非曲子詞的依據，仍然是一種推測。因千餘詞調，有許多如《漁歌》一般，並未曾留下循此渠道發生的文獻記載，不能據此將其排除於合樂歌詞之外。至於歌唱方式，也是值得進一步展開探討的問題。我在上一封信中提及句法與歌法，張志和《漁歌》：

西塞山前白鷺飛。桃花流水鱖魚肥。青箬笠，緑蓑衣。斜風細雨不須歸。
釣臺漁父褐爲裘。兩兩三三舴艋舟。能縱棹，慣乘流。長江白浪不曾憂。
霅溪灣裏釣漁翁。舴艋爲家西復東。江上雪，浦邊風。笑著荷衣不嘆窮。
松江蟹舍主人歡。菰飯蓴羹亦共餐。楓葉落，荻花乾。醉宿漁舟不覺寒。
青草湖中月正圓。巴陵漁父棹歌連。釣車子，橛頭船。樂在風波不用仙。

就句法言，五首皆爲「七七三三七」所構成，各爲一簡單的長短句組合單位。這一組合方式，與一般律絶已有所不同。但僅就這一項，應尚未能斷定其爲詩，抑或爲詞，仍須參究其歌法。上一封信中提及句法與歌法，在舊著中我曾將其看作詞體發生的兩個標志。目前，文獻資料有限，尚未見其合樂的記載，但其樂歌形式，卻爲留下合樂的印記。例如，張志和五首每首都於最後一句中的第五個字用「不」字（入聲，讀作去聲），嵯峨亦於五首最後一句的第五個字用「帶」字（去聲）。而且，不再依賴和聲、泛聲，説明歌唱的方式，已由歌詩之法轉換爲歌詞之法。此二項，句法與歌法，乃文本自身所提供的證據，亦斷定其爲詩，抑或爲詞的內證。當然，對此二項，仍須進一步加以論證。這是相對於辨僞的另一工序，吴世昌先生稱其爲認真，並説：辨僞容易認真難。兩個方面的事情，希望一起把握。

總之，以事實爲依據，該是就是，該非就非，通過討論，能將事實説清楚。

即請

研安

議對　上

二〇一八年十二月六日

## 附録：姚鵬舉致施議對函

施老師道鑒：

拜讀完先生所賜大函，深受啓發，這兩天一直在思考相關問題，今天才有一點眉目，所以遷延至今才又向先生匯報思考所得。晚輩將匯報的相關内容另寫一文檔呈上，請您查收！

謝謝先生教誨！

耑此　拜聞，恭頌

道安！

晚鵬舉　敬上

二〇一八年十一月二十八日

## 附件一

施老師道鑒：

拜讀完先生所賜回覆後，深受啓發。認識到自身論述過程中的不足，即忽略了民歌、胡夷里巷之曲與曲子詞之間的關係應當如何審視的問題和民間歌謡和曲子詞的歌唱方式。若將這兩個問題探討清楚，便可進一步審視張志和《漁歌》有没有可能也是曲子詞的問題。試爲先生陳述晚輩的進一步思考所得，請先生批評指正。

### 一、由民歌、胡夷里巷之曲和曲子詞的關係

審視張志和《漁歌》此前曾拜讀過岡村繁先生的《唐末曲子詞文學的成立》一文，

感覺其論述對詞的民間起源説反駁得頗爲徹底。由此可進一步對《漁歌》作相關論證。他首先統計《雲謠集》、其他敦煌曲、《花間集》曲調中教坊曲和非教坊曲的數量，得出的觀點是：「唐末五代的詞，不問中央還是地方，其大勢是依據教坊曲創作的。」其次，依據初盛唐教坊的封閉性、宮廷對地方及外來音樂的吸收改造以及宮廷音樂隔離於民間三點，認爲：採用民間歌曲與西域音樂的曲調，一旦編入了教坊曲，便從原來的土壤游離開去，與它的那些仍在民間的同類之消長活動脱離了關係，一味作爲宮廷的輕音樂，完成了它自身的發展乃至變態。這意味著教坊曲與民間歌曲、西域音樂等的訣別。

岡村繁的這一論證發人深省，揭示了詞的民間起源説的論證思路的弊端。大量曲子詞出現的路綫是：

胡夷里巷之曲——教坊曲——曲子詞調

民間起源説的論證思路卻常常有意無意地將「教坊曲」這一中間環節忽略掉了，便成：

胡夷里巷之曲——曲子詞調

這一論證思路忽視了經教坊改造後的「胡夷里巷之曲」與其本來狀態的巨大差别。岡村繁恰好指出了二者的重大差别。借用量變、質變的説法，教坊改造後的「胡夷里巷之曲」已經發生了質的變化，和原來的樂曲不是同一個事物了。事實上，由教坊曲到曲子詞調，中間又有變化，一個明顯的區别是教坊曲多歌舞兼備，而曲子詞調則重在音樂。胡夷里巷之曲經由教坊改造而成爲宫廷音樂，再由宫廷音樂下移到社會，其間再次發生變化，之後才成爲曲子詞調。大多數的曲子詞調的產生都經歷了這些環節。是否還能説詞起源於民間則有很大疑問。

岡村繁先生否定了詞的民間起源説，並認爲中晚唐五代和教坊曲無關係的曲子詞調較少，其中確證是民間的更少。以這一觀點審視張志和《漁歌》，因爲唐代没有《漁歌》入樂歌唱的文獻記載，五代才有曲調《漁父》，所以很難説《漁歌》是曲子詞。

岡村繁的觀點也可以説明在很長一段時間内，曲子詞没有興起的原因是教坊曲的封閉性緣故，而到中晚唐才慢慢興起的緣故是安史之亂後教坊被破壞，教坊樂工和曲調流落到士大夫和民間。

## 二、由民間歌謡的歌唱方式審視《漁歌》和《撥棹歌》

俞爲民、劉水雲《宋元南戲史》曾講到民間歌謡的歌唱方式是依腔傳字，定腔（固定的旋律）不定字聲，可以套唱不同的文字（字聲、字數會有出入）。

以上述觀點審視，首先可以明顯發現船子和尚《撥棹歌》兼包七言絶句和「七七三三七」兩種體式的特點十分符合民間歌謡依腔傳字的歌唱方式，其次可以發現張志和《漁歌》五首的平仄差異較大，尤其是「三三」句式的平仄，總結不出可平可仄的固定體式，這正是陳尚君先生指出的「我們只要仔細分析諸作之平仄變化，就會發現步調並不相同」。因而綜合審視張志和《漁歌》和船子和尚《撥棹歌》，可以發現它們更符合民間歌謡的歌唱方式，而和曲子詞差别稍大，明顯有精細、粗糙之别。

綜合審視民間歌謡和曲子詞源頭的關係，民間歌謡和曲子詞的歌唱方式，感覺張志和《漁歌》和船子和尚《撥棹歌》是吴歌而非曲子詞。

又，神田喜一郎先生所言的《漁歌》歌腔，只是一種推測之辭，並無確實證據，理由有二：（一）他在《日本填詞史話》中的表述——「可以想象的是當時可能連其唱腔也同時傳來了……《漁歌子》的唱腔，在中國似乎也早在宋代便已經失傳了」——所用均爲「想象」「可能」等推測之辭，並且没有列出依據；（二）小文《獻疑》曾排比張志和《漁歌》的唐五代文獻，發現唐代没有入樂歌唱的文獻記載，至五代才有曲調名《漁父》。

拜讀完先生回信後，受啓發從以上兩點作進一步論證，不知是否可以增加原來立論的根據。可能還有很多不足，甚至十分致命的缺陷，請先生再予教誨，晚輩不勝感激！

耑此　拜聞，恭頌

冬祺！

晚鵬舉　敬上

## 附件二

施先生道鑒：

近來又繼續對張志和《漁歌》的文體問題進行思考。想到後人的接受、創作狀況也可顯示出後人對這一作品文體的認識。故而採用這一角度審視唐宋時期《漁歌》體式的作品。通過統計，發現兩個問題：一、宋代《漁歌》體式的作品全部歸屬爲詩；二、《樂府詩集》歸爲「雜歌謡辭」。宋代的這一狀況，結合著唐五代《漁歌》的文獻記載，能顯示出《漁歌》的謡歌的文體特點。這或許是一個比較有力的新證據，故將相關統計及結論另成以文檔(因表格容易變動,故製成了 PDF 文檔),敬呈先生批評指正!

多次麻煩先生,甚是感謝!

耑此　拜聞,恭頌

文綏!

晚鵬舉　叩上

二〇一八年十二月四日

## 五

鵬舉同學:

關於《漁歌》的討論,牽涉到詞體發生,即詞的起源問題,此事持續爭辯一個世紀,似仍然不易得出結論。有兩篇文章,一爲杜曉勤的綜述,一爲何曉敏的論略,有必要可找來看看。何曉敏,我的博士研究生,文章載《詞學》。對於《漁歌》,我以句法與歌法兩個標誌斷定其爲新起的詞,在情況尚未完全弄清楚之前,可看作是一種大膽的設想,尚待小心地加以求證。吾　兄有志於此,必有所成。

有機會再一起探討。即請

研安

議對　上

二〇一八年十二月十一日

## 附録一：姚鵬舉致施議對函（一）

施老師尊鑒：

這幾天在忙著中山大學中國語言文學系（珠海）的域外漢籍工作坊的事情，所以遷延至今才又向先生匯報。本來以爲是一個小問題，但在先生的教誨下，逐漸發現其中牽涉到很多大問題，感覺對這些問題需要再思考一段時間，逐步解決，條分縷析之後，或許才能再向先生匯報相關情況。謝謝先生的不斷教誨！

這幾天突然降温很多，先生多保重身體！

耑此　恭頌

著安

鵬舉　拜上

二〇一八年十二月十一日

# 附録二：姚鵬舉致施議對函（二）

施先生道鑒：

自上次向先生問學後，不斷拜读學習先生論著及何曉敏先生論文。尤其是再讀《倚聲與倚聲之學》一文，深受啓發，進而又參考其他論著，對張志和《漁歌》的體式有了進一步思考。主要通過詞調的起結要求、四聲相代、可平可仄等方面對《漁歌》的體式進行了分析，今將思考所得相關結果上呈先生，請先生進一步批評指正。

目前正在將有關張志和《漁歌》及日本詞學開端的相關思考匯總整理，待整理完畢後，再向上呈先生。

二〇一九年馬上到來，提前祝　先生

元旦快樂！

鵬舉　拜上

二〇一八年十二月二十八日

# 與楊賀書

楊賀同學：

接奉　惠函。所言詞中諸事，本人亦頗感興趣。剛好有些雜務，稽遲奉答，不好意思。有關齊言與雜言問題，任二北意思是二者出現本無先後，同一個詞牌，有齊言、雜言，亦屬常態。是否演唱方法使然？所有答案，應當都是一種推測。諸如，初起之時，或許爲著方便，順手將五七言律絶拿來合樂，是爲齊言聲詩；或許因應樂曲的變化，將五七言律絶的句式拆散並重新組合，用以歌唱，是爲長短句歌詞。這是最爲常見的演繹。可以找到事證。但未必能説出演唱的過程。目前看來，這種推測和想像，仍可作爲第一個問題的參考答案。第二個問題，唐代音樂與文學之間關係問題，涉及材料確實不少。這是有關詞與音樂的關係問題。這一話題，包括三個方面的問題。一爲音樂的問題、一爲歌詞的問題，一爲音樂與歌詞的關係問題。看看自己的立場和著眼點究竟在何處？在音樂，無論如何没辦法與音樂學院的專家比高下，在歌詞，這才是我們的本分。對於詞與音樂的關係問題，本人著重於關係二字，研究音樂乃爲著研究歌詞。因此，對於音樂方面的問題，並不看得十分嚴重。這只是詞體發生、發展的外在因素。立足於詞的本位，才不至盲目從事。第三，襯字問題。你説「固化」，應當就是虚字填實的意思。對其進行類型研究，不知有無必要。例子不少，頗難分類。可以嘗試，但不知有無效果。第四，佛教的影響。這一問題，本人較少留意，説不出具體意見。你如有較爲具體的發現，包括内容與形式，再作探討。

先談這些，供參考。

並請

文安

施議對 拜啓

二〇一五年十二月二十二日

# 與陳堃書

很高興接到你的信。應當是那天，坐在我旁邊的那位同學吧。論詞須學習填詞，這是毫無疑問的。不過，先論詞，而後填詞，似亦無妨。尤其是攻讀期間，學位論文要緊，顧不上填詞，也是很自然的。記得當初，我也不捨得花太多時間，用以填詞。就目前狀況看，此事似不必太著意。過些時試試，有感覺則繼續，否則，亦未可勉强。能説，能寫，固然不錯，但寫不出像樣的詞，也是枉然。在這一意義上講，有些學者不填詞，可能還是明智的。所謂不爲也，非不能也，你怎麼知道我不會填詞呢？所以，對於這一問題，也須作兩面觀。胡雲翼將詞學與學詞分開，耽誤兩代人，現在想合，並不容易。

中國的文學，或者其他學科，以朝代劃分，例如唐詩、宋詞，應當不必要重新來過。但分清楚，屬於甚麼樣的劃分，卻有一定的必要性。例如，歷史的劃分，政治的劃分，以及文學的劃分，還是應當弄清楚的。這是個識見問題。

至於没有人商討，或者反對，應當是暫時的。而我則將希望，寄托在新世紀的新一代身上。我講二十世紀詞學，到一九九五年爲止。一九九五年以後，屬於新世紀的新一代。我所寫論文，我到處宣講，就是爲著新的一代。相信不會寂寞。順著你的思路，説了一時間想説的話。因爲有點倉促，許多客套也就省略了。請勿介意。得閒之時，請再聊過。

施議對

二〇〇九年年四月十四日

# 附録：陳堃致施議對函

施先生道鉴：

學生乃福建師範大學文學院〇七級碩士研究生陳堃，導師爲歐明俊教授。歐先生爲我們説詞，常引先生觀點，認爲新穎、精闢、深刻。作爲詞學愛好者，先生論著更是不可不讀的精品，每每掩卷，總不免感慨萬千，佩服之至。今日有幸見到心儀已久的偶像，聽到先生的講話，真如醍醐灌頂，痛快淋漓，收穫之多，無法用言語表達。特有幾個問題想向先生請教：

先生您給饒宗頤先生的那首《金縷曲》，十分見功力，讀罷讓人欽羨不已。我們這一輩的詞學研究者，多以「詞論」爲主要研究對象，能填詞者，是少而又少的。有些學者甚至認爲，會不會填詞與研究詞沒有多大關係，您認爲這種現象正常嗎？對於這個問題，您是怎麽看的呢？

您在講座中提出，應以「文學的劃分」代替「政治的劃分」，您的《百年詞學通論》中以一九〇八年王國維《人間詞話》的發表作爲中國新詞學開始的標誌，讓人耳目一新，受益匪淺。請問施先生，中國古代文學以朝代劃分、命名文學，例如比較唐詩、宋詩之異，而忽略其同，其合理程度是否也同樣值得反思？

學生注意到，施先生在講座中常發出「没人反駁我」、「很寂寞」之類的感慨，有種「獨孤求敗」的自信，想必先生也注意到當今學術界（特別是古代文學界）表面的和平，缺乏有益的論争的現象罷，先生對此是怎樣看待的？您認爲這是好事嗎？

以上幾個問題，是聽完您講座的小感嘆、小問題，先生您事務繁多，本不該拿來麻煩您，斗膽提出，不過聊表對您的崇拜與支持罷了。失禮之處，望先生海涵。佇候明教。

恭颂

教祺

學生陳堃拜上

二〇〇九年四月七日

# 與潘葦杭書

葦杭同學：

接奉　惠函並電腦所填的詞，很有意思。無論如何，能做到這一步，已非常不簡單。目前詩詞界所刊行大量作品，許多比不上電腦。這不僅是一種挑戰，而且是一種諷刺。現在是，舊體詩詞越來越多而越無有人看。有此做詩機器，所謂詩人、詞人，皆可以休矣。我很高興。

當然，作爲古典的師生，專業人員，須另當別論。

得閒時，請多聯絡。即祝

文安

施

十月十六日（二〇〇六年）

## 附録：潘葦杭致施議對函

施教授：

您好！

中秋節回到家中，收到您的來函，非常高興！

拜讀了您的大作，有幾句非常喜歡：

> 隱約藏羌棲息地，五色幡緋無動。
>
> 青稞熟，柴壇謳誦。

傍晚，宏大的静穆震動人心。蒼藍的畫卷，悠遠玄密，又不失爲一個煙火人間——如此好句，也令我謳誦不已。

忽然想起我這裏有個程序，叫「電腦做詩機」，我試著把您的題目輸進去，看它怎麽做。下面就是它做出來的，聊供一笑：

我老公文記。洛陽城，塵生影碎，襟懷空費。初撚仰天東鶴去，天際蒼茫到此。暢殺我，快風誰是？獨立欲飛名誤我，斷秋魂、羌管且憑偎。塵漠漠，挹高致。曾看晚日歌容美。一蕭條，灘聲八百，水沈盛事。豈解有誰義農久？看盡鴉飛戰地。倦臺鼎，魚箋興廢，香臉殘花塵裏事，老林泉、斟酒山堆髻。按邊譜，混元氣。

這是一個晉江人編寫的程序，能自動做詩、填詞、對對子，乍一見蠻崩潰的，懂平仄，會對仗，能用典，知道營造各種風格——有它還要人類幹甚麼！真有種莫名的恐慌。就像十幾年前歐洲人編寫出第一個小説創作程序時，西方文壇的大恐慌一樣。後來想想，那個小説機十幾年了也没折騰出甚麼大作來，於是又找回了做人類的尊嚴。畢竟程序寫作，是就已有人類成果進行重組，而人類卻有拓展成果外延的能力。在我看來，這種程序的出現，倒明晰了這樣一個問題：甚麼才是本質意義上的「人類寫作」？「寫作」這個概念，原本混沌，但隨著程序寫作的出現，它將被更爲清楚地劃分爲兩種類型，一種是聚合性、機械性的寫作；一種是發散性、創造性的寫作。這使人類在從事寫作活動時，不得不面臨一項抉擇：要採用人機共有的，還人類獨有的寫作類型？

住在學校裏，打開窗户，對面是一片蒼翠茂密的小林子。鳥唱歌我起床，太陽下山就犯困，没愛情，没電視，没有市井喧囂，遠離紅塵，好像個出家人。好在有個十分詩意的同屋。她常在吃飯的時候提議説：帶某個字的詩，大家接龍往下説，接不下去的洗碗（或者倒垃圾甚麽的）……我就立刻表示贊同，兩個都輕敵得很。結果多半從晚飯開始，接到凌晨睡過去一個爲止。睡的和醒的，當下都迷糊覺得自己活在逝去已久的某個時代中。

有這麽段兒時間，和這麽個人，呆在這麽個地方，這輩子没有第二回了吧我想。人太幸福了，就害怕失去，真希望這三年慢點過。用九月份打理好宿舍裏的各種設施，這幾天算是穩定下來了，明天把電腦提過去，以後就可以正常地收發郵件。誠望吾師撥冗賜函，多多指教。

晚道一聲：

中秋快樂，幸福安康！

學生潘葦杭　敬呈

二〇〇六年十月七日

# 與傅俊傑書

## 一

俊傑同學：

接奉電郵並　大作，甚欣喜。那天講座，有些問題説不清楚。非常對不起。

絶句寫作之有關技巧，你已掌握得很好。如當時所提供「水在江湖雲在天」以及「一點斜陽萬里霞」，皆十分老練，乃至達到亂真程度。應當加以表揚。至於寫些甚麽？只是個遠近問題。舊題材，或者新題材（現時即景），都有個由近及遠問題。所謂言外之意，或者題外之意旨，就是這一意思。須要聯想，由此物到彼物的聯想，才能獲取這一效果。尊作太白醉酒，題内頗周到，但缺少題外。「小樓獨坐望天明」，將思緒引向樓外，具有聯想空間。似當於望字上下功夫。

絶句四句。平與奇，須搭配妥當。一、二可平一些，三、四須奇。依靠聯想，才能生出姿態。

日内剛返回學校，甚忙亂。未能一一細説。望多加練習，並多聯絡。

拙作小詞二首，謹奉　斧正。

祝

學安

施議對

二〇〇四年五月二十七日

二

俊傑同學：

接讀來函，未及奉答，一晃竟個把月。到陽江去了一趟。中華詩詞學會第十八屆研討會。聯想的事，牽涉到内與外問題。就創作角度看，就是你所説言外以及題外。而方法，則有兩條：由此物到彼物的聯想以及由以往到來者的聯想。你都注意到了。多加練習，必將有成。

惠函提及某現代派詩選，所持論點，我看很有道理。這也是内與外問題。新體中確有佳作。而舊體，外在是詩，内在不是詩，其通病則如此。頗堪引以爲戒。但是，都須要從兩面看。新體自不必多説，至於舊體，古今有别，未可一概而論。於我看，有此通病者，多爲今人，古人則不一定。以爲李商隱詩才算詩，其所説理由可爲參考，而不必苟同。

我在貴校演講，网上有消息。不知能否爲撰一篇報道，以便推廣？

傳上二文，供參考。另一文未傳。

謹祝

學安

施議對

二〇〇四年七月一日

## 與遲飛書

遲飛同學：

不知你真實姓名，姑且這麽稱呼。你的兩首詩，很有意思。尤其《晨起》，描寫一種狀態，頗富情趣。將其寫成一首絶句，或者律詩，應不成問題。有意學詩，宜從高處入手。給自己一些束縛，並無壞處。從難、從嚴，才能成其大器。那天講座，收到兩首詩，一絶，一律，皆甚佳妙。特轉録於下，請代向作者致意。

其一，七絶。曰：

牡丹花開好時節，香達九重桂花謝。從此軾轍空相望，嫦娥伴我不伴月。

這是一首古絶。將人間、天上，以及古、今，界限打通，頗具聯想空間。以入聲歸韻，截鐵斬釘，亦可見性情。

其二，七律。曰：

一夢昏昏十八年，櫻紅焦綠付飛煙。醉裏不知蝶入夢，醒時還唱天姥緣。紙上心思空繾綣，掌中流光自翩還。終日樓頭吁逝水，回首相看已茫然。

做成一首律詩並不容易。這是法律的律。要求十分嚴格。此篇二聯，對仗尚工整。尤其是頸聯。頷聯差一些。此外，兩個夢字，似當回避。從整體上看，首尾貫通，駕馭得很好。我想，你也可以嘗試。

此番出遊，得小詞三首，順付 斧正。

專此。祝

學業進步

施議對

五月二十八日（二〇〇四年）

# 與宋詞研究會書

中國書店有限會社並呈宋詞研究會（詞源研究會）：

接奉　尊著《宋代の詞論》，頗有所感。特撰此文（《倚聲與倚聲之學》），爲報心得，並向研究會同仁表示敬意。

因爲並非專門書評，未能全面評價，尤其精要之處，均未道及。在某種意義上講，乃借題發揮，對於現狀發表觀感。許多意見，主觀武斷。敬請　見諒，並盼多予賜教。　尊著籠括包舉，解説發明，皆有根有據，並多創新之見。不愧《詞源》功臣，亦新世紀倚聲與倚聲之學之一重要成果。待仔細拜讀，有機會將另撰專文，加以推介。

耑此。敬頌

道祺

施議對拜

二〇〇四年十一月七日

# 關於《當代詞綜》問題答客問

## 一

《當代詞綜》編纂於二十世紀七八十年代，交付出版後，耽擱十餘載，至二〇〇二年九月，方才由海峽文藝出版社出版。四册精裝，堂堂煌煌。但並不怎麽引起注視。一直以來，評論者仍甚寥寥。直至最近幾年，周于飛帶領其團隊，一批小友生，竟研究起這部當代的詞叢編來了。作爲這部詞叢編的編纂者，感到無比欣慰。但願這部詞叢編，不會再這麽落寞下去吧。

以下回答幾位小友所提出的問題。

**問**：之前您談到的「録鬼簿」（點鬼簿）寫法具體指的是哪一方面？我個人的理解是《録鬼簿》爲人立傳，《當代詞綜》以人爲歷史脉絡，如此類比，不知是否如此？

**答**：是「點鬼簿」，而非「録鬼簿」，當時没跟周老師説清楚。「點鬼簿」和公文「摘由」，這是吴世昌批評吴梅《詞學通論》所用兩個專門術語。吴世昌説周邦彦《瑞龍吟》，曾以吴梅爲例，謂其所作分析「相當精到而明暢，老輩論詞的文字中是僅見的」。但是話中有話，吴世昌於讚揚的同時，還曾特别指出：「在一本《詞學通論》中，也只有這段可説能沾溉後學，其他論人脱不了『點鬼簿』習氣，論詞簡直是衙門中的公文『摘由』。」（據《論詞的章法》）吴世昌所説，指的就是作家、作品研究，未曾分期、分類，只是按照一定次序，將作家（人）和作品（詞），放進章與節的框架當中。一人一個座位，一首或者幾首詞作品，逐一介紹一番，也就完事。這是晚、近乃至當下，一般作家、作品論，或者所謂「史」（文學史及詞史、詞學史）的通病。分期、分類，看似很簡單，實際是一種「識」的體現。「識」，就是一種識見，一種觀念，或者指導思想，胡適稱之爲「歷史的見解」（《詞選》序）。這是正面的理解。反之，不懂得分期、分類，如「點鬼簿」和公文「摘由」，就是無「識」的體現。因爲歷史是一個時空概念，時空不變，但時空當中的人物和事件，不斷地變换。比如，古代與現代，或者古代與今代，作爲歷史的書寫，其所謂「識」，就是對於歷史時空當中人物和事件的一種排列與組合。如不進行分期與分類，没有古與今的界限，就無從體現其歷史的見解。依據自己的理解，於新舊世紀之交，我曾撰構《以批評模式看中國當代詞學——兼説史才三長中的「識」》一文，表達自己的觀感。此文包括三個部分：第一正名，第二究變，第三餘論。正名，分類；究變，分期。代表我對中國當代詞學的見解。這也是編纂《當代詞綜》的指導思想。此文原載澳門《文化雜誌》中文版第二十五期（一九九五年冬季）。曾於一九九七年八月，作爲「二十世紀中國古典文學研究回顧與前瞻國際學術研討會」論文，於研討會開幕式宣講。並曾以《中國當代詞學論綱》爲題，發表於上海《中華文史論叢》總第七十八輯（二〇〇四年十月出版）。閱讀《當代詞綜》，首先必須把握這一個「識」字。籠統地提出「以人立傳」這一命題，不容易將問題説清楚。

**問：**有很大一部分詞人施先生没有選取，包括網絡詞人、文壇作家（施蟄存之類）等等，不知道您是就詞論詞還是説詞人的身份會對您選取詞作産生影響？

**答：**編纂《當代詞綜》，由於凡例的約束，有部分詞人、詞作品没有選取，這是必然的。《當代詞綜》凡例計七條。第一條説明，本編之名曰「當代」，並非一般意義上的所謂「當代」，而是一個「大當代」的概念。但其古與今的界限仍甚分明，編中只收代表新一代，屬於今天的作品，而不收代表舊一代的詞人和詞作品，比如晚清五大詞人及其作品。第二條明確設立界限，説明以詞人生年計，本編録詞自出生於一八六二年（清同治元年）作者起，至出生於一九四一年（民國三十年）作者止。一八六二年之前出生作者被排除在外，作品不予闌入；一九四一年以後出生者，其作品暫不採録。依據這兩條原則，選取不選取，已經交代清楚。至於施蟄存，乃列居本編卷之三，録詞五首。與其文壇作家身份無關。而網絡詞人，當時似未成氣候，未在關注範圍之内。大致而言，既謂之曰詞綜，希圖爲詞苑保存一代文獻，自然有所去取。但是，這種去取，除時代界限外，其身份並非決定因素。就詞論詞，主要決定於作品自身。

丙申秋分前五日於濠上之赤豹書屋

——原載北京《人民政協報》二〇一六年十二月十二日

## 二

上一篇「答客問」，説史觀與史識問題。屬於編纂詞叢編的指導思想問題。以下説編纂者的師承關係以及對於編纂詞叢編的感想和體會，屬於編纂者自身的修養問題。

**問**：在論文中，我們談到師承關係對您詞學理念可能存在的影響，那麽這個猜想是否屬實，如果屬實能否具體談一談細節，糾正我們的錯漏之處。

**答**：師承關係，表示學術上一種承接和延續的關係。就本人而言，既有三位學業上的導師給予栽培與扶持，將其督教成材，又有二位學術上的導師開闢、示範，爲導其先路。學業上的三位導師黄壽祺、夏承燾和吴世昌，於本人的大學本科及研究生階段，亦即學術研究的傳舊階段，爲其端正觀念、改進方法，奠定基礎；學術上二位導師王國維和胡適，於學術研究的創始階段，爲其綜合比勘，專家獨斷，做出樣板。學術上導師對於《當代詞綜》的編纂，有著直接的關聯。就大的方面講，這種關聯，體現在史觀與史識的創立上，至其運用，則體現在分期、分類上。例如，王國維説：「詞以境界爲最上。」這既是一種分類，又是一種分期。謂有境界之詞爲最上，無境界之詞爲最下，這是分類。此前施行本色論，是爲舊詞學，或者古詞學，此後施行境界説，是爲新詞學，或者今詞學，這是分期。遵照王國維的判斷，我以一九〇八年爲界限，將中國詞學劃分爲二段：古詞學和今詞學。這一判斷，就是《當代詞綜》用以去取的依據。又如：胡適將中國填詞的一千年，劃分爲三個大時期：自晚唐到元初，爲詞的自然演變時期，是詞的「本身」的歷史；自元到明清之際，爲曲子時期，是詞的「替身」的歷史；自清初到今日（一九〇〇年），爲模仿填詞時期，是詞的「鬼」的歷史。胡適並將第一個大時期的詞，劃分爲三個段落：歌者的詞，詩人的詞，詞匠的詞。遵照胡適的劃分，我將中國填詞的一百年，劃分爲三個時期：開拓期、創造期、蜕變期。並將第三個時期蜕變期劃分爲三個階段：批判繼承階段、再評價階段、反思探索階段。編纂《當代詞綜》，對於王國維、胡適的開闢與創立，其認識與把握，當時儘管尚未進入自覺階段，未曾明確加以標榜，但編中三個世代的人物劃分及三個時期的階段劃分，實際上，已是分期、分類的一種嘗試。之後，在相關文章及講演中，我也曾明確宣稱：文學研究中的分期與分類，是一種識見的體現。並且明確斷定：二十世紀真正懂得分期、分類的大學問家，只有王國維、胡適二人。這是我在學術創始階段的兩位導師。

**問**：您的書出版多年，儘管書中涉及的時代早已過去，但您現在是否覺得這部書還有改進和完善的空間呢，具體細節能談一談嗎？您對自己這部書的理解和感悟又是怎樣的呢？

**答**：這一問題表達不很清楚。應當是：《當代詞綜》出版多年，編纂此書所處時代早已過去，現在是否覺得這部書還有改進和完善的空間？不錯，《當代詞綜》的編纂與出版，確實經過許多周折，亦經過許多年份，當時所處的時代與現在的時代相比較，確實也有許多變化。其中，除了作家、作品的遺漏，需要編纂「補編」加以充實以外，編纂者的立場、觀點，也需要進行一番檢討。但是，大浪淘沙，與當時幾部有關當代詩詞的選本相比較，這部詞叢編能够流傳下來，確實是值得慶倖的。只可惜編中一大批作者，當時寄予厚望，並給予積極協助，而未及親眼得見叢編的出版。

**問**：對於我們論文中提到的《二十世紀中華詞選》的作者劉夢芙，您怎麽看，在他的詞選中有您的詞作，您爲甚麽在《當代詞綜》裏只選取了他的父親劉鳳梧的作品呢？是因爲二位成書時間不同還是説詞學觀念上的分歧呢？

**答**：在「答客問」的上一篇已經説過，對於詞作品的選取，或者不選取，一依叢編的凡例行事。凡例依據叢編的類别確立選取作品的上限與下限。以作者生年計，上限斷自一八六二年(清同治元年),下限截至一九四一年(民國三十年)。劉夢芙在選取範圍之外,其作品故不入列。凡例體現編纂者的史觀與史識,也是叢編編纂所依遵的法律。將來如有機會編纂「補編」,也當恪守此例。至於,詞學觀念上的問題,留待讀者諸君,得閒之時,加以檢驗。

丙申秋分前四日於濠上之赤豹書屋

——原載北京《人民政協報》二〇一六年十二月二十六日